笠翁对韵

国际儒学联合会教育系列丛书

〔清〕李 渔 著

张圣洁 主编

丛书指导委员会主任
——滕文生 牟钟鉴 董金裕
总主编
——钱 逊 郭齐家

汉唐书局专家委员会审定

济南出版社 汉唐书局

图书在版编目（CIP）数据

笠翁对韵 /（清）李渔编；张圣洁译注 . —济南：济南出版
社，2023.4
（中华典藏）
ISBN 978-7-5488-5583-5

Ⅰ . ①笠… Ⅱ . ①李… ②张… Ⅲ . ①诗词格律—中
国—启蒙读物 Ⅳ . ① I207.21

中国国家版本馆 CIP 数据核字（2023）第 052268 号

出 版 人　田俊林
丛书策划　付晓丽　冀春雨
责任编辑　殷　剑　张子涵
专家审读　单承彬
装帧设计　王铭基　谭　正

出版发行　济南出版社
地　　址　济南市二环南路1号
编辑热线　0531-86131747　82926535（编辑室）
发行热线　82709072　86131701　86131729　82924885（发行部）
印　　刷　山东彩峰印刷股份有限公司
版　　次　2023 年 9 月第 1 版
印　　次　2023 年 9 月第 1 次印刷
开　　本　170 mm×240 mm　16开
印　　张　17.5
字　　数　230千
印　　数　1—4000册
定　　价　68.00元

（济南版图书，如有印装错误，请与出版社联系调换。联系电话：0531-86131736）

总　序

中国共产党的二十大报告指出：我们必须坚定历史自信、文化自信，坚持古为今用、推陈出新，把马克思主义思想精髓同中华优秀传统文化精华贯通起来。2023年2月7日，习近平总书记在学习贯彻党的二十大精神研讨班开班式上发表重要讲话，指出：中国式现代化，深深植根于中华优秀传统文化。

中华优秀传统文化的显著特点是启发人的内心自觉，追求的是人的身与心、人与人、人与社会、人与宇宙自然的统一与和谐，表现出人的崇高的精神境界，其思想背后是中国人对天道、天命和道德人格典范的敬畏。中华经典记录了中华优秀传统文化的本和源、根和魂，是构成我们民族文化、民族智慧、民族心灵的庞大载体，是支撑我们民族生存、发展、创新的活水源头，是几千年来维护我中华民族屡经重大灾难而始终不解体的坚强纽带。中华经典是人生教育学典籍，或者说是人生的课本、教材，靠一代代中国人的诵读、解释，并在传承中发展、创造，在极深刻意义上参与塑成了中华民族的历史和生活世界。其中蕴含的天下为公、民为邦本、为政以德、革故鼎新、任人唯贤、天人合一、自强不息、厚德载物、讲信修睦、亲仁善邻等精神，是中国人民在长期生产生活中积累的宇宙观、天下观、社会观、道德观的重要体现，是地地道道的"中国式"。

济南出版社·汉唐书局以习近平新时代中国特色社会主义思想为指导，高度落实习近平总书记关于中华优秀传统文化的一系列重要论述，深度理解中华经典的根源与发展，联合国际儒学联合会组织全国中华优秀传统文化相关领域的专家学者，通过深耕细作，潜心编写，精心注译，严谨校对，专业编排，集结成册，向广大读者隆重推出"中华典藏"系列丛书。本丛书包括20种典籍，即《论语》《孟子》《大学》《中庸》《近思录》《周易》《道德经》《诗经》《史记》《孙子兵法》《孔子家语》《三字经》《百家姓》《千字文》《千家诗》《弟子规》《龙文鞭影》《声律启蒙》《笠翁对韵》《蒙求》，除经典原文、注释、大意（译文）外，还根据每部典籍的特点，设置了知识拓展、释疑解惑等。

终身学习、终身教育已经成了这个时代的常态。中华经典是"母乳"，是最具纯正、最富营养、最有价值的终身学习资源。中华经典是整体之学，是身心之学，是素养之学，是每一个中国人在这个动荡变革时代中培养定力、安身立命的大宝典。因此，中华经典的受益者不仅仅是在校的老师和学生，还包括各级各类领导干部、工农兵学商等各行各业人员（如企业家、工厂工人、手工业者、新农村建设者、解放军官兵、科研工作者、医务工作者等），以及海外侨胞、留学生。

中华民族的祖先曾追求这样一种境界：为天地立心，为生民立命，为往圣继绝学，为万世开太平。我郑重将"中华典藏"这套普及性丛书推荐给读者，希望我们这个团队经过近十年共同奋斗所凝结的智慧，走向大众，让诵读中华经典的琅琅之声传遍祖国的大江南北，让我们每个人心中有山河，心中有宇宙，心中有父母，心中有圣贤，心中有家国天下，心中有我们中华民族的精神，心中有我们中国人的本心、本性。让我们全民为实现中华民族的伟大复兴与构建人类命运共同体凝聚智慧、贡献力量。

是为序！

郭齐家

2023年2月于北京回龙观寓所

目 录

篇章体例

◎ 原文

◎ 注释

◎ 典故

◎ 释疑解惑

1

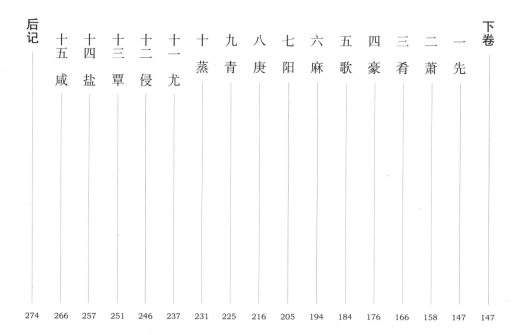

导　读

独具特色，不拘一格

传统的蒙书，比较有名的除了识字类的《三字经》《百家姓》《千字文》，接下来就是韵语类的《千家诗》《声律启蒙》，典故类的《蒙求》《龙文鞭影》《幼学琼林》，训诫类的《论语》《小儿语》《弟子规》《朱子家训》《名贤集》。这些教材都是为以后作文打基础的，即识字——习韵——遣词——用典。古文之所以句式优美、格调隽永，跟这些基础教材有直接关系。而在儿童时代就能培养文字美感的，尤以韵语类教材为优。其中，《声律启蒙》是先行者，踵继而出的另一部韵书也随后大放异彩，它就是清代文人李渔编写的《笠翁对韵》。

李渔（1611—1680），初名仙侣，字谪凡，号笠翁。他大约很不喜欢开始的带着李白烙印的名字，就改成含有隐士意味的名号了，后来一直以"笠翁"的名头行世。他出身富裕人家，从小书读得很好，长辈们就期望他考个功名，提升家族的社会地位（古代的商人属于"四民"——士农工商的末等，地位低贱）。可惜他不是那块料，写不来起承转合、逻辑严密的八股文，于是绝意科举，追求闲适恬淡的名士派头，还写了一些戏剧、小说、随笔，都很合世人的胃口。他因此名声大噪，跟现在的畅销书作家差不多。

李渔鄙视正统教育，自己也办学，还破天荒收了不少女学生；又组建了一个戏班，自编自导。在他不断的"折腾"之下，殷实的家底终于败光，不得不靠借贷度日，晚年更是贫病交加，在困顿中溘（kè）然长逝。

《笠翁对韵》就是李渔早年热心教育的时候写的，据说是因为他认为《声律启蒙》不够活泼，于是要编一部比它好的《笠翁对韵》。此书一问世，就广受关注，总体上是誉多于毁，因而得以推广流传，并被称作《声律启蒙》的姊妹篇。

总的来说,李渔的初衷在《笠翁对韵》里基本上实现了,很多地方无论文采、韵律都不让《声律启蒙》。举几个例子——

"一东"里的"山花对海树",一般的书往往很随意地解释为山上的花、海边的树。当然,这也无可厚非,但要让自负的李渔在地下知道了,怕是要郁闷不已了。因为"山花"也特指一种植物,古人用它的叶子制作绘画颜料或化妆品。唐代段公路《北户录·山花燕(yān)支》:"山花,丛生。端州山崦(yān)间多有之。其叶类蓝,其花似蓼(liǎo),抽穗长二三寸,作青白色。正月开。土人采含苞者卖之,用为燕支(即胭脂)粉,或持染绢帛,其红不下蓝花。"海树,古代又指珊瑚。汉代班固《西都赋》:"珊瑚碧树,周阿而生。"南朝梁任昉(fǎng)《述异记》卷上:"珊瑚树碧色,生海底,一株十枝。"另有古人名字可为佐证:刘珊(1779—1824),字海树,是清嘉庆辛未科进士。

上卷"十二文"里的"萝月对松云"一句,既是自然景象,又是两位古人的名号,非常精巧。

上卷"十五删"里的"名动帝畿,西蜀三苏来日下;壮游京洛,东吴二陆起云间"一联,既利用了《世说新语·排调(tiáo)》里面"云间陆士龙、日下荀鸣鹤"的典故,又把历史上的西蜀、东吴联系起来,同时还将不同时代的望族名人对举,体现了深厚的文字驾驭功底。

这类"看似寻常最奇崛"的地方,往往才是作者自负文才、编写新书的真意所在。

作者在谋篇布局上也有独到之处。他才气纵横、学识渊博,所以能把众多优美的辞藻、近似的典故归纳分类,置于同一个或相近的韵部里。比如"六麻"的第二部分,大致都是怀人的典故,又多跟女性有关。读者在学习时,既容易记诵,又可以加深理解。这种手段,是历史上大教育家们的通长,李渔掌握得尤其灵动不羁。

平心而论,经典自有其价值和生命,它们的历史和现实意义都应该得到重视和正视。这部书和其他经典一样,值得广大读者尤其是教师反复学习、诵读,并传授给学生,而且必定能使读它的人受益。

为了帮助教师和其他读者扫除诵读和理解上的障碍,我们做了如下技术处理:

1. 改繁体字、异体字、旧字形为简化字、正体字、新字形。人名、书名等不宜用简化字、正体字者，则保留原繁体字、异体字。如韩幹、文徵明不改为韩干、文征明；徐稺、寇準不改为徐稺、寇准；《穀梁传》不改为《谷梁传》。

2. 正文标注汉语拼音。凡须提醒读者特别注意的读音，在词目中再予标注。同时，对注释、典故、释疑解惑中的繁难字、生僻字、易误读的多音字、古代读音特殊的专名及某些字词，也酌标拼音。

3. 正文使用专名号。这对读者准确理解原文内容帮助颇大。

4. 对文中所涉及的历史人物、事件及掌故等，我们核查了上百种相关典籍，一般做了详而明的注释，避免了引文不确及史实表述不清等弊病。

上 卷

一 东

tiān duì dì　　yǔ duì fēng
天对地，雨对风。

dà lù duì cháng kōng
大陆对长空①。

shān huā duì hǎi shù　　chì rì duì cāng qióng
山花对海树②，赤日对苍穹③。

léi yǐn yǐn　　wù méng méng
雷隐隐④，雾蒙蒙⑤。

rì xià duì tiān zhōng
日下对天中⑥。

fēng gāo qiū yuè bái　　yǔ jì wǎn xiá hóng
风高秋月白⑦，雨霁⑧晚霞红。

niú nǚ èr xīng hé zuǒ yòu
牛女二星河左右⑨，

shēn shāng liǎng yào dǒu xī dōng
参商两曜斗西东⑩。

shí yuè sài biān　　sà sà hán shuāng jīng shù lǚ
十月塞边，飒飒寒霜惊戍旅；⑪

sān dōng jiāng shàng　　màn màn shuò xuě lěng yú wēng
三冬江上，漫漫朔雪冷渔翁。⑫

◎**注释**　①〔长空〕高远辽阔的天空。②〔山花对海树〕从对仗角度理解，即山对海、花对树，就是山上的花对海边的树。山花，也特指一种植物，古人用它的叶子制作绘画颜料或化妆品。海树，由于古人常称大的湖泊为海，海树也可解作湖边或

4

江边的树。也指海中珊瑚。③〔苍穹〕指天空。苍，青色。穹，古人视天空那样中间隆起而四面下垂的形状如穹隆。④〔隐隐〕隐约、不分明。形容雷声或车声。《后汉书·天文志上》："须臾有声，隐隐如雷……有声如雷隐隐者，兵将怒之征也。"⑤〔雾蒙蒙〕雾气迷蒙、日光不明的样子。⑥〔日下、天中〕日下，喻指京城。天中，天的中央，亦指空中。一说"日下，指日落；天中，指天至中午"。亦可对仗。⑦〔风高秋月白〕此句化用古人诗意。唐白居易《琵琶行》："东船西舫悄无言，唯见江心秋月白。"风高，风大。⑧〔霁〕本指雨停。后泛指雨雪止，云雾散，天气放晴。⑨〔"牛女"句〕牛女，牵牛星和织女星。我国古诗文中常把牵牛星和织女星并称为"牛女"。唐代元稹《新秋》诗："殷勤寄牛女，河汉正相望。"河，银河。⑩〔"参商"句〕参星、商星，二十八宿（xiù）中的星宿，分别在斗宿的西边和东边，此出则彼没，不同时出现在天空中。关于这两颗星还有一个传说，据《左传·昭公元年》载，上古帝王高辛氏的大儿子叫阏（yān）伯，四儿子叫实沈，原先他们两个都封在旷林，但不能相容，见面就打架。后来高辛氏就改封阏伯到商丘，主辰，故辰为商星；改封实沈到大夏，主参，让他二人永不相见。斗，二十八宿之一的斗宿，不是北斗星。曜，星。⑪〔"十月"二句〕农历十月初冬，边塞就已经寒风飒飒，随风而至的寒霜惊动了守边的将士们。飒飒，拟声词，形容风声。唐杜甫《乾元中寓居同谷县作歌七首》其五："四山多风溪水急，寒雨飒飒枯树湿。"戍旅，驻守的军队。戍，军队驻防。旅，泛指军队。⑫〔"三冬"二句〕此句化用了唐代柳宗元《江雪》："千山鸟飞绝，万径人踪灭。孤舟蓑笠翁，独钓寒江雪。"三冬，冬天有三个月，故称，也可指冬天的第三个月。朔雪，北地的雪。

◎ 典故

牛郎织女约会一次真的不容易

古代神话传说，织女是天帝的孙女，长年织造云锦，自从嫁给河西牛郎后，就不再织锦。天帝责令两人分离，每年只准于七月初七在天河上相会一次。相会时，喜鹊为他们搭桥，谓之"鹊桥"。古俗在这天晚上，妇女们要穿针乞巧。

唐韩鄂《岁华纪丽·七夕》记载："七夕鹊桥已成，织女将渡。"这个"鹊"，我们现在说是喜鹊，古人叫"乌鹊"。唐李郢《七夕》："乌鹊桥头双扇开，年年一度过河来。莫嫌天上稀相见，犹胜人间去不回。"

南朝梁吴均《续齐谐记》记载：桂阳人成武丁有仙道，常在人间。有一天，他忽然对弟弟说："七月七日，织女当渡河，诸仙悉还宫。吾向已被召，不得停，与尔别矣。"弟弟就问："织女干吗渡河？你什么时候回来？"成武丁说："织女这会儿找牵牛去了，三年后就回来了。"

南朝梁宗懔（lǐn）的《荆楚岁时记》说：农历七月初七这天，是传说的织女牵牛聚会之日。当天晚上，女子在院子里设供桌，摆放瓜果，用彩线穿七孔针，祈求织女施仙法，让自己变得心灵手巧。如果这时候有蜘蛛（古人叫"喜子"）在果盘上结网，就表明仙人答应你了。这就是今天还存在的"乞巧节"。同时，因为这个美丽的爱情传说，这一天也成为中国乃至世界华人的"情人节"。

牛郎星的专业名称是"河鼓二"，即"天鹰座α星"，与两侧的天鹰座γ星和天鹰座β星构成"扁担星"。它在银河东，与银河西织女星相对，为全天第12位亮星，呈白色光辉；直径约234万千米，距离地球16光年，距离织女星14光年。这是什么概念呢？就是这对恋人无论如何急切地赴约，哪怕是光一般的速度，也要7年的地球时间才能碰头。他们之间的距离，并不像古诗里所说的"河汉清且浅""盈盈一水间"。

◎ 释疑解惑

上古杰出的东方部落领袖帝喾

高辛氏，传说中的远古帝王，即帝喾〔kù，或作"告""俈"（gào）〕。史料记载，他是黄帝的曾孙，尧的父亲。《初学记》卷九引《帝王世纪》说他"生而神异，自言其名曰夋（qūn）"，后来取代高阳氏（传说中的远古帝王。黄帝之孙，昌意之子，10岁时辅佐少昊，20岁登帝位）为帝，号称高辛氏，在位70年。

帝喾有四妻，各自生了儿子：元妃有邰（tái）氏女姜嫄（yuán），生后稷（jì），虞舜时因主管农业生产的官员，教民耕稼；因而称为"后稷"；他有个后人叫姬昌，即后来的周文王。次妃有娀（sōng）氏女简狄，生契（xiè），曾协助大禹治水；他有个后人叫汤，建立了商朝。次妃陈锋（锋，一作"丰"）氏女庆都，生放（fǎng）勋（尧）。次妃娵訾（jū zī）氏女常仪，生挚，帝喾长子，号青阳氏；挚在位时，荒淫无度，9年后，诸侯废之，而尊其弟尧为天子。有学者考证后认为，帝喾当为上古东方部落领袖，与帝俊为同一人，卜辞称"高祖夋"。

除了儿子在历史上影响力较大外，帝喾还有个大臣相当有名，他就是羿（yì）。尧称帝的时候，天上"十日并出，焦禾稼，杀草木，而民无所食"，地上"猰貐（yà yǔ）、凿齿、九婴、大风、封豨（xī）、修蛇皆为民害"，百姓没法活了。"尧乃使羿诛凿齿于畴（chóu）华之野，杀九婴于凶水之上，缴

(zhuó) 大风于青丘之泽，射九日而下，杀猰貐，断修蛇于洞庭，禽封豨于桑林"。

被羿杀掉的怪兽，到底有多可怕呢？这里简单介绍一下：猰貐，也作"窫窳"，古代传说中吃人的怪兽。《尔雅》卷十《释兽》："类貙（chū），虎爪，食人，迅走。"貙，据说就是云豹。

凿齿，古代传说中的野人。《山海经·海外南经》："羿与凿齿战于寿华之野，羿射杀之，在昆仑虚东。羿持弓矢，凿齿持盾。"晋代郭璞注："凿齿亦人也，齿如凿，长五六尺，因以名云。"一说谓兽名。《淮南子·本经训》："尧乃使羿诛凿齿于畴华之野。"汉代高诱注："凿齿，兽名，齿长三尺，其状如凿。"东晋有个文人叫习凿齿，一般人都觉得这名字好奇怪，但如果你猜想他可能有两颗大虎牙，那就很好理解了。

九婴，传说中的水怪。高诱说："九婴，水火之怪，为人害。"这让人不禁想到九头蟒蛇一类的怪物。

大风，传说中的一种猛禽，极其凶恶。

封豨，也作"封狶"，即封豕。《淮南子·本经训》："封豨、修蛇，皆为民害。"高诱注："封豨，大豕；楚人谓豕为狶也。"封，"大"的意思。豕，野猪。

修蛇，高诱注："修蛇，大蛇，吞象三年而出其骨之类。"有个成语"巴蛇吞象"，大约是同一类的怪物。

hé duì hàn   lǜ duì hóng
河对汉①，绿对红。

yǔ bó   duì léi gōng
雨伯②对雷公③。

yān lóu duì xuě dòng   yuè diàn duì tiān gōng
烟楼对雪洞④，月殿对天宫。

yún ài dài   rì tóng méng
云叆叇⑤，日曈曚⑥。

là jī   duì yú péng
蜡屐⑦对渔篷⑧。

guò tiān xīng sì jiàn   tǔ pò yuè rú gōng
过天星似箭⑨，吐魄月如弓⑩。

yì lǚ   kè féng méi zǐ yǔ
驿旅⑪客逢梅子雨⑫，

chí tíng rén yì ǒu huā fēng
池 亭 人 挹 藕 花 风 ⑬。

máo diàn cūn qián　　hào yuè zhuì lín jī chàng yùn
茅 店 村 前 ， 皓 月 坠 林 鸡 唱 韵 ；

bǎn qiáo lù shàng　　qīng shuāng suǒ dào mǎ xíng zōng
板 桥 路 上 ， 青 霜 锁 道 马 行 踪 。⑭

◎**注释**　①〔河、汉〕河，黄河。汉，汉水。《孟子·滕文公下》："水由地中行，江、淮、河、汉是也。"另一说河、汉都指银河。河对汉，指的是两种事物，应以第一种解释为妥。②〔雨伯〕古代神话中司雨之神，也称"雨师"。③〔雷公〕古代神话中专管打雷的神，也称"雷神""雷师"。④〔烟楼、雪洞〕云烟缭绕的高楼、雪中映现的洞窟。⑤〔叆叇〕浓云密布的样子。⑥〔曈曚〕太阳将出天色渐明的样子。宋代梅尧臣《历阳过杜挺之遂约同入汴》诗："汀沙（一作'洲'）沮洳（jù rù，低湿）潮新落，山日曈曚雾始开。"曚，一作"晓"（见《李渔全集》卷十八《笠翁对韵》四四五页，浙江古籍出版社1991年版，下同）。⑦〔蜡屐〕涂蜡的木屐。屐，古人穿的一种鞋底有齿的木鞋，可以在雨雪天当套鞋使用，所以要涂蜡加以保护。唐刘禹锡《送裴处士应制举》诗："登山雨中试蜡屐，入洞夏里披貂裘。"⑧〔渔篷〕渔船上的篷子。此处代指渔舟。⑨〔过天星似箭〕流星像飞箭一样划过天空。唐太宗李世民《秋日即目》："落野飞星箭，弦虚半月弓。"过天星，流星。⑩〔吐魄月如弓〕被蟾蜍吞下又吐出的新月像弯弓。古人认为月的圆缺是由月里的一只蟾蜍反复吞吐造成的。吐魄月，被蟾蜍吞下又吐出的新月。月魄指月缺时不明亮的部分。⑪〔驿旅〕泛指旅店。驿，驿站，即古代供传递官府文书的人及往来官员中途换马或休息、住宿的地方。⑫〔梅子雨〕即梅雨、黄梅雨。夏初季节，当梅子成熟时，江南会出现阴雨连绵的天气，故称黄梅雨。⑬〔池亭人挹藕花风〕人们在池亭上观鱼赏荷，轻风吹过，荷香扑面而来，仿佛伸手可掬。挹，本义为舀，即把液体盛出来。这里是形容荷花香气如流水一般可触可掬。明代黄汝亨《盘泉诗》："偶来谐胜赏，独坐挹清芬。"⑭〔"茅店"四句〕茅店静伫的村庄前，一轮明月西坠入林，报晓的雄鸡唱出高亢的韵调；横跨河面的古桥上，一层白霜铺满桥面，赶路的瘦马踩出清晰的蹄印。此联化用晚唐温庭筠《商山早行》诗中"鸡声茅店月，人迹板桥霜"的句意。茅店，用茅草盖成的旅舍。皓月，明月。

◎ **典故**

一生当著几量屐

"蜡屐"这个典故也称作"祖财阮屐"，出自《世说新语·雅量》：

祖士少好财，阮遥集好屐，并恒自经营。同是一累，而未判其得失。人有诣祖，见料视财物。客至，屏当未尽，余两小簏箸（zhuó，同'著''着'）背后，倾身障之，意未能平。或有诣阮，见自吹火蜡屐，因叹曰："未知一生当箸（zhuó，同'着'）几量（liàng，通'纳'，双）屐?"神色闲畅。于是胜负始分。

翻译成白话就是：

祖约（字士少）喜欢理财，阮孚（字遥集）爱好做鞋。虽然都是一种特殊爱好，但外人不知谁更高雅一些。有人去祖士少那儿串门儿，正好看见他在料理、查点财物。客人进去后，祖士少还没把钱堆完全遮盖起来，有两个小角露在背后，只好侧着身体挡着，脸色显得有点儿慌张。又有人去见阮遥集，正见他吹火融蜡，涂于屐上，并见阮遥集叹息说："也不知这辈子能做几双木屐。"神态悠闲自得。于是他们两人的境界高下才有分晓。

魏晋南北朝的文人喜欢追求一种淡泊名利、天人合一的玄妙幽远的境界，具体的表现就是超然物外、随遇而安，差一点儿的则恃才傲物、不拘小节；有的人隐居山林，有的人游戏人间，以富贵之身而执贱业，比如打铁、做鞋之类。理财理得再好，也有铜臭（xiù）味儿；做鞋虽然是贱业，但人家做得潇洒、随性，还能口出名言，感悟人生。这样一比，境界高下立判。

故事的主人公阮孚，阮咸之次子。西晋陈留尉氏（今属河南）人。他的母亲是"胡婢"，出身低贱。但是他很争气，官做到都督交、广、宁三州军事，镇南将军，领平越中郎将、广州刺史、假节。只是英年早逝，只活了49岁。他很喜欢喝酒，是当时"兖（yǎn）州八伯"之一的诞伯，其他几位也都是当时名士：阮放为宏伯，郗（xī）鉴为方伯，胡毋辅之为达伯，卞壶（kǔn）为裁伯，蔡谟为朗伯，刘绥为委伯，羊曼为鞳（tà）伯；这八个人号称"八达"，算是一个文人小团体，跟"竹林七贤"一样。这几个人的共同爱好就是喝酒，在当时传为美谈。

故事中的那位守财奴祖士少就是祖约（？—330），东晋范阳道（今河北涞水）人，祖逖（266—321）的弟弟。他哥哥"击楫中流"时，他就在旁边。祖逖死后，他接手哥哥的军队，但是不好好干，还联合苏峻作乱，被温峤（jiào）、陶侃带领的军队击败，投奔后赵，最终为石勒所杀。

◎释疑解惑

月魄在哪里

唐李商隐《碧城三首》之三："七夕来时先有期，洞房帘箔至今垂。玉轮顾兔初生魄，铁网珊瑚未有枝。"这诗的第三句说"初生魄"，就是月亮由圆转缺的开始。

我们至今还说"月历"，民间还在用"月份牌"，就是因为古代历法以月的圆、缺和晦、明记日期。魄，也作"霸（pò）"。汉许慎《说文解字》："魄，阴神也。"古人称月亮有光的部分为明，无光的部分为魄。月魄，即月缺时不明亮的部分。因为有明暗的转化，所以有生魄、死魄之分。《幼学琼林·岁时》："初一是死魄，初二旁（bàng）死魄，初三哉生明，十六始生魄。"这几个词什么意思呢？

生魄，指满月后月明渐减，月魄渐生，因而叫生魄。

哉生魄，农历每月十六日月始缺，即始生月魄。"哉"就是"才"的意思。《尚书·康诰》："惟三月哉生魄，周公初基，作新大邑于东国洛。"十六日的月相又称旁（bàng）生魄（霸），古代也借指十六日。

既生魄（霸），指月亮从上弦至望的一段时间，月明既生而未满。《逸周书·大戒》："维正月，既生魄，王访于周公。"

死魄，指月朔后月明渐增，月魄渐减。《逸周书·世俘》："越若来，二月既死魄。"

旁死魄（霸），农历每月初二的月相。古代也借指每月初二。《尚书·武成》："惟一月壬辰，旁死魄。"

既死魄（霸），指月从下弦至晦的这段时间。《逸周书·世俘》："越若来二月既死魄，越五日甲子，朝至接于商。"

shān duì hǎi　　huà duì sōng
山 对 海， 华 对 嵩①。

sì　yuè　　duì sān gōng
四 岳② 对 三 公③。

gōng huā duì jìn liǔ　　　sài yàn　　duì jiāng lóng
宫 花 对 禁 柳④， 塞 雁⑤ 对 江 龙⑥。

qīng shǔ diàn　　guǎng hán gōng
清暑殿⑦，广寒宫⑧。

shí cuì　duì tí hóng
拾翠⑨对题红⑩。

zhuāng zhōu mèng huà dié　　lǚ wàng zhào fēi xióng
庄周梦化蝶⑪，吕望兆飞熊⑫。

běi yǒu　dāng fēng tíng xià shàn
北牖⑬当风停夏扇，

nán lián pù　rì shěng dōng hōng
南帘曝日省冬烘⑭。

hè wǔ lóu tóu　　yù dí nòng cán xiān zǐ yuè
鹤舞楼头，玉笛弄残仙子月；⑮

fèng xiáng tái shang　　zǐ xiāo chuī duàn měi rén fēng
凤翔台上，紫箫吹断美人风。⑯

◎**注释**　①〔华、嵩〕华，华山，在陕西省华阴市，主峰太华山，古称西岳。嵩，亦作"崧"，嵩山，在河南省登封市北，古称中岳。②〔四岳〕传说为尧舜时四方部落的首领。③〔三公〕三个官名的合称，是古代君王以下地位最高的官员，实际权力因人而异，各代的官称也不一致。周朝指太师、太傅、太保；西汉指丞相（大司徒）、太尉（大司马）、御史大夫（大司空）；东汉指太尉、司徒、司空；唐宋沿东汉之制，但已非实职；明清沿周制，非实职。④〔宫花、禁柳〕宫花，皇宫庭苑中的花木。唐元稹《行宫》："寥落古行宫，宫花寂寞红。"又指科举时代考试中选的士子在皇帝赐宴时所戴的花。禁柳，古代皇宫或禁苑中的柳树。⑤〔塞雁〕也称塞鸿。塞外的鸿雁。⑥〔江龙〕江中的蛟龙。⑦〔清暑殿〕晋宫殿名。东晋孝武帝于太元二十一年（396年）敕命建造，据说殿前的重楼复道通华林园，爽垲（kǎi）奇丽，天下无比，即使是暑热的月份也常有清风，所以叫清暑殿。⑧〔广寒宫〕指月宫，神话传说中嫦娥等仙女居住的宫殿。传说唐玄宗于农历八月十五游月宫，见宫门匾额上题写"广寒清虚之府"字样，后来便称月宫为广寒宫。⑨〔拾翠〕原意是妇女拾取翠鸟羽毛为首饰，后泛指妇女游春采集花草。唐吴融《闲居有作》："踏青堤上烟多绿，拾翠江边月更明。"⑩〔题红〕在红叶上题诗。这个典故版本较多，较为流行的是宋刘斧《青琐高议·流红记》的记载。唐僖宗时，宫女韩氏在红叶上题了一首诗："流水何太急，深宫尽日闲。殷勤谢红叶，好去到人间。"她把红叶放到御沟中顺水流出，被儒士于祐拾到。于祐也题了两句："曾闻叶上题红怨，叶上题诗寄阿谁?"然后放到御沟中任其漂流,红叶流入宫中恰又被韩氏拾得。不久,宫中放出宫女 3 000 人,于祐刚好娶到韩氏为妻。弄清楚此事后,韩氏又题一诗:"一联佳句题流水,十载幽思满素怀。今日却成鸾凤友,方知红叶是良媒。"⑪〔庄周梦化蝶〕庄周即庄子,战国时期著名的哲学家。《庄子·齐物论》中写道:"昔者庄周梦为胡蝶,栩栩然胡蝶也,自喻适志与!不知周也。俄然觉,则蘧蘧(qú qú)然周也。不知周之梦为胡蝶与,胡蝶之梦为周与?周与胡蝶,则必有分矣。此之谓物化。"大意是庄周梦见自己变成一只栩栩如生的蝴蝶,感到惬意,竟忘了自己原本是庄周,醒来后发现自己还是庄周。到底庄周是梦中的蝴蝶,还是蝴蝶在梦中变成庄周了呢?在这里,庄子提出了真实与虚幻不可能确切区分和生死物化的观点。⑫〔吕望兆飞熊〕传说周文王曾在夜里梦见一头飞熊闯进房中,经人占卜解梦,认为周文王将得到贤人辅佐。周文王第二天出猎,果然在渭水边遇到吕望。吕望,即太公望,又称姜太公,曾辅佐周文王、武王伐纣灭商,西周初被封为太师,又称"师尚父"。⑬〔牖〕窗。⑭〔"南帘"句〕曝(pù)日,晒太阳。冬烘,冬天的火炉,后指人头脑发热,不清楚。五代·王定保《唐摭(zhí)言·误放》载,唐朝郑薰主持考试,误认颜标为鲁公(颜真卿)的后代,将他取为状元。当时有人作诗嘲讽云:"主司头脑太冬烘,错认颜标作鲁公。"帘,一作"檐"(《李渔全集》十八卷《笠翁对韵》四四六页)。⑮〔"鹤舞"二句〕仙鹤伴着笛声在楼前飞舞,仙人吹笛一直吹到月亮将落。此二句化用了李白《与史郎中钦听黄鹤楼上吹笛》"黄鹤楼中吹玉笛,江城五月落梅花"的诗意。黄鹤楼,与岳阳楼、滕王阁并称"江南三大名楼",旧址在今湖北省武汉市蛇山的黄鹄矶上,因矶为楼。后人讹读"鹄"为"鹤",楼名也因此讹读为黄鹤楼。一说三国蜀汉费祎(yī)成仙后常乘黄鹤在此休息,故名黄鹤楼。弄,奏乐。残,指月亮将落。仙子,此处泛指仙人。⑯〔"凤翔"二句〕秦穆公时有个叫萧史的人善吹箫,秦穆公的女儿弄玉心仪萧史,秦穆公就把女儿嫁给了他。萧史教弄玉吹箫,模仿凤凰的叫声,最后真的把神鸟凤凰引来了,于是萧史乘龙,弄玉乘凤,升仙而去。

◎ **典故**

一心奉二母的刘苞

刘苞(482—511),字孝尝,南朝梁彭城(今江苏徐州)人。性情平和正直,与人交往,都是当面指出朋友的过错,背后却称赞其人的优点。他不但官做得好,而且文采很好,与从兄刘孝绰、从弟刘孺都以文藻著称,另有叔伯、兄弟二三十人都在朝为官。

刘苞幼年丧父，对母亲十分孝顺。宋朝诗人林同《贤者之孝二百四十首·刘苞》："扇席更温枕，古人谁与同？一心奉二母，自是胜黄童。"称赞他的孝道胜过黄香。史料记载他"奉君母朱夫人及所生陈氏，并扇席温枕"。这个"君母"是怎么回事呢？古代封建宗法制规定，一夫可以多妻，但只有一个正妻，其他的配偶都叫妾；正妻所生的子女称嫡，妾所生的子女称庶。嫡子（一般指嫡长子）可以继承官爵、家业，庶子没有资格。庶子称父亲的正妻为君母，也称嫡母。由此可见，庶子的地位、待遇比君母所生的嫡子差很多。刘苞的生母是父亲的妾，所以他是庶出，又生在大家族，长辈和兄弟姐妹都很多，加上古代礼法复杂严格，家庭关系很难处理好。刘苞不但刻苦求学，勤勉做官，生活中还能对嫡母朱夫人、生母陈氏一样孝顺，这是难能可贵的。林同说他胜过黄香，也有道理。

◎ 释疑解惑

三公在哪里

前文提到"三公"是三个官名的合称，而在古代的天文学中，它又指星星。《史记·天官书》说："中宫天极星，其一明者，太一常居也；旁三星三公，或曰子属。"唐朝学者张守节注解说："三公三星在北斗杓（biāo）东，又三公三星在北斗魁西，并为太尉、司徒、司空之象。主变出阴阳，主佐机务。"《晋书·天文志上》说："杓南三星及魁第一星西三星皆曰三公，主宣德化，调七政，和阴阳之官也。"

史料记载，中国古代的占星术很发达。《史记·天官书》上说，战国时期这门学问有四家比较有名："在齐，甘公；楚，唐昧；赵，尹皋；魏，石申。"后来历朝历代都专门有个衙门掌管此事：秦汉时期是太常的属官太史令，隋称太史曹、太史监（jiàn），唐称太史局，宋称司天监（jiàn），明清称钦天监（jiàn）。现在的中国科学院国家天文台也是类似机构，但职责与古代大不相同。

二 冬

chén duì wǔ　　xià duì dōng
晨 对 午 , 夏 对 冬 。

xià xiǎng　duì gāo chōng
下 饷① 对 高 舂② 。

qīng chūn　duì bái zhòu　　gǔ bǎi duì cāng sōng
青 春③ 对 白 昼 , 古 柏 对 苍 松 。

chuí diào kè　　hè chú wēng
垂 钓 客④ , 荷 锄 翁⑤ 。

xiān hè duì shén lóng
仙 鹤 对 神 龙 。

fèng guān　zhū shǎn shuò　　chī dài yù líng lóng
凤 冠⑥ 珠 闪 烁 , 螭 带 玉 玲 珑⑦ 。

sān yuán jí dì　cái qiān qǐng
三 元 及 第⑧ 才 千 顷⑨ ,

yī pǐn　dāng cháo lù wàn zhōng
一 品⑩ 当 朝 禄 万 钟⑪ 。

huā è lóu jiān　　xiān lǐ pán gēn　tiáo guó mài
花 萼 楼⑫ 间 , 仙 李 盘 根⑬ 调 国 脉⑭ ;

chén xiāng tíng　pàn　　jiāo yáng shàn chǒng qǐ biān fēng
沉 香 亭⑮ 畔 , 娇 杨 擅 宠 起 边 风⑯ 。

◎**注释**　①〔下饷〕收工吃饭,这里借指午后。饷,给在田间劳作的人送饭。唐戴叔伦《女耕田行》:"日正南冈下饷归,可怜朝雉扰惊飞。"②〔高舂〕指傍晚时分。唐皎然《浮云三章》诗之三:"浮云浮云,集于高舂。高舂蒙蒙,日夕之容。"③〔青春〕指春天。春季草木茂盛,其色青绿,故称。唐杜甫《闻官军收河南河北》诗:"白日放歌须纵酒,青春作伴好还乡。"④〔垂钓客〕垂竿钓鱼的人。一般指辅佐周武王灭商的太公望。李白《效古二首》其一："早达胜晚遇，羞比垂钓翁。"王琦注："垂钓翁谓吕尚，年八十钓于渭滨，始遇文王。"一说垂钓客指严光，字子陵，东汉光武帝刘秀的老友。刘秀即位后请他出来做官，他不肯答应，隐居于富春山中，耕钓自乐。今富春江上有子陵滩，相传为其垂钓处。见《后汉书·逸民列传·严光》。⑤〔荷（hè）锄翁〕当指东晋著名诗人陶渊明，他的《归园田居》其三有"晨兴理荒秽，带月荷锄归"之句。荷，担着，扛着。⑥〔凤冠〕古代贵族妇女所戴有凤饰的礼帽。明清时代一般女子婚礼上戴的彩冠也称"凤冠"。⑦〔螭带玉玲珑〕用刻有螭纹图案的美玉做带钩的腰带，精致玲珑。螭，古代传说中一种无角的龙。玲珑，既指玉饰精巧，又形容玉饰碰撞时清脆的声音。⑧〔三元及第〕古代科举制度称解（jiè）试（后称乡试）、省试（后称会试）、殿试（后称廷试）的第一名为解元、会元、状元，合称"三元"。如果一个考生在这三次考试中都得第一名，就叫"三元及第""连中三元"。明代又称殿试的前三名为三元。⑨〔才千顷〕称赞人才学深广。千顷，极言其广阔。⑩〔一品〕古代官吏的最高等级。用"品"区别官员的级别高低，起源于魏文帝曹丕采用的九品中正制。当时对全国的士人按才德、家世分别评为九等（九品），以备朝廷按等选用。后来将在职的官员也分为九个等级，也称九品。⑪〔禄万钟〕极其优厚的俸禄。钟，古代粮食容积单位，每钟6斛4斗，1斛10斗（后为5斗）。万钟，极言其多。⑫〔花萼楼〕花萼由若干萼片组成，包在花瓣外面，花开时托着花冠。唐玄宗在兴庆宫西南建花萼相辉之楼，取"花萼相辉，兄弟相亲"之义，简称花萼楼。⑬〔仙李盘根〕传说老子出生在李子树下，他一生下来就指着李树说："以此为我姓。"唐朝皇族自称老子之后。杜甫有"仙李盘根大，猗兰奕叶光"的诗句，比喻李唐王朝江山稳固，子孙繁衍。⑭〔调国脉〕治理国家，即古人所说的"医国"。《国语·晋语八》："上医医国，其次疾人，固医官也。"⑮〔沉香亭〕唐代禁苑中亭台名。唐玄宗曾命人在沉香亭旁遍植牡丹，花开时同杨妃到亭上饮酒作乐，渐渐荒废了朝政。李白《清平调词三首》其三就是吟咏此事："名花倾国两相欢，常得君王带笑看（kān）。解释春风无限恨，沉香亭北倚阑干。"⑯〔"娇杨"句〕杨玉环专宠、杨氏专权，后引发"安史之乱"。擅宠，专宠，使自己单独受到皇帝宠爱。起边风，指安禄山叛乱。边风，边境上发生的争端或战争。

◎ 典故

千古征君黄叔度

黄宪（75—122），字叔度，东汉汝南慎阳（今河南正阳城南关）人，出身贫贱，父亲为牛医，所以人们戏称他"牛医儿"。在汉代，医与百工同列，属于

"士农工商" 4 个等级中的第 3 级。那时候的百工世代从业，由政府掌控，没有人身自由。

尽管如此，黄宪仍以学行优异被人称道。颍川的名人荀淑（83—149），是战国大儒荀卿的 11 世孙，很早就出了名，是后来士林领袖李固、李膺的老师。他曾经游历天下，在客店里遇到 14 岁的黄宪，大感惊奇，交谈整日，不愿离去，还对黄宪说："你是我的老师。"荀淑到名士袁阆处，袁阆还未及慰问，他便对袁阆说："贵郡有颜回，你认识他吗？"袁阆说："你看见敝郡的黄叔度了吧？"

当时，同县人戴良（字叔鸾），性情狂放，恃才傲物，但每次见黄宪都严肃恭谨，回来时惘然有所失。他母亲就问："你又到牛医儿那里去了吗？"他沮丧地说："我不见叔度，还不觉得不如他；等见了他，却感觉在哪方面都远远不及。"

汝南太守王龚礼贤下士，向朝廷引荐贤达之士，唯独不能说服黄宪。

孝廉出身的名臣陈蕃，常跟博学多闻、为儒者所宗、号称"五经纵横周宣光"的周举说："有段时间不见到黄生，鄙俗、吝悭（qián）的苗头就在我心里萌发。"后来陈蕃到三公府任职，上朝时还叹息说："叔度要是还在，我就不敢先做这个官了。"

位列三公的太学生领袖郭林宗，早年游学汝南，先到名士袁阆处，没过夜就告辞了。等他见黄宪后，交谈数日，仍不愿离去。有人问其缘故，郭林宗说："奉高之器譬诸氿滥（guǐ làn，小泉），虽清而易挹。叔度汪汪如千顷陂（bēi），澄之不清，淆之不浊，不可量也。"

黄宪起初被选拔为孝廉，后又被召到公府。友人劝他到任，他未拒绝，但到京师发现时局昏暗，朝政被外戚和宦官掌握，马上就回到家乡。他居家淡泊自守，不与浊世同流合污，长年闭门谢客，去世时年仅 48 岁。世人尊称他为"征君"，这是对征士的尊称，指不接受朝廷征聘的隐士。

◎ 释疑解惑

古代官员的俸禄

汉代，三公是一品官，但大将军（将军的最高封号，具体名号有建威大将军、骠骑大将军、中军大将军、镇东大将军、抚军大将军等）除了骠骑大将军之位稍低于三公，其余都在三公之上。有名的"跋扈将军"梁冀（？—159），汉顺帝时拜大将军。冲帝卒，梁冀立质帝。后用毒酒杀害质帝，立桓帝。梁氏一门共有"三后、六贵人、七侯、二大将军",娶公主的有3人,其余官拜卿、将、尹、校的有57人。梁冀居官20余年,打压忠良,穷搜聚敛。后桓帝与中常侍单超等诛灭梁氏,没收其财产,卖钱得30余万,远远超过了他应得的俸禄。

三国时期蜀国丞相诸葛亮晚年时在《自表后主》中写道:"臣初奉先帝,资仰于官,不自治生。今成都有桑八百株,薄田十五顷,子弟衣食,自有余饶。"

东晋陶渊明辞去彭泽县令时,按照《晋百官注》记载,当时县令的年薪是400斛(hú),按月发放,每月米15斛、钱2 500。15斛米除以每月30天,恰好是5斗米。

苏东坡晚年被贬海南,财产只有一所透风漏雨的"桄榔(guāng láng)庵",连吃饭都成问题,于是发牢骚说,朝廷还欠他三年的俸钱共两百贯,按当时的京都币值计算也有150贯。

唐白居易《送陕州王司马建赴任》:"陕州司马去何如,养静资贫两有余。公事闲忙同少尹,料钱多少敌尚书。只携美酒为行伴,唯作新诗趁下车(jū)。自有铁牛无咏者,料君投刃必应虚。"白居易当时与王司马同级,是五品官。他被贬到江州,给元稹写信说:"今虽谪佐远郡,而官品至第五,月俸四五万。"

宋朝官员月薪最高达400贯(一贯为千文),是汉代的10倍,是清代的2至6倍。除俸钱外,还有禄米。正一品官,月领禄米150石,俸钱12万文,外加每年绫20匹、罗1匹、绵50两;从九品官,月禄米5石,俸钱8 000文,外加每年绵12两。这还不算,其他各种福利补贴有茶酒钱、厨料钱、薪炭钱、马料钱等等,名目繁多。

熙宁二年(1069年),王安石出任参知政事,次年,又升任宰相。当时宰相、枢密使月俸三百贯。

包拯做开封府府尹时,每月30石粮,其中包括15石米、15石麦。此外,每月还有20捆(每捆13斤)柴禾、40捆干草、1 500贯"公使钱"。同时,作为外任藩府的高级地方官,朝廷还划拨给包拯20项职田,也就是2 000亩耕地,允许他每年收租,并且无须纳粮。按每亩租米1石估算,每年有2 000石米的进项。此外,权知开封府事每月还有100贯的添支,每年冬天发给15秤(每秤15斤)木炭。如果把包拯每年的各项实物收入都换成钱,加起来大致是1 022贯,加上20 856贯工资,总共21 878贯。

可是,有些人的私欲总是难以满足,再优厚的俸禄也填不满他们的贪婪。明代正德朝的大宦官刘瑾被抄家时，抄出黄金 1 205.78 万两，白银 2.59 亿两。清代乾隆时大贪官和珅贪污总额约 9 万万两白银，相当于乾隆盛世时期 18 年的全国赋税收入，难怪时谚说："和珅跌倒，嘉庆吃饱。"

qīng duì dàn　　bó duì nóng
清 对 淡 ， 薄 对 浓 。

mù gǔ duì chén zhōng
暮 鼓 对 晨 钟 ① 。

shān chá duì shí jú　　　yān suǒ duì yún fēng
山 茶 对 石 菊 ② ， 烟 锁 对 云 封 。

jīn hàn dàn　　yù fú róng
金 菡 萏 ， 玉 芙 蓉 。 ③

lǜ qǐ duì qīng fēng
绿 绮 对 青 锋 ④ 。

zǎo tāng xiān sù jiǔ　　　wǎn shí jì zhāo yōng
早 汤 ⑤ 先 宿 酒 ⑥ ， 晚 食 继 朝 饔 ⑦ 。

táng kù jīn qián néng huà dié
唐 库 金 钱 能 化 蝶 ⑧ ，

yán jīn bǎo jiàn huì chéng lóng
延 津 宝 剑 会 成 龙 ⑨ 。

wū xiá làng chuán　　　yún yǔ huāng táng shén nǚ miào
巫 峡 浪 传 ， 云 雨 荒 唐 神 女 庙 ； ⑩

dài zōng yáo wàng　　　ér sūn luó liè zhàng rén fēng
岱 宗 遥 望 ， 儿 孙 罗 列 丈 人 峰 。 ⑪

◎**注释**　①〔暮鼓、晨钟〕佛寺中晚击鼓、早撞钟以报时。②〔山茶、石菊〕山茶花、石菊花。③〔金菡萏，玉芙蓉〕菡萏、芙蓉都是荷花的别称。菡萏，未开放的荷花。《本草》云："其叶名荷，其华（huā）未发为菡萏，已发为芙蓉。"玉芙蓉，已开放的白色荷花。此处金、玉也可理解为上下联相对，并非实指。④〔绿绮、青锋〕绿绮，古琴名。后用为琴的代称。传说西汉文学家司马相如作《玉如意赋》，梁王看了很喜欢，就将一把名叫绿绮的琴赏给了他。青锋，宝剑名，因剑身寒光闪烁，锋芒毕露，故称。⑤〔早汤〕早饭汤饼，类似今天的汤面。《初学记》卷二六引晋·束皙《饼赋》："玄冬猛寒，清晨之会，涕冻鼻中，霜凝口外，充虚解战，汤饼为最。"⑥〔宿酒〕隔了一夜仍使人醉而不醒的酒力，犹宿醉。唐白居易《早兴》："半销宿酒头仍重，新脱冬衣体乍轻。"⑦〔晚食继朝饔〕晚饭在早饭之后吃。我国古代寻常人家一日二餐，早饭称饔，晚饭称飧。⑧〔"唐库"句〕唐苏鹗《杜阳杂编》记载，唐穆宗时，殿前种了许多千叶牡丹。有一天晚上穆宗在此摆夜宴，突然飞来了无数黄白蝴蝶落到牡丹花丛里。穆宗命宫人们张网捕捉，捉到了数百只，天亮以后发现这些蝴蝶都变成了金银。后来打开宫中的银库，发现库中有的金银正要变成蝴蝶，原来之前捉到的蝴蝶正是库中金银所化。⑨〔"延津"句〕《晋书·张华传》载，西晋初年，天上斗、牛二宿之间常有紫气。当时的宰相张华向雷焕请教，雷焕说："这是宝剑之精气上冲天际，剑的位置在豫章郡丰城县。"张华就任命雷焕为丰城县令，去查找宝剑的下落。雷焕到任后，在一处牢房的屋基下面掘得一石函，中有两口宝剑，一名龙渊，一名太阿。雷焕把龙渊送与张华，留下太阿。后来张华被害，他的剑也失踪了。雷焕死后，有一次他的儿子佩带太阿剑经过延平津，剑忽然从腰间跳下来沉入水中。不一会儿，只见两条龙翻滚出水，乘风破浪升天而去。⑩〔"巫峡"二句〕战国时期楚国辞赋家宋玉《高唐赋》写了一个寓言故事，描写楚怀王曾游高唐之观（guàn），梦中见一神女。神女临别时说她是巫山之女，"旦为朝云，暮为行雨，朝朝暮暮，阳台之下"。后来楚王为神女立了庙，号"朝云"。浪传，空传。荒唐，说话没有根据或行为不合情理。⑪〔"岱宗"二句〕岱宗，即泰山。古人把它作为群山之首，所以称它为宗。杜甫《望岳》诗有3首，分别咏东岳、西岳、南岳。咏东岳："岱宗夫如何？齐鲁青未了。"咏西岳："西岳崚嶒（一作危棱）竦处尊，诸峰罗立如儿孙。"这里化用"诸峰罗立如儿孙"来描写东岳泰山。丈人峰，在泰山上，因形状像老人，故称。

◎ 典故

泰山趣谈

泰山古称岱宗，又名岱山，春秋时改称泰山，是五岳名山中的东岳，名气最大。究其原因，是历代帝王常在这里举行封禅大典。《史记·封禅书》："古者封泰山、禅梁父（fǔ）者七十二家。"东汉王充《论衡·书虚》："百王太平，升封泰山。泰山之上，封可见者七十有二，纷纷湮灭者，不可胜数。"司马迁从《管子》中找到名字的共有12位，他们是无怀氏、伏羲氏、神农氏、炎帝、颛顼（zhuān xū）氏、帝喾、尧、舜、禹、汤、周成王。

圣人孔子对泰山非常重视。《礼记·檀弓上》："孔子蚤作（早起），负手曳杖，消摇于门，歌曰：'泰山其颓乎！梁木其坏乎！哲人其萎乎！'"据说孔子将死时作此歌，自称"哲人"，把自己的死比作泰山崩塌。后来有个词语，就叫"泰山颓"。

关于泰山，还有一段有趣的故事。唐代段成式《酉阳杂俎·语资》记载：唐玄宗封禅泰山，大臣张说（yuè）为封禅使。张说的女婿郑镒（yì）当时是九品官，按照旧例，封禅大典结束后，自三公以下的官员都升一级，可是郑镒一下子升至五品，并赐给他绯色的官服（唐代五品、四品官服绯，后世服绯品级不尽相同）。接下来在分发祭品的程序上，唐玄宗看到郑镒品秩一下子升了好几级，感到很奇怪，就询问原因。郑镒心里有鬼，一时无话可答。这时黄幡绰（优人，开元初入宫中，服侍玄宗30多年。生性幽默，口才好，常讥讽时政。）过来调侃说："这都是靠了泰山之力呀。"

因为上面的故事，于是后人也把岳父称为"泰山"。明·陈继儒《群碎录》："又以泰山有丈人峰，故又呼丈人曰岳翁，亦曰泰山。"

◎释疑解惑

古代名剑故事

龙渊、太阿（ē）这两把剑古书多有记载。《史记·苏秦列传》记载："韩卒之剑戟皆出于冥山、棠谿（xī）、墨阳、合赙（fù）、邓师、宛冯、龙渊、太阿，皆陆断牛马，水截鹄雁，当敌则斩坚甲铁幕。"《吴越春秋》记载："棠谿在西平，水淬刀剑，特锋利，为干将（gān jiāng）、莫邪（yé）所从出，亦名川也。"《战国策·韩策一》："韩卒之剑戟，皆出于冥山、棠谿、墨阳、合伯膊、邓师、宛冯、龙渊、太阿，皆陆断马牛，水击鹄雁，当敌即斩坚。"

此外，《越绝书》记载，楚王命风胡子到吴国请名匠欧冶子、干将铸造宝剑。欧冶子、干将凿开茨山，泄其溪流，取铁英（铁的精华），铸造三枚宝剑：一曰龙渊，二曰泰阿（即太阿），三曰工布。铸造好以后，风胡子上报楚王。楚王见此三剑非常神异，很高兴，却不料引起了晋王和郑王的贪念。当时强大的晋国几乎无敌，竟然率军进犯楚国，要抢夺宝剑。

楚王见敌军兵临城下，危在旦夕，便冒死登上城头，高举泰阿剑，号召士兵杀敌卫国。结果晋、郑"三军破败，士卒迷惑，流血千里，猛兽欧瞻（奔走惊视。欧，通"驱"），江水折扬（激荡），晋、郑之头毕白"。楚王很困惑，就问风胡子："这是怎么回事？是宝剑厉害还是我厉害？"风胡子趁机进言："泰阿只是一把比较锋利的剑而已，作用有限，而大王内心之威才是无敌的。大王身处逆境，威武不屈，鼓舞了军心士气，激发出泰阿剑的剑气之威，所以我们才会大胜。这说明，您有圣王之德呀!"

fán duì jiǎn　　dié duì chóng
繁 对 简①，叠 对 重 。

yì lǎn duì xīn yōng
意 懒 对 心 慵②。

xiān wēng duì shì bàn　　dào fàn duì rú zōng
仙 翁 对 释 伴③，道 范 对 儒 宗④。

huā zhuó zhuó　　cǎo róng róng
花 灼 灼⑤，草 茸 茸⑥。

làng dié duì kuáng fēng
浪 蝶 对 狂 蜂⑦。

shù gān jūn zǐ zhú　　wǔ shù dà fū sōng
数 竿 君 子 竹⑧，五 树 大 夫 松⑨。

gāo huáng miè xiàng píng　　sān jié
高 皇 灭 项 凭 "三 杰"⑩，

yú dì chéng yáo jí　　sì xiōng
虞 帝 承 尧 殛 "四 凶"⑪。

nèi yuàn jiā rén　　mǎn dì fēng guāng chóu bú jìn
内 苑 佳 人，满 地 风 光 愁 不 尽⑫；

biān guān guò kè　　lián tiān yān cǎo hàn wú qióng
边 关 过 客，连 天 烟 草 憾 无 穷 。⑬

◎**注释** ①〔繁、简〕繁，繁盛，杂乱。简，简单，简省。②〔意懒、心慵〕心意慵懒。慵，慵懒，感到困倦。③〔释伴〕一同修道参佛的人。④〔道范、儒宗〕道范，道人的典范、模范。儒宗，儒家学者的宗师。⑤〔灼灼〕鲜艳明亮的样子，形容花开得茂盛。《诗·周南·桃夭》："桃之夭夭，灼灼其华。"⑥〔茸茸〕花草丛生的样子。茸，草初生的样子。⑦〔浪蝶、狂蜂〕在花间飞来飞去忙碌不停的蝴蝶和蜜蜂。常比喻行为轻佻的男子。唐代薛逢《醉春风》："戏蝶狂蜂相往返，一枝花上声千万。"⑧〔君子竹〕古人认为竹虚心、挺拔，凌于风霜却苍翠依然，有君子的品格，故称。清代大画家郑板桥写过一首著名的题画诗《竹石》："咬定青山不放松，立根原在破岩中。千磨万击还坚劲（jìng），任尔东西南北风。"⑨〔五树大夫松〕

即五大夫松。秦始皇二十八年（前219年）封禅（shàn）泰山时，登山途中遇雨，在一棵松树下避雨。因为此树"护驾"有功，按秦官爵封为"五大夫"。参见《史记·秦始皇本纪》。后世常有人将"五大夫松"误作五棵松树。五大夫，爵位名。战国时期楚、魏始设，秦、汉沿袭，为20等爵位的第9级。⑩〔"高皇"句〕高皇，汉高祖刘邦。项，项羽。"三杰"，指张良、萧何和韩信三位杰出的人物，他们在汉朝建立过程中功勋卓著，被誉为"汉初三杰"。刘邦曾说过："夫运筹策帷帐之中，决胜于千里之外，吾不如子房。镇国家，抚百姓，给馈饷，不绝粮道，吾不如萧何。连百万之军，战必胜，攻必取，吾不如韩信。此三者，皆人杰也，吾能用之，此吾所以取天下也。"参见《史记·高祖本纪》。⑪〔"虞帝"句〕相传唐尧年老时把帝位禅让给虞舜，舜即位后，流放了四个罪恶昭彰的部族首领。"四凶"，指共（gōng）工、驩（huān）兜、三苗和鲧（gǔn）。《尚书·舜典》载："流共工于幽州，放驩兜于崇山，窜三苗于三危，殛鲧于羽山。"一说"四凶"是穷奇（共工所化）、浑敦（驩兜所化）、饕餮（tāo tiè，三苗所化）、梼杌（táo wù，鲧所化）。殛，杀死，一说放逐。⑫〔"内苑"二句〕被冷落的美女佳人禁锢在宫苑里，虽有美景相伴但哀愁不尽。内苑，皇宫内的庭院。⑬〔"边关"二句〕途经边关的行旅，远望无边无际如烟雨迷蒙的蔓草，怅恨不已。此句以连天烟草描写边塞萧飒悲凉的景色。唐代韩翃（一作张继）《奉送王相公缙赴幽州巡边》："塞草连天暮，边风动地愁。"憾，一作"恨"（《李渔全集》卷十八《笠翁对韵》四四八页）。

◎ **典故**

王昭君："匣中玉"成为"粪上英"

王昭君原来是西汉齐国人王穰的女儿，知书达理，端庄娴雅。17岁时，父亲见她心志非常，看不上一般富家子弟，来求亲的都推辞不允，便把她献给皇帝。可惜，因为她是偏远郡国送来的，没有背景，五六年都没得到宠幸。王昭君心生哀怨，干脆也不打扮装饰自己，汉元帝去后宫时就更加注意不到她。后来匈奴呼韩邪（yé）单（chán）于遣使来和亲，王昭君精心装扮后出席招待匈奴使者的宴会，等皇帝问起谁愿出嫁和亲时，便"喟然越席而前曰：'妾幸得备在后宫，粗丑卑陋，不合陛下之心，诚愿得行。'"皇帝一见，非常后悔，但匈奴使者就在旁边，又不得不答应。

昭君嫁到匈奴后，生了两个儿子。呼韩邪死后，王昭君的归宿有两种说法。一是儿子世违继承汗位，要娶她。匈奴习俗，父死，子可以继娶母亲。王昭君问儿子："你想做汉人，还是做胡人？"儿子说做胡人，王昭君便服毒而死。另一个说法是呼韩邪单于的前妻之子继承汗位，要继娶后母王昭君。王昭君向汉朝廷上书求归，这时的皇帝是成帝，诏令她从胡俗，于是昭君又嫁给了呼韩邪单于前妻的儿子。

不管哪种结局，都令人感慨。比如东晋石崇《王昭君辞》："我本汉家子，将适单于庭……哀郁伤五内，泣泪沾朱缨。行行日已远，遂造匈奴城。延我于穹庐，加我阏氏（yān zhī）名。殊类非所安，虽贵非所荣。父子见凌辱，对之惭且惊。杀身良不易，默默以苟生……昔为匣中玉，今为粪上英。朝华不足欢，甘与秋草并。传语后世人，远嫁难为情。"后来"昔为匣中玉，今为粪上英"这两句诗还衍生出一句俗语来：一朵鲜花插在牛粪上。

◎ 释疑解惑

"四凶"有多凶

"四凶"实际上就是帝尧时期四个勇猛剽悍、难以驯服的氏族部落。舜继承帝位后，想方设法把这四个部落安排到四处边境，一来有利于国内安定，二来可使他们抵御外敌。《左传·文公十八年》说："舜臣尧，宾于四门，流四凶族浑敦、穷奇、梼杌（táo wù）、饕餮（tāo tiè），投诸四裔，以御螭魅（chī mèi）。"晋代杜预注解说："投，弃也。裔，远也。放之四远，使当螭魅之灾。螭魅，山林异气所生，为人害者。"所谓"螭魅，山林异气所生，为人害者"，就是边境地区生活在深山老林里的少数民族部落。《左传·宣公三年》说："故民入川泽山林，不逢不若。螭魅罔两，莫能逢之。"杜预进一步把"螭魅罔两"解释成鬼怪一类，其实还是少数民族部落，可能有的把兽头、兽角一类戴在头上，猛一看像鬼怪而已。

后来"四凶"就成了坏人的代名词。比如《晋书·羊曼传附羊聃（dān）》："先是，兖州有八伯之号，其后更有四伯。大鸿胪陈留江泉以能食为谷伯，豫章太守史畴以大肥为笨伯，散骑郎高平张嶷以狡妄为猾伯，而聃以狼戾为琐伯，盖拟古之四凶。"宋代王谠（dǎng）《唐语林·补遗一》："元伯和、李腾、腾弟淮、王缙（jìn），时人谓之'四凶'。"

三　江

jī duì ǒu　　zhī duì shuāng
奇对偶，只对双①。

dà hǎi duì cháng jiāng
大海对长江。

jīn pán duì yù zhǎn　　bǎo zhú duì yín gāng
金盘对玉盏，宝烛对银钙②。

zhū qī jiàn　　　bì shā chuāng
朱漆槛③，碧纱窗。

wǔ diào duì gē qiāng
舞调对歌腔④。

xīng hàn tuī mǎ wǔ　　jiàn xià zhù lóng páng
兴汉推马武⑤，谏夏著龙逄⑥。

sì shōu liè guó qún wáng fú
四收列国群王伏⑦，

sān zhù gāo chéng zhòng dí xiáng
三筑高城众敌降⑧。

kuà fèng dēng tái　　xiāo sǎ xiān jī qín nòng yù
跨凤登台，潇洒仙姬秦弄玉；⑨

zhǎn shé dāng dào　　yīng xióng tiān zǐ hàn liú bāng
斩蛇当道，英雄天子汉刘邦。⑩

◎**注释**　①〔奇（jī）、偶、只、双〕奇、只，单数，不成对的或指一个。偶、双，双数，成对的或指两个。在中国古人的观念中，奇、偶不仅指数目，还指命运、运气。说某人"数奇"，就指这个人命运不好，遇事多不利。相反，命运好就是"运偶"。唐代李峤（jiào）《宝剑篇》："一朝运偶逢大仙，虎吼龙鸣腾上天。"②〔银钙〕银白色的灯盏、烛台。钙，又读gōng，油灯。③〔槛（jiàn）〕栏杆。④〔舞调、歌腔〕歌舞时音乐的调子、唱腔。⑤〔兴汉推马武〕帮助刘秀复兴汉室时做出贡献的首推马武。马武，东汉南阳湖阳（今河南南阳唐河）人，字子张，"云台二十八将"之一。汉明帝为纪念辅佐刘秀建立东汉王朝的功臣，命人在洛阳南宫云台阁为功勋卓著的28名将领画像，称为"云台二十八将"。⑥〔谏夏著龙逄〕龙逄，即关龙逄。他曾多次直言力谏，触怒了夏桀，最终被杀。著，出名。⑦〔"四收"句〕指北宋初大将曹彬伐灭后蜀、南汉、南唐及北汉等地方割据政权，辅佐宋太祖统一天下的事。伏，通"服"，屈服，顺从。⑧〔"三筑"句〕张仁愿是唐代著名的军事家、政治家。唐中宗时，他率部击败突厥军队，并在漠南后突厥的中心地区建立三座受降城，中城在朔州，西城在灵州，东城在胜州。三受降城体系是进攻型军事重镇体系，严重削弱了后突厥汗（hán）国，巩固了唐朝北部边疆。见《新唐书·张仁愿传》。⑨〔"跨凤"二句〕指秦穆公女弄玉的故事，见12页注⑯。⑩〔"斩蛇"二句〕讲汉高祖刘邦的故事。《史记·高祖本纪》记载，刘邦起义初期，在一次行军途中，遇到长蛇拦路，刘邦上前杀死长蛇打通道路。后有一老太婆在斩蛇处啼哭，说自己的儿子是白帝子变化为蛇，被赤帝之子杀害了。当道，挡路，拦路。

◎ 典故

冒死进谏的关龙逄

关龙逄（páng），也叫豢龙逄，是古代豢龙氏的后代。《左传·昭公二十九年》记载，帝舜喜欢龙，鬷（liù）国国君叔安的一位后人叫董父，会驯养龙，得到帝舜的重用，赐姓董。这个董姓的后人有一支以"豢龙"为姓氏，可能是发音的关系，也称关龙氏。到了关龙逄这一代，已经是夏桀的高官，不再驯龙。

关龙逄很敬业，做过发、桀两代夏王的相。但是很不幸，夏桀虽然很有本事，却不会治国，做了很多荒唐残暴的事。作为辅政大臣，关龙逄自然不能视而不见，不管何时何地，他都直言桀的错误。这让夏桀很不满意，以至于想杀了关龙逄。

《韩诗外传》记载，夏桀在国中建造的酒池可以行船，池中之酒可供牛饮者3 000人，堆起的酒糟有十里长。关龙逄向夏桀进谏说：古代的君王讲究仁义，爱民节财，国家才会长治久安；如今你挥霍无度，杀人无数，再不改变，上天会降下灾祸，国家就危险了。说完以后，他就立于朝堂之上不走，瞪着夏桀，等着他承认错误并且改正。夏桀大怒，积压很久的恶气一下子爆发出来，当场命人把他关进牢狱，随便找个理由就杀了。很多大臣、贤人看到关龙逄因忠谏被杀，失望、恐惧之余，纷纷远离而去。

◎释疑解惑

马武的远见

西汉自汉武帝以后，经常出现外戚干政的情况。到了西汉末年，皇室愈发昏弱，外戚把持朝政。到了汉元帝时，皇后王政君母仪天下60多年，辅佐了元帝、成帝、哀帝、平帝4个皇帝。到孙子婴继位时，她的侄子王莽早已凭借姑母的权势，一步步爬到高位，最后篡国代汉，建立新朝。但是他这个皇帝来路不正，天下人都不服，打着刘氏皇族身份起义的人很多，其中比较大的势力有绿（lù）林、赤眉、铜马等。

在这些起义军当中，刘秀虽然是皇裔，但已经是很偏远的一支，并不算皇家正宗。刘秀跟他哥哥刘缤（yǎn）拉着一群南阳当地的没落贵族起事，没人没钱，装备很差，刘秀甚至骑牛上阵。但是他很有能力，运气也不差，渐渐崭露头角，起义队伍发展壮大。后来有了岑彭、马武、盖（gě）延、姚期、冯异、马援、耿弇（yǎn）等人，更是如虎添翼，声势无匹，最终推翻新莽，挫败刘玄，收服其他义军，取得天下。

在推翻王莽政权之后，刘秀与起义联军统领更始皇帝刘玄的矛盾也公开激化，众将都想推刘秀称帝，但没说出来。在后来命名的"云台二十八将"中，马武是最后一个归顺到刘秀麾下，却是第一个劝刘秀称帝的。他当时的话是："反水不收，后悔无及。"（见《后汉书·光武帝纪上》）

yán duì mào　　xiàng duì páng
颜 对 貌 ， 像 对 庞①。

bù niǎn duì tú gāng
步 辇 对 徒 杠②。

tíng zhēn　 duì gē zhù　　　yì lǎn duì xīn xiáng
停 针③对 搁 杼④，意 懒 对 心 降⑤。

dēng shǎn shǎn　　yuè chuáng chuáng
灯 闪 闪 ， 月 幢　 幢⑥。

lǎn pèi　 duì fēi shuāng
揽 辔⑦对 飞　 艭⑧。

liǔ dī chí jùn mǎ　　huā yuàn fèi cūn máng
柳 堤 驰 骏 马 ， 花 院 吠 村 龙⑨。

jiǔ yùn wēi tuó qióng xìng jiá
酒 晕 微 酡 琼 杏 颊⑩，

xiāng chén qiǎn yìn yù lián shuāng
香 尘 浅 印 玉 莲 双⑪。

shī xiě dān fēng　hán nǚ yōu huái liú yù shuǐ
诗 写 丹 枫，韩 女 幽 怀 流 御 水；⑫

lèi tán bān zhú　shùn fēi yí hàn jī yú jiāng
泪 弹 斑 竹，舜 妃 遗 憾 积 渝 江。⑬

◎**注释**　①〔庞〕面庞。②〔步辇、徒杠（gāng）〕步辇，古代帝王乘坐的用人抬的代步工具。辇，秦汉以后特指帝王、皇后所乘坐的车子。徒杠，可步行通过的小木桥。杠，小木桥。《说文·木部》"桥"，段玉裁注："凡独木者曰杠，骈木者曰桥。"③〔停针〕停下针线活儿。唐代朱绛《春女怨》："独坐纱窗刺绣迟，紫荆花下啭黄鹂。欲知无限伤春意，尽在停针不语时。"④〔搁杼〕放下梭子，停止织布。杼，一作"竺"，一种古代乐器。又作"笔"（《李渔全集》卷十八《笠翁对韵》四四九页）。⑤〔意懒、心降〕意懒，心意懒散。心降，心中安稳、平和。⑥〔月幢幢〕此处形容月影摇曳不定的样子。⑦〔揽辔〕抓住马的缰绳。辔，驾驭牲口的嚼子和缰绳。⑧〔飞艭〕划得飞快的小船。艭，小船。⑨〔尨〕多毛的狗。此处泛指狗。⑩〔"酒晕（yùn）"句〕喝醉酒的美人面如美丽鲜艳的杏花。酡，酒后脸红。杏颊，古人常以"杏颊"比喻美人的脸。⑪〔"香尘"句〕据东晋王嘉《拾遗记》卷九记载，西晋石崇豪富骄奢，婢妾众多。他曾经撒沉香屑于象床，令姬妾在香屑上走过，没留下脚印的赏百琲（bèi，成串的珠子）珍珠。玉莲，比喻女子双脚。古代女子的鞋袜上多绣有莲花，故称。浅，一作"没"。⑫〔"诗写"二句〕见11页注⑩。⑬〔"泪弹"二句〕传说帝舜的两个妃子娥皇、女英听到舜南巡死于苍梧之野的噩耗，泪染青竹，因竹身布满泪痕似的斑点，故称斑竹，也叫湘妃竹。据晋·张华《博物志》卷八："尧之二女，舜之二妃，曰湘夫人。舜崩，二妃啼，以涕挥竹，竹尽斑。"渝江，古水名，一作"湘江"（《李渔全集》卷十八《笠翁对韵》四五〇页）。

◎**典故**

步辇学士姚元崇

步辇在古代是极高的待遇，类似于汉代的羊车、现在的豪车。五代王仁裕《开元天宝遗事·步辇召学士》记载："明皇在便殿，甚思姚元崇论时务。七月十五日，苦雨不止，泥泞盈尺，上令侍御者抬步辇召学士来。"这个姚元崇何许人也，值得李隆基如此思念？原来他就是跟宋璟（jǐng）齐名的姚崇。

姚崇（650—721），字元之，本名元崇。其先祖是吴兴（今浙江湖州）人，隋末移居硖（xiá）石（今河南陕州硖石镇），后定居洛阳。姚崇早年因为文采好，下笔成章，被举荐为濮州司仓参军。武则天称帝，他仍然受到重用，当了很多年地方官，了解下情，经验丰富。唐睿宗时，他曾一度入相。到了玄宗开元初年，再次入相，迁紫微令，封梁国公。因为他历任武则天、唐睿宗、唐玄宗三朝宰相，有"救时宰相"之称，与宋璟并称"姚宋"。

唐朝300年间，宰相无数，但真正数得着的只有"前称房（玄龄）、杜（如晦），后称姚、宋"。司马光说"崇善应变以成务，璟善守文以持正"。姚崇不喜欢高谈阔论，他是一个脚踏实地、勇往直前的实干家、改革家，以清除天下积弊为己任，不敬神、不信鬼，不畏权贵。他多次得罪上级、同僚，被贬斥到地方工作，但也因此锻炼了能力，开拓了视野，经验、格局都比一般官员丰富、博大，对时政的见解自然就深刻独到，难怪会取得皇帝的信任。

不过，有的史书上说他"权谲"，意思是好玩弄权术。比如他算计同为宰相的张说（yuè），打压刘幽求、魏知古等人。这应该是官场的常态，不能简单看作个人品德的表现；后人评价历史，还是要从大局出发，就像我们不能因为张说徇私以"泰山之力"帮助女婿超常升官，而认为他是个贪官奸臣一样。

◎ **释疑解惑**

古代的轿子

轿子是在车子的基础上演变而来的。《淮南子·说山训》："见飞蓬转而知为车。"古人发现圆形的物体在平面上移动要比其他形状的物体迅速得多，于是发明了轮车。远古先民为了生存发展，经常"迁徙往来无常处"，车子给了他们极大的便利。随后，受到车子的启发，古人陆续发明了各种适用于不同自然环境的交通工具。《尚书·益稷》记载大禹陈述其治水经过时讲："予乘四载，随山刊木。"《史记·夏本纪》解释"四载"是："陆行乘车，水行乘船，泥行乘橇，山行乘檋（jú）。"檋，大致就像后来的轿子。这段话是说他使用了各种交通工具，轿子是其中之一。因此可以说，轿子在中国至少有4 000年的历史。

1978年，河南固始侯古堆春秋战国古墓陪葬坑中，出土了三乘木质肩舆，有屋顶式和伞顶式两种制式。其中一件经复原后，由底座、边框、立柱、栏杆、顶盖轿杆和抬杠几部分组成。底座呈长方形，顶盖如同四面起坡的房顶形式，轿身原应围以帷幔；轿前开有小门，供乘坐者出入；轿杆捆绑在底部边框上，和以后轿杆固定于轿身中部的制式不同。这是目前发现存世最早的轿子实物。从它的结构来看，当时制轿技术已十分成熟。在它之前，还应有一段发展完善的过程。因此，轿子起源于夏朝初期的说法是可信的。

轿子因时代、地区、形制的不同而有不同的名称，如肩舆、檐子、兜子、眠轿、暖轿等。我们现在熟悉的轿子大多是明、清常用的暖轿，又称帷轿。

四 支

quán duì shí　　gàn duì zhī
泉 对 石 ， 干 对 枝 。

chuī zhú duì tán sī
吹 竹 对 弹 丝① 。

shān tíng duì shuǐ xiè　　yīng wǔ duì lú cí
山 亭 对 水 榭② ， 鹦 鹉 对 鸬 鹚 。

wǔ sè bǐ　　shí xiāng cí
五 色 笔③ ， 十 香 词④ 。

pō mò duì chuán zhī
泼 墨⑤ 对 传 卮⑥ 。

shén qí hán gàn huà　　xióng hún lǐ líng shī
神 奇 韩 幹 画⑦ ， 雄 浑 李 陵 诗⑧ 。

jǐ chù huā jiē xīn duó jǐn
几 处 花 街 新 夺 锦⑨ ，

yǒu rén xiāng jìng dàn níng zhī
有 人 香 径 淡 凝 脂⑩ 。

wàn lǐ fēng yān　　zhàn shì biān tóu　　zhēng bǎo sài
万 里 烽 烟 ， 战 士 边 头⑪ 争 保 塞 ；

yì lí gāo yǔ　　nóng fū cūn wài jìn chéng shí
一 犁 膏 雨 ， 农 夫 村 外 尽 乘 时 。⑫

◎**注释**　①〔竹、丝〕竹，此处指竹制的箫管一类的乐器。丝，此处指琴瑟一类的弦乐器。丝和竹都属古代"八音"范围。②〔水榭〕建筑在水边或水上，供人们驻留眺望的亭阁。③〔五色笔〕古代传说中有法力的仙笔。相传南朝梁人江淹年轻时，梦见东晋大学者、诗人郭璞赠给他五色笔，于是才思骤增，写出了许多优秀诗文。到了晚年，他又梦见郭璞讨回了五色笔，从此便才情衰减，再也写不出好诗文了，人称"江郎才尽"。参见南朝梁锺嵘《诗品》卷中。④〔十香词〕辽道宗耶律洪基的皇后萧观音，美貌多才，善弹琵琶，能作词填曲，宠逾众妃。后因劝谏辽道宗而被疏远，曾作《同心词》以自明。道宗晚年，佞臣耶律乙辛把持朝政，打压太子和皇后的势力，诬蔑皇后与伶人私通，并假造《十香词》为证。道宗听信谗言，赐皇后自尽。参见辽·王鼎《焚椒录》。⑤〔泼墨〕国画的一种技法。⑥〔传卮〕传杯，依次传递酒杯喝酒，是古人在宴饮中劝酒的一种方式。卮，古代盛酒器。⑦〔韩幹画〕唐代著名画家韩幹擅长画马。传说德宗建中（780—783）初年，有人牵了一匹足蹄有伤的马去就诊。其马毛色、骨相不像真马，倒很像韩幹画的马。马医让人牵此马绕街市走一趟，巧遇韩幹，韩幹也很惊异。回家后，见自己画的马果然蹄上有一点儿黑缺，方知是马画通灵。参见唐代段成式《酉阳杂俎续集》卷二。⑧〔李陵诗〕指苏武南还时李陵赠别苏武的诗。李陵，西汉名将李广之孙。武帝天汉二年（前99年），他率步卒5 000与匈奴骑兵10万决战，终因缺少援军，战败投降。《昭明文选》卷二十九中《有鸟西南飞》等几首古代送别诗，情调悲凉慷慨，据说是李陵送别苏武时所作。⑨〔夺锦〕据说有一次武则天到洛阳龙门游玩，诏令群臣以"明堂火珠"为题赋诗，并约定先作成诗的赐锦袍一件。东方虬先作成了，刚拜领锦袍，宋之问随后就写成了，但写得比东方虬好，有"不愁明月尽，自有夜光来"之句。武后很欣赏，就令夺回赐给东方虬的锦袍赏给宋之问。后来便称竞赛中获胜为"夺锦"。参见《新唐书·宋之问传》。⑩〔"有人"句〕香径，指花间小路或落花满地的小路。凝脂，原意是凝固的油脂，常用来形容洁白细腻的皮肤。⑪〔边头〕边疆，边地。⑫〔"一犁"二句〕春天一场（cháng）透雨过后，田野里人们趁着农时春耕播种。膏雨，肥美的雨，对农作物有利的雨，这里指春雨。因其雨量足够开犁耕种，故名"一犁膏雨"。宋代蔡襄《稼村诗帖二首》其一："隐居何事可谋生，尧舜难周畎（quǎn）亩情。若得一犁膏雨足，石田茅屋起歌声。"乘时，利用有利时机。

◎ 典故

13岁的"教授"范质

教授是一个古老的词语。宋代高承《事物纪原·抚字长民·教授》："宋朝神宗元丰中，兴太学三舍，以经术养天下之才，又于诸大郡府，始各置教授一人，掌教导诸生。"也就是说，在古代，教授就是学官名。宋代除宗学、律学、医学、武学等置教授传授学业外，各路的州、县学均置教授，掌管学校课试等事，位居提督学事司之下。元代诸路散府及中州学校、明清的府学也都设置教授。中国古代的学问，在今天看来，都是速成型的。从五六岁开始蒙学，10来岁学习"四书""五经"，到了15岁外出游学，不到20岁就已经是一个领域的专家了。

范质（911—964），字文素，大名宗城（今河北邢台市威县）人。他生逢其时，在后周、北宋都担任过宰相。

范质出生当天傍晚，母亲梦见神仙授给她一支五色笔。这是传说中文曲星下凡的意思。果不其然，范质自幼聪明好学，9岁能作诗文，13岁攻读《尚书》，并开始招生收徒做教师。后来他中了后唐长兴四年（933年）进士，官至户部侍郎。后周太祖郭威自邺起兵入京时，范质为避战祸，藏匿民间，后来被郭威找到。时值严冬，郭威脱下外袍给范质披上，以示尊重。范质于是做了后周的兵部侍郎、枢密副使。后周显德四年（957年），范质上书朝廷，建议重修法令，编定《显德刑律统类》。宋代第一部法典《宋刑统》就源于此法典。

显德六年（959年），周世宗病危，临终托孤，命范质为顾命大臣，辅佐7岁的恭帝柴宗训。显德七年正月初一，忽传北汉、契丹联兵南下，朝廷令赵匡胤统率禁军北上。正月初三，赵匡胤陈桥兵变还京，范质率王溥、魏仁浦（3人同为宰相）责问赵匡胤，帐前罗彦环拔剑厉声威胁，3人被迫拥立赵为天子。乾德二年（964年）正月，范质与王溥、魏仁浦同日罢相，同年九月去世。临终时，范质"戒其后勿请谥、立碑，自悔深矣"，充分表达了文人生逢乱世而身不由己的感慨。

《渑（shéng）水燕谈录》记载，范质力学强记，生性敏悟。考进士时，主考官是翰林学士和凝。他看了范质的答卷，非常器重，又因为自己登进士第时名在13，所以把范质也排在这个名次。贡院中称这件事为"传衣钵"。后来范质登相位，拜太子太傅，封鲁国公，官职都与和凝一样。前文提到的"五色笔"的传说，也与"传衣钵"有关。

《宋史·范质传》记载，范质性格褊（biǎn）急，爱当面驳斥人，务必使对方屈服。平日廉洁耿介，从未接受他人馈赠，所得的优厚赏赐常常送给孤寡之人。内室之中，吃饭不相异。死后，家里没有多余的钱财。范质生前，侄子范杲（gǎo）上奏请求迁升秩阶，范质作诗劝他别那么做，当时人遍为传诵，作为修身处世的劝诫箴言。

◎ **释疑解惑**

李陵与苏武的交情

李陵之父是飞将军李广的长子李当户。李当户早死，李陵为遗腹子。李陵成年后，被选拔为建章宫羽林军的长官。他擅长射箭，十分爱护手下的士兵。天汉二年（前99年）秋，汉武帝命贰师将军李广利带3万骑兵攻打匈奴，准备让李陵为李广利军监护辎重。李陵坚决辞谢，表示愿率所部直捣匈奴主力。他之所以这么做，一是要建功立业，二是弥补爷爷当年未能建功封侯的遗憾。武帝也理解他的心情，于是应允。

李陵率5 000名弓箭手从居延北出发，不久遭遇匈奴且鞮（jū dī）侯单于3万骑兵。汉军接战勇敢，十几天里屡挫匈奴骑兵，打得敌人一度想退兵。不料汉军军候管敢被校尉侮辱，气愤之下投降匈奴，说："陵军无后救，射矢且尽，独将军麾下及成安侯校各800人为前行，以黄与白为帜，当使精骑射之即破矣。"单于大喜，于是便派骑兵合攻汉军。汉军在谷中，匈奴在山上，四面对射，矢如雨下。汉军南撤，未至鞮汗（hán）山，一天内50万矢射光。此时，汉军尚有3 000余人，退至一峡谷内，被匈奴阻断后路。黄昏以后，李陵身穿便衣走出大营，对左右说："别跟着我，我要独自一人生擒单于！"过了很久，李陵回到营中，叹道："我们已然兵败，即将死于此地了！"又对部下说："如果再有数十支箭，我们就足以逃脱了。现在已没有武器再战，天亮以后我们只能坐以待毙，不如各自逃命，或许还有人能够侥幸逃回报告天子。"半夜，李陵命人击鼓叫醒士兵，但战鼓已破，敲不响了。于是，李陵和韩延年跨上战马，十几名壮士随行。匈奴数千名骑兵随后追击，韩延年战死。李陵说道："我已无面目报答皇帝陛下了！"于是投降。其他人分散突围，逃回边塞的有400余人。

汉武帝得知李陵孤军无援，派公孙敖率4万步骑深入敌后营救。公孙敖无功而返，却说俘虏称李陵正在教匈奴练兵。汉武帝大怒，族诛李陵家室，事后才知那人不是李陵，而是降将李绪。李陵得知后，派刺客将李绪杀死，以泄心头之恨。

太史令司马迁认为李陵之所以投降，是万般无奈，内心还是想找机会报效国家。但他这个说法被汉武帝认为是诋毁李广利，为李陵开脱，加上修史时对皇室"不够尊敬"（如将项羽、刘邦同列在"本纪"之类），遂对其施以宫刑。

李陵与苏武原来都是侍中。苏武出使匈奴的第二年，李陵投降匈奴。后来，单于派李陵到北海劝降苏武。李陵其实内心十分矛盾，他本不愿投降，但又不想部下白白送死，一开始是伪降，时刻想着寻找机会逃回汉朝（其实他随时可以逃跑，但是他想带走一众部下，就没那么容易了），后来汉武帝杀了他全家，终于让他心灰意冷，不再想着返回汉朝。可是他面对苏武，又是惭愧，又是无奈，还感觉到几分亲切，所以他劝苏武的话也都是情真意切，司马迁的文笔又曲折生动，读了很令人感动。

那么，李、苏二人的交情有多深？我们读一读《文选》收录的李陵《与苏武》21首就能充分感受到。令人遗憾的是，不知道是苏武看不起李陵，还是史料缺失，我们没有看到苏武的应和诗。

菹对醢[1]，赋对诗。

点漆[2]对描脂。

璠簪[3]对珠履[4]，剑客对琴师。

沽酒价[5]，买山资[6]。

国色对仙姿[7]。

晚霞明似锦，春雨细如丝。

柳绊长堤千万树，

花横野寺两三枝。[8]

紫盖黄旗，天象预占江左地；[9]

青袍白马，童谣终应寿阳儿。[10]

◎**注释** ①〔菹、醢〕菹，腌菜。醢，用鱼或肉制成的肉酱。②〔点漆〕此处指眼睛乌黑光亮的样子。《世说新语·容止》："王右军见杜弘治，叹曰：'面如凝脂，眼如点漆，此神仙中人。'"③〔璠簪〕美玉制成的簪子。璠，美玉。④〔珠履〕用珍珠装饰的鞋。相传战国时楚国公子春申君为了把夸口的赵国使臣比下去，他和门客都穿珠履。《史记·春申君列传》："赵使欲夸楚，为玳瑁簪，刀剑室以珠玉饰之，请命春申君客。春申君客三千余人，其上客皆蹑（niè，踩）珠履以见赵使，赵使大惭。"⑤〔沽酒价〕沽酒有两个意思：一个是买来的酒，见《论语·乡党》"沽酒、市脯，不食"句；另一个是卖酒，见白居易《杭州春望》"红袖织绫夸柿蒂，青旗沽酒趁梨花"句。这里的"沽酒价"与下句"买山资"相对，解为卖酒较妥当。⑥〔买山资〕买山的钱。《世说新语·排调（tiáo）》记载，支道林打算向深公买下山来隐居，深公答曰："未闻巢由（巢父、许由，尧时隐士）买山而隐"。后来支道林放弃了买山的打算，因为"沃洲能共隐，不用道林钱"（唐代刘长卿《初到碧涧招明契上人》）。从这桩轶事来看，买山也就有了隐居的意思。⑦〔国色、仙姿〕国色，容貌美丽冠绝一国的女子。仙姿，清丽如仙女一般的姿容。⑧〔"柳绊"二句〕河堤上柳丝垂拂，寺庙外野花横枝。绊，原意是系住马的绳索。此处形容垂拂于地的柳枝纤细、柔长，仿佛拴缚了河堤。⑨〔"紫盖"二句〕古人认为黄旗紫盖状的云气是出天子之征兆。《三国志·吴书·孙皓传》记载，当年东吴有个术士说"庚子岁，青盖当入洛阳"。吴主孙皓以为是自己能够入主洛阳，事实却是庚子之年（280年）孙皓作为俘虏去了洛阳。江左，指东吴占领的江东地区。古人以东为左，以西为右，"自江北视之，江东在左，江西在右"（魏禧《日录杂说》），故江东又称江左。⑩〔"青袍"二句〕相传南朝梁武帝时，大同一带流传着"青丝白马寿阳来"的童谣。不久，寿阳侯景发动叛乱，而叛军穿青袍、骑白马，以青丝为辔。后以"青袍白马"指乱臣贼子。参见《南史·侯景传》。

◎ **典故**

不信鬼神的阮修

阮修（270—311），字宣子，陈留尉氏（今河南开封南）人。他是"竹林七贤"之一阮籍的侄子，对《周易》《老子》研究深透，也擅长清谈。

魏晋时代，人们多信鬼神，阮修则认为世上根本没有鬼神。有一次，阮修跟一帮朋友辩论鬼神的有无，问那些朋友："你们见过鬼吗？"

众人都说见过鬼。

阮修又问："那你们见到的鬼是光着身子，还是穿着衣服？"

众人想当然地说："他们生前穿什么衣服，成了鬼以后也还穿着那样的衣服。"

阮修拍手大笑，说："照你们的说法，鬼是人的魂魄所化，那么难道衣服也有魂魄而可以化成衣服鬼喽？"言外之意是，衣服没有魂魄就不可能穿在鬼身上。

众人哑口无言。

还有一次，阮修要去伐一棵社树。社最早是民居单位，25 家为一社，社区边上堆起土堆，种上树，以示分隔。后来社成为祭祀土地神的地方，那里的树就更重要了。既然如此，社树当然不能砍伐。有人看见了，急忙劝阻阮修说："伐不得呀！社树是神灵的化身，伐它要遭报应的！"

阮修就问那人："那你说这社树是神灵附身在它身上呢，还是树化为神灵呢？要是神明附在树上，那么伐掉以后，神灵自会找别的树去寄托；如果是树化为神灵，那么树伐了，神明也就灭亡了，我有什么好害怕的？"

◎释疑解惑

侯景是被逼反的吗？

侯景（503—552），字万景，北魏怀朔镇（今内蒙古固阳南）鲜卑化羯（jié）人。早年跟随东魏丞相高欢起兵，成为高欢部下的重要将领。他曾说："王（高欢）在，吾不敢有异；王无，吾不能与鲜卑小儿（高澄）共事。"高欢死后，儿子高澄即位，侯景叛乱，带着被打散的800人投奔梁朝。他叛逃后，高澄把他的妻子和儿子捉去烹煮吃了。

侯景到了梁朝，当时年迈的梁武帝还妄图借他的力量北伐，所以接受了他的投降，封他为河南王、大将军，使持节。高澄派大将慕容绍宗进攻侯景，梁武帝派贞阳侯萧渊明北上支援侯景，结果大败，萧渊明被俘。正在此时，跟南梁打仗的东魏提出和解。侯景感到恐慌，假冒高澄写了一封信，提出以萧渊明交换侯景，谁知道梁武帝竟然接受了。侯景大怒，于是再次叛变。

叛军围困梁朝都城130多天，城里早就没有吃的东西了，便开始吃人。叛军攻入建康（今南京）时，80多岁的梁武帝跟侯景有一段对话。

梁武帝："你打哪儿来？老婆孩子都好吗？"

侯景不语，别人代答："他老婆孩子都被高澄吃了。"

梁武帝："你当初来的时候带了多少人？"

侯景："800人。"

梁武帝："围城的时候你有多少人？"

侯景："10万人。"

梁武帝："现在呢？"

侯景："普天之下，都是我的人。"

史书上说："景长不满七尺，长上短下，眉目疏秀，广颡（sǎng）高颧（quán），色赤少鬓，低视屡顾，声散。识者曰：'此谓豺狼之声，故能食人，亦当为人所食。'"用白话说就是：侯景个子矮小，上身长下身短，宽额头高颧骨，脸色暗红，没有胡须，眼神喜欢在地面上左顾右盼，声音嘶哑，会看相的人都说这是豺狼的叫声，他将来会吃人，也会被人吃。后来的事实也证明这一点。曾经有人说侯景是北齐、东魏、南梁逼反的，其实不然。

zhēn duì zàn　　fǒu duì zhī
箴 对 赞①，缶 对 卮②。

yíng yàn duì cán sī
萤 焰 对 蚕 丝③。

qīng jū duì cháng xiù　　ruì cǎo　duì líng zhī
轻 裾 对 长 袖④，瑞 草⑤ 对 灵 芝。

liú tì cè　　duàn cháng shī
流 涕 策⑥，断 肠 诗⑦。

hóu shé　duì yāo zhī
喉 舌⑧ 对 腰 肢⑨。

yún zhōng xióng hǔ jiàng　　tiān shàng fèng huáng ér
云 中 熊 虎 将⑩，天 上 凤 凰 儿⑪。

yǔ miào qiān nián chuí jú yòu
禹 庙 千 年 垂 橘 柚⑫，

yáo jiē sān chǐ fù máo cí
尧 阶 三 尺 覆 茅 茨⑬。

xiāng zhú hán yān　　yāo xià qīng shā lǒng dài mào
湘 竹 含 烟，腰 下 轻 纱 笼 玳 瑁；

hǎi táng jīng yǔ　　liǎn biān qīng lèi shī yān zhī
海 棠 经 雨，脸 边 清 泪 湿 胭 脂⑭。

◎**注释**　①〔箴、赞〕箴，劝告，规诫。也指以规劝、告诫为内容的文体。赞，称赞，颂扬。也指一种文体，用于颂扬人物。②〔缶、卮〕缶，古代小口大肚子的盛酒瓦器。卮，古代一种圆形的盛酒器。③〔萤焰对蚕丝〕萤焰，萤火虫的光。焰，一作"照"。古诗词里常将萤、蚕对举。如宋代苏泂（jiǒng）《邢兄次韵再答之》："春蚕裹于茧，腐草化为萤。"古人认为萤火虫是腐草所化。④〔轻裾对长袖〕轻裾、长袖都是形容人舞蹈时衣襟飘扬的样子。裾，衣襟。长袖，长的衣袖，多指舞衣。⑤〔瑞草〕兆示吉祥的草，如蓂（míng）英、灵芝之类。⑥〔流涕策〕指西汉贾谊在写给汉文帝的《治安策》中有"臣窃惟事势，可为痛哭者一，可为流涕者二，可为长太息者六"的话，故称。策，古代大臣献给皇帝的意见书。⑦〔断肠诗〕表达哀伤凄婉内容的诗词。宋代女诗人朱淑真因对自己的婚姻不满意，抑郁而终。她的诗词多表达幽怨感伤之情，如《谒金门·春半》："满院落花帘不卷，断肠芳草远。"《江城子·赏春》："斜风细雨作春寒。对尊前，忆前欢，曾把梨花，寂寞泪阑干。"因此，她的诗集名为《断肠集》。⑧〔喉舌〕古时比喻国家重臣，特指御史之类的言官。《诗·大雅·烝民》："出纳王命，王之喉舌。"⑨〔腰肢〕腰身，身段。多形容女子。⑩〔云中熊虎将〕指西汉名将魏尚。他治军严明，关心部下，做云中太守时，匈奴非常忌惮他，不敢再犯汉朝。云中，汉代北方郡名。⑪〔天上凤凰儿〕凤凰儿，即雏凤。常用来比喻俊杰。如三国时的庞士元和西晋时的陆云均被时人称为"凤雏"。《三国志·蜀书·诸葛亮传》南朝宋裴松之注引《襄阳记》："刘备访世事于司马德操。德操曰：'儒生俗士，岂识时务？识时务者在乎俊杰。此间自有伏龙、凤雏。'备问为谁？曰：'诸葛孔明、庞士元也。'"《晋书·陆云传》："幼时，吴尚书广陵闵鸿见而奇之，曰：'此儿若非龙驹，当是凤雏。'"⑫〔"禹庙"句〕取意唐代杜甫《禹庙》诗："禹庙空山里，秋风落日斜。荒庭垂橘柚，古屋画龙蛇。"⑬〔"尧阶"句〕相传帝尧生活简朴，住房很简陋，房前的土台阶只有3尺高，茅草做的屋顶也不加修剪。土阶，泥土做的台阶。茅茨，茅草覆盖房顶。⑭〔"湘竹"四句〕前两句描写女子的柔美，轻纱挽绕在腰上，就像烟雾缠绕的竹枝；后两句写女子的娇弱，腮边流下的泪水浸湿了脂粉，犹如雨点落在海棠花上。湘竹，指斑竹。涉及舜的两位夫人娥皇、女英在湘江边泪染青竹的典故。详见第27页注⑬。玳瑁，一种外形似龟的动物，此处指用玳瑁甲片做的饰品。

◎ **典故**

细腰文学家沈约

沈约（441—513），字休文，吴兴武康（今浙江湖州德清）人，历仕宋、齐、梁三朝。沈家原是豪门大族，所谓"江东之豪，莫强周、沈"。他的祖父沈林子任南朝宋的征虏将军，父亲沈璞任南朝宋淮南太守，但元嘉末年被诛，沈家一度衰落。沈约因此早年孤贫流离，但是笃志好学，后来博通群籍，尤其擅长诗文。因为名气大，他得到统治者的重用：在南朝宋任记室参军、尚书度支郎；入南齐，历任著作郎、尚书左丞、骠骑司马将军，后来为竟陵王萧子良门下学士，"竟陵八友"之一，与当时有大名、家族底蕴深厚的谢朓（tiǎo）交好。后来，他帮助萧衍谋划并夺取南齐，并连夜草就即位诏书，萧衍封他建昌县侯，官至尚书左仆射（pú yè），后迁尚书令，领太子少傅。

那个时代的高官大多连仕几朝，名节都不太好，不像东晋以前还能标举一下或自命不凡，所以大家闲暇时间都去发愤搞文学创作。那时候的文学水平相当高，文学事业也很繁荣，文人多如牛毛。就是这样，沈约还能出头，名气跟当时的鲍照、何逊、范云、谢灵运、谢玄晖、任彦升等人比肩，可见水平之高。

他曾经一度想入内阁而不得，就在给友人徐勉的信里面诉苦，说自己"解衣一卧，支体不复相关……百日数旬，革带常应移孔；以手握臂，率计月小半分。以此推算，岂能支久？"大概的意思就是最近我愁得越来越瘦，胳膊每月细半分，腰带孔一直往前移；老徐你要还是我朋友，就帮我在皇帝那儿多美言几句。后来人们就用"沈郎腰细""沈腰"作为腰围瘦减的代称。

◎ 释疑解惑

古代的酒杯有几种？

对于古代的酒杯，很难确定数目、种类，只能举个大概。

觥（gōng）：器形瘦长，腹椭圆，上有提梁，底有圈足，兽头形盖或全身兽形，并附有小勺。《诗·周南·卷耳》："我姑酌彼兕觥，维以不永伤。"

罍（léi）：形状像壶，小口，广肩，深腹，圈足，有盖，多用青铜或陶制成。《诗·周南·卷耳》："我姑酌彼金罍，维以不永怀。"

尊（樽）：注酒器，有时用壶代替。《管子·中匡》："公执爵，夫人执尊，觞三行，管仲趋出。"

觞（shāng）：倒满酒的酒杯。《说文解字·角部》："觯（zhì）实曰觞，虚曰觯。"《史记·魏其武安侯列传》："起行酒，至武安，武安膝席曰：'不能满觞。'"

觯：似尊而小，有的有盖，盛行于商代晚期和西周初期。《礼记·礼器》："尊者举觯，卑者举角（jué）。"

角：形似爵而无柱，两尾对称，有盖，用以温酒和盛酒。《礼记·礼器》："宗庙之祭……尊者举觯，卑者举角。"

钟：大酒杯。班固《东都赋》："于是庭实千品，旨酒万钟。"

觚（gū）：喇叭形口，细腰，高圈足。盛行于商代和西周初期。《论语·雍也》："觚不觚，觚哉！觚哉！"《论衡·语增篇》："传语曰：'文王饮酒千钟，孔子百觚。'"

盅（zhōng）：没有把儿的杯子。

斗：也叫羹斗，有长柄。《诗·大雅·行（háng，行列）苇》："酌以大斗，以祈黄耇（gǒu）。"

酌（zhuó）：《楚辞·招魂》："挫糟冻饮，酌清凉些（suò，楚国人旧俗：凡禁咒句尾皆称'些'）。华酌既陈，有琼浆些。"《始得西山宴游记》："引觞满酌，颓然就醉。"

爵：三足，不同的形状显示使用者的身份尊卑。《诗·小雅·宾之初筵》："酌彼康爵，以奏尔时。"

白：古时罚酒用的酒杯。刘向《说苑·善说》："魏文侯与大夫饮酒，使公乘不仁为觞政（即酒令）曰：'饮不釂（jiào，喝干）者，浮以大白。'"

榼（kē）：带提梁的酒杯。《左传·成公十六年》："使行人执榼承饮。"

椑（bēi）：扁圆形的榼。

杓（sháo）：同"勺"，带柄的酒器。《史记·项羽本纪》："张良入谢，曰：'沛公不胜杯杓，不能辞。'"

斝（jiǎ）：青铜制，圆口，三足。《说文解字·斗部》："斝，玉爵也。夏曰盏，殷曰斝，周曰爵。"

盏：小而浅的酒杯。唐代韩愈《奉酬振武胡十二丈大夫》："横飞玉盏家山晓，远蹀（dié）金珂塞草春。"

壶：有方形、扁圆形或圆形，最早的不带提梁。唐代李白《月下独酌》："花间一壶酒，独酌无相亲。"

杯：酒杯。古代的酒杯比现在样式多得多。唐代杜甫《九日五首》其一："重阳独酌杯中酒，抱病起登江上台。"

zhēng duì ràng　　wàng duì sī
争 对 让， 望 对 思。

yě gé　duì shān zhī
野 葛① 对 山 栀②。

xiān fēng duì dào gǔ　tiān zào duì rén wéi
仙 风 对 道 骨， 天 造 对 人 为。

zhuān zhū jiàn　　bó làng chuí
专 诸 剑③， 博 浪 椎④。

jīng wěi duì gān zhī
经 纬⑤ 对 干 支⑥。

wèi zūn mín wù zhǔ   dé zhòng dì wáng shī
位 尊 民 物 主 ， 德 重 帝 王 师 。

wàng qiè bù fáng rén qù yuǎn
望 切 不 妨 人 去 远⑦，

xīn máng wú nài mǎ xíng chí
心 忙 无 奈 马 行 迟⑧。

jīn wū bì lái   fù qǐ mào líng tí zhù bǐ
金 屋 闭 来 ， 赋 乞 茂 陵 题 柱 笔；⑨

yù lóu chéng hòu   jì xū chāng gǔ fù náng cí
玉 楼 成 后 ， 记 须 昌 谷 负 囊 词。⑩

◎ **注释**　①〔野葛〕药草名，即钩吻，也叫葫蔓藤、断肠草。东汉王充《论衡·言毒篇》："草木之中，有巴豆、野葛，食之凑懑（mèn），颇多杀人。"②〔山栀〕即栀子。常绿灌木，果实可入药，亦可作黄色染料。唐代柳宗元《鞭贾（gǔ）》一文记载，有个富家子弟，花5万钱高价买了一条看上去又黄又亮的鞭子，拿着向人炫耀。柳宗元命童仆烧热水把鞭子洗了一下，原来是一条枯干的劣质鞭，乃知"向之黄者栀也，泽者蜡也"。后来就用"栀貌蜡言"一语指伪饰的面貌与言辞。③〔专诸剑〕专诸，春秋时期的著名刺客。吴国堂邑（今江苏南京六合区）人。伍子胥知吴公子光（阖闾）欲杀吴王僚以自立，就把专诸推荐给公子光。吴王僚十二年（前515年），公子光宴请僚，专诸把匕首藏在鱼腹中，乘进献时刺杀了僚，专诸也当场被僚的卫士杀死。参见《史记·刺客列传》。④〔博浪椎（chuí）〕汉代张良原为韩国贵族，韩为秦所灭，张良想为国报仇，花重金请到一位大力士，并打造了一把120多斤重的大铁槌。在秦始皇东游时，张良与大力士在博浪沙（今河南原阳）用铁槌狙击秦始皇，结果误中副车，刺杀没能成功，张良更名改姓逃到下邳。参见《史记·留侯世家》。椎，同"槌"。⑤〔经纬〕织物的纵线为"经"，横线为"纬"；道路的南北为"经"，东西为"纬"；也比喻常道、秩序。《左传·昭公二十五年》："礼，上下之纪，天地之经纬也。"晋·杜预注："经纬，错居以相成者。"唐代孔颖达疏："言礼之于天地，犹织之有经纬，得经纬相错乃成文，如天地得礼始成就。"⑥〔干支〕天干（甲、乙、丙、丁……）和地支（子、丑、寅、卯……）的合称。⑦〔"望切"句〕殷切地盼望也不能阻止想要远行的人。妨，妨碍。⑧〔"心忙"句〕无论心里多么着急，可马走得慢也是没有办法的。⑨〔"金屋"二句〕陈皇后失宠后，请求司马相如为她写《长门赋》。据《汉武故事》记载，汉武帝幼时，他的姑母馆陶长公主想把女儿阿娇嫁给他，就问："儿欲得妇，阿娇好否？"武帝说："若得阿娇，当以金屋贮之。"最终陈阿娇如愿以偿，当了汉武帝的皇后，颇得宠爱。但后来由于她善妒又不生育，渐遭武帝疏远，最后因施行巫蛊（gǔ）之术，被贬居长门宫。她听说司马相如文章写得好，就花重金请相如为她写一篇赋，抒写她的孤寂悲伤和对武帝的思念，呈献上去以挽回武帝的心意。于是司马相如就为她写了《长门赋》。金屋闭来，指陈皇后（阿娇）失宠。司马相如应诏去长安时，路过成都升仙桥，在桥柱题曰："不乘高车驷马，不过此桥。"后司马相如曾在茂陵居住，故称其才思为"茂陵题柱笔"。参见《太平御览》卷七三。⑩〔"玉楼"二句〕白玉楼建成后，必须由李昌谷来写《白玉楼记》。负囊词，唐代诗人李贺勤奋苦学，出门的时候总背着一个锦囊，每得佳句，就记下来放入囊中，暮归即成诗篇。李贺长期焦思苦吟，因而英年早逝。传说李贺曾梦到神人对他说："上帝白玉楼成，命君作记。"不久李贺就去世了。昌谷，水名，在今河南宜阳县境内。由于李贺的家乡毗邻昌谷川，后人便称他李昌谷。参见唐代李商隐《李贺小传》。

◎ **典故**

精于算计的司马相如

司马相如（前179—前117），字长卿，西汉蜀郡成都人。早年在汉景帝手下做武骑常侍，就是陪着皇帝跑跑马、打打猎啥的，不但没啥前途，还不小心因病丢了官，人生一片暗淡。但他并没有灰心丧气，而是四处游历，寻找机会。

《艺文类聚》卷十八引汉代司马相如《美人赋》："臣之东邻，有一女子，云发丰艳，蛾眉皓齿，登垣而望臣，三年于兹矣，臣弃而不许。"邻家女要样有样，那么痴情，他为什么不理人家，非要跑到卓王孙家里，冒险找守寡的卓文君呢？

因为他有远大的抱负，又知道怎样实现他的计划。邻家女再好，不能在事业上给他帮助；卓文君虽然是寡妇，但家境好，有背景，能给他极大的帮助。一开始，卓王孙很不喜欢司马相如这样算计他，更生气闺女外向。可司马相如硬是带着他女儿"当垆卖酒"，干起下贱的职业，逼得他不得不对这小两口儿施以援手。司马相如得到了岳父的资助，终于可以到京城拉关系，攒人脉，大展拳脚了。

《西京杂记》卷二记载，当初司马相如与卓文君回到成都，家里一穷二白，有上顿没下顿，就这样司马相如还把大衣卖了换酒，"与文君为欢"。外人看来，日子过得自己都养活不了，还娶来个活宝寡妇，竟然一点儿不发愁，十足的作死。可相如心里早把一切算计清楚，知道他的人生即将掀开崭新的一页，高兴还来不及，发什么愁?!

◎ **释疑解惑**

传说中的白玉京

白玉京，这是古人想象出来的天帝所居之处。《魏书·释老志》说，道家鼻祖老子自言"先天地生，以资万类。上处玉京，为神王之宗；下在紫微，为飞仙之主。千变万化，有德不德，随感应物，厥迹无常"。这一段话，充分展现了天帝居所的神秘性。

这还不算最早的传说。《史记·封禅书》说，有方士蒙骗（也可能是自欺欺人）汉武帝说："黄帝时为五城十二楼，以候神人于执期，命曰迎年。"不知是不是自我膨胀过度，历史上有些越是英明神武的皇帝越信这一套，可能是想着自己这么厉害的人物，就应该超凡入圣，成仙成神；所以神在哪儿，自己也该在哪儿。按照这个思路，神仙就只能在没人的地方蹩（xué）摸。最早是昆仑山上，但是没发现（当时也上不去）；后来改到海上，大概从秦始皇那会儿开始的。可是，这两个地方毕竟还在人间，因此方士们经常被派过去找仙迹，其实差不多是找死。他们渐渐觉得这事老去人迹罕至之地冒险不太靠谱，后来就干脆改到天上。天上你怎么派我去？所以省了风餐露宿、舟车劳顿，只需要不定期地跳跳大神就能应付过去了。

唐代李白《经乱离后天恩流夜郎忆旧游书怀赠江夏韦太守良宰》诗："天上白玉京，十二楼五城。"这两句很有名，表现了李白酒后对天帝居所的想象。

五　微

xián duì shèng　　shì duì fēi
贤 对 圣①，是 对 非。

jué ào　 duì cān wēi
觉 奥②对 参 微③。

yú shū duì yàn zì　　cǎo shè duì chái fēi
鱼 书 对 雁 字④，草 舍 对 柴 扉⑤。

jī xiǎo chàng　　zhì zhāo fēi
鸡 晓 唱 ，雉 朝 飞⑥。

hóng shòu duì lǜ　féi
红 瘦 对 绿 肥⑦。

jǔ bēi yāo yuè yǐn　　qí mǎ tà huā guī
举 杯 邀 月 饮⑧，骑 马 踏 花 归⑨。

huáng gài néng chéng chì bì jié
黄 盖 能 成 赤 壁 捷⑩，

chén píng shàn jiě bái dēng wēi
陈 平 善 解 白 登 危⑪。

tài bái shū táng　　pù quán chuí dì sān qiān zhàng
太 白 书 堂 ，瀑 泉 垂 地 三 千 丈 ;⑫

kǒng míng cí miào　　lǎo bǎi cān tiān sì shí wéi
孔 明 祠 庙 ，老 柏 参 天 四 十 围。⑬

◎**注释**　①〔贤、圣〕贤，才能高、德行好的人。圣，道德、智慧极高的人。②〔觉奥〕领悟高深的道理。觉，领悟，明白。③〔参微〕思索微妙的意旨。参，领悟，琢磨。④〔鱼书、雁字〕均指书信。汉乐府《饮马长城窟行》："客从远方来，遗（wèi）我双鲤鱼。呼儿烹鲤鱼，中有尺素书。"后来就称书信为鱼书。（尺素，指书信，古代用绢帛书写，通常长一尺。）《汉书·苏武传》记载，苏武出使匈

44

奴遭扣留，被流放到北海（今贝加尔湖）牧羊19年。后来汉朝与匈奴关系好转，向匈奴讨还苏武，匈奴推说苏武已死。汉使者知道苏武还活着，就对匈奴单于谎称，汉天子在上林苑射得一雁，雁脚上绑着苏武的帛书，清楚地说明他在北海，匈奴只好放了苏武。后世因此书信为雁书、雁字。⑤〔草舍、柴扉〕指房屋简陋。柴扉，用柴枝编扎的门。扉，门扇。⑥〔雉朝飞〕雉，野鸡。《雉朝飞》也是一首古琴曲名。晋代崔豹《古今注·音乐》：“《雉朝飞》者，犊木子所作也，齐处士，泯宣时人。年五十无妻，出薪于野，见雉雌雄相随而飞，意动心悲，乃作《雉朝飞》之操，以自伤焉。”⑦〔红瘦、绿肥〕绿叶繁茂，红花凋谢。语出宋代李清照《如梦令》：“试问卷帘人，却道海棠依旧。知否？知否？应是绿肥红瘦。”⑧〔举杯邀月饮〕语出李白《月下独酌四首》其一：“花间一壶酒，独酌无相亲。举杯邀明月，对影成三人。”⑨〔骑马踏花归〕化用古人诗意，如唐代李白《陌上赠美人》：“骏马骄行踏落花，垂鞭直拂五云车。”比较有名的是“踏花归去马蹄香”一句，在很多诗里出现过，如宋代李龏（gōng，同“恭”）《梅花衲》其八十五：“人人欲看寿阳妆，自笑狂夫老更狂。取醉不辞留夜月，踏花归去马蹄香。”（这是一首集句诗）又如《瑞鹧鸪》中唱之：“拂石坐来衫袖冷，踏花归去马蹄香。”其他诗句还有：“拂石坐来衣带冷，踏花归去马蹄香。”⑩〔“黄盖”句〕黄盖，三国时东吴名将。赤壁之战时，他与周瑜合演苦肉计，诈降纵火，使曹操的军队大败。参见《三国志·吴书·周瑜传》。⑪〔“陈平”句〕陈平，汉高祖刘邦的谋臣。汉高祖六年（前201年），刘邦率军讨伐反叛的韩信，被匈奴冒顿（mò dú）单于的军队围困于白登山，断粮7天，情况十分危急。陈平献计贿赂冒顿的阏氏（yān zhī，汉代匈奴称君主的正妻），让她劝冒顿退兵，刘邦才得以突围出来。参见《史记·匈奴列传》《史记·韩信列传》。⑫〔“太白”二句〕化用唐代李白《望庐山瀑布》诗意：“飞流直下三千尺，疑是银河落九天。”太白书堂，传说为李白隐居九华山（在今安徽省境内）时的住所。⑬〔“孔明”二句〕化用唐代杜甫《古柏行》诗意：“孔明庙前有老柏，柯如青铜根如石。霜皮溜雨四十围，黛色参天二千尺。”诸葛亮庙始建于元初，位于宝鸡市岐山县城南约20公里的五丈原台峁（mǎo，小山顶）上，太白山北侧。围，两臂合抱的长度。祠，一作“祀”。

◎ 典故

“鸡鸣狗盗”的孟尝君

孟尝君田文，“战国四公子”之一，齐国人。田婴之子，袭父封爵，称薛公，在齐为相。他有权势，多财富，因而招纳天下奇人异士，多的时候有好几千，名闻诸侯。史书上说他“上得专主，下得专国”。

由于他本事大，西边的秦昭王看上了他。昭王派出自己的弟弟入齐为人质，换取孟尝君入秦为相。秦国当时被称作"虎狼之国"，去了肯定没好儿。在门客的劝阻下，他拖着没去。后来顶不住秦国的压力，齐王终于命他出使秦国。到了秦国，孟尝君立刻被秦昭王任命为相，实际上想杀了他，一行人等被监视起来。

孟尝君托人请求秦王的一位宠姬帮他出逃。宠姬说："我喜欢孟尝君的一件白狐大衣。"可是，那件大衣已经献给秦王，封包入库了。话说天无绝人之路。孟尝君手下人才多，当初有两人投奔他，一个会鸡叫，一个能爬高墙、钻狗洞。这种下贱技能当时被别的门客耻笑不已，二人地位也是最低等的。现在，会狗盗的门客发挥作用，晚上爬到秦宫仓库里，把白狐大衣偷出来献给宠姬。宠姬在秦昭王面前说孟尝君的好话，秦昭王最终才放行（其实是允许孟尝君一行可以出来活动活动，不是让他回国）。

孟尝君一刻也不耽误，又是化装，又是改名，马不停蹄地跑到了后半夜，来到边境函谷关，就差一步逃出关外，可是关门未开。当时规定，鸡叫时才开关门放行人出入。于是，会鸡叫的那个门客一声引得万鸡鸣，守关的士兵听到鸡鸣声，便开关放行，孟尝君趁机带着门客逃出函谷关。从此，留下了一个"鸡鸣狗盗"的典故。

◎释疑解惑

鸡有五德

古人对鸡很有感情，并且根据它的习性总结出五种美好的品德。汉·韩婴《韩诗外传》卷二第二十三章说："君独不见夫鸡乎！头戴冠者，文也；足傅距者，武也；敌在前敢斗者，勇也；见食相呼者，仁也；守夜不失时者，信也。"

距，雄鸡爪子后面突出像脚趾的部分。搏距，搏斗之距。这几句话翻译过来就是：您怎么就没发现那只鸡的美德呢？头上戴冠，是有文采；脚爪粗壮，是有武力；敌人当前敢于战斗，是有勇气；看见食物呼叫传告，是有仁义；守夜报晓从不差错，是守信用。鸡有五德，恰似玉有五德，是极高的褒扬。

南朝宋刘敬叔《异苑》卷三："晋兖州刺史沛国宋处宗，尝买得一长鸣鸡，爱养甚至，恒笼著窗间。鸡遂作人语，与处宗谈论，极有言致，终日不辍。处宗因此玄言大进。"你看，鸡不光为人报时，还能帮助主人学习进步呢！唐代白居易《池鹤八绝句·鸡赠鹤》："一声警露君能薄，五德司晨我用多。不会悠悠时俗士，重君轻我意如何。"唐代李频《府试风雨闻鸡》诗："不为风雨变，鸡德一何贞。"夸赞鸡不管刮风下雨，都准时报晓，从不改变。宋代金朋说《晨鸡吟》："司晨兼五德，曾伴宋宗窗。日攘能防慎，终当免镬（huò）汤。"这个则是引用处宗鸡窗的典故。元末明初张昱《咏鸡》："凤凰有五色，鸡亦有五德。鼓翼不妄啼，一声天下白。"把鸡跟凤凰放在同等地位，这是对鸡最高的赞誉了。

gē duì jiǎ　　wò duì wéi
戈 对 甲①，**幄 对 帷**②。

dàng dàng duì wēi wēi
荡 荡 对 巍 巍③。

yán tān duì shào pǔ　　jìng jú　duì yí wēi
严 滩 对 邵 圃④，**靖 菊**⑤**对 夷 薇**⑥。

zhān hóng jiàn　　cǎi fèng fēi
占 鸿 渐⑦，**采 凤 飞**⑧。

hǔ bǎng　duì lóng qí
虎 榜⑨**对 龙 旂**⑩。

xīn zhōng luó jǐn xiù　　kǒu nèi tǔ zhū jī
心 中 罗 锦 绣⑪，**口 内 吐 珠 玑**⑫。

kuān hóng huò dá gāo huáng liàng
宽 宏 豁 达 高 皇 量⑬，

chì zhà yìn wù bà wáng wēi
叱 咤 喑 噁 霸 王 威⑭。

miè xiàng xīng liú　　jiǎo tù jìn shí zǒu gǒu sǐ
灭 项 兴 刘，狡 兔 尽 时 走 狗 死；⑮

lián wú jù wèi　　pí xiū tún chù wò lóng guī
连 吴 拒 魏，貔 貅 屯 处 卧 龙 归。⑯

◎**注释** ①〔戈、甲〕戈，古代的一种兵器，长柄带横刃。甲，铠甲。②〔幄、帷〕泛指起间隔、遮蔽作用的悬垂的布帛制品。帷，垂挂在旁边的幔帐。幄，四面合起来像屋宇的帐篷。③〔荡荡、巍巍〕语出《论语·泰伯》："巍巍乎！唯天为大，唯尧则（效法）之。荡荡乎！民无能名（这里作动词用，称颂）焉。"荡荡，广大、广远的样子。巍巍，高大的样子。巍，旧读 wéi。④〔严滩、邵圃〕严滩即子陵滩，又名"七里滩"，在富春江上，相传是汉代隐士严光钓鱼处。见 14 页注④。邵圃，即召（shào）平的园圃。邵，指邵平，又作召平，秦广陵人，封东陵侯。秦朝灭亡后成了平民，在长安城东以种瓜为生。其瓜味甜美，人称"东陵瓜"。参见《史记·萧相国世家》。⑤〔靖菊〕东晋诗人陶渊明酷爱菊花，写有千古名句"采菊东篱下，悠然见南山"。陶渊明的谥号为靖节先生，故后世称他喜爱的菊花为靖菊。⑥〔夷薇〕殷商末年，其属国孤竹国国君的两个儿子伯夷、叔齐反对周武王伐纣。周朝建立后，他们隐居在首阳山，发誓不吃周朝的粮食，采薇蕨等野菜为食，最后饿死于首阳山。故称伯夷、叔齐采食的薇为夷薇。⑦〔占鸿渐〕占卜到嫁女的吉卦"鸿渐"。《易·渐》卦辞为"渐，女归吉。"意思是嫁女占得"渐"卦是吉利的。因本卦爻（yáo）辞中有"鸿渐于干""鸿渐于盘"等话，故称"占鸿渐"。占，占卜。鸿渐，鸿雁飞到高处。⑧〔采凤飞〕也是嫁女的吉卦。春秋时期，陈厉公的儿子、陈国太子陈完逃亡到齐国，齐国大夫国懿仲想把女儿嫁给他，占卜时得到"凤皇于飞，和鸣锵锵"等吉利的卦辞。见《左传·庄公二十二年》。⑨〔虎榜〕龙虎榜。唐贞元八年（792年），韩愈、欧阳詹、李观、李绛、崔群、王涯、冯宿、庾承宣等知名之士同时及第，时称"龙虎榜"。后来就用"龙虎榜"称进士榜，清代则专称武科进士榜。⑩〔龙旂〕装饰有两龙盘结的旗帜。古代王侯做仪仗用。旂，古时旗帜的一种，旗上画有龙纹，竿头系铜铃。《诗·周颂·载见》："龙旂阳阳，和铃央央。"⑪〔心中罗锦绣〕称赞人文思优美。语出李白《冬日于龙门送从弟京兆参军令问之淮南觐省序》："常醉目吾曰：'兄心肝五藏（脏）皆锦绣耶？不然，何开口成文，挥翰雾散？'"罗，罗列。⑫〔口内吐珠玑〕形容人说话有文采。《晋书·夏侯湛传》："（湛）乃作《抵疑》以自广，其辞曰：'……咳唾成珠玉，挥袂出风云。'"夏侯湛，西晋文学家。与潘岳友善，时称"连璧"。玑，不圆的珠。⑬〔"宽宏"句〕刘邦宽宏豁达，心胸开阔。高皇，指汉高祖刘邦。语见西晋·潘岳《西征赋》："观夫汉高之兴也，非徒聪明神武，豁达大度而已也。"⑭〔"叱咤"句〕楚霸王豪气盖世，威不可挡。语见《史记·淮阴侯列传》："项王喑（yìn）噁叱咤，千人皆废。"霸王，西楚霸王项羽。叱咤喑噁，形容人怒吼声。⑮〔"灭项"二句〕韩信帮助刘邦灭掉项羽，天下安定以后韩信被治罪。韩信被抓时说："果若人言，'狡兔死，良狗亨（烹）；高鸟尽，良弓藏；敌国破，谋臣亡。'天下已定，我固当亨（烹）。"见《史记·淮阴侯列传》。走狗，猎犬，这里比喻功臣。⑯〔"连吴"二句〕三国时蜀汉丞相诸葛亮提出联吴抗曹的策略，却在蜀军出征曹魏时，于前线去世。貔貅，传说中的猛兽，此处借指军队。卧龙，指诸葛亮，诸葛亮有雄才大略，居南阳时人称"卧龙先生"。归，结尾，归宿，引申指死。

◎ **典故**

倒霉的江淹

《南史·江淹传》记载，江淹少年时文章就写得好，名动天下；可到了晚年才思衰退，反倒不如从前。一般人写文章都是随着学识阅历的加深越来越老辣精致，可江淹到底是怎么回事呢？

原来，他的本事不是自己的。江淹晚年从宣城太守免官回乡时，中途留宿江边的码头，夜里梦见一人，自称是张景阳。张景阳对他说："从前我送过你一匹锦，现在该还给我了。"江淹只好从怀里拿出几尺锦来给他。张景阳一看大怒，斥责说："怎么弄得这么零七八碎的?!"江淹一回头，看见丘迟在旁边，说："剩这么点儿，没什么用了，给你吧！"做完这个梦以后，江淹的文思日益衰退。

张景阳就是张协，西晋文学家，安平武邑（今属河北）人。他与兄张载、弟张亢合称"三张"，而张协的文学成就高于二人。作品以《杂诗》10 首最著名。这么来说，江淹的"胸中锦绣"原来不是他自己的，而是两百多年前张前辈的。过了那么长时间，张前辈还念念不忘，收回又送给了另一位后辈丘迟。

叫丘迟的这位后辈，也有些名头。丘迟（464—508），字希范，南朝梁吴兴乌程人。他的父亲丘灵鞠在南齐做过官。丘迟比他父亲厉害多了，8 岁就出名，能写文章，成年后在南梁为中书郎，待诏文德殿。武帝天监三年（504 年），出任永嘉太守。四年，临川王萧宏北伐，丘迟为咨议参军。当时丘迟的老朋友陈伯之在北方，丘迟就写信劝陈伯之认清形势，早点儿投诚到南方来，兄弟两人还能赏赏美景，作作诗文，岂不快哉！这封信叫《与陈伯之书》。信送到后，史书说"伯之遂降"。这封信胜过千军万马呀！而且，当你读了"暮春三月，江南草长，杂花生树，群莺乱飞"几句后，就该知道这篇文章的魅力了。

后来江淹又做了一个梦，梦中人是注解过《山海经》《穆天子传》《尔雅》《方言》的东晋文坛泰斗郭璞。此人极其博学，好古文奇字，精通天文、历算、卜筮，擅长诗赋。他找江淹要一支五色笔。别人是梦笔生花，江淹却是倒霉到家。从那以后，江淹"先天优势"不复存在，直到去世，再无好的作品。

◎释疑解惑

"走狗"的真正含义

一说起"狡兔死，走狗烹；飞鸟尽，良弓藏；敌国破，谋臣亡"（《资治通鉴·汉纪三·太祖高皇帝中六年》）来，总令人唏嘘慨叹，心绪苍凉。同时，也会有个疑问："走狗"不是贬义词么，怎么会跟"良弓""谋臣"这样的词语排在一起呢？

其实，"走狗"最初的含义是猎犬。如《战国策·齐策四》："世无东郭俊、卢氏之狗，王之走狗已具矣。"这是齐国稷下名士王斗向齐宣王进言时讲的话，意思是大王你狗圈里名犬众多，世上少见的好狗你都有。可见古代猎犬极受喜爱和重视。更有甚者，猎犬的葬礼都跟人一样。如《晏子春秋·内篇谏下二三》："景公走狗死，公令外共（gōng，同'供'）之棺，内给（jǐ）之祭。"因为猎犬能帮主人捕猎，所以也比喻有能力的大臣、属下。它的意思跟"爪牙"差不多，《诗·小雅·祈父（fǔ）》："祈父，予王之爪牙。"本来是赞美大臣祁父勇武的，但渐渐由褒义转化为贬义。

古人还常用"走狗"作为自谦的称谓。清·黄宗羲《明夷待访录·兵制》记载，明代后期武将没什么地位，见了文臣自降身份，拜见时投递的帖子上都自称"走狗"，退下来只能跟文臣家里的仆人攀交情。又如清代袁枚《随园诗话》卷六："郑板桥爱徐青藤诗，尝刻一印云：'徐青藤门下走狗郑燮'。"郑板桥用这种方式，表达了对徐渭（号青藤老人）的敬重。

shuāi duì shèng　　mì duì xī
衰　对　盛　，　密　对　稀　。

jì fú duì cháo yī
祭　服①　对　朝　衣②

jī chuāng duì yàn tǎ　　qiū bǎng duì chūn wéi
鸡　窗③　对　雁　塔④，　秋　榜⑤　对　春　闱⑥。

wū yī xiàng　　yàn zǐ jī
乌　衣　巷⑦，　燕　子　矶⑧。

jiǔ bié duì chū guī
久　别　对　初　归　。

tiān zī zhēn yǎo tiǎo　　shèng dé shí guāng huī
天　姿　真　窈　窕⑨，　圣　德　实　光　辉⑩。

pán táo zǐ què lái jīn mǔ
蟠 桃 紫 阙 来 金 母^⑪，

líng lì hóng chén jìn yù fēi
岭 荔 红 尘 进 玉 妃^⑫。

bà wáng jūn yíng　　yà fù dān xīn zhuàng yù dǒu
霸 王 军 营， 亚 父 丹 心 撞 玉 斗；^⑬

cháng ān jiǔ shì　　zhé xiān kuáng xìng huàn yín guī
长 安 酒 市， 谪 仙 狂 兴 换 银 龟。^⑭

◎ **注释**　①〔祭服〕古人祭祀时所穿的礼服。②〔朝衣〕古代君臣朝会时穿的礼服。③〔鸡窗〕此处指书房。南朝宋刘义庆《幽明录》记载，晋代的兖州刺史宋处宗买了一只长鸣鸡，一直养在窗边笼中。后来鸡会说人话了，整日与处宗谈文论道，使得宋处宗的言谈水平大大提高。④〔雁塔〕在西安大慈恩寺内，也称大雁塔。唐代新科进士张莒（jǔ）在曲江会宴（唐代考中的进士在放榜后宴于曲江亭）后到大慈恩寺游玩，曾把自己的名字题写在大雁塔下，于是后世新科进士纷纷效仿。后世因此以"雁塔题名"指进士及第。雁塔题名者中最有名的是白居易，他27岁一举中第，写下了"慈恩塔下题名处，十七人中最少年"的诗句。⑤〔秋榜〕秋试后所发的榜。秋试，明清时代在各省省城举行的乡试都在秋季，故称。闱，旧时称考试院。⑥〔春闱〕即春试。唐宋时期的礼部试士和金元明清时期的会试，均在春季举行，故称。⑦〔乌衣巷〕地名，位于今江苏省南京市东南。三国时吴国在此驻扎军队，因士兵穿乌衣而得名。东晋时，王、谢等高门士族在此居住，故而闻名一时。唐代刘禹锡《金陵五题·乌衣巷》："朱雀桥边野草花，乌衣巷口夕阳斜。旧时王谢堂前燕，飞入寻常百姓家。"⑧〔燕子矶〕地名，位于今江苏省南京市北的观音门外，是岩山的一个小山峰。矶头屹立长江边，三面临空，形如飞燕，故而得名。唐代许浑《金陵怀古》："石燕拂云晴亦雨，江豚吹浪夜还风。"石燕，指燕子矶。⑨〔天姿真窈窕〕自然的姿容美丽而端庄。天姿，自然的姿容。窈窕，形容女子姿容美好的样子。《诗·周南·关雎》："窈窕淑女，君子好逑。"⑩〔圣德实光辉〕高尚的道德闪烁着耀眼的光芒。圣德，至高无上的道德。一般用于古之圣人，也用以称颂皇帝的恩德。光辉，闪烁着耀眼的光芒。⑪〔"蟠桃"句〕《太平广记》卷三："母以四颗与帝，三颗自食。桃味甘美，口有盈味。帝食辄收其核。王母问帝，帝曰：'欲种之。'母曰：'此桃三千年一生实，中夏地薄，种之不生。'帝乃止。"金母，神话传说中的女仙之首，俗称西王母。按五行之说，西方属金，故称金母。蟠桃，传说中的仙桃。

紫阙，帝王宫殿，也指神仙洞府。⑫〔"岭荔"句〕相传唐代杨贵妃喜吃荔枝，玄宗命人 7 日内将荔枝从岭南快马送至长安。此句化用杜牧《过华清宫绝句三首》其一："一骑（旧读 jì）红尘妃子笑，无人知是荔枝来。"玉妃，指杨贵妃。⑬〔"霸王"二句〕项羽意欲除掉率先攻进函谷关的刘邦，与范增定计请刘邦来鸿门赴宴并趁机除掉他。宴席上，范增多次示意项羽动手，但项羽犹豫不决，刘邦借机逃走。临走时刘邦让人转赠给项羽一双玉璧，给范增一双玉斗。项羽欣然接受了刘邦赠送的玉璧。范增则愤怒地把玉斗摔在地上用剑击碎，感叹："竖子不足与谋也！"参见《史记·项羽本纪》。亚父，范增年高位重，被项羽尊称为亚父。玉斗，玉制的酒器。丹心，范增对项羽的一片忠心。丹心，一作"愤心"（《李渔全集》卷十八《笠翁对韵》四五四页）。⑭〔"长安"二句〕相传李白初到长安，遇到当时的著名诗人贺知章，拿出所作的《蜀道难》给他看。李贺十分赞赏李白的才气，又见李白一表人才，惊叹道："此天上谪仙人也！"于是邀请李白去喝酒，因为没有随身带钱，就解下自己的金饰龟袋换酒，与之畅饮尽日。参见李白《对酒忆贺监二首》并序："太子宾客贺公，于长安紫极宫一见余，呼余为谪仙人，因解金龟换酒为乐。殁后对酒，怅然有怀，而作是诗。（其二）狂客归四明，山阴道士迎。敕赐镜湖水，为君台沼荣。人亡余故宅，空有荷花生。念此杳如梦，凄然伤我情。"银龟，是唐代官员的一种佩饰。唐初，内外五品以上官员均佩鱼袋。至武后天授元年（690 年），内外官员均改佩龟袋；三品以上官员的龟袋用金装饰，四品官员的龟袋用银装饰，五品官员的龟袋用铜袋饰。换，一作"典"（《李渔全集》卷十八《笠翁对韵》四五四页），典当，抵押。

◎ **释疑解惑**

古代的人才选拔方法

秦朝以前，国家采用"世卿世禄"制度选拔任用人才，后来逐步引入军功爵制。西周时，天子分封天下，由天子、诸侯、卿大夫、士管理天下，并依照血缘世袭。到了东周，中央集权削弱，开始出现"客卿""食客"等。

到了汉朝，选拔人才采用察举制与征辟制。前者由各级地方官推荐，州推举的称秀才，郡推举的称孝廉。

魏文帝时，陈群创立九品中正制度，由特定官员按出身、品德等考核民间人才，分九品录用。两晋、六朝沿用此制。应该说，九品中正制是对察举制的改良，将察举之权从地方官手中剥离，改由中央特命官员负责。

但是，魏晋的世家大族势力强大，常左右中正官考核人才，到后来只看门第出身，造成"上品无寒门，下品无士族（世族，不是指读书人）"的局面。中央政府不但无法从民间取才，而且让世族把持朝廷取才。

从隋朝开始，打破了旧的人才选拔制度，无论贫富贵贱，统一参加政府组织的各级统一考试，择优录取。这个制度直至清光绪三十一年（1905 年）最后一科进士考试为止，前后实行了 1 300 多年，成为世界上延续时间最长的选拔人才的办法，甚至被近代的欧洲国家借鉴、推广。

六　鱼

gēng duì fàn　　　liǔ duì yú
羹 对 饭①，柳 对 榆。

duǎn xiù　　duì cháng jū
短 袖②对 长 裾③。

jī guān duì fèng wěi　　sháo yào duì fú qú
鸡 冠 对 凤 尾④，芍 药 对 芙 蕖⑤。

zhōu yǒu ruò　　hàn xiāng rú
周 有 若⑥，汉 相 如⑦。

wáng wū　　duì kuāng lú
王 屋⑧对 匡 庐⑨。

yuè míng shān sì yuǎn　　fēng xì shuǐ tíng xū
月 明 山 寺 远，风 细 水 亭 虚。⑩

zhuàng shì yāo jiān sān chǐ jiàn⑪
壮 士 腰 间 三 尺 剑，

nán ér fù nèi wǔ chē shū
男 儿 腹 内 五 车 书⑫。

shū yǐng àn xiāng　　hé jìng gū shān méi ruǐ fàng
疏 影 暗 香，和靖孤山 梅 蕊 放；⑬

qīng yīn qīng zhòu　　yuān míng jiù zhái liǔ tiáo shū
轻 阴 清 昼，渊明旧 宅 柳 条 舒。⑭

◎**注释** ①〔羹、饭〕羹，泛指用肉类或蔬菜等煮成浓液的食品。饭，煮熟的谷类食物。②〔短袖〕半袖。指短袖衣服。③〔长裾〕长衣襟。裾，前后衣襟。唐代卢纶《和王员外冬夜寓直》："高步长裾锦帐郎，居然自是汉贤良。潘岳叙年因鬓发，扬雄托谏在文章。"④〔鸡冠对凤尾〕雄鸡头上的肉冠对凤凰的尾羽，也可解为鸡冠

54

花对凤尾草。⑤〔芍药、芙蕖〕芍药，多年生草本植物。初夏开花，花大而美丽，与牡丹相似，其块根刮去外皮可制成"白芍"入药。芙蕖，荷花的别名。⑥〔周有若〕孔子弟子有若，也称有子，东周时期鲁国人，所以称周有若。因其相貌与孔子相似，孔子去世后，弟子们思慕孔子，把他当作老师一样对待。⑦〔汉相如〕西汉著名辞赋家司马相如。代表作有《子虚赋》《上林赋》。其赋大都（dū）用铺张的手法描写帝王家苑囿及田猎的场面，文辞富丽，于篇末则寄寓讽谏。他是汉代大赋的代表作家，对后人影响较大。相，一读 xiàng。⑧〔王屋〕山名，在山西垣曲与河南济源之间。"愚公移山"的故事即指此山。相传黄帝曾访道于王屋山，故与匡庐对仗，泛指修道之山。⑨〔匡庐〕指庐山，在今江西省境内。相传殷周之际（又传为周武王时或秦末），匡俗（一说匡裕）兄弟七人学仙修道，结庐隐居于南障山，故后世称南障山为庐山或匡庐，尊匡俗为匡神。参见《后汉书·郡国志四·庐江郡》。⑩〔"月明"二句〕描写月色中山寺、水亭相映成趣的意境。在明月的清辉之下，隐约可见远山寺庙；在习习的微风里，水中亭榭若隐若现。⑪〔三尺剑〕古剑长约 3尺，故称。《史记·高祖本纪》载刘邦病重时说："吾以布衣提三尺剑取天下，此非天命乎？"后多以三尺剑指代有志向、勇敢的男子。⑫〔五车书〕典出《庄子·天下》："惠施多方，其书五车。"（战国时期的学者惠施很有学问，他写的书要用五辆车子拉。）后来就用"学富五车"称赞人读书多、学问深。如杜甫《柏学士茅屋》："富贵必从勤苦得，男儿须读五车书。"⑬〔"疏影"二句〕北宋诗人林逋，字君复，钱塘人，卒谥和靖先生。他恬淡寡欲，隐居在西湖孤山，终身不仕不娶，以种梅养鹤为乐，有"梅妻鹤子"之称。林逋笔下的梅花非常传神，《山园小梅》诗中"疏影横斜水清浅，暗香浮动月黄昏"二句堪称经典。⑭〔"轻阴"二句〕东晋诗人陶渊明，在用作自比的《五柳先生传》里说"宅边有五柳树"，《归园田居五首》（其一）中也有"方宅十余亩，草屋八九间。榆柳荫后檐，桃李罗堂前"的描述。"轻阴""柳条舒"指的就是他自述的生活景象。轻阴，疏淡的柳阴。清昼，白天。

◎ 典故

韩信一饭千金

韩信（约前231—前196），淮阴（今江苏省淮安市淮阴区）人，西汉开国功臣，"兵家四圣"之一，被后人奉为"兵仙""神帅"。不过，别看他名头不小，一生却历经坎坷。《史记·淮阴侯列传》记载："信钓于城下，诸母漂，有一母见信饥，饭信，竟漂数十日。"又："信至国，召所从食（sì）漂母，赐千金。"

原来，韩信早年家境贫穷，吃饭都成问题。那时候，他时常往护城河边一个固定的地方钓鱼，大概是模仿姜子牙，希望也有个像周文王那样的君主，能够使自己施展抱负，纵横天下。

但是，他并没有遇到识才之人，时常要饿着肚子。万幸的是，在他钓鱼的地方，有很多清洗丝棉絮或旧衣布的老婆婆，其中一位老婆婆同情他的遭遇，便隔三岔五地给他口饭吃。这也使韩信渡过人生最难的一段时期。

俗话说，锦上添花不如雪中送炭。韩信在艰难困苦中，得到那位以勤劳的双手勉强糊口的婆婆的照顾，自然是万分感激，便承诺，将来必定要用千两黄金报答她。那婆婆听了韩信的话，却很不高兴，表示并不希望韩信将来报答她。后来，韩信飞黄腾达，被封为楚王。他想起从前曾给他恩惠的那位老婆婆，便命人给她送酒菜，更送给她 1 000 两黄金来答谢她。

◎ **释疑解惑**

"梅妻鹤子"留悬疑

宋代的林逋（bū）隐居杭州西湖孤山，无妻无子，种梅养鹤以自娱，人称"梅妻鹤子"。宋代沈括《梦溪笔谈》卷十《人事二》："林逋隐居杭州孤山，常畜两鹤，纵之则飞入云霄，盘旋久之，复入笼中。逋常泛小艇，游西湖诸寺。有客至逋所居，则一童子出应门，延客坐，为开笼纵鹤。良久，逋必棹小船而归。盖尝以鹤飞为验也。"

在林逋生前，人们都敬重他清高淡泊的情怀，把他比作古代巢由一般的隐士，因而名气极大。林逋死后，葬在其隐居处。宋室南渡，建都杭州，又在孤山上修建皇家寺庙。当时，山上原有的宅田、墓地等完全迁出，唯独留下了林逋墓。南宋灭亡后，有盗墓贼以为林逋既然是大名士，墓中的珍宝必定极多，于是去挖他的墓，可是挖进去一看，墓中只有一方端砚、一支玉簪。端砚是林逋自用之物，玉簪则引起后人的纷纷猜测。林逋终生不娶，是否跟这只玉簪有关？他又经历了怎样的往事，竟然在青年时就灰心仕途、归隐终老呢？

wú duì rǔ　　ěr duì yú
吾 对 汝 ， 尔 对 余①。

xuǎn shòu　　duì shēng chú
选 授② **对 升 除**③。

shū xiāng duì yào guì　　lěi sì　duì yōu chú
书 箱 对 药 柜，耒 耜④ 对 耰 锄⑤。

shēn suī lǔ　　huí bù yú
参 虽 鲁⑥，回 不 愚⑦。

fá yuè duì yán lú
阀 阅 对 阎 闾⑧。

zhū hóu qiān shèng guó　　mìng fù qī xiāng jū
诸 侯 千 乘 国⑨，命 妇 七 香 车⑩。

chuān yún cǎi yào wén xiān zǐ
穿 云 采 药 闻 仙 子⑪，

tà xuě xún méi cè jiǎn lǘ
踏 雪 寻 梅 策 蹇 驴⑫。

yù tù jīn wū　　èr qì jīng líng wéi rì yuè
玉 兔 金 乌，二 气 精 灵 为 日 月⑬；

luò guī hé mǎ　　wǔ xíng shēng kè zài tú shū
洛 龟 河 马，五 行 生 克 在 图 书⑭。

◎**注释**　①〔尔、余〕你、我。②〔选授〕古代政府机构对人才经过选定授予官职。③〔升除〕升迁就任新的官职。除，拜授官职。④〔耒耜〕古代耕地翻土的农具。耒是用来扶持耜的曲柄，耜是下端直接铲土的部分，和现在的犁相似。⑤〔耰锄〕农具名。耰是古代用来弄碎土块、平整土地的农具。⑥〔参虽鲁〕参，曾参，字子舆，孔子弟子。以孝行见称，主张"慎终追远，民德归厚"，提出"吾日三省吾身"的修养方法。是儒家学派的重要代表人物，后世尊为"宗圣"。《论语·先进》："柴（高柴）也愚，参也鲁……"鲁，迟钝。⑦〔回不愚〕回，颜回，春秋末鲁国人，字子渊，孔子的得意门生。颜回贫居陋巷，箪食瓢饮，而不改其乐，以好学、仁德著称。《论语·为政》："吾与回言终日，不违，如愚；退而省其私，亦足以发，回也不愚。"愚，愚笨。⑧〔阀阅、阎闾〕阀阅，古代仕宦人家门外张贴嘉奖令一类公文的左右两根柱子。后来就代指仕宦门第、功勋世家。阎闾，里巷内外的门，亦指里巷。泛指普通人家居住之地，常借指平民。⑨〔千乘国〕拥有1 000辆兵车的诸侯国。乘，古时由4匹马拉着的1辆车叫一乘。当时根据拥有兵车的数量衡量诸侯国的实力，有方圆百里、兵车千乘的称为千乘国。《论语·学而》："道（dǎo，同'导'）千乘之国，敬事而信，节用而爱人，使民以时。"⑩〔命妇七香车〕命妇，封建时代被赐予封号的妇女。宫廷中的妃嫔等称内命妇，宫廷外臣子的母亲和妻子称外命妇。七香车，古代用多种有香气的木料制作的车，也称"七香轮""七香辇"，亦泛指华美的车子。唐代李商隐《壬申七夕》："已驾七香车，心心待晓霞。"车，旧读 jū。⑪〔"穿云"句〕相传东汉永平年间，刘晨和阮肇到天台山采药迷路了，寻路时遇到两位仙女，被她们留下，在山上住了半年。等他们回到家乡，却发现时代已是晋朝，子孙已过7代。见南朝宋刘义庆《幽明录》。⑫〔"踏雪"句〕相传唐代诗人孟浩然曾骑瘸腿驴在灞上踏雪寻梅，构思诗篇。明代程羽文《诗本事·诗思》："孟浩然诗思在灞桥风雪中驴子背上。"策，用马鞭赶。蹇驴，瘸腿驴。⑬〔"玉兔"二句〕古代神话传说太阳里有三只脚的乌鸦，月宫里有捣药的玉兔，因此就用金乌代指日，以玉兔代指月。古人又认为，宇宙中存在阴阳二气，天地万物都是由它们变化而成，日月则是二气的精华。参见《艺文类聚·天部上·月》⑭〔"洛龟"二句〕"河图""洛书"是中国古代流传下来的两幅神秘图案。传说伏羲氏时，有龙马在黄河出现，背负着图。伏羲据此画成八卦，形成"河图"，就是后世《周易》的来源。相传大禹治水时，有神龟在洛水出现，背负"洛书"。禹依此治水取得成功，又从中推演出治理天下的九章大法，即"洪范九畴"。五行生克，五行即金、木、水、火、土，古人认为它们之间存在着相生相克的关系，并把这种关系同历代王朝更迭联系起来。图书，即"河图""洛书"。

◎ **典故**

钻床板的孟浩然

孟浩然（689—740），襄州襄阳（今属湖北）人，世称"孟襄阳"。早年隐居鹿门山。李白赞美他的情操说："红颜弃轩冕，白首卧松云……高山安可仰，徒此揖清芬。"红颜，就是年轻，谓孟浩然年纪轻轻就看破红尘，淡泊名利。

《唐摭言》卷二以及《新唐书》《唐才子传》均记载，孟浩然39岁时到长安参加科举，遗憾落第，随后认识了当时有大名的王维，两人很快成为好朋友，并称"王孟"。一天，王维偷偷邀请孟浩然入内署，恰巧皇帝来了，孟浩然"惊避床下"。王维不敢隐瞒，据实奏闻，玄宗命孟浩然从床底爬出来面君。按照流行的风气，当然要赋诗。不想孟浩然竟然吟诵"不才明主弃，多病故人疏"之句。皇帝一听，气乐了："卿不求仕，而朕未尝弃卿，奈何诬我！"你不是隐居么，干吗还怪我不起用你？于是把孟浩然"放归襄阳"。

"署"，通常是指官员办公的地方。所谓"内署"，就是官衙后面接待宾客的地方。唐玄宗为什么会跑到一处官署的接待室呢？原来，此时王维住在玉真公主

（唐睿宗李旦第九女，景云二年即 711 年与胞姐金仙公主入道）的宅邸。玉真公主是唐玄宗最宠爱的胞妹，地位尊崇，为诸位公主之首。那时候达官显贵结纳名士文人，附庸风雅，是很平常的事。就算没有王维，孟浩然以布衣身份，在公主府里撞见皇帝，也不至于吓得钻床板。此时的王维是从济州参军（九品）任上偷偷溜回长安的，这是渎职。因此，唐玄宗驾到，钻床板的应该是王维，而不是孟浩然。孟浩然因为两句诗而得罪皇帝，实在令人惋惜。

◎ 释疑解惑

神秘的"河图""洛书"

一说起"河图""洛书"，给人的感觉有两种：外行神秘，内行头疼。

古人认为，《周易》的卦形及《尚书·洪范》"九畴"的根据，都来源于"河图""洛书"。《易·系辞上》："河出图，洛出书，圣人则之。"河是黄河，洛即洛水。汉代的儒家学者孔安国、刘歆等认为，远古伏羲时，有龙马从黄河出来，马背有旋毛如星点，称作龙图。伏羲照着马毛纹理画八卦，创造蓍（shī）法（就是拿草棍儿算卦）。到了禹治水时，又有神龟出于洛水，背上有裂纹如文字，禹就取法而作"洪范九畴"。这些说法都记录在孔安国为《尚书》的《顾命》和《洪范》两篇所作的注解和《汉书·五行志上》里面。

古人迷信神鬼，认为"河图""洛书"是帝王圣者受天命眷顾的祥瑞之兆。《汉书·翟义传》："'河图''洛书'远自昆仑，出于重野……此乃皇天上帝所以安我帝室，俾（bǐ，使）我成就洪烈也。"又如《三国志·魏书·文帝纪》："君其祇（zhī，恭敬）顺大礼，飨兹万国，以肃承天命。"南朝宋裴松之注引《献帝传》："'河图''洛书'，天命瑞应。"清代学者黄宗羲认为是图经、地志。他在《万公择墓志铭》里说："'河图''洛书'，先儒多有辨其非者；余以为即今之图经、地理志也。"到了今天，则有学者以为"河图""洛书"是上古游牧时期的气象图和方位图。

qī　　　 duì zhèng　　　 mì duì shū
攲^① 对 正 ， 密 对 疏 。

náng tuó　　　 duì bāo jū
囊 橐^② 对 苞 苴^③ 。

luó fú　　　 duì hú qiáo　　　　　 shuǐ qū duì shān yū
罗 浮^④ 对 壶 峤^⑤ ， 水 曲 对 山 纡^⑥ 。

　　cān hè jià　　dài luán yú
骖 鹤 驾，待 鸾 舆。⑦

　　jié nì duì cháng jū
桀 溺 对 长 沮⑧。

　　cì hǔ biàn zhuāng zǐ　　　dāng xióng féng jié yú
刺 虎 卞 庄 子⑨，**当 熊 冯 婕 妤**⑩。

　　nán yáng gāo shì yín　　liáng fǔ
南 阳 高 士 吟《梁 父》⑪，

　　xī shǔ cái rén fù　　zǐ xū
西 蜀 才 人 赋《子 虚》⑫。

　　sān jìng fēng guāng　　bái shí huáng huā gōng zhàng lǚ
三 径 风 光，白 石 黄 花 供 杖 履；⑬

　　wǔ hú　　yān jǐng　　qīng shān lǜ shuǐ zài qiáo yú
五 湖⑭**烟 景，青 山 绿 水 在 樵 渔。**

◎**注释**　①〔欹〕倾斜。②〔囊橐〕口袋，袋子。大袋子叫囊，小袋子叫橐。清郑板桥《予告归里画竹别潍县绅士民》："乌纱掷去不为官，囊橐萧萧两袖寒。"③〔苞苴〕即蒲包。用苇或茅编织成的包裹鱼肉的用具。《礼记·曲礼上》："凡以弓剑、苞苴、箪笥问人者，操以受命，如使之容。"唐代孔颖达疏："苞者，以草苞裹鱼肉之属也……苴者，亦以草藉器而贮物也。"苞，通"包"。④〔罗浮〕山名，主峰飞云顶在广东省博罗县城西北，是岭南四大名山之一，道教称之为"第七洞天"。东晋葛洪曾在此山修道。⑤〔壶峤〕古代传说中海上仙山方壶、员峤的并称。⑥〔纡〕弯曲，绕弯。⑦〔"骖鹤驾"二句〕鹤驾、鸾舆是传说中仙人乘坐的车驾。骖，驾驶。汉代刘向《列仙传·王子乔》载，王子乔即周灵王的太子姬晋得道成仙后，曾乘白鹤驻留缑（gōu）氏山头。后世因此称太子或仙人的车驾为鹤驾。待，一作"侍"（《李渔全集》卷十八《笠翁对韵》四五六页）。⑧〔"桀溺"句〕桀溺、长沮，春秋时期楚国隐士。《论语·微子》："长沮、桀溺耦（ǒu）而耕，孔子过之，使子路问津焉。"⑨〔刺虎卞庄子〕卞庄子，春秋时期鲁国卞邑大夫，以孝勇驰名。传说他看到二虎争夺一头牛，就想去刺杀老虎。馆舍里的人劝道："两虎方且食牛，食甘必争，争则必斗，斗则大者伤，小者死。从伤而刺之，一举必有双虎之名。"卞庄子听从劝告，等两只虎争斗结束，一死一伤，他刺死了受伤的虎，故有"搏双虎"之名。参见《史记·张仪列传》。刺虎，一作"搏虎"（《李渔全集》卷十八《笠翁对韵》四五六页）。⑩〔当熊冯婕妤〕一次汉元帝与妃嫔观看斗兽表演，有一只熊跑

出兽圈，攀上殿阶直奔皇帝。其他妃子都被吓跑了，只有冯婕妤挺身而出，挡在熊面前，侍卫趁机把熊杀死。参见《汉书·外戚传下·孝元冯昭仪》。冯婕妤，汉元帝的嫔妃，后被封为昭仪。婕妤，后宫嫔妃的封号，汉元帝时地位次于昭仪。当，阻挡。⑪〔"南阳"句〕《三国志·蜀书·诸葛亮传》记载，东汉末，诸葛亮隐居南阳，经常吟唱《梁父吟》以抒发胸臆。南阳高士，指诸葛亮。《梁父吟》，也作《梁甫吟》，乐府曲名。《乐府诗集》里收录的《梁父吟》，讲述的是春秋齐相晏婴"二桃杀三士"的事，据说歌辞为诸葛亮所作。⑫〔"西蜀"句〕西蜀才人，指司马相如。见55页注⑦。⑬〔"三径"二句〕田园里开辟了三条小路，那里的白石、黄花等种种景物，可供隐居的人扶杖着履尽兴游览。据东汉赵岐《三辅决录·逃名》载，王莽专权时，兖州刺史蒋诩辞官回乡，闭门不出，在院子里开了3条小路，只和隐居的求仲、羊仲交往。三径，借指归隐者的家园。东晋陶渊明《归去来辞》："三径就荒，松菊犹存。"明代唐寅《菊花》："故园三径吐幽丛，一夜玄霜坠碧空。多少天涯未归客，尽借篱落看秋风。"三径，3条小路。白石、黄花，泛指园中景物。⑭〔五湖〕烟波浩渺、青山绿水的太湖美景，只有渔夫和樵夫能领略到。五湖，此指太湖，春秋时期越国大夫范蠡归隐之处。"五湖"与上联"三径"相对，也是表达归隐的意思。唐代崔涂《春夕》诗："自是不归归便得，五湖烟景有谁争。"

◎ 典故

"鞠躬尽力，死而后已"的诸葛亮

一提到诸葛亮，就会想到他写的《后出师表》里几句话："凡事如是，难可逆见。臣鞠躬尽力，死而后已；至于成败利钝，非臣之明所能逆睹也。""鞠躬尽力，死而后已"一语后来成为臣子效忠的通用语，如宋代叶适《兵部尚书蔡公墓志铭》："呜呼！岂所谓鞠躬尽力，死而后已乎！"宋代文天祥《〈指南录〉后序》："所谓誓不与贼俱生，所谓鞠躬尽力，死而后已，亦义也。"在乱世中坚持操守，在困境里不改初衷，这都是极难做到的，但是，诸葛亮做到了。

诸葛亮（181—234），字孔明。东汉末避乱隆中，躬耕读书，自比于管仲、乐毅，时有"卧龙"之称。汉献帝建安十二年（207年），出为刘备主要谋士。在赤壁之战中，联吴抗曹，取得大胜，据有荆州，奠定三分局面。《三国志·蜀书·诸葛亮传》说他"佐刘备，拜为蜀相，成就三分天下大业"。诸葛亮东和孙权，南平诸郡，北争中原，多次出兵攻魏。这样的本事，几乎当世无敌。但是，刘备死前因急于为关羽报仇、夺回荆州，冒险伐吴，结果败于吴将陆议（后改名陆逊），主力几乎丧尽。蜀国的军事力量大减，再也没有与魏、吴割据的豪气。刘备临死托孤，让诸葛亮辅佐他的儿子刘禅（shàn）。之后，诸葛亮不畏艰难困苦，辅佐"扶不起来的阿斗"，兢兢业业干了11年。《三国志·蜀书·后主传》记载，诸葛亮在的时候，刘禅还有所收敛，诸葛亮一死，大臣蒋琬、董允也相继谢世，刘禅便开始宠信宦官黄皓，朝政日非，最终被曹魏灭掉。

诸葛亮"鞠躬尽力，死而后已"，他的功业令人赞叹，他的品格令人敬仰。史书上说："至今梁、益之民，咨述亮者，言犹在耳，虽《甘棠》之咏召（shào）公，郑人之歌子产，无以远譬也。"把他比作周朝的召公、郑国的子产，传颂至今。

◎ 释疑解惑

"婕妤"是什么官

汉武帝时，宫中的嫔妃名号分为14等：昭仪、婕妤（倢伃）、婞（xíng）娥、容（傛）华、美人、八子、充衣、七子、良人、长使、少使、五官、顺常、舞涓等。婕妤是第二等，名列前茅。

婕妤（倢伃）的意思，据唐代颜师古的说法，"倢，言接幸于上也；伃，美称也"。因为受皇帝宠爱，待遇很高。《汉书·外戚传序》："至武帝，制倢伃、婞娥、傛华、充依，各有爵位……倢伃视上卿，比列侯。"而且，汉代婕妤往往可晋封皇后，因此竞争激烈。

历史上，有几位婕妤很有名，她们是：

冯婕妤（？—前7或前6），名媛。西汉大臣冯奉世女。元帝时，入宫为婕妤，她就是前面讲到"当熊"的那位妃嫔。之后为帝所重，晋封为昭仪。子封中山王，尊为中山太后。哀帝即位，她被傅太后诬陷，自杀。

班婕妤，西汉扶风安陵人。班况女。贤德有才。汉成帝即位初，选入后宫，始为少使，随后大受宠幸，封为婕妤。后来赵飞燕进宫，班婕妤失宠。又受到赵飞燕嫉妒陷害，于是求供养太后于长信宫。成帝死，婕妤被派去守墓，死于墓园。

沈婕妤（415—453），名容姬，南朝宋人。文帝纳为美人。曾经以非罪见责，文帝释之。后生明帝，拜婕妤。明帝即位后，被尊为太后。

七 虞

hóng duì bái　　yǒu duì wú
红 对 白 ， 有 对 无 。

bù gǔ　　duì tí hú
布 谷① 对 提 壶② 。

máo zhuī duì yǔ shàn　　　tiān què duì huáng dū
毛 锥 对 羽 扇③ ， 天 阙 对 皇 都 。

xiè hú dié　　　zhèng zhè gū
谢 蝴 蝶④ ， 郑 鹧 鸪⑤ 。

dǎo hǎi　　duì guī hú
蹈 海⑥ 对 归 湖⑦ 。

huā féi chūn yǔ rùn　　　zhú shòu wǎn fēng shū
花 肥 春 雨 润⑧ ， 竹 瘦 晚 风 疏⑨ 。

mài fàn dòu mí zhōng chuàng hàn
麦 饭 豆 糜 终 创 汉⑩ ，

chún gēng lú kuài jìng guī wú
莼 羹 鲈 脍 竟 归 吴⑪ 。

qín diào qīng tán　　　yáng liǔ yuè zhōng qián qù tīng
琴 调 轻 弹 ， 杨 柳 月 中 潜 去 听⑫ ；

jiǔ qí xié guà　　　xìng huā cūn lǐ gòng lái gū
酒 旗 斜 挂 ， 杏 花 村 里 共 来 沽⑬ 。

◎**注释** ①〔布谷〕鸟名，又称"杜鹃""杜宇""子规"。布谷鸟是候鸟，在春季播种时出现，鸣叫声像是说"布谷布谷"，因而人们认为它在催促播种，就称它"布谷鸟"。②〔提壶〕即鹈鹕。水鸟，体长可达 2 米，善于游泳和捕鱼。③〔毛锥、羽扇〕毛锥，即毛笔，因其形状如锥，束毛而成，故称之。羽扇，用鸟的羽毛制作的扇子，汉末盛行于江东。传说诸葛亮执羽扇镇定自若，使孙刘联军取得了赤壁大战的胜利。④〔谢蝴蝶〕即谢胡蝶。宋代诗人谢逸，喜欢以蝴蝶为题材写诗，人称"谢胡蝶"。见《宋诗纪事》卷三三引明代郭子章《豫章诗话》："谢无逸作《胡蝶诗》三百首，人号谢胡蝶。"⑤〔郑鹧鸪〕唐代诗人郑谷写的《鹧鸪》诗中，"雨昏青草湖边过，花落黄陵庙里啼"一联最有神韵，名噪一时，郑谷被人称之为"郑鹧鸪"。⑥〔蹈海〕战国时期，赵国都城邯郸被秦军围困，魏国派使臣劝说赵王尊秦王为帝，则秦军必退。赵国君臣非常惶恐，想要投降臣服。当时客游赵国的齐人鲁仲连力主抗秦，他说如果赵国臣服于秦王，尊秦王为帝，他不会做秦的臣民，只有"蹈东海而死耳"。参见《史记·鲁仲连邹阳列传》。蹈海，投海自杀。⑦〔归湖〕据传越王勾践其人可共患难，不可同安乐，所以范蠡在帮助勾践灭吴后就离开了，改名叫陶朱公，乘扁（piān）舟归隐于五湖（即太湖）。参见《史记·货殖列传》。⑧〔花肥春雨润〕由于有春雨的滋润，花儿开得鲜艳、饱满。借用唐代杜甫《春夜喜雨》诗意："好雨知时节，当春乃发生。随风潜入夜，润物细无声。野径云俱黑，江船火独明。晓看红湿处，花重锦官城。"⑨〔竹瘦晚风疏〕在晚风的摇曳下，竹叶稀疏，竹子显得更细削了。宋代无名氏《感皇恩》："间竹横溪自清瘦，黄昏时侯，拂拂暗香微透。"又宋代文天祥《赠鉴湖相士》："瘦竹凌风弄碧漪，山光云影共熹微。月黄昏里疏枝外，认取半天孤鹤飞。"⑩〔"麦饭"句〕讲的是东汉光武帝刘秀与大树将军冯异的一段君臣患难的故事。刘秀刚起兵时，兵败饶阳，被追赶通缉。到芜蒌亭时，天寒地冷，又饥又累，将军冯异到附近村子为刘秀讨来一碗豆粥。到滹沱河边时，又遇到暴风雨，君臣几人躲进河边的几间屋子里避雨，冯异在那里为刘秀做了一顿麦饭。君臣渡过难关，终于创建了东汉王朝。参见《后汉书·冯异传》。麦饭，用带皮磨碎的麦子煮的粗粝的饭。糜，粥。⑪〔"莼羹"句〕西晋时，吴郡人张翰在齐王司马冏（jiǒng）的手下做官，见当时王室之间的权力斗争激烈，司马冏将败，就说自己见秋风起便思念起故乡的莼羹、鲈鱼脍，于是弃官而去。参见《世说新语·识鉴》。莼羹，一种用莼菜煮成的汤。莼，多年生水草，可做汤菜。鲈脍，鲈鱼肉切成的丝。吴，张翰的家乡吴郡。⑫〔"琴调"二句〕风清月白的夜晚，有人悄悄地在杨柳树下倾听轻缓的琴声。此联借用了古人诗意，如唐代刘禹锡《潇湘神》："斑竹枝，斑竹枝，泪痕点点寄相思。楚客欲听瑶琴怨，潇湘深夜月明时。"唐代罗隐《听琴》："寒雨萧萧落井梧，夜深何处怨啼乌。不知一盏临邛酒，救得相如渴病无。"⑬〔"酒旗"二句〕以产酒著称的杏花村里酒旗飘飘，那是大家买酒的去处。此联借用了唐代杜牧（一作许浑）《清明》诗意："清明时节雨纷纷，路上行人欲断魂。借问酒家何处有？牧童遥指杏花村。"杏花村，安徽、山西两地各有一个杏花村，均以产酒著称。此处泛指卖酒的地方。

◎典故

"大树将军"冯异

《东观（guàn）汉记·冯异传》："冯异，字公孙，为人谦退，与诸将相逢，辄引车避道。每止顿，诸将共论功伐，异常屏止树下，军中号'大树将军'。"

冯异（？—34），字公孙，东汉颍川父城（今河南宝丰东）人。他是个武将，却好读书，而且对《左氏春秋》《孙子兵法》很有研究，是一位名副其实的儒将。后来的关云长读《春秋》，大约是因崇敬冯异而为。他原来在王莽手下为官，管着5个县。刘秀率军攻父城，他据守父城，抗拒刘秀义军。后来冯异外出巡视属县，被汉军捕获。此时，他的堂兄冯孝及同郡人丁綝、吕晏都在刘秀军中，共同保荐冯异。刘秀当即召见冯异。冯异表示："老母现在城中。如能释放我回城，愿将所监五城献上以报您的恩德。"这得到刘秀赞赏。冯异回到父城后，劝服苗萌一同投顺刘秀。不久，刘縯（yǎn）遇害，刘秀回兵宛城，而冯异始终坚守父城，拒不投降刘玄的更始政权。后来，刘秀任司隶校尉，经过父城。冯异立即开门奉献牛酒迎接，被任命为主簿。冯异又推荐许多同乡，如铫（yáo）期、叔寿、段建、左隆等。这些人后来都成了刘秀的左膀右臂，立下不世功勋。

冯异后来破王郎，平河北，功劳、名望越来越高。当时，刘秀率领的义军逐渐渡过难关，仗打得越来越顺手，许多将领渐渐生出骄矜之心，常常互相吹牛夸功。唯独冯异从来不争功，对别人谦恭有礼。每当诸将并坐论功，大呼小叫、唾沫横飞时，冯异总是退到一边的树底下，默默无语。因此，军中称他"大树将军"。等到刘秀即帝位，封他为阳夏（jiǎ）侯，任征西大将军。不久，他击败赤眉军于崤底，又攻称雄一方的公孙述、隗（wěi，又读kuí、guī）嚣，不幸卒于军中。对一帮开国的将军，刘秀感情很深，尤其是对冯异，每每想起就感伤不已。

◎释疑解惑

"麦饭"最养生

宋代陆游《戏咏村居二首》其一："日长处处莺声美，岁乐家家麦饭香。"麦饭在古代是穷人的食物，富贵人家往往在落难时才"品尝"到。古代这种饭食的做法，按照唐代颜师古的说法是："麦饭，磨麦合皮而炊之也……麦饭、豆羹皆野人农夫之食耳。"意思是，小麦全皮磨粉，和面后上锅蒸熟，跟今天的做法差不多。因其以野菜或蔬菜为主料，可说是一道既营养又健康的绿色食品。今天的麦饭，一般是将洗干净的野菜或蔬菜与面粉搅拌均匀，再上锅蒸20分钟即可。在注重养生、环保的今天，它是一道简单、营养、菜香浓郁的乡土美食，备受大众的喜爱。不仅如此，它也是人们舌尖的最爱之一。很多人大老远跑到陕西，就为吃这一口"野人农夫之食"。

不过，当我们读到宋代苏轼《和子由送将官梁左藏仲通》"城西忽报故人来，急扫风轩炊麦饭"时，又会觉得这位大文豪的境遇实在是让人感慨。

luó duì qǐ　　míng duì shū
罗对绮，茗①对蔬。

bǎi xiù duì sōng kū
柏秀对松枯。

zhōng yuán duì shàng sì　　fǎn bì duì huán zhū
中元②对上巳③，返璧④对还珠⑤。

yún mèng zé　　dòng tíng hú
云梦泽⑥，洞庭湖。

yù zhú duì bīng hú
玉烛⑦对冰壶⑧。

cāng tóu xī jiǎo dài　　lù bìn xiàng yá shū
苍头犀角带⑨，绿鬓象牙梳⑩。

sōng yīn bái hè shēng xiāng yìng
松阴白鹤声相应⑪，

jìng lǐ qīng luán yǐng bù gū
镜里青鸾影不孤⑫。

zhú hù bàn kāi　　duì yǒu bù zhī rén zài fǒu
竹户半开，对牖不知人在否；

chái mén shēn bì　　tíng chē huán yǒu kè lái wú
柴门深闭，停车还有客来无？⑬

◎**注释**　①〔茗〕茶芽，一说指晚收的茶。今泛指喝的茶。②〔中元〕道教以农历七月十五日为中元节。旧时此日，道观作斋醮（jiào），僧寺作盂兰盆会，内容都是超度亡灵。民俗也有上坟、祭祖等活动。③〔上巳〕汉代以前把农历三月上旬的巳日作为"上巳节"，魏晋以后，把"上巳节"定为三月初三，不一定是巳日。《后汉书·礼仪志上》："是月上巳，官民皆洁于东流水上"，洗濯除去宿垢。后来就演变成人们在水边饮宴、郊外游春的节日。④〔返璧〕指蔺相如"完璧归赵"的故事。秦昭王说愿用十五座城池换取赵国的和氏璧。蔺相如入秦献璧后，见秦王只想得到和氏璧，无意给赵国城池，就施计索回璧玉，派随从悄悄送回赵国。参见《史记·廉颇蔺相如列传》。⑤〔还珠〕指"合浦还珠"的故事。东汉时广东合浦郡盛产珍珠，百姓以采珠为业。许多太守到任后搜刮盘剥，致使珍珠产量越来越低，郡内几乎没有珍珠可采，百姓无以为生。后孟尝做了合浦太守，清廉自奉，禁止滥采，海里的珍珠又多起来了。人们说消失的珍珠又回来了。见《后汉书·孟尝传》。⑥〔云梦泽〕古泽名，位于湖北江汉平原。据汉魏以前的记载，云梦泽范围并不很大，晋以后把云梦泽的范围越说越大，洞庭湖都包括在内，与汉魏的记载不符。孟浩然《临洞庭上张丞相》："气蒸云梦泽，波撼岳阳城。"⑦〔玉烛〕指四季气候调和。古时形容帝王德行美好如玉、可致四时调和的祥瑞之兆。《尸子》卷上："四气和，正光照，此之谓玉烛。"⑧〔冰壶〕盛冰的玉壶，常比喻品德高洁。《文选·鲍照〈代白头吟〉》："直如朱丝绳，清如玉壶冰。"唐代王昌龄《芙蓉楼送辛渐二首》其一："洛阳亲友如相问，一片冰心在玉壶。"⑨〔苍头犀角带〕苍头，头发斑白，指老年人。犀角带，饰有通犀的腰带。通犀，犀角的一种，旧谓能避寒。《开元天宝遗事·开元·辟寒犀》："开元二年冬至，交趾国进犀一株，色黄如金。使者请以金盘置于殿中，温温然有暖气袭人。"⑩〔绿鬓象牙梳〕年轻女子用象牙梳高挽乌黑的鬓发。绿鬓，乌黑光亮的鬓发，形容青春年少。象牙梳，象牙做的梳子，是古代女子的名贵头饰。唐代崔涯《嘲李端端》："独把象牙梳插鬓，昆仑山上月初明。"⑪〔"松阴"句〕松荫下，白鹤的鸣叫声此起彼和。化用《易·中孚》"鸣鹤在阴，其子和之"的语意，表达美好和睦的亲情。⑫〔"镜里"句〕青鸾有自己镜中的影像相随，也就不觉得孤单了。据《艺文类聚》卷九十引南朝宋范泰《鸾鸟》诗序载，罽（jì）宾国王得到一只鸾鸟，但是多年也不鸣叫。王妃出主意说："听说鸾鸟看见同类就会鸣叫，让它照一照镜子试试吧。"鸾鸟看到自己镜中的影象后，高声悲鸣，向天空奋力一飞，就死掉了。青鸾，古代传说中凤凰一类的神鸟。赤色多者为凤，青色多者为鸾。⑬〔"竹户"四句〕竹门半开，窗户却关着，不知主人在不在家；柴门关得紧紧的，门外却停了辆车子，是不是有客人来了呢？户，单扇的门。对牖，两扇窗对在一起，指关着窗户。无，句末疑问语气词，相当于"否"。

◎典故

"玉壶"传说

古代关于"玉壶"的典故不胜枚举，然而无论是王昌龄的"一片冰心在玉壶"，还是费长房的"仙家玉壶春"，都比不上宋代钱惟演的"纨扇寄情虽自洁，玉壶盛泪只凝红"，这两句诗，来自一段凄美的故事。

旧题晋王嘉《拾遗记》卷七、《太平御览》卷三八一"人事部二十二·美妇人下"等记载，魏文帝曹丕的妃子薛灵芸，针线活儿了得，虽处于深帷之内，不用灯烛之光，裁制立成。魏文帝只穿她缝制的衣服，宫中称她为"针神"。

这位薛灵芸是常山（今河北正定）人，其父薛业是亭长（管辖十里范围内治安、民事诉讼、旅店等事），因家境贫穷，母女以针线活补贴家用。薛灵芸的针工就是这时候练出来的。她17岁那年，魏文帝曹丕选良家女子充入六宫。常山郡守谷习以千金聘走了薛灵芸，然后将她献给魏文帝。薛灵芸与父母告别时，泪水沾湿了衣襟。在登车上路时，泪水不可抑制，滴入玉唾壶里，竟成了红色。还未到京师，壶中的泪已凝如血色。

消息很快传回京师。魏文帝一听，立马重视起来，亲自到城外迎接。薛灵芸一行距离京师十里，文帝乘雕玉的车辇，远远看见，叹息说，"古人云：'朝为行云，暮为行雨。今非云非雨，非朝非暮。'"因此改薛灵芸的名字为"夜来"。后世花名"夜来香"，即得名于此。

◎ 释疑解惑

"唾壶"是什么东西？

前文《"玉壶"传说》中提到的"唾壶"，简单说，就是现在的痰盂。早期的唾壶造型为大口、圆球腹、高圈足，形似尊；后逐步演变为盘口、扁圆腹、平底或假圈足，南朝时还配以盖和托盘；到了宋朝，还出现上下两截可以分合的样式。明代王圻（qí）《三才图会·唾壶唾盂图考》："元唾壶、唾盂皆以银为之，有盖，涂以金。今制，皆以黄金为之。壶，小口巨腹。盂，圆形如缶，盖仅掩口，下有盘，俱为龙纹。"古代的唾壶不但样式、材质千奇百怪，作用也比现在复杂一些，相关的故事也不少。

《世说新语·豪爽》记载，东晋人王敦"每酒后辄咏'老骥伏枥，志在千里。烈士暮年，壮心不已'。"一边吟诵一边拿如意击打唾壶为节，结果"壶边尽缺"。好好儿的玉壶，被王敦敲打坏了。

最变态的唾壶出现在东晋。《晋书·苻朗载记》记载，苻朗是前秦苻洛之子，有才具，被叔父苻坚称为"千里驹"。公元384年，他遣使到彭城，请求投降东晋。到扬州后，他和东晋名流们走得很近。一次谢安请他去做客，别人用唾壶，他"唾则令小儿跪而张口，既唾而含出，顷复如之"。一群宾客看了，深感太"讲究"了，比不了。后来，明朝奸相严嵩的儿子严世蕃也干过类似的事情。看来恶心之风，也有流传。

bīn duì zhǔ　　bì duì nú
宾 对 主 ， 婢 对 奴 。

bǎo yā duì jīn fú
宝 鸭 对 金 凫①。

shēng táng duì rù shì②　　gǔ sè③ duì tóu hú④
升 堂 对 入 室②， 鼓 瑟③ 对 投 壶④。

chān hé bì　　sòng lián zhū
觇 合 璧 ， 颂 联 珠 。⑤

tí wèng⑥ duì dāng lú⑦
提 瓮⑥ 对 当 垆⑦。

yǎng gāo hóng rì jìn⑧　　wàng yuǎn bái yún gū⑨
仰 高 红 日 近⑧， 望 远 白 云 孤⑨。

xīn xiàng mì shū kuī èr yǒu⑩
歆 向 秘 书 窥 二 酉⑩，

jī yún fāng yù dòng sān wú⑪
机 云 芳 誉 动 三 吴⑪。

zǔ jiàn sān bēi　　lǎo qù cháng zhēn huā xià jiǔ
祖 饯 三 杯 ， 老 去 常 斟 花 下 酒 ；⑫

huāng tián wǔ mǔ　　guī lái dú hè yuè zhōng chú
荒 田 五 亩 ， 归 来 独 荷 月 中 锄 。⑬

◎**注释**　①〔宝鸭、金凫〕都是古时的香炉，因外形似鸭得名。多为金、银、铜制。凫，野鸭。②〔升堂对入室〕古代居室建筑，室在堂后，要进入内室必须经过厅堂。"升堂入室"原比喻造诣高深的程度，后来泛指人在学问或技艺方面有高深的造诣。语出《论语·先进》："子曰：'由也升堂矣，未入于室也。'"宋代邢昺疏："言子路之学识深浅，譬如自外入内，得其门者。入室为深，颜渊是也；升堂次之，子路是也。"③〔鼓瑟〕弹瑟。鼓，弹奏。瑟，古代的一种弦乐器。④〔投壶〕古代宴会礼制，也是一种投掷游戏。其规则是把筹（古代投壶所用的矢）投向酒壶口，以投中多少决胜负，负者饮酒。《后汉书·祭（zhài）遵传》："遵为将军，取士皆用儒术，对酒设乐，必雅歌投壶。"⑤〔觇合璧，颂联珠〕合璧，即日月合璧，也就是日月同升。联珠，指五星联珠，也叫"五星聚"，即金、木、水、火、土五星同时出现在天空同一区且连成一线的现象。因为这两种现象都很少发生，所以古人认为是祥瑞之兆。觇，察看。颂，颂扬。⑥〔提瓮〕典出《后汉书·列女传·鲍宣妻》。西汉鲍宣的妻子桓少君出身富家，但嫁给贫寒的鲍宣以后甘于贫寒，穿着粗布衣，每天提着水瓮出门打水。瓮，一种陶制的盛器。⑦〔当垆〕西汉富商之女卓文君与司马相如私奔成家后，无以谋生，就在街上开了一家酒铺，卓文君当垆卖酒。垆，放置酒瓮的土台，这里借指酒铺。⑧〔仰高红日近〕晋明帝幼时很聪明，一次其父晋元帝抱着他上朝，恰逢有使者从长安来。元帝问他太阳与长安哪里远。明帝回答说太阳远，长安近，"不闻人从日边来"。第二天，元帝向群臣夸耀，并又问了明帝这个问题。这回明帝却说太阳近。元帝大为惊异，问为什么，他回答说："举目见日（指他的父亲晋元帝，古代常以太阳比喻皇帝），不见长安。"见《世说新语·夙惠》。⑨〔望远白云孤〕唐代狄仁杰赴任路上见白云飞而思念双亲。唐代刘肃《大唐新语·举贤》："仁杰赴任，于并（bīng）州登太行，南望白云孤飞，谓左右曰：'吾亲所居，近此云下！'悲泣伫立，久之，候云移乃行。"⑩〔"歆向"句〕刘向、刘歆父子在皇宫中读到许多珍贵的古代藏书。歆、向，西汉著名学者刘向、刘歆父子，他们曾经负责整理校阅皇家藏书，对先秦典籍的整理、流传起了巨大作用。秘书，宫禁中的藏书。窥二酉，读了古代许多珍贵的藏书。二酉，大酉山、小酉山，在湖南沅陵县西北（一说在湖南辰溪县），二山都有洞穴，传说秦时曾有人在这里隐居，留书千卷于山中。见《太平御览》卷四九引南朝宋盛弘之《荆州记》。⑪〔"机云"句〕陆机、陆云兄弟因文才名满三吴。陆机，是西晋著名的文学家，字士衡，吴郡华亭（今上海市松江区）人。陆云，字士龙，陆机之弟。兄弟二人文学造诣都很高，时称"二陆"。三吴，古地区名，晋代指吴兴、吴郡、会稽三郡。⑫〔"祖饯"二句〕祖饯，即饯行，是古代为出行的人举行的送别仪式。祖，古代出行时祭祀路神。饯，以酒食送行。后称设宴送行为祖饯。老去，从下联的内容看，有归隐之意。⑬〔"荒田"二句〕借用了古人诗意，如晋陶渊明《归园田居五首》其一："开荒南野际，守拙归园田"；其三："晨兴理荒秽，带月荷锄归"。归来，既指锄田归来，又借指归隐。

◎ 释疑解惑

"投壶"趣谈

投壶礼源于射礼，后来发展成为宴会娱乐游戏，从先秦一直延续至清末。春秋战国时期，诸侯宴请宾客时的众多礼仪之一就是请客人射箭，直白地说，这是贵族必修礼仪之一。那时候，一个成年男子如果不会射箭，会被人耻笑没有教养，甚至影响到其社会地位和政治前途。主人请客人射箭，客人是不能推辞的。

后来，射礼渐渐演变为投壶。有人可能会问：为什么不直接比射箭既显示本事，又有声势？宋代吕大临的《礼记传》说得好："投壶，射之细也。燕饮有射以乐宾，以习容而讲艺也。"由于庭院不够宽阔，不足以安置射箭场地；或者宾客众多，没有那么多专业设备（古代的弓箭相当于现在的枪支，是要受到严格管制的）；再者，有的宾客的确不会射箭。种种因素制约，就以投壶代替，顺便熟悉一下礼仪。

春秋战国时期的投壶，是在壶中装满红小豆，使投入的箭杆不会弹出。

到了汉代，不再装红小豆，如箭杆弹出，可抓住重投，如能连投百余次，则"谓之为骁"。《西京杂记》说，汉武帝时有郭舍人善投壶，能"一矢百余反"，"每为武帝投壶，辄赐金帛"。南阳汉画像石中有《投壶图》，中间是主宾2人对坐投壶，旁有侍者3人。据《东观汉记》记载，东汉大将祭（zhài）遵（做过刺奸将军、征虏将军，封颍阳侯，"云台二十八将"之一）"取士皆用儒术，对酒娱乐，必雅歌投壶"。

晋代对投壶的壶加以改进，在壶口两旁增添两耳，因此，在投壶的花式上就多了许多名目，如"依耳""贯耳""倒耳""连中""全壶"等。

投壶游戏后来和足球、围棋一样，东传到朝鲜半岛。《新唐书·东夷列传·高丽（lí）》记载，高丽人"俗喜弈、投壶、蹴鞠"。

jūn duì fù　　wèi duì wú
君 对 父， 魏 对 吴。
běi yuè　 duì xī hú
北 岳① 对 西 湖。
cài shū duì chá chuǎn　　　jù shèng　 duì chāng pú
菜 蔬 对 茶 荈②， 苣 胜③ 对 菖 蒲④。
méi huā shù　　　zhú yè fú
梅 花 数⑤， 竹 叶 符⑥。
tíng yì　　duì shān hū
廷 议⑦ 对 山 呼⑧。

《两都》班固赋⑨，"八阵"孔明图⑩。

田庆紫荆堂下茂⑪，

王裒青柏墓前枯⑫。

出塞中郎，羝有乳时归汉室⑬；

质秦太子，马生角日返燕都⑭。

◎**注释** ①〔北岳〕恒山，五岳之一，又称"元岳"。相传舜帝巡狩（shòu）到此，见山势雄伟，遂封为北岳。②〔茶荈〕早采的新茶为茶，晚采的老茶为荈，又叫茗。③〔苣胜〕胡麻的别名，一名巨胜。明代李时珍《本草纲目·谷一·胡麻》中说，古代巨胜、方茎、狗虱、油麻、脂麻，都是指胡麻。时下很多版本作"苣藤"，是因为胜的繁体"勝"与"藤"字形相近而导致的错误。④〔菖蒲〕一种多年生草本植物。民间在端午节时常把菖蒲和艾叶扎束在一起，挂在门前以辟邪。⑤〔梅花数〕古代一种占卜法，也称"梅花易数"，相传为宋代邵雍所创。⑥〔竹叶符〕道士在竹叶上绘制的驱邪的符箓。宋代宋煜《竹符》："仙篆元非世俗书，笔端会把鬼神驱。当年笔迹今何在，洞客争传竹叶符。"⑦〔廷议〕古时官员在朝廷之上、皇帝面前论辩国事称廷议。⑧〔山呼〕又谓"嵩呼"。《汉书·武帝纪》载，汉武帝元封元年（前110年）登中岳嵩山时，随行的官员曾听到群山3次呼喊"万岁"之声。后来"山呼"就成为臣下祝颂帝王的仪节。⑨〔《两都》班固赋〕《两都赋》，东汉著名史学家、文学家班固所写，是辞赋中的代表作。《两都赋》即《西都赋》和《东都赋》。⑩〔"八阵"孔明图〕八阵图，三国时蜀汉丞相诸葛亮创设的一种阵法。《三国志·蜀书·诸葛亮传》："推演兵法，作八陈（阵）图。"⑪〔"田庆"句〕据南朝梁吴均《续齐谐记》载，汉朝田真、田庆、田广3兄弟商议分家，准备把堂前一棵紫荆树也截为3段分掉，结果第二天树就枯死了。3人大惊，认为树木听说将被分截就死掉了，难道人还不如树吗？于是决定不再分家，而紫荆树又重新活了过来。茂，一作"萎"（《李渔全集》卷十八《笠翁对韵》四五八页）。⑫〔"王裒"句〕西晋人王裒的父亲是司马昭手下的官员，因为正直讲实话被司马昭杀掉。王裒就在父亲墓旁筑屋居住，旦夕跪拜号哭，眼泪落到柏树枝上，柏树都枯死了。后因战乱亲族移居江东，他哀恋祖坟不肯走，最后死于战乱。⑬〔"出塞"二句〕汉武帝时，苏武以中郎将的身份出使匈奴，遭匈奴扣留。苏武不肯归顺，匈奴单于就让他到北海无人处放牧，告诉他："羝乳乃得归。"羝乳，公羊产乳。羝，公羊。⑭〔"质秦"二句〕战国末年，燕国太子丹被送到秦国当人质，受到很多无礼的对待。据说，太子丹思归故乡，恳请秦王放他回去。秦王说："乌鸦白了头，马生出角来，就放你回去。"太子丹仰天长叹，乌鸦果然白了头；低头落泪，马就生出了觕（jī）角。见此，秦王不得不放他回了燕国。事见《史记·刺客列传》索隐《燕丹子》。

◎ **典故**

最后的救世者鞠武

燕太子丹（？—前226），战国末期燕王喜之子。当时秦已攻灭韩、赵等国，对遥远的燕国虎视眈眈。秦灭韩前夕，迫于压力，太子丹被送至秦国当人质，后于燕王喜二十三年（前232年）回到燕国，开始策划报仇行动。

燕王喜二十八年（秦王政二十年，公元前227年），秦国兵至易水，直接威胁燕国边境。太子丹非常忧虑，请教他的老师鞠武。鞠武认为，现在秦国天下无敌，不能正面对抗，只能缓缓图之。

不久，秦将军樊於期（wū jī）从秦国逃到燕国，太子丹收留了他。鞠武赶紧规劝说："这可不行。秦王本来就很凶暴，再因此迁怒到燕国，咱们就完了！就算是管仲、晏婴来了也没办法。希望您赶快将樊将军送到匈奴，以消除秦国攻打我们的借口；然后向西与三晋结盟，向南联络齐、楚，向北结好单于，这样才可以想办法对付秦国。"应该说，鞠武的策略在当时既实际又可行，其水平绝对不亚于苏秦、张仪之辈。

可惜，太子丹跟所有的贵族子弟一样，干什么都不想付出艰难困苦，总想着"毕其功于一役"，犯了急躁冒进、简单化、理想化的通病。太子丹说："老师的计划需要的时间太长，我等不及。况且樊将军如今已是穷途末路，投奔于我，我总不能因为迫于暴秦的淫威而抛弃他，除非我死了。希望老师考虑别的办法。"

鞠武说："用危险的行动求得安全，制造祸患而祈求幸福，计谋浅薄而怨恨深重，为了一个新朋友而不顾国家大患，你这是'积蓄仇怨而助祸患'哪。我帮不上你了。咱们这儿有位田光先生，智谋深邃而勇敢沉着，你可以和他商量。"

太子丹也对老师失望了，说："我希望通过老师而得以结交田先生，可以吗？"鞠武说"遵命"，便出去拜会田光，对田光说："太子希望跟田先生一同谋划国事。"

田光说："谨领教。"然后前去拜访太子。于是，田光找来荆卿，谋划刺杀秦王。太子丹还嘱咐田光要保密，结果田光一听，这是什么太子，这么侮辱我！直接自杀了。太子丹悔之不及，哭完又问荆卿："你什么时候出发？"

鞠武失望之极，离开了太子丹。刺秦失败后，燕王喜担心秦国出兵报复，便杀太子丹，将其头颅献给秦军以求和。

◎释疑解惑

古代的胡麻到底是什么

胡麻，相传是因汉代张骞得其种于西域，故名。而芝麻是我国原产的，所以不可能是胡麻。又因为古代胡麻的名称很多，也容易导致误解、混乱。《神农本草经》卷一："胡麻……一名巨胜。"宋代沈括《梦溪笔谈·药议》有比较详细的解说："胡麻直是今油麻，更无他说，予已于《灵苑方》论之。其角有6棱者、有8棱者。中国之麻，今谓之大麻是也。有实为苴（jū）麻，无实为枲（xǐ）麻，又曰牡麻。张骞始自大宛（yuān）得油麻之种，亦谓之麻，故以胡麻别之，谓汉麻为大麻也。"明代李时珍《本草纲目·谷一·胡麻》（释名）："巨胜、方茎、狗虱、油麻、脂麻，俗作芝麻，非。"

胡麻之所以有这么多记载，是因为古人认为，这玩意儿好比仙丹一般，是修道养生的必备物品，吃了可以长寿、抗衰。晋代葛洪《抱朴子·仙药》："巨胜一名胡麻，饵服之不老，耐风湿、补衰老也。"《南史·刘虬（qiú）传》："罢官归家静处，常服鹿皮袷（qiā），断谷，饵术（zhú）及胡麻。"另外，这东西还能充饥。《晋书·殷仲堪传》："城内大饥，以胡麻为廪。"

南朝宋刘义庆《幽明录》及《太平广记》卷六一引《神仙记》还说，东汉永平年间，剡（shàn）县人刘晨、阮肇入天台山采药，遇二女子邀至家，请他们吃胡麻饭。半年后出山回家，子孙都有7代了。

胡麻饭现在还有，俗称麻糍（cí），又称"神仙饭"，是武夷山地区传统风味小吃。做法是将上好的糯米经水浸透后蒸熟，捣烂揉成小团，再拌上芝麻（这个跟古代用胡麻可能有差别）、白糖等，味道香甜软糯。

八 齐

鸾对凤，犬对鸡。

塞北对关西。

长生对益智，老幼对旄倪①。

颁竹策②，剪桐圭③。

剥枣对蒸梨④。

绵腰如弱柳⑤，嫩手似柔荑⑥。

狡兔犹穿三穴隐⑦，

鹪鹩权借一枝栖⑧。

角里先生，策杖垂绅扶少主；⑨

於陵仲子，辟垆织履赖贤妻。⑩

◎**注释** ①〔旄倪〕老人和小孩儿。旄，通"耄"，八九十岁的年纪。也泛指年老。倪，通"儿（儿）"，幼儿。②〔颁竹策〕典出《北史·杨素传》，建德四年（575年），北周武帝宇文邕（yōng）率军攻打北齐。杨素请求率众为先锋，武帝答应他，并赐给他一根竹杖，说："我正要驱使天下，因此把这件东西赐给你。"颁，赏赐，赐予。竹策，竹杖。③〔剪桐圭〕即"桐叶封弟"的故事。周成王年幼时同他的弟弟叔虞开玩笑，把桐叶剪成圭形赠给叔虞，并说要封他为侯。叔虞信以为真，告诉了辅政大臣周公。周公问是怎么回事，成王说："我跟弟弟开玩笑。"周公说："臣闻之，天子无戏言。天子言则史书之，工诵之，士称之。"成王觉得周公说的有道理，就把叔虞封到唐地。圭，古代帝王、诸侯祭祀或朝聘时手执的玉制礼器。④〔剥（pū）枣、蒸梨〕剥枣，打枣。剥，同"扑"，击，打。《诗·豳风·七月》："八月剥枣，十月获稻。"蒸梨，此处似指"蒸藜出妻"的典故。据《孔子家语·七十二弟子解》载，孔子的弟子曾参对后母极为孝顺。他的妻子给婆婆蒸藜不熟，曾参就把妻子休回娘家了。"梨"应为"藜"，一种野菜。⑤〔绵腰如弱柳〕女子的腰像柳枝那样苗条、柔软。⑥〔嫩手似柔荑〕女子的手像小草的嫩芽那样细嫩。唐鲍溶《水殿采菱歌》："美人荷裙芙蓉妆，柔荑紫雾棹龙航。"荑，草木初生的柔软而白的幼芽。⑦〔"狡兔"句〕狡猾的兔子有3个洞穴藏身，便于躲避灾祸。典出《战国策·齐策四》，谋士冯谖为齐国公子孟尝君谋划说："狡兔有三窟，仅得免其死耳；今君有一窟，未得高枕而卧也，请为君复凿二窟。"⑧〔"鹪鹩"句〕精巧的鹪鹩鸟只靠一条树枝栖息。语出《庄子·逍遥游》："鹪鹩巢于深林，不过一枝。"意指要求很少，容易满足。鹪鹩，小鸟名。常取细枝、草叶、苔藓、羽毛等物做巢，呈圆屋顶状，于一侧开孔出入，很精巧，俗称"巧妇鸟"。⑨〔"甪里"二句〕汉高祖刘邦登基后，立吕后所生的长子刘盈为太子，封戚姬所生的次子刘如意为赵王。后来刘邦想废刘盈而立刘如意。吕后知道后，就用张良的计策，让太子卑辞安车聘请"商山四皓"来辅佐自己，使刘邦意识到太子羽翼已成，遂打消了改立太子的念头。甪里先生，"商山四皓"之一，在此指代"商山四皓"。"商山四皓"，汉初东园公、夏黄公、绮里季和甪里先生四位隐士。他们隐居在商山，被刘盈请出辅政时均已年过80岁，须发皆白，故称四皓。参见《史记·留侯世家》《汉书·张良传》。策杖垂绅，年纪很大了还出来做官。扶少主，指辅助太子刘盈（即后来的汉惠帝）。策杖，也作"杖策"，拄杖、扶杖的意思。垂绅，弯下腰使衣带下垂，指"四皓"恭敬谦卑的姿态。绅，士大夫束在衣外的腰带垂下来做装饰的部分。⑩〔"於陵"二句〕於陵仲子，即陈仲子，字子终。战国时期齐国隐士，因住在於陵，故称之。《孟子·滕文公下》记载他"身织屦，妻辟纑"。辟纑，将练过的麻搓成线。纑，练麻，使麻变得柔软洁白。辟，绩麻，将麻析成缕再捻接起来，绩，旧读qì。织屦，编织麻鞋。屦，麻、葛制成的单底鞋。履，一作"屦"（《李渔全集》卷十八《笠翁对韵》四六〇页）。

◎ **典故**

"安贫乐道"的楚於陵妻

於陵仲子到了楚国后，楚王听说他素有贤德，有才能，就想聘他为相（相在先秦指辅佐帝王的大臣，权力很大），派遣使者拿着百两黄金，前往他家迎请。

於陵仲子对使者说："我家还有妻子，这件事较重大，我得跟她商量一下。"他回到屋内对妻子说："楚王想聘我为相，派使者持黄金来迎请。如果现在接受相的职务，明日便可以乘上 4 匹马驾的车，住豪宅，有吃不完的美食。你看这个职务我要不要接受呢？"古书用"食前方丈"来形容吃饭的条件之好，意思是吃饭时面前一丈见方的地方摆满了食物。

他的妻子说："夫君现在以编织草鞋谋生，闲暇时左手抚琴，右手执书，自得其乐，难以言表。如果乘上 4 匹马驾的车，车内方寸之地也不过容纳两膝而已，虽然吃得很好，但使你高兴的也不过是一点肉味而已。现在楚王用'容膝之安，一点肉味'，便要让你心怀楚国全民的大忧患。再说，在乱世中执政，对你的身心有很大伤害。我只怕先生一时糊涂，用身心的安乐去换取身外的荣耀。"

於陵仲子听完妻子的话，便推辞了楚王的聘请，并带着妻子逃离居处，找个偏远的地方，靠着为别人浇灌园子谋生。

明代学者吕坤专门摘录於陵仲子之妻与贵州娄先生之妇的故事，认为她们是"安贫乐道"的典范，并用来训导世间为人妇者。

◎ **释疑解惑**

冯谖为孟尝君凿了哪些"窟"？

冯谖（xuān），战国时齐国人，是齐国孟尝君门下的食客。在孟尝君众多门客中，他和苏代（苏秦的族弟）是有大智慧的顶级谋士。

《史记·孟尝君列传》记载，孟尝君"好客养士""好善乐施"，对门客"舍业厚遇之"，因而"倾天下之士"。冯谖刚到孟尝君那里的时候，破衣烂衫，穷困潦倒，一副乞丐模样。

孟尝君问："你有什么爱好吗？"

冯答："没有。"

"那有什么能耐呢？"

"也没有。"

"留下吧。"

仆人们看不起冯谖，给他粗茶淡饭——这是最下等门客的待遇。冯谖故意三番五次地提出过分的要求，天天喊着要改善待遇，要鱼要肉要酒喝，要钱要房要好车。孟尝君对冯谖的要求全部满足，从不嫌弃。冯谖发现孟尝君值得辅佐，于是决定帮助他。

孟尝君当时是齐国的相国，在薛地有万户食邑。由于门客众多，封邑的收入不够，于是派人到薛地放债收息以补不足。放债一年多，还没收回息钱。有人推荐冯谖去收息。

冯谖带上债券，驱车到了薛地，派官吏召集应该还债的人偿付息钱，结果得息钱10万，但还有多数债户交不出。冯谖便用所得息钱置酒买牛，召集所有债户来验对债券。债户到齐后，冯谖一面劝大家饮酒，从旁观察债户贫富情况，一面让大家拿出债券验对。凡有能力偿还息钱的，当场订立还期；对无力偿还息钱的，冯谖即收回债券。随后，他假传孟尝君的命令，为无力还债的人免去了债务，烧毁债券。冯谖说："孟尝君所以贷钱者，为民之无者以为本业也；所以求息者，为无以奉客也。今富给者以要期，贫穷者燔券书以捐之。诸君强饮食。有君如此，岂可负哉！"于是，"坐者皆起，再拜"（《史记·孟尝君列传》），"民称万岁"（《战国策·齐策四》）。这样，冯谖用几张债券，在薛地为孟尝君换得了民心。孟尝君知道后虽然心里不快，但也无可奈何，只得说："诺，先生休矣！"（《战国策·齐策四》）

一年后，有人在齐愍（mǐn）王面前诋毁孟尝君，愍王罢掉孟尝君的相位。孟尝君返回封地，距离薛邑尚有百里，百姓们早已扶老携幼，在路旁迎接孟尝君。孟尝君此时方知冯谖焚券买义收德的用意，对冯谖说："先生所为文市义者，乃今日见之！"（《战国策·齐策四》）

后来，冯谖借助诸侯国之间的权力斗争，为孟尝君造势，使得齐王起复孟尝君为相。在之后的几十年时间里，孟尝君在政治旅途上"无纤介之祸"（《战国策·齐策四》），这在很大程度上得益于冯谖的精心谋划。

míng duì fèi　　fàn duì qī
鸣 对 吠 ， 泛 对 栖①。

yàn yǔ duì yīng tí
燕 语 对 莺 啼。

shān hú　duì mǎ nǎo　　hǔ pò　duì bō lí
珊 瑚②对 玛 瑙③， 琥 珀④对 玻 璃⑤。

jiàng xiàn lǎo　　bó zhōu lí
绛 县 老⑥， 伯 州 犁⑦。

cè lí　　duì rán xī
测 蠡⑧对 燃 犀⑨。

yú huái　kān zuò yīn　　táo lǐ zì chéng xī
榆 槐⑩堪 作 荫， 桃 李 自 成 蹊⑪。

tóu wū jiù nǚ xī mén bào
投 巫 救 女 西 门 豹⑫，

lìn huàn féng qī bǎi lǐ xī
赁 浣 逢 妻 百 里 奚⑬。

què lǐ mén qiáng　　lòu xiàng guī mó yuán bú lòu
阙 里 门 墙 ， 陋 巷 规 模 原 不 陋；⑭

suí dī jī zhǐ　　mí lóu zōng jì yì quán mí
隋 堤 基 址 ， 迷 楼 踪 迹 亦 全 迷。⑮

◎**注释**　①〔泛、栖〕原意是浮行、栖息。也用来比喻出仕做官和归隐江湖。②〔珊瑚〕由珊瑚虫的分泌物所构成的它们的外骨骼。状如树枝，多为红色，也有白色或黑色的。红珊瑚和黑珊瑚可作有机宝石，制成装饰品。③〔玛瑙〕矿物名，玉髓的一种，品类很多，可做成装饰品。④〔琥珀〕由地质时期的植物树脂经石化而成的有机宝石，包裹有昆虫者尤为珍贵。品质好的可制成首饰和工艺品。⑤〔玻璃〕也作"颇黎""玻瓈"。古代指天然水晶石一类的物质，与现在的玻璃含义不同。⑥〔绛县老〕即绛县老人。《左传·襄公三十年》记载，晋国悼夫人慰问筑城墙的工匠，遇到一位年龄很大的绛县人，就问他多大年纪了。这人回答说："我是正月初一甲子日生的，已经过了445个甲子日了，最末一个甲子日到今天有20天了。"后来师旷推算出他是73岁。故后世用"绛老"泛指老年人。唐代岑参《故仆射（pú yè）裴公挽歌》（之一）："罢市秦人送，还乡绛老迎。"⑦〔伯州犁〕春秋时期晋国大夫伯宗之子。晋厉公五年（前576年），伯宗被冤杀，伯州犁投奔楚国。楚康王任用他为太宰。⑧〔测蠡〕也作"蠡测"，用瓠瓢测量海水。比喻以浅陋的见识去揣度（duó）

高深的道理。蠡，用葫芦做的瓢。⑨〔燃犀〕旧谓用点燃的犀牛角洞察奸邪。传说东晋温峤（jiào）路过牛渚矶时，听人们说水下有许多怪物，就点燃犀角察看水下，果然见到许多奇形异状的精怪。见《晋书·温峤传》。⑩〔榆槐〕榆树和槐树。比喻兄弟宗亲。《淮南子·俶（chù）真训》："是故槐榆与橘柚合而为兄弟，有苗与三危通为一家。"⑪〔桃李自成蹊〕因为结有果实，所以桃树、李树不用向人打招呼，树下也会走出小路来。语出《史记·李将军列传赞》："谚曰：'桃李不言，下自成蹊。'此言虽小，可以谕大也。"比喻只要为人真诚、忠实，总会感动别人。蹊，小路。⑫〔"投巫"句〕据《史记·滑（gǔ）稽列传》记载，魏文侯时，邺郡屡遭水患。当地官员和巫婆勾结，搜刮百姓钱财，且每年都会把一个年轻女子扔到河里，谎称是为河伯娶妻，以保佑风调雨顺。西门豹到邺郡任职后，找借口说今年选的女子不漂亮，要重新选送，让巫婆去回禀河神，就把巫婆扔进河里。随后又将巫婆的3个弟子和3个乡官扔进河里。此后，为河神娶妻的恶俗才破除了。⑬〔"赁浣"句〕百里奚，春秋时期楚国宛（今河南南阳）人。秦穆公时贤臣，为官清正。百里奚博学多才，早年贫穷，流落到虞国时，被晋军俘虏。后来，百里奚被当作晋献公女儿的陪嫁奴隶送给了秦国。他以此为耻，便从秦国逃走，又在楚国边境被抓获。秦穆公用五张羊皮把他赎了回来。百里奚回到秦国，秦穆公十分赏识他，让他做了秦相。一次百里奚设宴时，一个雇来的洗衣妇要求为他唱曲，百里奚同意了。洗衣妇唱道："百里奚，五羊皮，忆别时，烹伏雌，炊扊扅（yǎn yí，门闩），今日富贵忘我为？"百里奚听后大惊，才知道是留在故乡的妻子寻夫来了，夫妻二人方才团聚。赁，本意为租借，这里指雇用。浣，洗。参见东汉应劭《风俗通义》。⑭〔"阙里"二句〕颜回住的房子虽然条件很差，但因为有德者居住在那里，所以陋巷也不简陋。《论语·雍也》载，孔子曾夸奖颜回："一箪（dān，单）食，一瓢饮，在陋巷，人不堪其忧，回也不改其乐。"又《论语·子罕》："子欲居九夷。或曰：'陋，如之何？'子曰：'君子居之，何陋之有！'"阙里门墙，指代孔门弟子。阙里，孔子居住的里巷名。门墙，本义是大门和院墙，后称师门为"门墙"。陋巷，颜回住的简陋的房子。巷，住宅。一般误解为"街巷"。见清·王引之《经义述闻·通说上》："陋巷，谓隘狭之居，即《儒行》所云'一亩之宫，环堵之室'也……今之说《论语》者以'陋巷'为街巷之巷，非也。"⑮〔"隋堤"二句〕隋堤的基址还在，当年的迷楼如今已经迷漫在荒草中了。隋堤，隋炀帝开凿大运河时沿通济渠、邗（hán）沟两岸筑堤植柳。迷楼，据说是隋炀帝所建楼殿名。建成以后隋炀帝说："使真仙游其中，亦当自迷也。"见唐代冯贽《南部烟花记·迷楼》。亦，一作"已"（《李渔全集》卷十八《笠翁对韵》四六一页）。

◎ **典故**

"桃李不言"的"飞将军"李广

李广（？—前119），西汉陇西成纪（今甘肃秦安）人，从汉文帝时参军抗击匈奴，直到景帝、武帝时，一直奋战在抗击匈奴的西北方战场。他猿臂善射，士卒骁勇。匈奴畏惧他，数年不敢犯边，称之为"飞将军"。

李广七任边郡太守，前后达40余年，一生跟匈奴打过70多次仗，英勇善战，深受官兵爱戴。李广虽然身居高位，统领千军万马，是保卫国家的功臣，但从不居功自傲。他不仅待人和气，还能和士兵同甘共苦。每次朝廷给的赏赐，他统统分给官兵们；行军打仗遇到粮食或水不足的情况，他同士兵们一起忍饥挨饿；打起仗来，他身先士卒，英勇顽强。只要他一声令下，士兵们都奋勇杀敌，不怕牺牲。

李广的部下因军功而封侯的很多，而李广抗击匈奴，战功显赫，却一直没有封侯。连汉武帝都说他时运不济，人们都为他惋惜。他去世的噩耗传到军营时，全军将士无不痛哭流涕，连许多平时并不熟悉他的百姓也纷纷悼念。

司马迁在《史记·李将军列传》里说："余睹李将军悛悛（xún xún，谦恭谨慎的样子）如鄙人，口不能道辞。及死之日，天下知与不知，皆为尽哀。彼其忠实心诚信于士大夫也？谚曰：'桃李不言，下自成蹊。'此言虽小，可以谕大也。"意思是李将军看起来朴实厚道，像个乡下人，不太会说话，但他死的时候，天下无论认识他的或不认识他的人，都十分哀痛。他忠实诚恳的心地深受士大夫推崇，正如谚语所说："桃李不能言语，可来观赏的人在树下踩出小路来。"

◎ **释疑解惑**

槐树跟大官有关

周代宫廷外种有3棵槐树，三公朝见天子时，面向三槐而立。后来就用三槐比喻三公。《周礼·秋官·朝士》："面三槐，三公位焉。"后世宫廷衙署中常种槐树，因此也出现了槐阴禁苑、槐堂、槐府之类的典故。宋代沈括《梦溪笔谈》卷一："唐制，自宰相而下，初命皆无宣召之礼，惟学士宣召。盖学士院在禁中，非内臣宣召，无因得入，故院门别设复门，亦以其通禁庭也。又学士院北扉者，为其在浴堂之南，便于应召……学士院第三厅，学士阁子，当前有一巨槐，素号'槐厅'。旧传居此阁者，多至入相。学士争槐厅，至有抵彻前人行李而强据之者。予为学士时，目观此事。"后人常以槐树种于院中，取飞黄腾达之意。宋朝的王佑亲手种植三槐于庭院中，对家人说："吾子孙必有为三公者。"后来他儿子王旦果然做了宰相。见宋代邵伯温《闻见前录》卷八。

在唐代李淖（nào）的《秦中岁时记》中，则记录了一则跟槐花有关的典故，当时长安举子落第的，一般都在六月后借住在寺庙一类清静的地方用功苦读，到七月份把新作的文章直接送到礼部参加选拔，称"作夏课"。当时俗谓"槐花黄，举子忙"。不过，对比大夏天忍着酷热在槐花香中拼前程的古代举子而言，现在的学生在高考前的夏日苦读同样不轻松。

yuè duì zhào　　chǔ duì qí
越 对 赵 ， 楚 对 齐①。

liǔ àn duì táo xī
柳 岸 对 桃 溪 。

shā chuāng duì xiù hù　　huà gé duì xiāng guī
纱 窗 对 绣 户②， 画 阁 对 香 闺③。

xiū yuè fǔ　　shàng tiān tī
修 月 斧④， 上 天 梯⑤。

dì dōng duì hóng ní
螮 蝀 对 虹 霓⑥。

xíng lè yóu chūn pǔ　　gōng yú bìng xià qí
行 乐 游 春 圃⑦， 工 谀 病 夏 畦⑧。

lǐ guǎng bù fēng kōng shè hǔ
李 广 不 封 空 射 虎⑨，

wèi míng dé lì wèi cún ní
魏 明 得 立 为 存 麑⑩。

àn pèi xú xíng　　xì liǔ gōng chéng láo wáng jìng
按 辔 徐 行 ， 细 柳 功 成 劳 王 敬；⑪

wén shēng shāo wò　　lín jīng míng zhèn zhǐ ér tí
闻 声 稍 卧 ， 临 泾 名 震 止 儿 啼。⑫

◎注释　①〔越、赵、楚、齐〕春秋战国时期4个诸侯国名。越，一作"燕"（《李渔全集》十八卷《笠翁对韵》四六一页）。②〔纱窗、绣户〕纱窗，蒙纱的窗户。绣户，雕绘华美的门户。多指妇女居室。唐代沈佺期《古歌》："璇闺窈窕秋夜长，绣户徘徊明月光。"③〔画阁、香闺〕画阁，彩绘华丽的楼阁。宋代陆游《湖上今岁游人颇盛戏作》："翠阜青林烟叠重，朱楼画阁雨空蒙。"香闺，指青年女子的内室。④〔修月斧〕修理月亮的斧子。神话传说中，月由七宝合成，它的光影就是被太阳照到凸处而显现出来的，常有82 000名工匠修理它，故有"修月斧"之称。参见唐代段成式《酉阳杂俎·天咫》。宋代刘克庄《最高楼》："懒挥玉斧重修月，不扶铁拐会登山。"⑤〔上天梯〕登天的梯子。东晋干宝《搜神记》记载，邓皇后曾经"梦登梯以扪天"，解梦的人说帝尧也做过类似的梦，吉不可言。天梯，登天的阶梯。⑥〔蝃蛛、虹霓〕蝃蛛，彩虹的别称。虹霓，雨后天空出现的七色圆弧。虹霓常有内外二环，内环称虹，也称正虹、雄虹，外环称霓，也称副虹、雌虹。蝃，也作"螮(dì，'蝃'的异体字)"。⑦〔行乐游春圃〕春天到园子里赏玩是很快乐的事。春圃，春日的园圃。⑧〔工谀病夏畦〕极力奉承别人，(其实)比在炎热的夏天去太阳底下的田里干活儿还要难受。语出《孟子·滕文公上》："胁肩谄笑，病于夏畦。"工谀，惯于说好话巴结奉承人。畦，有土埂围着的小块方田。⑨〔"李广"句〕西汉名将李广，多年驻守北部边疆，屡建奇功，被称为"飞将军"。他的很多部下都因军功而封侯了，而他自己却一直未被封侯。唐王勃《滕王阁序》："冯唐易老，李广难封。"射虎，李广曾把一块石头当成老虎，搭箭射去，箭头嵌入石头很深。⑩〔"魏明"句〕魏明，指三国魏明帝曹叡(ruì)，魏文帝曹丕之子，生母为甄氏。后来甄氏被曹丕及其新欢郭夫人逼迫自尽，曹丕立郭夫人为皇后，迟迟不立曹叡为太子。在一次出猎时，曹丕射中一只母鹿，让曹叡射旁边的小鹿。曹叡说："陛下已杀其母，臣不忍复杀其子。"曹丕听了后很受触动，由此下决心立其为太子。见《三国志·魏书·明帝纪》注引《魏末传》。麑，小鹿。⑪〔"按辔"二句〕西汉文帝到周亚夫屯兵的细柳营去慰问军队，也须按照军营里的规定，勒着马笼头，缓缓地进军营。后世因此传为周亚夫治军有方的佳话。见《史记·绛侯周勃世家》。按辔，控制缰绳。辔，驾驭牲口的缰绳。王，一作"主"(《李渔全集》卷十八《笠翁对韵》四六一页)。⑫〔"闻声"二句〕唐朝大将郝玼(cǐ，玉色鲜洁)镇守临泾(今甘肃省镇原县南)时，勇猛无敌，威震吐蕃(tǔ bō)，以至吐蕃人用他的名字来吓唬哭闹不听话的小孩儿。参见《旧唐书·郝玼传》。稍，逐渐。一作"悄"(《李渔全集》卷十八《笠翁对韵》四六一页)。

◎典故

"梦登天梯"的邓绥

邓绥(81—121)，东汉和帝皇后、政治家，南阳新野人(今属河南)。她爷爷是光武帝时太傅邓禹，"云台二十八将"之一；父邓训，曾为护羌校尉，抚边有功；母亲为光武帝皇后阴丽华的堂侄女。

邓绥自小以班昭为偶像，6 岁即读史书，12 岁通《诗经》《论语》，常和诸兄讨论。母亲认为女子熟悉女红（gōng）最重要，反对她学习经史。父亲则支持她读书，认为她的才能胜过几个儿子。于是她白天学女红，晚上读经书。

邓绥 15 岁被选入宫中，因外貌出众，次年升为贵人。她对阴皇后特别谦敬，谨守礼节。如宴会时，嫔妃们多打扮艳丽，只有她素服不装饰，平时衣服也不与阴后同色；她晋见皇上时，不与阴后并坐立，走路谦卑恭谨，说话也不先于阴后；阴后被疏远时，她也托病不接受皇上召见。因此，她更加受到皇帝的喜爱。眼看她受宠日盛，阴后大为担忧妒忌，多次想加害她。皇帝曾经重病，阴后那段日子就想着得权之后要除掉邓氏。所幸和帝病愈，邓氏逃过一劫。

永元十四年（102 年），阴后因为被告行巫蛊之事为皇帝所废。和帝认为邓氏有德行，立为皇后。此后，邓绥逐渐参与政事。

元兴元年（105 年），汉和帝去世。邓皇后得以进入政治权力的中心。早在为贵人时，因和帝子多夭死，邓氏就常为皇帝选进才人，希望能增加子嗣，但所生数子则多秘养于民间。这虽是为刘家的继嗣着想，但也为邓氏提供了之后拥立新帝并以母后掌权的机会。和帝去世，邓后无子，于是迎回养于民间、年方百日的和帝幼子即位，是为汉殇帝。邓后被尊为皇太后，因殇帝年幼，故临朝听政。她屡次以皇太后的名义下诏书，并自称为朕，"权佐助听政"。

不到一年，殇帝死，邓太后联合兄长邓骘（zhì），以和帝长子刘胜有痼疾为由，以汉章帝之孙刘祜为汉和帝后嗣，立为帝，是为汉安帝。这种立侄不立子的安排，引起了一些大臣的不满，如司空周章谋立平原王胜，但事败自杀。汉安帝即位后，邓太后继续临朝，一直到死，前后摄政 16 年。

◎释疑解惑

李广为什么"难封"？

李广不能封侯，引得古今无数人慨叹惋惜。南朝梁刘孝威《陇头水》："勿令如李广，功多遂不酬。"唐李嘉祐《送马将军奏事毕归滑州使幕》："自叹马卿常带病，还嗟李广未封侯。"

相比之下，李广堂弟李蔡的为人和名声均在李广之下，却被封乐安侯，还当了一阵丞相（代公孙弘）；就连李广的部下甚至士兵也有人封侯。汉文帝带着玩笑的口气说他："惜乎，子不遇时！如令子当高帝时，万户侯岂足道哉！"司马迁哀叹他是"数奇"使然。唐王维《老将行》："卫青不败由天幸，李广无功缘数奇。"都说他命不好。

我们应该从历史的细节出发，深入考察、分析李广未封侯的原因。

李广曾跟随太尉周亚夫攻打吴楚叛军，因为作战勇猛，受到参与平叛的梁王刘武的赏识，并私下接受梁王授予的将军印。这是人臣大忌。

在与匈奴的作战中，李广其实败多胜少，战功根本无法与卫青、霍去病等擅长大兵团围歼战，动辄取首级上万的将领相媲美，他也没有卫、霍那样封狼居胥，换来"漠南无王庭"局面的丰功伟绩。

李广在家闲居时，常到南山打猎。一天夜里，他带着一名随从外出，回来时走到霸陵亭，负责守卫的霸陵尉禁止李广通行，让他停宿在霸陵亭。没过多久，匈奴入侵，天子命李广出兵抗敌。李广请求派霸陵尉一起赴任，到了军中就把他杀了。这是公报私仇。

李广有一个孙女（三儿子李敢的女儿），是汉武帝太子刘据的中人（没有名份地位的侍妾），受到宠幸。若刘据继位，李广一家很可能得势。可惜刘据因"巫蛊之案"被满门抄斩，李广的孙女也没有幸免。虽然后来弄清楚是冤假错案，但李广难免受到牵连。

以上的分析虽不全面，但也可以大概知道"李广难封"的原因。

九 佳

mén duì hù　　mò duì jiē
门 对 户①，陌 对 街②。

zhī yè duì gēn gāi
枝 叶 对 根 荄③。

dòu jī　　duì huī zhǔ　　fèng jì　　duì luán chāi
斗 鸡④对 挥 麈⑤，凤 髻 对 鸾 钗⑥。

dēng chǔ xiù　　dù qín huái
登 楚 岫⑦，渡 秦 淮⑧。

zǐ fàn duì fū chāi
子 犯 对 夫 差⑨。

shí dǐng lóng tóu suō　　yín zhēng yàn chì pái
石 鼎 龙 头 缩⑩，银 筝 雁 翅 排⑪。

bǎi nián shī lǐ yán yú qìng
百 年 诗 礼 延 余 庆⑫，

wàn lǐ fēng yún rù zhuàng huái
万 里 风 云 入 壮 怀。

néng biàn míng lún　　sǐ yǐ yě zāi bēi jì lù
能 辨 名 伦，死 矣 野 哉 悲 季 路⑬；

bù yóu jìng dòu　　shēng hū yú yě yǒu gāo chái
不 由 径 窦，生 乎 愚 也 有 高 柴⑭。

◎**注释**　①〔户〕单扇门。一扇为户，两扇为门。②〔陌、街〕陌，巷陌，街道。街，四通的道路，指城市的大道。③〔根荄〕植物的根。可比喻事物的根本、根源。荄，草根。④〔斗鸡〕古时一种以鸡相斗的游戏。《战国策·齐策一》："临淄甚富而实，其民无不吹竽鼓瑟，击筑弹琴，斗鸡走犬。"⑤〔挥麈〕挥动麈尾。魏晋名士清谈时，常挥动麈尾，后称清谈为麈谈。麈，一种似鹿而体形又比鹿大的动物，俗称"四不像"，尾巴可以做拂尘。⑥〔凤髻、鸾钗〕凤髻，古代的一种发型，将头发挽结梳成凤形或在髻上饰以凤形发钗。唐代唐求《马嵬感事》："凤髻随秋草，鸾舆入暮山。"髻，梳在头顶上的发结。鸾钗，鸾形的钗子。⑦〔楚岫〕楚地的山峦。岫的本义是山洞，此处指代山。唐司空曙《送吉校书东归》："听猿看楚岫，随雁到吴洲。"⑧〔秦淮〕河名，古名龙藏浦，汉代称"淮水"，流经南京市区西入长江。相传是秦始皇东巡时发现秣陵有王气，于是凿断了方山，引"龙藏浦"北入长江，以破王气，故唐以后称"秦淮"。南京市区河段秦淮河很繁华，唐杜牧《泊秦淮》："烟笼寒水月笼沙，夜泊秦淮近酒家。"⑨〔子犯、夫差〕子犯，名狐偃，字子犯，春秋时晋国人。晋文公重耳的舅舅，故亦称为舅犯、咎犯。狐偃与兄狐毛追随重耳逃亡19年，不离不弃，后来帮助重耳回国平定内乱，成就霸业。夫差，春秋时期的吴王。曾与越国争霸，先胜后败，自杀而死。⑩〔石鼎龙头缩〕石鼎，陶制的烹茶用具。龙头缩，一说指面（yòu）于壶盖尺寸而制作的龙头形雕饰。龙头，柄端刻成龙头形的茶具。缩，滤茶去渣。宋代陆游的两首诗中都写到做茶具用的石鼎，《初春杂兴》："煎茶小石鼎，酌酒古铜卮。"《书室独夜》："铜灯立雁趾，石鼎揭龙头。"⑪〔银筝雁翅排〕筝是中国古老的弹拨乐器。银筝，用银装饰的筝，或用"银"字表示音调高低的筝。雁翅排，筝上弦柱排列整齐有序，如同飞雁的行列。宋代秦观《木兰花》："玉纤慵整银筝雁，红袖时笼金鸭暖。"⑫〔"百年"句〕世代读书、讲究礼教的传统人家，恩泽及于子孙。诗礼，原指《诗经》和"三礼（《仪礼》《周礼》《礼记》）"，泛指儒家经典。余庆，留给子孙后辈的德泽。《易·坤》："积善之家，必有余庆。"⑬〔"能辨"二句〕讲的是发生在孔子和学生子路之间的一段故事。辨名伦，《论语·子路》记载，子路曾问孔子："如果卫国国君请您去主持政务，您先做什么呢？"孔子回答："一定要先正定名分哪！"子路说："您太迂腐了，何必要正什么名呢？"孔子批评说："野哉，由也！"（仲由哇，你太粗鲁了！）悲季路，据《史记·卫康叔世家》记载，子路后来做卫相国孔悝（kuī）的家臣，卫国发生内乱时，子路死难。孔子闻讯悲叹不已。名伦，名分伦常。季路，子路的字。能，一作"莫"（《李渔全集》卷十八《笠翁对韵》四六三页）。⑭〔"不由"二句〕不由径窦，指的也是前二句中卫国内乱那件事。孔子的另一名学生高柴当时也在卫国，卫国发生内乱时逃了出来。他逃出城时只肯走大路正门，不走小路或钻洞。《论语·先进》中孔子曾评论："柴也愚。"径窦，小路和墙洞。愚，憨（hān）直。高柴，孔子弟子，字子羔。

◎典故

"行不由径"的澹台灭明

孔子教育弟子非常注重日常生活细节。其中，有两个学生做得比较好，一个是高柴，另一个就是澹（tán）台灭明。《论语·雍也》："有澹台灭明者，行不由径，非公事，未尝至于偃（yǎn，孔子的弟子子游，姓言，名偃）之室也。"

澹台灭明（前512—?），春秋时鲁国武城（今山东省平邑县南武城）人，字子羽。孔子弟子，比孔子小39岁，孔门"七十二贤"之一。

澹台灭明最初拜孔子为师时，孔子见他长相丑陋，认为他没多大才能。子游做武城宰时，孔子问："你在辖区内发现什么人才了吗？"子游说："有位叫澹台灭明的，做事从不走捷径，不投机取巧，没有公事也从不到我屋里来。"

战国时，江西属楚地。当时，中原诸国把不尊礼仪、不从仁德的偏远地区称为"蛮夷"。楚国靠南，礼仪制度也不太完善，常受到中原诸侯的轻视。为了与中原诸国融为一体，得到他们的认可，历代楚王在治国、外交等方面，都努力以周代正统的礼仪制度和思想作为行为准则。澹台灭明学业有成，离开孔子南下到达楚国，适逢其会，加上掌握的孔门的正统学问、思想，他很快得到政府和民间的认可，"从弟子三百人，设去就，名施乎诸侯"，很快成了当时儒家在南方的一个有影响的学派，其才干和品德传遍了各诸侯国。后来澹台灭明的这些弟子深入楚国腹地，对楚地产生了深远的影响。因此，那时候的南昌虽然远离中原，但是从来没有被称为"蛮夷"。

据《括地志》记载：一次，澹台灭明身带一块价值连城的宝玉渡河，舟至河心，忽有二蛟从波涛中跃出，对渡船成夹击之势，欲夺宝玉。澹台灭明气愤地说："吾可以义求，不可以力劫。"遂挥剑斩二蛟于河内，并将宝玉投入水中，以示自己毫无吝啬之意。他的这种高尚品德影响了一代又一代鲁人。数千年盛行于齐鲁大地"宁让钱，不让言"的鲁国遗风，可以从澹台灭明身上找到影子。

孔子曾经感慨："我凭语言判断人，看错了宰予；凭长相判断人，看错了子羽。"

◎释疑解惑

子路之死

在孔子弟子中，子路年龄最大，性格最直率坦荡，豪爽侠义，但他勇武好斗，多少有点儿粗鲁。他对孔子忠心耿耿，办事执着认真。孔子很喜欢他，也经常批评他。据《史记·仲尼弟子列传》载："子路性鄙，好勇力，志伉（kàng）直，冠雄鸡，佩豭（jiā，公猪）豚（tún，小猪，泛指猪），陵暴孔子。孔子设礼稍诱子路。子路后儒服委质，因门人请为弟子。"原来，子路是游侠一类人物，遇见孔子，一开始还很不服气，想难为孔子。

子路直率，有话就说，哪怕是对老师，有不理解或不满意的也会马上表现出来。孔子经常提醒他遇事要多思考，多动脑筋。

《左传·定公八年》记载，晋卫会盟时，赵简子纵容部下羞辱卫灵公，严重伤害了卫国的尊严，导致卫晋联盟瓦解。当时，卫太子蒯聩（kuǎi kuì）谋刺南子失败，流亡国外，投靠赵简子。卫灵公死后，赵简子企图送蒯聩归国继位以控制卫国。忠于灵公的大臣则拥立蒯聩之子公孙辄（即卫出公）继位，拒不让蒯聩入境。

12年后，蒯聩悄悄溜回卫国，勾结大夫孔悝（kuī）发动军事政变，赶跑了卫出公。此时，子路正在孔悝的采（cài）邑中当总管，算是孔悝的家臣。子路听说这件事，义愤填膺，连忙往城里跑。当时城门将要关闭，子羔正跑出来，告诉子路，形势已定，卫出公都已逃跑了，你不要进城白白送死。子路还是义无反顾地进城，并要求新立的国君不要重用参与叛乱的孔悝。蒯聩不听，子路就想放火焚烧蒯聩和孔悝所在的高台。

孔悝本来是子路的长官，但因为其不忠于国君（卫出公），所以子路坚决反对他成为新君的大臣，但并不反对新君。这也反映出孔门的忠君观念。蒯聩派武士石乞、壶黡（yǎn）下台攻击子路。子路以一敌二，力有不逮，系冠的缨被对方的刀剑击断。子路无力还击，自知必死，可还是遵循礼的要求，君子不能没有冠，也不能掉了冠，于是从容用手结缨，随即被敌人杀死。

guān duì lǚ　　wà duì xié
冠 对 履 ， 袜 对 鞋 。

hǎi jiǎo duì tiān yá
海 角 对 天 涯 。

jī rén duì hǔ lǚ　　　liù shì duì sān jiē
鸡 人① 对 虎 旅② ， 六 市③ 对 三 阶④ 。

chén zǔ dòu　　　xì duī mái
陈 俎 豆⑤ ， 戏 堆 埋⑥ 。

jiǎo jiǎo duì ái ái
皎 皎 对 皑 皑⑦。

xián xiàng jù dōng hé　　liáng péng jí xiǎo zhāi
贤 相 聚 东 阁⑧，良 朋 集 小 斋⑨。

mèng li shān chuān shū　yuè jué
梦 里 山 川 书《越 绝》⑩，

zhěn biān fēng yuè jì　　qí xié
枕 边 风 月 记《齐 谐》⑪。

sān jìng xiāo shū　　péng zé gāo fēng yí wǔ liǔ
三 径 萧 疏，彭 泽 高 风 怡 五 柳；⑫

liù cháo huá guì　　láng yá jiā qì zhòng sān huái
六 朝 华 贵，琅 琊 佳 气 种 三 槐。⑬

◎ **注释** ①〔鸡人〕原为周朝官名，负责供办鸡牲；凡举行大型典礼时，则报时警夜。后指宫廷中看管更漏负责报时的官。《周礼·春官宗伯·鸡人》："鸡人掌共（通'供'）鸡牲，辨其物。大祭祀，夜呼旦以嘂（jiào，大呼）百官。"②〔虎旅〕虎贲氏与旅贲氏的并称。二者都是掌管宫廷卫队的官员，负责帝王的安全。后以"虎旅"称禁苑卫士。唐李商隐《马嵬二首》其二："空闻虎旅传宵柝（tuò），无复鸡人报晓筹。"③〔六市〕六街，唐朝长安的6条中心大街。北宋汴京也有六街。《资治通鉴·唐睿宗景云元年》："中书舍人韦元徼巡六街。"唐代司空图《省试》："闲系长安千匹马，今朝似减六街尘。"宋梅尧臣《游园晚归马上希深命赋》："新阴六街树，远目万家烟。"④〔三阶〕相传古代帝王宫殿正厅前有3层台阶。《管子·君臣上》："立三阶之上。"尹知章注："君之路寝前有三阶。"阶，或作"街"。六市三街，即"六街三市"。三市，指大市、朝市、夕市。《周礼·地官·司市》："大市日昃（zè）而市，百族为主；朝市朝时而市，商贾（gǔ）为主；夕市夕时而市，贩夫贩妇为主。"后泛称集市。⑤〔陈俎豆〕把祭祀器物拿出来摆放。《史记·孔子世家》："孔子为儿嬉戏，常陈俎豆，设礼容。"俎豆，古代祭祀、宴飨时盛食物用的两种礼器。陈，摆列，布置。⑥〔戏堆埋〕做堆土筑坟埋葬死人的游戏。孟子年幼的时候，他家附近有墓地，孟子就学着堆土筑坟；孟母觉得这样不利于孩子的成长，就把家搬到集市附近，孟子又学着做生意；孟母就又搬到学校附近，于是孟子就"习礼让、修俎豆"。参见西汉刘向《列女传》。堆埋，堆土筑坟埋葬死人。⑦〔皎皎、皑皑〕皎皎，洁白，明亮。皑皑，洁白的样子。⑧〔贤相聚东阁（hé）〕西汉丞相公孙弘出身贫寒，年轻时做过狱吏，因为没有学识，触犯法律被革职。后来他一边替人家放猪，一边刻苦读书，研习《春秋公羊传》。汉武帝时，已经60岁的公孙弘应召出仕，70多岁时做了丞相。他特意在相府的东侧开了一个小门，建馆舍接待四方贤士，与他们共商国家大事。东阁，向东的小门，后来成为宰相招贤馆舍的代称。参见《汉书·公孙弘传》。⑨〔良朋集小斋〕简陋狭小的屋室里高朋满座。小斋，小屋子。指简陋狭小的屋室。⑩〔《越绝》〕即《越绝书》，也称《越绝纪》。约成书于战国后期，记述了吴越两国的山川、地理、物产及吴越两国的历史。关于其作者有争议。⑪〔《齐谐》〕即《齐谐记》，是《庄子·逍遥游》里提到的一本书，"《齐谐》者，志怪者也"，久已失传。后来讲神怪故事的书多用"齐谐"命名，南朝梁吴均有《续齐谐记》。⑫〔"三径"二句〕三径，见61页注⑬。彭泽高风，指陶渊明不肯屈从的气节。陶渊明做彭泽县令时，有一次郡督邮到县里来检查，要陶渊明前去迎接，陶渊明慨叹道："吾不能为五斗米折腰，拳拳事乡里小人邪！"当即辞官回家。五柳，陶渊明隐居的房屋边有五棵柳树，故自号五柳先生。⑬〔"六朝"二句〕六朝，三国东吴，东晋，南朝的宋、齐、梁、陈，都在南京建都，合称六朝。琅琊、三槐讲宋代王佑的故事。王佑家居琅琊（今山东临沂），曾亲手在庭院中栽了三棵槐树，并说后代子孙中肯定有位列三公的。后来其子王旦果然当了丞相。周朝时宫廷外有三棵槐树，是三公朝见天子前站立的位置，故王佑有此说。种，一作"毓"（《李渔全集》卷十八《笠翁对韵》四六三页）。

◎ 典故

"布衣宰相"公孙弘

历史上有两个公孙弘：一个是战国时孟尝君的门客，曾经代表孟尝君出使秦国，刺探情报；另一位公孙弘（前200—前121），字季，一字次卿，西汉菑（zī）川薛人，汉武帝时"三儒"之一〔另外两人是董仲舒、兒（ní）宽〕。

公孙弘年轻时做过狱吏，因罪免职，丢了工作，家境贫穷，只好帮人家"牧豕海上"，就是在海边放猪。一直到40多岁，他才开始学《春秋公羊传》。他极聪明，而且自信满满；他胸怀大志，从未自甘沉沦。这样的人，成功的机会比别人大得多。

汉武帝初年，他因为贤良被征召为博士。可是，刚当官就被派出使匈奴，因复命之言不合汉武帝的心意，没办法，只能就地免官被赶了回来。不过，这时他也有了一些名气。元光五年（前130年），他又因为贤良对策擢第一，再次做博士。此后，他终于厚积薄发，一直升到高位，并且在布衣出身、没有背景的情况下，扳倒了前辈汲黯（àn）。这其中又有过起起落落，他都挺了过来，直到80岁去世之前，还在丞相位上。

他发达的秘诀，史书上说："每朝议会，开陈其端，使人主自择，不肯面折廷争……习文法吏治，缘饰以儒术，上说（yuè）之，一岁中至左内史。"元朔五年（前136年），擢为丞相，封平津侯。汉代布衣官至丞相封爵，自公孙弘始。公孙弘自奉俭约，去世时家无余财。

当初，汲黯看他一步步升上来，日益受武帝重视，感到了威胁，便多次在皇帝面前诋毁他，还说"陛下用群臣如积薪耳，后来者居上"，完全没有老前辈的胸襟气度。结果没多长时间，汲黯就被免官。汉武帝感慨："人果不可以无学，观黯之言也日益甚。"（《史记·汲郑列传》）

◎ 释疑解惑

《陋室铭》的作者是谁？

一提到《陋室铭》的作者，一般都认为是唐朝的刘禹锡。

不过，查找有关刘禹锡的古代资料，无论是史书传记，还是《刘宾客文集》《外集》，都没提到他写过《陋室铭》。倒是在唐朝的另一位文人的传记里，有相关的记载。《新唐书·崔沔（miǎn）传》："纯谨无二言，事亲笃孝。有才章，擢进士……俭约自持，禄禀随散宗族，不治居宅，尝作《陋室铭》以见志。"

崔沔（673—739），字善冲，唐朝诗人。京兆长安（今陕西西安）人，原籍博陵（今河北安平）。进士出身。明刘宗周《人谱·凝道篇》记载，崔沔8岁时，父亡，与母亲相依为命。13岁时，母亲得了眼病，他变卖家产，求医问药，但还是没能治好母亲的眼病。从此，崔沔小小年纪，就支撑起了这个家。

崔沔家门口有一个水塘，塘边是一条弯弯的小路，住在这里的人每天都从这里经过。一天晚上，有个小孩儿不小心掉到水里去了，幸好救得及时才没有溺亡。母亲叫他第二天在屋门前挂盏灯笼，这样别人从这里过就不会掉到水里。崔沔担心灯油花钱。母亲说：我们节约点儿就行了。大家见到灯笼，都很感动，知道崔沔家穷，便自愿拿出一点儿油送来，从此再没有人掉到水里。

崔沔一边靠种菜养家糊口，一边发愤读书，后来终于考中进士。清史洁珵（chéng，美玉）《德育古鉴》记载，他的母亲生前爱吃高笋（中国特有水生蔬菜，即古人所说的"菰（gū）"，种子称"菰米""雕胡"，为"六谷"之一），去世后，崔沔回到简陋的家里守孝，在池塘里种满高笋，每年清明都给母亲供上高笋。世人为了纪念崔沔的孝心，就把这地方取名高笋塘。

qín duì jiǎn　　qiǎo duì guāi
勤 对 俭 ， 巧 对 乖 。

shuǐ xiè duì shān zhāi
水 榭 对 山 斋① 。

bīng táo duì xuě ǒu　　lòu jiàn duì gēng pái
冰 桃 对 雪 藕② ， 漏 箭 对 更 牌③ 。

hán cuì xiù　　guì jīng chāi
寒 翠 袖④ ， 贵 荆 钗⑤ 。

kāng kǎi duì huī xié
慷 慨 对 诙 谐 。

zhú jìng fēng shēng lài　　huā xī yuè yǐng shāi
竹 径 风 声 籁 ， 花 溪 月 影 筛 。⑥

xié náng jiā yùn suí shí zhù
携 囊 佳 韵 随 时 贮⑦ ，

hè chā chén hān dào chù mái
荷 锸 沉 酣 到 处 埋⑧ 。

jiāng hǎi gū zōng　　xuě làng fēng tāo jīng lǚ mèng
江 海 孤 踪 ， 雪 浪 风 涛 惊 旅 梦 ；⑨

xiāng guān wàn lǐ　　yān luán yún shù qiè guī huái
乡 关 万 里 ， 烟 峦 云 树 切 归 怀 。⑩

◎ **注释**　①〔水榭、山斋〕水榭，建在水边或水上的亭阁。山斋，山中的屋舍。②〔冰桃、雪藕〕冰桃，晶莹如冰的桃子，传说中的仙果。雪藕，藕白如雪。南宋潘牥（fāng）《寿友人》："冰桃雪藕将陪宴，雨柏霜松莫计年。"③〔漏箭、更牌〕漏箭，漏壶上指示时刻的指针。更牌，更筹，古代夜间报更计时用的竹签。④〔寒翠袖〕寒风吹着薄薄的衣衫，指被丈夫抛弃的女子。语出杜甫《佳人》："天寒翠袖薄，日暮倚修竹。"（《佳人》描写了一个出身官宦之家的绝代佳人因战乱而家道败落，遂被丈夫抛弃的悲惨遭遇。）⑤〔贵荆钗〕以荆钗为贵。看重同甘共苦的妻子。荆钗，用荆枝制成的钗，妇女简单朴素的装饰，借指能同丈夫同甘共苦的贤妻。北宋梅尧臣《又依韵》："多病相如不复云，更何曾有卓文君。他时我向会稽去，只是荆钗与布裙。"⑥〔"竹径"二句〕清风吹过小路边的竹林，发出沙沙的响声；月光透过花草，洒落在溪水上。籁，指古代一种竹制管乐器，有三孔。后引申为从孔穴里发出的声音，亦泛指一般的声响。天籁指自然界的声响，如风声、水声、鸟鸣声。竹籁指风吹动竹子发出的声音。元代诗人贡师泰《过仙霞岭》中有"竹籁笙凰鸣，藤雨渊珠滴"的诗句。筛，一种竹丝或金属丝编成的器具，多小孔。古人诗中多用"筛"字表达月光照在树林、花草、雨水、帘幕之间留下斑驳光影的景象。宋朝诗人林逋（bū）《淮甸南游》有句："数抹晚霞怜野笛，一筛寒雨羡沙禽。"⑦〔"携囊"句〕唐代诗人李贺的故事。见42页注⑩。⑧〔"荷（hè）锸"句〕晋代刘伶纵酒放达，不拘礼法。常乘鹿车，携一壶酒，让人扛着铁锹跟在身后，说："醉死了就把我埋了。"荷，扛。锸，也作"臿"，铁锹，掘地起土的工具。沉酣，醉酒酣乐。⑨〔"江海"二句〕孤身在江海上漂泊的游子，常被急浪惊涛惊醒思乡的梦。⑩〔"乡关"二句〕在远离家乡的地方，云雾笼罩的山峦树木总会引起游子浓浓的思乡之情。乡关，家乡。切，迫切，急切。归怀，回家乡的念头。

◎ 典故

"婉约派宗主"李清照

李清照（1084—约1151），号易安居士，宋齐州章丘（今山东济南）人。北宋文人李格非女，金石学家赵明诚的妻子。她非常博学，作品多引经据典。究其原因，与她生长在贵族书香世家，父母的文学素养都很高深有关。

她的祖父、父亲在齐鲁一带颇负盛名，都算是韩琦门下。韩琦在当时与范仲淹都是以文人领兵的重臣，共称"韩范"，名动天下。李清照在《上枢密院韩公、工部尚书胡公》诗中云："嫠（lí）家父祖生齐鲁，位下名高谁比数。当年稷下纵谈时，犹记人挥汗如雨。"

李清照的父亲李格非，字文叔，元祐元年（1086年）官居太学正。他受苏轼赏识，与晁补之、张耒等交游，与廖正一、李禧、董荣称为"后四学士"。官做到礼部员外郎及提点京东刑狱，后因党争籍名（列入名册，上了黑名单之意）。

李清照的母亲王氏，《宋史》说她"善属文"。据《宋史·李格非传》，王氏的祖父是状元王拱辰。而宋代庄绰《鸡肋编》称，王氏的祖父是汉国公王准，父亲是岐国公王珪（做过丞相）。王珪与黄庭坚交好。王珪的父亲准、祖父贽、曾祖父景图，都是进士，孙婿也有9人登科，李格非便是其中之一。

李清照的父母与许多文人都有交往，她从小耳濡目染，学问、眼界起点都很高。她后来的文学成就，跟家世、家学有重要关系。古人称这个为"肯构肯堂"

"克绍箕裘"，意思就是子承父业、发扬光大。随便举几个例子：东晋二王（王羲之、王献之）父子，南唐二李（李璟、李煜）父子，北宋三苏（苏洵和苏轼、苏辙）父子、二晏（晏殊、晏幾道）父子、二米（米芾、米友仁）父子，等等，这都说明了家世、家学的重大影响。

可惜，她的丈夫早亡，又赶上北宋灭亡。她跟随难民仓皇南渡后，过得很孤单，晚景越发凄凉，平日只以日渐减少的古玩旧物为伴，直到去世。

◎ **释疑解惑**

刘伶是喝酒而死的吗？

刘伶（约221—300），字伯伦，西晋沛国（治今安徽濉溪县西北）人。"竹林七贤"中社会地位最低的一个。曾为建威将军王戎幕府里的参军。晋武帝泰始初，对朝廷策问，强调无为而治，以无能罢免。

刘伶曾作《酒德颂》："有大人先生者，以天地为一朝，万期为须臾，日月为扃牖（jiōng yǒu），八荒为庭衢。行无辙迹，居无室庐。幕天席地，纵意所如。止则操卮执觚，动则挈榼（qiè kē）提壶。唯酒是务，焉知其余。有贵介公子，缙绅处士，闻吾风声，议其所以。乃奋袂攘襟，怒目切齿，陈说礼法，是非锋（通'蜂'）起。先生于是方捧罂承槽，衔杯漱醪（láo），奋髯箕踞，枕曲藉糟，无思无虑，其乐陶陶。"大意是：我行无踪，居无室，幕天席地，纵意所如。不论是停下来还是行走，我随时都提着酒杯，只管喝酒。随便别人怎么说，我一点儿不在意。你们越说，我越喝，喝醉了就睡，醒来也迷迷瞪瞪，什么也不想，乐在其中。

刘伶刚入朝为官时，没有背景，又不肯趋炎附势，宣扬"无为而治"，与当时主流思想不合。同僚均被擢为高官，他却被罢官，理由是"无能"。为排遣郁闷，他常借酒消愁，时间一长有了瘾，嗜酒如命。晋武帝泰始二年（266年），朝廷派使者请刘伶再次入朝为官。刘伶早已对朝廷心灰意冷甚至厌弃，听说朝廷使者已到村口，赶紧喝得酩酊（mǐng dǐng）大醉，脱光衣衫，朝村口裸奔而去。使者傻了，这不就是一个酒疯子吗？从此，刘伶彻底与朝廷绝缘，日日"醉乡路稳宜频到"，终于嗜酒寿终。

杞对梓，桧对楷。①

水泊②对山崖。

舞裙对歌袖，玉陛对瑶阶③。

风入袂，月盈怀。④

虎兕对狼豺⑤。

马融堂上帐⑥，羊侃水中斋⑦。

北面黉宫宜拾芥⑧，

东巡岱峙定燔柴⑨。

锦缆春江，横笛洞箫通碧落；⑩

华灯夜月，遗簪堕翠遍香街。⑪

◎**注释** ①〔杞、梓、桧（guì）、楷（jiē）〕4 种树木名。杞和梓是两种优质木材。比喻优秀的人才。唐韩偓（wò）《和（hè）王舍人抚州饮席赠韦司空》："席上弟兄皆杞梓，花前宾客尽鸳鸯。"桧，常绿乔木，即圆柏。据说孔子曾手植桧树 3 棵，今存 1 棵在孔庙。楷，即黄连木。据说生在孔子墓上，枝干挺拔不屈。《说文·木部》："楷，楷木也。孔子冢盖树之者。"②〔泊〕湖泽。③〔玉陛、瑶阶〕玉陛，帝王宫殿的台阶。瑶阶，用美石砌成的台阶。二者都是对石阶的美称。④〔"风入袂"二句〕罗袂迎风，明月入怀。形容潇洒清朗、超尘脱俗的意境。唐代张彦远在《法书要录》里用"清风出袖，明月入怀"来评价王羲之的楷书意境。袂，袖子。⑤〔虎兕、狼豺〕虎、兕、狼、豺是 4 种野兽的名称。这里比喻凶恶残暴的人。兕，古代称犀牛一类的野兽。⑥〔马融堂上帐〕马融是东汉著名学者，有很多人来向他求学。据说他授课的时候不受传统拘束，教学时"坐高堂，施绛纱帐，前授生徒，后列女乐"。参见《后汉书·马融传》。⑦〔羊侃水中斋〕羊侃是南朝梁末的名将。生活奢侈，曾把两只船连在一起，在上面搭成 3 间通梁的屋舍，用珠玉彩帛加以装饰，大设帷幕屏幛，陈列女乐。他乘潮起时解开缆绳，临水设下酒宴，引来许多人围观。参见《南史·羊侃传》。⑧〔"北面"句〕汉代学者夏侯胜曾教导他的学生说：你们如果学通了儒家经典，做官"如俯拾地芥耳"。参见《汉书·夏侯胜传》。北面，指入朝为官。黉宫，古代称学校。拾芥，拾取地上的草芥，比喻轻而易举就能得到。芥，小草。⑨〔"东巡"句〕东巡岱时，指古代帝王到泰山举行封禅之礼，祭祀天神。岱，泰山。畤，古时祭天、地、五帝的祭坛。燔柴，古代的一种祭祀仪式，把祭牲、玉帛放在积柴上焚烧来祭天。燔，焚烧。⑩〔"锦缆"二句〕春江之上锦帆彩缆，笛箫通天。锦缆，以锦缎做缆绳，极言舟船豪华。碧落，道家称碧霞满空的东方第一层天为碧落，也泛指天空。⑪〔"华灯"二句〕元宵节灯会热闹异常，人们通宵达旦地游赏观灯，满街都有游人丢失的簪翠首饰。簪、翠，指妇女佩戴的首饰。唐袁不约《长安夜游》："长乐晓钟归骑后，遗簪堕珥（ěr）满街中。"

◎ 典故

"为人作嫁"的杨广

先说杨广的父亲隋文帝杨坚，隋朝开国皇帝，一代雄主，曾是北周权臣。隋文帝时期，政治开明，创造了"开皇之治"。统一以后，隋朝国力进一步强大，社会富裕，国家强盛。当时，隋文帝下令设置了两种粮仓：官仓和义仓。据唐朝人估计，这些粮仓的粮食可供全国吃数十年。

隋炀帝杨广曾是隋军灭亡南陈的统帅，有不少战功，说明他有军事能力。他又开创科举制选拔人才，在一定程度上打破了贵族垄断政权、扼杀人才的局面。

但是，对于政治家来说，这些都可以忽略，最主要的是人治、民治，而这恰恰是杨广的短板。

首先，他是从太子杨勇那里巧取豪夺来的皇位，保皇派、太子党都对他心怀怨望。在政权根基还没稳定的情况下，他大兴土木，导致民怨沸腾；而后穷兵黩武，在准备不足的情况下仓促远征，三征高丽都失败；此外，进攻突厥被围雁门。诸多败绩，不但让掌握军队的武将心灰意冷，甚至生出二心，朝中也传出不满的声音。

其次，在用人方面宠信奸佞，屠杀高颎（jiǒng）、贺若弼等功勋大臣，许多劝说他停止昏政的大臣也都被他杀害。他身边的那些小人只会谄媚邀宠，并没有深厚的家世背景或功绩勋劳，这也导致杨广的支持力度不够牢固。

一系列政治举措，导致隋朝迅速灭亡，统一积攒起来的丰厚家底，拱手送给了李唐王朝。

◎释疑解惑

夏侯胜属于今文学派还是古文学派？

《尚书》是"五经"之首，因为里面讲了上古帝王很多的治国经验，所以受到汉以后帝王的重视。于是，对《尚书》有研究的学者就容易做官、从政，得到重用。因为这部书太古老，经过秦朝的"焚书坑儒"和秦末的战火，竟没有完整地流传到汉代。当时研究《尚书》的学者渐渐分成了两派：今文派和古文派。为了在皇帝那里得到正统地位，这两派互相攻击。

夏侯胜，字长公，宁阳侯国（今山东宁阳）人。他是西汉朝今文尚书学"大夏侯学"的开创者。他自恃学问大，看不起同行，经常对学生们说：士病不明经术。经术苟明，其取青紫如俯拾地芥耳。学经不明，不如归耕。

夏侯胜的老师是兒（ní）宽的弟子简卿。兒宽是西汉著名学者、今文尚书学"欧阳学"的开创者欧阳生的弟子，后来又受业于孔子后裔、西汉经学博士孔安国。

欧阳生是伏生的弟子，名容，为博士，授兒宽，宽授欧阳生之子。自欧阳生治《尚书》起至其8世孙欧阳款，代代相传，史称"欧阳八博士"。

伏生（前260—前161），一作伏胜，字子贱，西汉济南（今山东邹平）人，曾为秦博士。他是孔门弟子宓（fú）子贱的后裔。有一种说法是伏生传晁错，晁错传兒宽，没有欧阳生啥事。伏生这一派，都算"今文尚书派"。

孔安国，字子国，孔子第10世孙。学《诗》于申公，学《尚书》于伏生。但后来他又研究《古文尚书》，传授给都尉朝（转授《尚书》于庸潭。都尉，复姓）、司马迁、兒宽，开创了西汉"古文尚书学派"。

这样看来，夏侯胜是"非今非古，亦今亦古"。

十 灰

chūn duì xià　　xǐ duì āi
春 对 夏 ， 喜 对 哀 。

dà shǒu duì cháng cái
大 手 对 长 才① 。

fēng qīng duì yuè lǎng　　dì kuò duì tiān kāi
风 清 对 月 朗 ， 地 阔 对 天 开 。

yóu làng yuàn　　zuì péng lái
游 阆 苑 ， 醉 蓬 莱② 。

qī zhèng　　duì sān tái
七 政③ 对 三 台④ 。

qīng lóng hú lǎo zhàng　　bái yàn yù rén chāi
青 龙 壶 老 杖⑤ ， 白 燕 玉 人 钗⑥ 。

xiāng fēng shí lǐ wàng xiān gé
香 风 十 里 望 仙 阁⑦ ，

míng yuè yì tiān sī zǐ tái
明 月 一 天 思 子 台⑧ 。

yù jú bīng táo　　wáng mǔ jǐ yīn qiú dào jiàng
玉 橘 冰 桃 ， 王 母 几 因 求 道 降 ；⑨

lián zhōu lí zhàng　　zhēn rén yuán wèi dú shū lái
莲 舟 藜 杖 ， 真 人 原 为 读 书 来 。⑩

◎**注释**　①〔大手、长才〕大手，即高手，指工于文辞有大成就的人。长才，优异的才能。②〔阆苑，蓬莱〕阆苑，传说中神仙的住处。蓬莱，传说中的海上仙山。③〔七政〕古代天文术语。说法很多：一指日、月和金、木、水、火、土五星，以七星各主日、月、五星，故曰七政；二指天、地、人和四时（春、夏、秋、冬四季）；三指北斗七星。④〔三台〕星名，古人用它来比作三公。汉代对尚书、御史、谒者总称三公，另见 11 页注③。《晋书·天文志上》："三台六星……在人曰三公，在天曰三台，主开德宣符也。"⑤〔青龙壶老杖〕传说东汉时，费长（zhǎng）房跟随能在壶中隐身的仙人壶公学道。学成辞归时，壶公赠给他一根竹杖，说骑上它很快就可以到家，到家后把它扔到山坡就行了。费长房按照壶公说的，骑着竹杖很快就到了家，把竹杖扔到山坡后，回头一看，竹杖变成龙飞走了。参见《后汉书·方术列传下·费长房》。⑥〔白燕玉人钗〕传说神女赠给汉武帝一双玉钗，汉武帝又转赠给宠妃赵婕妤。到汉昭帝时，宫里有人想用这对玉钗，结果，刚打开匣子，玉钗就化为白燕飞走了。参见旧题汉代郭宪《洞冥记》卷二。⑦〔"香风"句〕陈后主荒淫奢侈，曾建造临春、结绮、望仙三阁，供妃子们居住。据《陈书·皇后列传》载："至德二年，乃于光照殿前起临春、结绮、望仙三阁……每微风暂至，香闻数里。"⑧〔思子台〕汉武帝的长子刘据在"巫蛊之祸"中被陷害，无奈之下起兵抗拒朝廷，诛杀了"巫蛊之祸"的制造者江充，后被武帝镇压兵败，上吊自杀。后来汉武帝发现了刘据的冤情，很后悔，为纪念儿子，在其遇难处修了一座思子宫，在宫外湖边建造归来望思之台。参见《汉书·戾太子刘据传》。⑨〔"玉橘"二句〕传说因为汉武帝喜欢访道求仙，西王母多次降临汉宫，送来仙果玉橘、冰桃。⑩〔"莲舟"二句〕相传汉代学者刘向奉诏在天禄阁校书时，夜间有一位老者坐着莲舟、拄着藜杖到来，见刘向在暗处诵书，就吹燃藜杖照明。老者自称太乙真人，奉天帝命传授给他"洪范五行"之书。见东晋王嘉《拾遗记》。

◎ 典故

"荒唐有才"的陈叔宝

历史上有很多帝王，或残忍暴虐，或沉迷玩乐，或行为乖僻，不一而足。其中有一些比较特殊，他们喜欢艺术，较为高雅。如魏文帝曹丕、南朝梁元帝萧绎、隋炀帝杨广、南唐后主李煜、宋徽宗赵佶（jí）等，在艺术方面都有令人惊艳的表现，可惜荒于政事。陈后主也是这样一位皇帝。

陈后主陈叔宝（553—604），字元秀，小字黄奴，陈宣帝陈顼（xū）长子，母后柳敬言。他是南北朝时期陈朝最后一位皇帝，在位时间是 582 年—589 年。在位时期，他大建宫室，日夜与妃嫔、文臣游宴。杨广带领的隋军南下时，他自恃长江天险，不以为意。祯明三年（589 年），隋军攻入建康，他和几个妃子躲到一口枯井里，被韩擒虎部下用钩子拽了出来。

他喜爱诗文，招致了一批文人骚客，以江总为首。这些文人身为朝廷命官，却不理政事，天天陪着陈叔宝沉溺于诗酒年华。陈叔宝还将十几个才色兼备的宫女封为"女学士"，有才而不够漂亮的封为"女校书"。每次宴会，诸妃嫔及女学士、文人狎客杂坐联吟，飞觞醉月，内容多为淫词艳语。每次选特别艳丽的诗，谱上新曲，令宫女习唱。比较有名的曲子有《玉树后庭花》《临春乐》等。陈叔宝《玉树后庭花》诗："丽宇芳林对高阁，新装艳质本倾城。映户凝娇乍不进，出帷含态笑相迎。妖姬脸似花含露，玉树流光照后庭。"后来，他写的"玉树后庭花，花开不复久"成为有名的亡国之音。

隋文帝杨坚说他："此败岂不由酒？将作诗功夫，何如思安时事？"（《南史·陈本纪下》）唐大臣魏征说："古人有言，亡国之主，多有才艺，考之梁、陈及隋，信非虚论。然则不崇教义之本，偏尚淫丽之文，徒长浇伪之风，无救乱亡之祸矣。"（《陈书·本纪第六·后主》）意思是你可以吟诗作对，但内容应积极向上，淫词艳曲哪有不亡国败家的！

◎ **释疑解惑**

古代的图书馆

最晚在周代，已经有图书馆，那时叫"盟府"，主要保存盟约、图籍、档案等与皇室有关的资料。另外，周朝的史官也执掌藏书之事，老子就做过"守藏室之史"，"守藏室"也是藏书之所。

秦汉时期，国家藏书处叫金匮（kuì）石室。汉代初定天下，广征图书，分太常、太史、博士、延阁、广内、秘室六处收藏。兰台、石室、麒麟阁，都是汉代收藏图书的地方。

曹魏时设有秘书、中、外三阁，为国家藏书处。晋沿魏制，设兰台（外台）和秘书（内阁），负责图书收藏。以后南北朝大致如此。

唐宋时期，设史馆、昭文馆、集贤院三馆，总名崇文院。后于院中置秘阁，掌图书文籍之事。此外，国子监（jiàn）、舍人院、御史台、司天监（jiàn）等中央机构也设有藏书处。以后直到清末，大同小异。

东汉桓帝时设秘书监（jiàn），专门管理图书秘籍。秘书监长官相当于现在的国家图书馆馆长，当时的年薪是米600石。隋炀帝时，秘书监为正三品。到了唐代，魏征也曾担任秘书监。

明代撤秘书监，并入翰林院。清代除了文渊阁、文津阁、文澜阁外，翰林院、国子监、内府等机构也收藏过图书。

最早以"图书馆"命名的是清光绪三十一年（1905年）的湖南图书馆。正式公文中称"图书馆"是在宣统元年（1909 年）制定的京师及各省图书馆通行章程上。

zhāo duì mù　　qù duì lái
朝 对 暮 ， 去 对 来 。

shù yǐ　 duì kāng zāi
庶 矣① 对 康 哉② 。

mǎ gān duì jī lèi　　xìng yǎn duì táo sāi
马 肝 对 鸡 肋③ ， 杏 眼 对 桃 腮 。

jiā xìng shì　　hǎo huái kāi
佳 兴 适 ， 好 怀 开 。④

shuò xuě　 duì chūn léi
朔 雪⑤ 对 春 雷 。

yún yí zhī què guàn　　rì shài fèng huáng tái
云 移 鹓 鹊 观⑥ ， 日 晒 凤 凰 台⑦ 。

hé biān shū qì yíng fāng cǎo
河 边 淑 气 迎 芳 草 ，

lín xià qīng fēng dài luò méi
林 下 轻 风 待 落 梅 。⑧

liǔ mèi huā míng　　yàn yǔ yīng shēng hún shì xiào
柳 媚 花 明 ， 燕 语 莺 声 浑 是 笑 ；⑨

sōng háo bǎi wǔ　　yuán tí hè lì zǒng chéng āi
松 号 柏 舞 ， 猿 啼 鹤 唳 总 成 哀 。⑩

◎**注释**　①〔庶矣〕语出《论语·子路》："子适卫，冉有仆。子曰：'庶矣哉！'"意思是卫国的人口真多呀！古代衡量一个国家是否强大，人口多少是一个重要依据，所以孔子感叹卫国人口多。庶，众多。②〔康哉〕语出《尚书·益稷》："（皋陶）乃赓载歌曰：'元首明哉，股肱（gōng）良哉，庶事康哉！'"即君明臣良，诸事安宁。康，安乐。③〔马肝、鸡肋〕古人认为马肝有毒，食之能致死。《史记·封禅书》："文成食马肝死耳。"鸡肋，鸡的肋骨，扔了可惜，吃了又没有多少肉，比喻留着没什么用，舍弃掉又觉可惜之物。《三国志·魏书·武帝纪》裴松之注引晋代司马彪《九州春秋》记载，曹操率军进攻汉中，进退两难，发出一个口令叫"鸡肋"。主簿杨修悟出曹操的心思，他说："夫鸡肋，弃之如可惜，食之无所得，以比汉中，知王欲还也。"④〔佳兴适，好怀开〕兴致美好，心情畅快。佳兴，雅兴，指高雅的兴致。适，至。好怀，愉快的心情。开，展放。⑤〔朔雪〕北方的雪。⑥〔鵁鹊观〕汉武帝所建道观名，在甘泉宫外，甘泉苑内。唐杨凌《春霁花萼楼南闻宫莺》："黄鸟远啼鵁鹊观，春风流出凤凰城。"⑦〔凤凰台〕历史上的凤凰台所指不一。一是在江苏省南京市南。晋升平年间，有凤凰飞来，于是在此地筑台，名为凤凰台。李白《登金陵凤凰台》："凤凰台上凤凰游，凤去台空江自流。"二是在甘肃省陇南市成县凤凰山。北魏·郦道元《水经注·漾水》："南径凤溪，中有二石双高，其形若阙，汉世有凤凰止焉，故谓之凤凰台。"杜甫《凤凰台》："亭亭凤凰台，北对西康州。"三是在湖北省鄂城县东（今鄂州市鄂城区）。相传三国吴主孙权也于凤凰栖息处修建一处凤凰台。⑧〔"河边"二句〕借用唐孙逖（tì）《和（hè）左司张员外自洛使入京中路先赴长安逢立春赠韦侍御等诸公》诗："忽睹云间数雁回，更逢山上正花开。河边淑气迎芳草，林下轻风待落梅。"淑气，祥瑞温和之气。落梅，农历五月的季风称为"落梅风"。⑨〔"柳媚"二句〕绿柳成荫、鲜花怒放的春日里，燕语莺声伴着赏春人的欢声笑语。燕语莺声，本指燕子、黄莺鸣叫，也可比喻年轻女子娇声谈笑。浑，全，都。⑩〔"松号"二句〕狂风吹过，松涛阵阵，柏舞森森，猿鹤发出声声凄厉、哀伤的啼叫。号，呼号。猿啼鹤唳，猿、鹤的叫声高而凄绝，故此句说"总成哀"。

◎ 典故

"驴友鼻祖"周穆王

周穆王姬满，周昭王之子。传说他活了105岁，在位时间约为55年（前976—前922，一说前1001—前947）。他在位期间，致力于向四方拓展领土，曾两征犬戎，获其五王，并把部分戎人迁到太原（今甘肃镇原一带）；东攻徐戎，在涂山（今安徽怀远东南）会合诸侯。他还制定墨、劓（yì）、膑、宫、大辟五刑，其细则多达3 000条。

然而，这不是他最出名的事迹。他一生最大的爱好是旅游。根据《列子·周穆王》《穆天子传》等书记载，穆王"不恤国事，不乐臣妾，肆意远游"。他命造父（fǔ）驾着8匹千里马拉的车，带着7队勇士，携带大量珍宝，出门远行。在路上，穆王得到一只白狐、一只黑貉，用它们祭祀了河神。他的车驶到据说连羽毛都浮不起来的弱水时，河里的鱼、龟、鳄鱼等为他搭起了桥让马车通过。他先是向北走到今天的内蒙古境内，再向西到了昆仑山的西王母国。西王母在瑶池为穆王设宴，饮酒吟诗，共颂友谊。

在酒席上，西王母唱道："天上飘着白云，道路漫长无尽。山河阻隔你我，一别难通音信。你若求得长生，以后还能重逢。"穆王说："等我回到故土，各国和睦相处，万民平等富足，那时我来看汝。"又登山远眺，在山顶大石上刻"西王母之国"作为纪念。

然后，穆王继续西进到大旷原（据说在里海、黑海之间），猎到了许多珍禽异兽。正玩得高兴，传来东徐作乱的消息，一行人急急忙忙返程，回到洛阳。

穆王西巡历时两年多，行程 35 000 多里，绝对是空前的壮举，堪称"驴友"的鼻祖。

zhōng duì xìn　　bó duì gāi
忠 对 信，博 对 赅①。

cǔn duó　 duì yí cāi
忖 度② 对 疑 猜。

xiāng xiāo duì zhú àn　　 què xǐ duì qióng āi
香 消 对 烛 暗，鹊 喜 对 蛩 哀③。

jīn huā bào　　 yù jìng tái
金 花 报④，玉 镜 台⑤。

dào jiǎ duì xián bēi
倒 斝 对 衔 杯⑥。

yán diān héng lǎo shù　　 shí dèng fù cāng tái
岩 巅 横 老 树，石 磴 覆 苍 苔。

xuě mǎn shān zhōng gāo shì wò
雪 满 山 中 高 士 卧，

yuè míng lín xià měi rén lái
月 明 林 下 美 人 来。⑦

lǜ liǔ yán dī　　 jiē yīn sū zǐ lái shí zhòng
绿 柳 沿 堤，皆 因 苏 子 来 时 种；⑧

bì táo mǎn guàn　　 jìn shì liú láng qù hòu zāi
碧 桃 满 观，尽 是 刘 郎 去 后 栽。⑨

◎**注释**　①〔博、赅〕博，广博。赅，全面，完备。②〔忖度〕推测，估量。③〔鹊喜、蛩哀〕鹊喜，喜鹊的叫声听起来像报喜讯。蛩哀，深秋蟋蟀的鸣叫声听起来凄切、悲哀。南宋喻良能《苦热不寐独起对月》："夜久万籁寂，秋近孤蛩哀。"南宋陆游《北窗偶题四首》其二："晓晴林鹊喜，昼暖蜜蜂喧。"蛩，蟋蟀。④〔金花报〕唐宋以来科举考试及第者的榜帖。俗称"金花报喜"。⑤〔玉镜台〕玉制的镜台，代指婚娶的聘礼。典出《世说新语·假谲（jué）》，东晋人温峤（jiào）的堂姑母托温峤给女儿找个夫婿。温峤看中了表妹，有意给自己定亲。几天后，他骗姑母说已经找到一户合适人家，门第还过得去，女婿的名声、官位都不比自己差，并送上一个玉镜台做聘礼。最终是温峤自己娶到了表妹。⑥〔倒罳、衔杯〕都指饮酒。罳，古代一种酒器。倒、衔是喝酒动作。⑦〔"雪满"二句〕出自明·高启《梅花九首》其一："琼姿只合在瑶台，谁向江南处处栽？雪满山中高士卧，月明林下美人来。"雪中的梅花如高雅的隐士居卧山中，月下的梅花如清丽的美人从林间款款而来。这两句诗用拟人化手法来形容梅的姿态，突出了梅花的高洁和美丽。同时诗句中隐含两个典故，"雪满"句借用了东汉名士袁安卧雪的故事。袁安客居洛阳时，有一次遇到大雪，宁可在家里冻着也不出来求人接济，说是不想打扰别人。洛阳令认为他贤德，就举荐他为孝廉。参见《后汉书·袁安传》。"月明"句借用隋朝赵师雄游罗浮山，醉酒遇梅花仙子邀他共饮的故事。见《苕溪渔隐丛话》后集卷三十"东坡五"引《龙城录》记载。⑧〔"绿柳"二句〕北宋元祐年间苏轼在杭州为官时，曾疏浚西湖，利用淤泥筑了 2 800 米长的湖堤，并令人沿西湖堤种桃柳，人称"苏公堤"。苏子，即苏轼。宋代宋无《苏堤》："汉苑花何处，唐陵柏已空。相逢大堤柳，令我忆苏公。"⑨〔"碧桃"二句〕化用唐刘禹锡《元和十年自朗州承召至京戏赠看花诸君子》诗意："紫陌红尘拂面来，无人不道看花回。玄都观里桃千树，尽是刘郎去后栽。"永贞元年（805年），刘禹锡参加王叔文政治革新运动失败后，被贬到地处偏远的朗州做司马，同时被贬的还有柳宗元等人。元和十年（815年），刘禹锡等人被召回长安，写下这首诗。由于诗中借用新种的桃树讽刺了朝廷新贵，于是他和柳宗元等人再度被贬。碧桃，桃树的一个变种，花具有很高的观赏价值。

◎ 典故

不愿麻烦别人的袁安

袁安（？—92），字邵公，一作召（shào）公，东汉汝南汝阳（今河南商水西南）人。汝南袁氏与弘农杨氏为东汉"四世三公"的世家大族，源远流长。袁安少承家学，明帝时被举荐为楚郡太守、河南尹。他为政严明，使得官民对其既害怕又敬重。后历任太仆、司空、司徒。

汉和帝时，窦太后临朝，勾结窦宪兄弟把持朝政，使得民怨沸腾。官员们畏惧他们，不敢招惹。袁安多次直言上书，弹劾窦氏种种不法行为，令窦太后大为恼怒。但袁安操行高洁，深孚众望，家族背景也比较深厚，窦太后也不敢加害于他。

袁安知道国力不如从前强盛，在是否出击北匈奴的辩论中，与司空任隗力主怀柔，反对劳师远涉、徼（jiǎo，求）功万里。为这事，他冒着丢失官职的危险，免冠上朝力争10余次。《东观汉记》卷十六记载："袁安为司徒，每朝会，忧念王室，未尝不流涕也。"

袁安没当官时，客居洛阳，在当地很有贤名。有一年冬天，突降大雪，给百姓生活造成极大困难，很多人待在家中挨饿受冻。洛阳令慰问饥民，转了一圈才想起袁安，赶紧冒雪去探望他。到了袁安住处一看，院子里的雪很深，洛阳令叫随从扫出一条路才进到袁安屋里。袁安正冻得蜷缩在床上发抖。洛阳令问："先生为什么不求亲戚邻里帮助？"袁安说："大家都挨饿受冻，大雪天我怎么好去打扰人家？"洛阳令佩服他的贤德，举荐他为孝廉。

◎ 释疑解惑

古代的镜子

最早的镜子，应该是水面。据说黄帝时代，古代先民经常对水梳妆打扮，那时叫作"鉴于水"。能够拿着照的镜子，一般认为是4 000多年前的齐家文化铜镜。秦汉以后，镜子的材质有金、银、铜、铁等。金属镜一直用到明代末期，之后出现玻璃镜。

不过，在水镜与铜镜之间，应该还有石镜——比如玉石、玛瑙一类的，可惜没有发现实物。关于"石镜"，古籍中有多处记载：唐代段公路《北户录》卷一："水母，《兼名苑》云：'一名鲊（zhǎ），一名石镜，南人治而食之。'"这里的"石镜"指的是吃的水产。北魏·郦道元《水经注·庐江水》："山东有石镜，照水之所出。有一圆石，悬崖明净，照见人形，晨光初散，则延曜入石，豪细必察，故名石镜焉。"这里指的是悬崖峭壁，可视为旅游景点。晋·王嘉《拾遗记·周灵王》："时异方贡玉人、石镜，此石色白如月，照面如雪，谓之'月镜'。"这里的"石镜"与镜子比较接近，但也没有发现实物。

镜子古称"鉴"，更古的字为"监（jiàn）"。甲骨文𥈃，金文𥈠，意思是一个人俯身对着一盆水在照脸，就是顾影自怜；当然，也可能在伤心。

还有一种高级"镜子"——人镜。《尚书·周书·酒诰》："人无于水监（jiàn），当于民监。"意思是君王不要只把水当镜子，也要把百姓当镜子。《墨子·非攻中》："君子不镜于水而镜于人。镜于水见面容，镜于人则知吉与凶。"唐白居易《百炼镜》："太宗常以人为镜，鉴古鉴今不鉴容。四海安危居掌内，百王治乱悬心中。乃知天子别有镜，不是扬州百炼铜。"

十一 真

lián duì jú　　fèng duì lín
莲 对 菊 ，凤 对 麟①。

zhuó fù duì qīng pín
浊 富 对 清 贫②。

yú zhuāng duì fó shè　　sōng gài duì huā yīn
渔 庄 对 佛 舍 ，松 盖 对 花 茵③。

luó yuè sǒu　　　gě tiān mín
萝 月 叟④，葛 天 民⑤。

guó bǎo duì jiā zhēn
国 宝 对 家 珍 。

cǎo yíng jīn liè mǎ　　　huā zuì yù lóu rén
草 迎 金 埒 马⑥，花 醉 玉 楼 人⑦。

cháo yàn sān chūn cháng huàn yǒu
巢 燕 三 春 尝 唤 友⑧，

sài hóng bā yuè shǐ lái bīn
塞 鸿 八 月 始 来 宾⑨。

gǔ wǎng jīn lái　　shuí jiàn tài shān céng zuò lì
古 往 今 来 ，谁 见 泰 山 曾 作 砺；⑩

tiān cháng dì jiǔ　　rén chuán cāng hǎi jǐ yáng chén
天 长 地 久 ，人 传 沧 海 几 扬 尘⑪。

◎**注释**　①〔凤、麟〕即凤凰、麒麟，传说中的两种罕见动物，常比喻杰出罕见的人才。唐代陈陶《闲居杂兴五首》其二："中原莫道无麟凤，自是皇家结网疏。"②〔浊富、清贫〕浊富，不义而富，用不正当的手段致富。清贫，生活清寒贫苦。③〔松盖、花茵〕松盖，松树枝叶茂密，状如伞盖。花茵，鲜花繁密如茵。茵，垫子、褥子、毯子等的通称。④〔萝月叟〕月下走在藤萝盘绕的山路上的老人。这里

108

指代隐居避世、与自然为伴的老人。萝月，映照在藤萝间的明月。唐沈佺期《入少（一作小）密溪》其二："人家更在深岩口，涧水周流宅前后。游鱼噆噆双钓童，伐木丁丁（zhēng zhēng）一樵叟。"其三："自言避喧非避秦，薜衣耕凿帝尧人。相留且待鸡黍熟，夕卧深山萝月春。"另，宋代诗僧释昙莹，号萝月。⑤〔葛（gě）天民〕葛天氏部落的百姓。传说葛天氏部落的人无拘无束、快乐无忧。葛天氏，传说中远古时代的一位帝王。南宋陆游《东篱杂题》："桃源不须觅，已是葛天民。"⑥〔金埒马〕名贵的马匹。金埒，用钱币筑成的界墙。埒，矮墙。出自《世说新语·汰侈》："于时人多地贵，济（王济）好马射，买地作埒，编钱匝地竟埒。时人号曰'金埒'。"⑦〔花醉玉楼人〕春天百花盛开，看醉了赏花人。玉楼，华丽的楼。唐欧阳炯《木兰花》："日照玉楼花似锦，楼上醉和春色寝。"⑧〔"巢燕"句〕暮春时乳燕曾经呼友为伴。三春，暮春，指春季的第3个月。尝，曾经。⑨〔"塞鸿"句〕塞北的鸿雁在农历八月才到南方来作客。《礼记·月令》："仲秋之月……鸿雁来。"仲秋之月即八月。《逸周书·时训》："寒露之日，鸿雁来宾。"来宾，来作客。⑩〔"古往"二句〕古往今来，有谁见到泰山变成小小的磨刀石了？泰山作砺，比喻遥遥无期，不可能出现的情况。《史记·高祖功臣侯者年表》记载，汉代封功爵的誓词中有"即使黄河变成衣带那样细，泰山变得像磨刀石那样小，我们的国家也会江山永固，封的爵位要传之永久"。砺，磨刀石。⑪〔沧海几扬尘〕沧海已经几次变成桑田，扬起尘埃了。比喻世事变化很大。东晋·葛洪《神仙传·麻姑》载，仙人麻姑在蔡经家见到王远，说自己曾见东海3次变为桑田，不久前发现东海的水比原来浅了一半，大约要变成陆地了吧。王远也叹息说，古代的圣人也曾说过海中将要扬起尘土这样的话。

◎典故

"马痴"王济

王济，字武子，太原晋阳（今山西太原）人，晋文帝司马昭的女婿。他少有逸才，风姿英爽，好弓马，勇力绝人；研究《易》《老》《庄》，长于清言，修饰辞令。他是美男子卫玠（jiè）的舅舅，虽然号称"俊爽有风姿"，可是每次见到卫玠，都感叹说："珠玉在侧，觉我形秽。"

王济喜欢马，曾经给一匹马披着华丽的连钱障泥。连钱，指花纹、形状似相连的铜钱。障泥，指垂于马腹两侧，用于遮挡尘土的东西，俗称挡泥布。一次要过河，马却一整天都不往前走。王济说，这肯定是马害怕把漂亮的挡泥布弄脏了。把布去掉后，马就踏水而过。王济非常懂马，因而当时号称有"《左传》

癣"的学者杜预称他有"马癣"。

不过，跟叔叔王湛相比，他还差了一点儿。王济有一匹马是他的最爱，王湛看了却说："此马虽快，但是力气不足，不能坚持走长路。我前几天看见一位督邮的马，比这个好多了，只不过喂的草料不好。"王济立刻把那匹马弄来精心饲养。王湛又说："这匹马负重时才能显出它的本领，在平路上跑看不出来。"一比之下，王济才知道原来的那匹马不行。从此，王济对这个叔叔更加敬佩。

◎**释疑解惑**

督邮为啥有好马？

这跟职业有关。督邮，官名，汉代设置，一郡的重要属吏，代表太守督察县乡，宣达教令，兼司狱讼捕亡。要想做好，首先需要骑术好，其次需要马好。其实，督邮们说的好马是那种工作能力很强的马，吃的食物很普通，工作环境也很差，即使这样，也比那些徒有其表、精心圈养的千里马强。

《世说新语·术解》记载，桓公（桓温）手下有位主簿善于品酒，管好酒叫青州从事，意思是一口下去，酒力直达肚脐；而把劣酒叫平原督邮，则是说酒力到了胸腹之间就没了。因为青州有齐郡，平原有鬲（gé）县，齐、脐谐音，鬲通"膈（gé）"，指横膈膜。从事，官名。汉以后三公及州郡长官皆自辟僚属，多以从事为称。这个官的权力比督邮大得多。从这个典故也看出，督邮一类官职的微末和不受重视。

xiōng duì dì　　　lì duì mín
兄 对 弟 ， 吏 对 民 。

fù zǐ duì jūn chén
父 子 对 君 臣 。

gōu dīng duì bǔ jiǎ　　　　fù mǎo duì tóng yín
勾 丁 对 补 甲①， 赴 卯 对 同 寅②。

zhé guì kè　　zān huā rén
折 桂 客 ， 簪 花 人 。③

sì hào duì sān rén
四 皓 对 三 仁④。

wáng qiáo yún wài xì　　　guō tài yǔ zhōng jīn
王 乔 云 外 舄⑤， 郭 泰 雨 中 巾⑥。

rén jiāo hǎo yǒu qiú sān yì
人 交 好 友 求 三 益⑦，

shì yǒu xián qī bèi wǔ lún
士 有 贤 妻 备 五 伦⑧。

wén jiào nán xuān　　wǔ dì píng mán kāi bǎi yuè
文 教 南 宣 ， 武 帝 平 蛮 开 百 越；⑨

yì qí xī zhǐ　　hán hóu fú hàn juǎn sān qín
义 旗 西 指 ， 韩 侯 扶 汉 卷 三 秦。⑩

◎ **注释** ①〔勾丁、补甲〕抓丁拉夫，旧时征兵的方式。明代徐熥（tēng）《得宁夏消息》其二："官府勾丁壮，乡间练甲兵。"勾、补，征调或拘捕以作补充。丁，壮丁。甲，甲卒，士兵。一说"补甲"作"甫甲"。勾丁是一种植物，长得弯弯曲曲，颜色发枯，和老头儿比较相像，故指老者。甫甲，植物的果实成形不久，故指少年。②〔赴卯、同寅〕赴卯指初来一起工作的新人。赴，参加，投入。〔一说，旧时官署规定卯时（5时至7时）查点人员叫点卯。赴卯即指一起赴官署签到的人，犹如今天一起上班的同事。〕同寅，旧时称在同一处做官的人。语出《尚书·皋陶（yáo）谟》："同寅协恭，和衷哉。""同寅"的本意，是指同具敬畏之心。寅，敬。③〔折桂客，簪花人〕折桂、簪花均指考试高中。"折桂"的典故出自《晋书·郤诜（qiè shēn）传》："武帝于东堂会送，问诜曰：'卿自以为何如？'诜对曰：'臣举贤良对策，为天下第一，犹桂林之一枝，昆山之片玉。'"后来就用"折桂"比喻高中榜首或科举及第。簪花，插花于冠。唐代冯贽《云仙杂记》卷二："梁绪梨花时，折花簪之，压损帽檐，至头不能举。"（《祥云志》）梁绪，三国曹魏天水功曹，后随姜维降蜀。④〔四皓、三仁〕四皓，见76页注⑨。三仁，指殷商末年以仁德见称于世的微子、箕子、比干（gān）3位贤人。商纣王残暴不仁，这3人曾屡次劝谏，但没有效果。《论语·微子》："微子去之，箕子为之奴，比干谏而死。孔子曰：'殷有三仁焉。'"⑤〔王乔云外舄〕《后汉书·方术列传上·王乔》载，东汉人王乔有神术，做叶县县令时，每月初一、十五都会从叶县来京城朝见皇帝，但不乘坐车马。皇帝对此很觉奇怪，就派人暗地观察。后来派去的人报告说，王乔每次来的时候总有一对野鸭从东南飞来。皇帝让人守候，张网捕捉这对野鸭，却只捉到一只鞋。舄，鞋子。⑥〔郭泰雨中巾〕郭泰一次在街上遇雨，就把头巾的一角折了起来。人们于是附庸风雅，争相模仿，故意把头巾折起一角，称为"林宗巾"，亦称"郭泰巾""郭巾"。郭泰，一作郭太，字林宗，东汉末学者，博通典籍，善谈论，是当时的名士。见《后汉书·郭太传》。⑦〔三益〕指正直、诚实、见多识广。语出《论语·季氏》："孔子曰：'益者三友，损者三友。友直，友谅，友多闻，益矣。'"

意即与正直的、诚实的、见闻学识广博的人交朋友是有益的。⑧〔五伦〕古代封建社会所指君臣、父子、兄弟、夫妇、朋友五种关系。语出《孟子·滕文公上》："人之有道也，饱食、暖衣、逸居而无教，则近于禽兽。圣人有（yòu）忧之，使契（xiè）为司徒，教以人伦：父子有亲，君臣有义，夫妇有别，长幼有叙（同'序'），朋友有信。"⑨〔"文教"二句〕汉武帝统一南方百越之地，把汉人先进的文化、文明制度传播、推广到那里。参见《史记·孝武本纪》。文教，文明、教化。南宣，推广到南方。百越，亦作百粤。越，古族名，秦汉以前分布在长江中下游以南，部落众多，故总称百越。⑩〔"义旗"二句〕秦末农民起义后期楚汉相争时，韩信首先帮助刘邦夺取了三秦之地，为后来建立汉朝打下了基础。义旗，起义军的旗帜，指秦末农民起义。西指，秦都城咸阳地处西方，故称。韩侯，淮阴侯韩信。卷，（率兵）席卷。三秦，秦国灭亡后，项羽把秦国故地关中分为3份，分别封给了秦朝的3个降将章邯、司马欣、董翳（yì），故称关中地区为"三秦"。参见《史记·淮阴侯列传》。

◎ **典故**

自视甚高的郤诜

郤诜，西晋济阴单父（shàn fù，今山东单县）人，字广基。史书说他"博学多才，瑰伟倜傥，不拘细行，州郡礼命并不应"，相当有个性。不过，那时候这种性格在社会上很流行，就是所谓的名士派头。

晋武帝泰始年间（265—274），地方官以贤良直言举荐郤诜。到了京师，"对策上第，拜议郎"，意思是郤诜的考试成绩优异。对策，也作"对册"，指主考官就政事、经义等设问，由应试者对答。对策从汉代起作为取士考试的一种形式，一直沿用到隋开科举之前。

吏部尚书崔洪举荐郤诜当左丞相，郤诜却告发崔洪不法之事，二人交恶（wù）。崔洪认为郤诜恩将仇报。但郤诜自认为公私分明，不为所动。

后来郤诜做了雍州刺史。晋武帝问他的自我评价，他说："我考试成绩天下第一，就像月宫里的一段桂枝，昆仑山上的一块宝玉。"侍中（侍从皇帝、参与朝政的官）听了以后，认为郤诜过于张狂，立刻上奏晋武帝请求罢免他。武帝说："不要大惊小怪，我们君臣是在开玩笑。"郤诜看似说话很狂妄，但"在任威严明断，甚得声誉"。

◎ **释疑解惑**

刘邦手下有两个韩信?

世人都知道淮阴侯韩信（？—前196），淮阴人。中国古代著名军事家。初属项羽，后归刘邦，被任为大将。楚汉战争时，刘邦采纳其建议，袭夺关中，建立根据地。在荥（xíng）阳、成皋间与项羽相持时，韩信率军抄袭项羽后路，破赵取齐，占据黄河下游之地，因功被封为齐王。不久率军与刘邦会合，灭项羽于垓（gāi）下。汉朝建立后，韩信改封楚王。不久，有人告其谋反，被降为淮阴侯。没多长时间，又被告与陈豨（xī）勾结在长安谋反，最终为吕后所杀。史书记载他善于将兵，俗称"韩信将兵，多多益善"。著有《兵法》三篇传世。

跟淮阴侯韩信同时的，还有一个韩王韩信，却不为人所知。他们两人常被混淆。

韩王韩信（？—前207），韩襄王（？—前296，姬姓，韩氏，名仓，战国时期韩国君主）庶孙。刘邦进攻阳城时，韩信归附，进攻武关。后刘邦还定三秦，拜韩信为韩太尉，令其率兵攻击韩地。韩信军克地10余城，迫使韩王郑昌投降，刘邦于是就立韩信为韩王。汉六年（前201年，这一年有人上书告发楚王韩信谋反），匈奴进兵韩信；韩信降匈奴，合兵攻汉。汉十一年（前196年），韩信与匈奴进犯参合（今内蒙古凉城东北）。汉将军柴武劝其归降，韩信不听，柴武杀入参合，韩信被斩。

《汉书·韩彭英卢吴传》中说："昔高祖定天下，功臣异姓而王者8国，张耳、吴芮、彭越、黥布、臧荼、卢绾（wǎn）与两韩信，皆徼（jiǎo）一时之权变，以诈力成功，咸得裂土，南面称孤。"

shēn duì wǔ　　 kǎn duì yín
申 对 午①，侃 对 訚②。

ā wèi duì yīn chén
阿 魏 对 茵 陈③。

chǔ lán duì xiāng zhǐ　　 bì liǔ duì qīng yún
楚 兰 对 湘 芷④，碧 柳 对 青 筠⑤。

huā fù fù　　 yè zhēn zhēn
花 馥 馥，叶 蓁 蓁⑥。

fěn jǐng duì zhū chún
粉 颈 对 朱 唇 。

cáo gōng jiān sì guǐ　　yáo dì zhì rú shén
曹 公 奸 似 鬼⑦， 尧 帝 智 如 神⑧ 。

nán ruǎn cái láng chā běi fù
南 阮 才 郎 差 北 富⑨，

dōng lín chǒu nǚ xiào xī pín
东 邻 丑 女 效 西 颦⑩ 。

sè yàn běi táng　　cǎo hào wàng yōu yōu shèn shì
色 艳 北 堂 ， 草 号 忘 忧 忧 甚 事 ？

xiāng nóng nán guó　　huā míng hán xiào xiào hé rén
香 浓 南 国 ， 花 名 含 笑 笑 何 人 ？⑪

◎**注释**　①〔申、午〕干支计时。申时相当于现在的 15 时至 17 时，午时相当于现在的 11 时至 13 时。②〔侃、訚〕侃，温和快乐。訚，态度和悦又能尽其所言。《论语·乡党》中记载孔子"朝，与下大夫言，侃侃如也；与上大夫言，訚訚如也"。③〔阿魏、茵陈〕两种中药名。阿魏，一种有臭气的植物。茵陈，蒿（hāo）类的一种，有香气。④〔楚兰、湘芷〕楚地的兰草与湘水的白芷。兰、芷，两种香草名，古诗词中常用来比喻美好的品行。屈原的诗歌中经常提到它们，如《离骚》中有"扈江离与辟芷兮，纫秋兰以为佩"和"兰芷变而不芳兮，荃蕙化而为茅"等句。⑤〔青筠〕青青的竹子。筠是竹子的青皮，引申为竹子的别称。⑥〔馥馥、蓁蓁〕馥馥，香气浓烈。蓁蓁，草木茂盛的样子。⑦〔曹公奸似鬼〕曹操像鬼一样奸诈。曹公即曹操，历史上有人说他为人奸诈。《三国志·魏书·武帝纪》裴松之注引晋·孙盛《异同杂语》："尝问许子将：'我何如人？'子将不答。固问之，子将曰：'子治世之能臣，乱世之奸雄。'太祖大笑。"⑧〔尧帝智如神〕《史记·五帝本纪》："帝尧者，放（fǎng）勋。其仁如天，其知（通'智'）如神。"⑨〔"南阮"句〕魏晋时期，"竹林七贤"中的阮籍、阮咸叔侄两人住在道南，贫穷但有才华。其他阮姓宗族住在路北，都很富有。按照当地的风俗，每年农历七月初七都要曝晒衣服。北阮晒的衣服光鲜艳丽，阮籍、阮咸也未能免俗，拿出几条粗布短裤挂在竹竿上晾晒。参见《世说新语·任（rèn）诞》。差，一作"羞"（《李渔全集》卷十八《笠翁对韵》四六八页）。⑩〔"东邻"句〕即东施效颦的故事。《庄子·天运》记载，美女西施因为有胸口疼的毛病，经常抚胸皱眉。东邻的丑女觉得这样很美，也学西施的样子，在人前抚胸皱眉，人们却觉得她更丑了。颦，皱眉。⑪〔"色艳"四句〕长在萱堂前葱郁的忘忧草，希望你让母亲无事可忧；生在南国芬芳浓郁的含笑花，你在笑什么人呢？这4句借用了北宋丁谓的诗句。欧阳修《归田录》卷一记载："（丁谓）晚年诗笔尤精，在海南篇咏尤多，如'草解忘忧忧底事，花名含笑笑何人'，尤为人所传诵。"草号忘忧，即忘忧草，也叫萱草。北堂，古代主妇的居室。古人常常在母亲的房前种萱草，希望借此减轻母亲的烦忧。甚，什么。含笑，花名。初夏开花，开时常不满开，如含笑状，香气浓烈。

◎ 典故

古代音乐家阮咸

阮咸，字仲容，陈留尉氏（今河南开封南）人。他与叔父阮籍都是"竹林七贤"成员。阮咸、阮修（他的侄子）、王澄、胡毋辅之、谢鲲、王尼、毕卓是一个小团体，他们都认为放荡任性就是开朗豁达，甚至狂醉闹酒，赤裸身体，因而深受信守礼法的正统派讥讽。

阮咸在当时名望甚高。"竹林七贤"之一的山涛善于品评人物，很欣赏阮咸，推举他主持选举，说他最能甄别人才优劣。太原人郭奕有识人之量，当时很有名，很少推服他人，却对阮咸佩服不已。

阮咸善弹琵琶，精通八音，时人称他为"神解"。

当时另一位名人荀勖（xù）也精通乐理，人称"暗解"。他创制了12支新律用的笛子，用来调整乐律，规范雅乐。每到正月元旦聚会时，在殿堂奏乐，他亲自调整五音，音韵没有不和谐的。阮咸则认为荀勖的新律调子高，这样的音乐会引起悲哀，不是兴国的音乐，而是亡国的音乐。这不合雅乐的规范，恐怕不是体现盛德的至和之音，必定是由古尺、今尺长短不同造成的。

荀勖本来视阮咸为知己，也叹服他的音乐造诣，却因音乐观念不同而把阮咸视为异己，将他排挤出朝廷，任始平太守。后来有农夫在耕地时，得到一把周代的玉尺，这便是天下的标准尺。荀勖试着用它来校正自己所制作的钟鼓、金石、丝竹等乐器，发现都短了一黍，于是真心佩服阮咸的高超见识。

◎ 释疑解惑

西施的结局

对于勾践灭吴后西施的结局，有多种不同的说法。

一、隐居

这种说法最早见于东汉袁康《越绝书》："吴亡后，西施复归范蠡（lǐ），同泛五湖而去。"明代胡应麟《少室山房笔丛》也认为西施原是范蠡的妻子，吴国覆亡后，范蠡带着西施隐居起来。

二、他杀

《墨子·亲士》："是故比干之殪（yì），其抗也；孟贲之杀，其勇也；西施之沈（chén），其美也；吴起之裂，其事也。""沈"通"沉"。就是说西施是被沉于水中的，死因是她的美丽。东汉赵晔《吴越春秋·逸篇》："越浮西施于江，令随鸱（chī）夷（用一整张牛皮或者羊皮做的皮袋，代指伍子胥）以终。""浮"也是"沉"的意思。

后来更有传说，沿海的泥沙中有一种似人舌的蛤蜊（gé li），其实是西施的舌头，所以称它为"西施舌"。宋代胡仔《苕（tiáo）溪渔隐丛话后集·梅都官》："福州岭口有蛤属，号西施舌，极甘脆……吕居仁有诗云：'海上凡鱼不识名，百千生命一杯羹。无端更号西施舌，重与儿曹起妄情。'"福建长乐"西施舌"是闽菜佳品。

三、落水

唐代宋之问《浣纱篇赠陆上人》诗："一朝还旧都，靓妆寻若耶。鸟惊入松网（一作'林鸟惊入松'），鱼畏沉荷花。"后人就根据这几句诗编排，谓吴亡后，西施回到故乡，在一次浣纱时，不慎落水而死。

以上几种说法，其实都未必可靠。虽然《墨子·亲士篇》《孟子·离娄下》《荀子·正论》都提到西施，可见确实有这么一位美女，但是吴越争霸时，《国语·越语》中"献美女"的记载是"请勾践女女（nǔ）于王"，即"请大王允许我勾践将自己的女儿嫁给大王为妾"，《史记·越王勾践世家》中"献美女"的记载是"勾践请为臣，妻为妾"，并没有提到西施。有的学者就认为，勾践派西施魅惑夫差，根本子虚乌有，是杜撰出来的。

十二 文

yōu duì xǐ　　qī duì xīn
忧 对 喜 ， 戚 对 欣①。

èr diǎn　　duì　　sān fén
"二 典" 对 "三 坟"②。

fó jīng duì xiān yǔ　　xià nòu　duì chūn yún
佛 经 对 仙 语 ， 夏 耨③ 对 春 耘 。

pēng zǎo jiǔ　　jiǎn chūn qín
烹 早 韭 ， 剪 春 芹 。

mù yǔ duì zhāo yún
暮 雨 对 朝 云 。

zhú jiān xié bái jiē　　huā xià zuì hóng qún
竹 间 斜 白 接④， 花 下 醉 红 裙 。

zhǎng wò líng fú wǔ yuè lù
掌 握 灵 符 五 岳 箓⑤，

yāo xuán bǎo jiàn qī xīng wén
腰 悬 宝 剑 七 星 纹⑥。

jīn suǒ wèi kāi　　shàng xiàng qū tīng gōng lòu yǒng
金 锁 未 开 ， 上 相 趋 听 宫 漏 永 ；⑦

zhū lián bàn juǎn　　qún liáo yǎng duì yù lú xūn
珠 帘 半 卷 ， 群 僚 仰 对 御 炉 熏 。⑧

◎**注释** ①〔戚、欣〕戚，忧愁，悲哀。欣，快乐，喜欢。②〔"二典""三坟"〕"二典"，指《尚书》中《尧典》《舜典》两篇。一作"五典"，即少昊（hào）、颛顼（zhuān xū）、高辛〔帝喾（kù）〕、唐、虞之书。"三坟"，"三皇"即伏羲（xī）、神农、黄帝之书，传说是最古老的书。③〔耨〕古代锄草的农具，这里指锄草。④〔竹间斜白接〕西晋名士山简为人豪放不羁，喜欢喝酒。他做襄阳太守时，

117

经常醉后倒戴白接蓠骑马出游。当时有首民谣说："山公出何许？往至高阳池。日夕倒载归，茗芋无所知。时时能骑马，倒著白接蓠。"参见《晋书·山简传》。接蓠，古代的一种头巾。白接，即白接蓠。一说白接是用白鹭羽毛装饰的帽子。⑤〔"掌握"句〕道教认为，道士修炼到一定程度就可以掌中握着驱使三山五岳神灵的灵符，统领鬼神。五岳箓，五岳真形图，一种道教符箓。道教所说的五岳即东岳广乘山，南岳长离山，西岳丽农山，北岳广野山，中岳昆仑山。见明代杨慎《丹铅总录·地理》引《道经》。符，道士所画的一种图形或线条，也指道教称为天神的一种文字，笔画屈曲，似篆字。箓，纪诸天曹官属佐吏的名字及职责的名册。道教声称符、箓可用于除灾治病及役使鬼神。⑥〔七星纹〕七星剑，装饰北斗七星图纹的宝剑。与上句相对，此处也可理解为道教的一种法器。道教认为北斗七星司命主寿，统领地府。⑦〔"金锁"二句〕皇宫的门锁还没打开，来上朝的大臣们只能听着宫漏的声音等待着。金锁，宫门上的锁。上相，对宰相的尊称，此处泛指大臣。宫漏，宫中的铜壶滴漏，古代宫中计时的用具。⑧〔"珠帘"二句〕珠帘卷起来一半，群臣迎着缭绕的香气仰面朝圣。珠帘，珍珠缀成的帘子。群僚，百官。御炉，皇帝用的香炉。

◎典故

倒载而归的山简

山简（253—312），字季伦，西晋河内怀（今河南武陟西）人，山涛第五子。性格温和儒雅，年轻时与嵇绍、刘漠、杨淮齐名，关系很好。嵇绍是嵇康之子，嵇康跟山涛是至交，后来出于某种原因（应该是政治原因，当时司马氏一直打压曹氏、夏侯氏，嵇康之妻曹氏是曹操的曾孙女）跟山涛绝交（见《与山巨源绝交书》），但临死前把后事都托付给山涛。嵇、山两家是世交，政治上的腥风血雨并没有影响到个人情谊，这个很难做到，但魏晋的名士们偏偏崇尚这种清高狷（juàn）介的品格。山简在这方面，一点儿不比父辈差。

"竹林七贤"的后代大多才能出众：阮籍的儿子阮浑，气量宽宏；嵇康的儿子嵇绍，志向高远，本性正直；山涛的儿子山简，通达而且高洁纯真；阮咸的儿子阮瞻，谦虚平易，志向远大；阮瞻的弟弟阮孚，爽朗，不受政务牵累；向秀的儿子向纯、向悌，善良文雅，不与统治者同流合污；王戎的儿子王绥，有集大成的风度，可惜早逝；只有刘伶的儿子默默无闻。这些人里面，阮瞻可居首位，嵇绍和山简也很受尊重。

不过山简早年非常低调，加上山涛整日周旋于政客之间，以致20多岁时，父亲还不知道他的才华。山简叹息道："我年近三十，却不为家公所知！"但后来他很快受到太子〔司马遹（yù），278—300〕一党的注意，担任太子舍人，历任太子庶子、黄门郎，又出任青州刺史。司马遹被贾后陷害时，山简却没有受到影响。山简后来被征召入朝，担任侍中之职，不久，转任尚书。历任镇军将军、荆州刺史，兼领南蛮校尉，但还未成行，又被授职尚书。

307年，司马越毒死惠帝后，司马炽被扶植为帝，即晋怀帝。山简向晋怀帝上疏，建议命群臣各自推举贤才，以广招贤士，使国家富强。这个做派很有他父亲的风范，山涛就是以善于识人、用人而闻名。怀帝听从了山简的建议。

在西晋末年的败局中，山简镇守荆州，领导一方军队，勉力维持，救了很多大臣、亲友，收拢、安置了无数难民。当时乐府的伶人躲避灾祸，大多逃往沔（miǎn）水、汉水地区，投奔山简。一次举行宴会的时候，山简的属下请他命伶人奏乐。山简说："社稷倾覆，而我无法匡救，是国家的罪人哪，哪还有心情奏乐？"说到情绪激昂时，流下眼泪，在座的人都感到惭愧。

当时，四方寇乱，天下分崩，王威不振，朝野之人都感到忧虑恐惧。山简忧愤之余，毫无办法，唯有买醉而已。喝醉了睡到车中，把天下动荡、国破家亡的忧伤，暂时忘到梦里。

◎ 释疑解惑

白接䍦是个啥东西？

"接䍦"其实应作"睫摛（chī）"，指帽子、头巾一类。从字面意思看，似乎是有帽檐，可以为眼睛遮光挡雨。白接䍦，也作白鹭缞（cuī，旧读 suī，编鹭羽为衣），指以白鹭蓑羽为饰的帽子。蓑羽，指鹭、鹤的背部、肩部和前颈的下部羽枝分散的蓑状长羽，形若蓑衣，故称蓑羽、蓑毛。《尔雅·释鸟》："鹭，春锄。"晋·郭璞注："白鹭也。头、翅、背上皆有长翰毛。今江东人取以为睫摛，名之曰白鹭缞。"翰毛，指长而坚硬的羽毛。宋代李石《续博物志》卷六："鹭有长翰毛，江东人取以为睫摛，名之曰白鹭缞。"宋代曾慥（zào）《类说·海物异名记》："江东人取白鹭头颈上翰为接离，谓之白鹭蓑。"这样的帽子，很容易让我们想起部落首领或少数民族来。

白接䍦还可以做投降的标志。《三国志·吴书·孙皓传》："四年春，立中山、代等十一王，大赦。"裴松之注引晋干宝《晋纪》："吴丞相军师张悌、护军孙震、丹阳太守沈莹帅众三万济江，围成阳都尉张乔于杨荷桥，众才七千，闭栅自守，举白接告降。"

cí duì fù　　　　lǎn duì qín
词 对 赋①，懒 对 勤 。

lèi jù duì qún fēn
类 聚 对 群 分②。

luán xiāo duì fèng dí　　　dài cǎo duì xiāng yún
鸾 箫 对 凤 笛③，带 草 对 香 芸④。

yān xǔ bǐ　　hán liǔ wén
燕 许 笔，韩 柳 文 。⑤

jiù huà duì xīn wén
旧 话 对 新 闻⑥。

hè hè zhōu nán zhòng　　　piān piān jìn yòu jūn
赫 赫 周 南 仲⑦，翩 翩 晋 右 军⑧。

liù guó shuì chéng sū zǐ guì
六 国 说 成 苏 子 贵⑨，

liǎng jīng shōu fù guō gōng xūn
两 京 收 复 郭 公 勋⑩。

hàn què chén shū　　kǎn kǎn zhōng yán tuī jiǎ yì
汉 阙 陈 书，侃 侃 忠 言 推 贾 谊；⑪

táng tíng duì cè　　yán yán zhí jiàn yǒu liú fén
唐 廷 对 策，岩 岩 直 谏 有 刘 蕡 。⑫

◎**注释** ①〔词、赋〕文体名。词，诗歌的一种。赋，讲究文采、韵节，兼具诗歌与散文的性质。②〔类聚、群分〕同类的事物聚在一起，不同的人或事物则按性质分门别类各自聚集。语出《易·系辞上》："方以类聚，物以群分。"③〔鸾箫、凤笛〕对管乐器箫、笛的美称。④〔带草、香芸〕带草，书带草，是一种多年生常绿草本植物。传说东汉经学家郑玄常到附近的山坡上采割一种十分坚韧的草叶来编竹简。郑玄字康成，故人们称这种草为"康成书带"，又称"书带草"。香芸，一种香草，俗称七里香，有特异香气，藏书家多用它来预防书籍生蛀虫。⑤〔燕、许、韩、柳〕唐朝的4位杰出文人。燕，即燕国公张说（yuè），许，即许国公苏颋（tǐng），二人以文章名世，时人称"燕许大手笔"。韩柳，韩愈、柳宗元，都是唐代著名文学家。韩柳，一作"柳韩"（《李渔全集》十八卷《笠翁对韵》四六九页）。⑥〔旧话、新闻〕旧话，过去的故事、传闻。新闻，新近发生的事情。南宋赵汝腾《别伯舆新鄱阳广文》诗："特为予来冬复春，重寻旧话续新闻。"⑦〔赫赫周南仲〕南仲是周宣王时的大将，曾率兵击败了攻打西周的少数民族猃狁（xiǎn yǔn）。《诗·小雅·出车》："赫赫南仲，猃狁于襄（攘）。"赫赫，威武的样子。⑧〔翩翩晋右军〕翩翩，风流潇洒的样子。晋右军，东晋书法家王羲之，字逸少。他曾做过右军将军，故称王右军。明代林熙春《王孟箕双节流芳五言律三十四韵》："翩翩逸少调，磊磊辋（wǎng）川行。"⑨〔"六国"句〕战国时期，苏秦仗剑游说（shuì）楚、齐、魏、赵、燕、韩六国联合，组建合纵联盟以抗秦，自己任"从（zòng，同'纵'）约长"，兼佩六国相印，使秦15年不敢出函谷关。参见《史记·苏秦列传》。苏子，此指战国人苏秦。⑩〔"两京"句〕唐朝大将郭子仪在平息"安史之乱"过程中打败史思明，收复了西都长安、东都洛阳。⑪〔"汉阙"二句〕西汉贾谊上疏汉文帝，直切地指出汉王朝的危机，提出了一系列改革建议、措施。阙，古代宫殿、祠庙前的建筑物，这里代指朝廷。侃侃，从容不迫，直抒己见。⑫〔"唐廷"二句〕唐文宗大（太）和二年（828年），刘蕡在参加殿试时写了一篇策论。他在文中慷慨陈辞，抨击当时的宦官权贵。由于考官惧怕宦官的势力，虽然文章写得堪称魁首，刘蕡却未被录取，但他的声名一夜之间远播天下。见《旧唐书·文苑列传下·刘蕡》。岩岩，高大威严的样子。

◎ **典故**

不畏奸宦的刘蕡

刘蕡（？—848），字去华，唐代幽州昌平（今北京市昌平区）人。唐代宝历二年（826年）进士，博学善作文。

宝历二年（826年）十二月，李昂（唐文宗）登基。当时，朝廷权纲废弛，宦官当权，神策军中尉王守澄曾在元和十五年（820年）害死唐宪宗李纯，经过穆宗、敬宗两朝都未受到制裁。唐文宗十分气愤，想剪除宦党，洗雪旧耻，但苦于身边缺少得力助手，遂于大和二年（828年）诏举荐贤良方正。

刘蕡平素关注时局，早就不满于宦官专权乱政。此次举荐贤良方正，刘蕡赶赴长安应试，写了一篇6 000多字的对策，指斥宦官乱政误国，痛陈兴利除弊的办法。在场的谏官、御史听到刘蕡的宏论，激动得涕泪横流，把他比作汉文帝时的晁错和汉武帝时的董仲舒，纷纷奏请朝廷重用刘蕡。但是第（评定）策官冯宿、贾悚（sù）、庞严等人畏惧宦官的权势，暗中将刘蕡的对策压了下来。刘蕡落第，舆论哗然，纷纷要求录用刘蕡。文宗皇帝刚刚登基，怕因此得罪宦官，危及帝位，竟然违背初衷，搞了一出叶公好龙的闹剧。

这个典故叫"刘蕡不第"。

此后的 7 年中，刘蕡备受打压，处境艰难，但从未向宦官势力低头。大和九年（835 年），山南东道节度使令（líng）狐楚、山南西道节度使牛僧孺相继把刘蕡接到兴元和襄阳，聘他为幕僚，授秘书郎，以师友相待。

不久，宦官们诬告刘蕡，把他贬到偏远的柳州任司户参军。之后，内迁澧（lǐ）州员外司户。大中二年（848 年）正月，刘蕡与李商隐相遇于黄陵（今湖南湘阴），翌年卒于浔阳（今江西九江）。李商隐作诗四首哀悼，其一云："上帝深宫闭九阍，巫咸不下问衔冤。黄陵别后春涛隔，溢浦书来秋雨翻。只有安仁能作诔（lěi），何曾宋玉解招魂！平生风义兼师友，不敢同君哭寝门。"

◎**释疑解惑**

宦官为什么会把持朝政？

宦官、外戚干预朝政是历代王朝严厉禁止的，但几乎每个朝代都会发生（清朝例外）。外戚很容易坐大。可宦官没有根底，和朝廷官员几乎没什么联系，怎么会专权呢？

汉武帝时，朝官有内朝、外朝之分。大体属于丞相系统的正规官职称外朝官，君主的近臣如大司马、诸将军等称内朝官。设立内朝的目的，就是与外朝对峙，分夺外朝权力，这是帝王削弱相权的重要举措。但是，如果内朝也靠不住，那么皇帝就可能冒险违制，去找一帮宦官来维护自己的权力。

当皇权受到威胁时，皇帝对臣属就会深加疑忌，于是用宦官监视、控制朝臣，分割、削夺其权力。还有一种情况就是皇帝年幼，统治阶级内部矛盾激烈，宦官应运而起，执掌军政大权，形成专权局面。因此，宦官专权是皇权旁落，皇权与相权、皇帝与朝臣、中央与地方矛盾斗争的结果。

历史上，东汉、唐、明 3 朝是宦官专权最严重的时期。

东汉后期，多由幼主临朝，政权往往落入以皇太后为首的外戚手中。皇帝成年后，不甘外戚专权，便依靠宦官发动政变。宦官在皇帝支持下，迅速形成政治集团，进而操纵政权。由于宦官没有社会基础，更没有政治才干，因而极易导致吏治腐败、政局混乱、社会动荡。有名的"党锢之祸"就是宦官势力打压文官和外戚集团造成的。

唐代"安史之乱"后，宦官因拥立有功而权力增大，后来掌握兵权，开始干政。

明代自永乐帝后，为打击洪武、建文旧臣势力，皇帝通过宦官在政治、经济、军事等方面对朝臣及地方进行控制，宦官权势日渐增强，对明政权造成了极大损害。

yán duì xiào　　jì duì xūn
言 对 笑 ， 绩 对 勋 。

lù shǐ duì yáng fén
鹿 豕 对 羊 羵①。

xīng guān duì yuè shàn　　bǎ mèi　duì shū qún
星 冠 对 月 扇②，把 袂③对 书 裙④。

tāng shì gé　　yuè xīng yīn
汤 事 葛⑤，说 兴 殷⑥。

luó yuè duì sōng yún
萝 月 对 松 云⑦。

xī chí qīng niǎo shǐ　　běi sài hēi yā jūn
西 池 青 鸟 使⑧，北 塞 黑 鸦 军⑨。

wén wǔ chéng kāng wéi yí dài
文 武 成 康 为 一 代⑩，

wèi wú shǔ hàn dìng sān fēn
魏 吴 蜀 汉 定 三 分⑪。

guì yuàn qiū xiāo　　míng yuè sān bēi yāo qū kè
桂 苑 秋 宵 ， 明 月 三 杯 邀 曲 客⑫；

sōng tíng xià rì　　xūn fēng yì qǔ zòu tóng jūn
松 亭 夏 日 ， 薰 风 一 曲 奏 桐 君⑬。

◎**注释**　①〔鹿豕、羊羵〕豕，猪。羊羵，即羵羊，传说是土中的怪羊。春秋时鲁大夫季桓子挖井，挖到一个土罐子一样的东西，里面有一只像羊的动物。他就派人去问孔子，孔子说："土之怪，羵羊也。"参见《国语·鲁语下》《史记·孔子世家》。②〔星冠、月扇〕星冠，道士所戴的帽子，上有七星图案。月扇，圆形有柄的扇子，形如满月，故称。语出汉代班婕妤《怨歌行》："裁为合欢扇，团团似明月。"③〔把袂〕拉住衣袖，表示亲昵的意思。袂，衣袖。④〔书裙〕典出《宋书·羊欣传》。羊欣的父亲做乌程县令时，羊欣只有 12 岁，当时的吴兴太守王献之非常喜欢他。有一次王献之来乌程县，羊欣正穿着新做的绢裙午睡，王献之见了，就在他的裙子上写了几幅字。后来羊欣悉心揣摩这几幅字，书法技艺大大提高。⑤〔汤事葛（gé）〕葛伯不祀鬼神，成汤曾资助他，给他祭祀用的牛羊。《孟子·梁惠王下》："惟仁者为能以大事小，是故汤事葛，文王事昆夷。"汤，成汤，商朝的开国之君。葛，夏代的一个小国。⑥〔说（yuè）兴殷〕傅说（yuè）帮助商王武丁治理国家，使殷商中兴。傅说，商代人。原是筑墙的苦役，商王发现他有才能，任命他为相。参见《孟子·告子下》。⑦〔萝月对松云〕比喻隐居的生活。萝月，见 108 页注④。松云，青松白云。唐代贾岛《寻隐者不遇》："松下问童子，言师采药去。只在此山中，云深不知处。"又，元代文人熊梦祥，字自得，号松云道人。⑧〔西池青鸟使〕传说仙人西王母临降人间之前，先派青鸟飞去通报。后多用青鸟代称信使。唐代李商隐《无题》："蓬莱此去无多路，青鸟殷勤为探看（kān）。"西池，西王母的住所瑶池。⑨〔北塞黑鸦军〕《新五代史·唐庄宗纪上》记载，唐朝将领李克用（856—908）年轻时参军，骁勇善战，绰号"李鸦儿"，他带领的少年军称"鸦儿军"。⑩〔"文武"句〕文、武、成、康 4 代帝王统治时期，西周社会稳定，天下太平。文武，周文王与周武王并称。成康，周成王与周康王并称。⑪〔三分〕指汉代以后魏、蜀、吴三国鼎立的局面。⑫〔"桂苑"二句〕秋月之夜，在桂花盛开的园子里邀请朋友喝酒赏月。借用了唐代李白《月下独酌》"花间一壶酒，独酌无相亲。举杯邀明月，对影成三人"句意。桂苑，栽有桂树的园子。曲客，指酒友。曲，酒曲。⑬〔"松亭"二句〕夏日松亭之下，弹奏一首古琴曲。薰风，和暖的风，指初夏时的东南风。另，传说帝舜得五弦琴，作《南薰之歌》，故薰风也可指琴曲。桐君，古琴多用梧桐制成，故以桐君代称古琴。

◎典故

"最得王体"的羊欣

羊欣（370—442），字敬元，泰山南城（今山东费县西南）人。羊氏为泰山名门望族。羊曼、羊续、羊秘、羊固、羊绣、羊祜等，都是羊氏家族的著名人物。羊氏家族"世吏二千石（shí），至祜九世并以清德闻。"（《晋书·羊祜传》）羊欣属于羊祜伯父羊秘的一支。羊欣的曾祖羊忱，在晋朝曾任徐州刺史；祖父羊权，做过黄门郎；父亲羊不疑，任桂阳太守；羊欣历仕晋、宋（南朝）两朝，官至中散大夫、义兴太守。

隆安年间，朝政逐渐混乱，羊欣在家中悠闲度日，不再仕进。会稽王世子司马元显每回要羊欣写字，都被他拒绝。元显愤怒，就任命他为后军府舍人。这个职务本来由寒门出身的人担任，可是羊欣不以为意。

羊欣曾拜访领军将军谢混（？—412）。谢混先拂扫座席，更换服装，然后才接见。当时在座的谢混的侄子谢灵运，对羊欣这么受重视感到惊诧。

羊欣因为受不了朝堂拜伏，推辞任何朝觐（jìn），刘裕、刘义隆都以没见过他为憾。除非探访近亲好友，他从不去别人家。出行一定是在城外，从来没有进过建康城门。

羊欣年轻时性格沉静，不与人争强斗胜，言笑和美，容貌举止俱佳。他是王献之的外甥，与邱道护一起跟献之学书法。后来羊欣隶、行、草书写得都不错，被评为"一时绝妙"，"最得王体"。当时流行的话说："买王得羊，不失所望。"其实二者还是有些差距的。梁武帝《古今书人优劣评》说："羊欣书如大家婢女为夫人，虽处其位，而举止羞涩，终不似真。"唐人的书评中，认为羊欣与孔琳之是继王羲之、王献之之后的两大书法家。羊欣的隶书，自王献之以后，可以独步。

◎ 释疑解惑

古代男子也穿裙子吗？

秦以前，不论贵贱，不分男女，都是"上衣下裳（cháng）"。比如商代的上衣，衣领开向右边，衣长到膝盖；下身的裳长到足踝（huái），在腰部束一条宽边的腰带，腹前加了一条上窄下宽、像斧子形状的装饰物"韍（diān，真牙）"，用来遮蔽膝盖，所以又叫"蔽膝"。到了周代，开始把下裳的两片布合成一个圆筒，类似现在的裙子。

汉朝以前的衣裳，一般是襦（rú）裙。战国时期的襦裙样式，一般上襦极短，只到腰间，而裙子很长，下垂至地。汉代流行深衣后，襦裙逐渐减少。

秦汉之前，古人没有真正的裤子。汉代以后，开始在裳下加御寒的绔（kù）。《说文》："绔，胫衣也。"胫指小腿，胫衣是给小腿保暖的护套，不跟前后裤裆相联，就跟"开裆裤"差不多。贵族富家子弟讲究一点儿，用"纨"（细绢，很细的丝织品）做"绔"，成语"纨绔子弟"即由此而来。

说到这里，我们就会了解，为什么古人对"箕踞"这种姿势极为反感，尤其是人多的场合。所以人们的坐姿只能"跪坐"，"箕坐"（两条腿分开伸直坐）有可能走光，显然是极不礼貌的行为；同样的道理，盘腿坐也不合适

十三 元

bēi duì zhǎng　　jì duì kūn
卑 对 长 ， 季 对 昆 ^①。

yǒng xiàng duì cháng mén
永 巷 对 长 门 ^②。

shān tíng duì shuǐ gé　　lǚ shè duì jūn tún
山 亭 对 水 阁 ， 旅 舍 对 军 屯 ^③。

yáng zǐ dù　　xiè gōng dūn
杨 子 渡 ^④， 谢 公 墩 ^⑤。

dé zhòng duì nián zūn
德 重 对 年 尊 。

chéng qián duì chū zhèn　　dié kǎn duì chóng kūn
承 乾 对 出 震 ^⑥， 叠 坎 对 重 坤 ^⑦。

zhì shì bào jūn sī quǎn mǎ
志 士 报 君 思 犬 马 ^⑧，

rén wáng yǎng lǎo chá jī tún
仁 王 养 老 察 鸡 豚 ^⑨。

yuǎn shuǐ píng shā　　yǒu kè fàn zhōu táo yè dù
远 水 平 沙 ， 有 客 泛 舟 桃 叶 渡 ^⑩；

xié fēng xì yǔ　　hé rén xié kē xìng huā cūn
斜 风 细 雨 ， 何 人 携 榼 杏 花 村 ^⑪。

◎**注释** ①〔季、昆〕季，弟弟。昆，兄长。②〔永巷、长门〕二者均指冷宫。永巷，汉宫中幽禁宫女、妃嫔的地方。《史记·吕太后本纪》："吕后最怨戚夫人及其子赵王，乃令永巷囚戚夫人。"长门，指长门宫，汉武帝的皇后陈阿娇失宠后住的地方。见41页注⑨。③〔军屯〕军队驻扎的地方。屯，驻防。④〔杨子渡〕古津渡名。在今江苏省扬州市邗（hán）江区南，古时可以由此南渡镇江京口，是长江北岸的重要渡口。⑤〔谢公墩〕地名。因晋代谢安曾登临，故名谢公墩。在今南京市半山园以北。宋代王安石《谢公墩》诗："走马白下门，投鞭谢公墩。昔人不可见，故物尚或存。"墩，土山。⑥〔承乾、出震〕乾、震是《周易》的两个卦名，分别代表天、雷。承乾，继位为君。出震，皇帝发号令。震，雷声，有发号施令的意思。⑦〔叠坎、重坤〕坎、坤也是《周易》的两个卦名，分别代表水、地。叠坎，两个坎卦重叠，即习坎，意谓困难重重。《易·坎》："《彖（tuàn）》曰：习坎，重险也。"重坤，两个坤卦重叠，象征大地厚重而柔顺。《易·坤》："《彖》曰：至哉坤元。万物资生，乃顺承天。坤厚载物，德合无疆。"古代常用来赞美后妃的德行。⑧〔"志士"句〕志士愿意像犬马那样为君王效劳。古时候臣子对君主常自比为犬马。志士，有高尚志向和节操的人。⑨〔"仁王"句〕仁爱的君王关注六畜饲养的情况，百姓就可以富足养老了。孟子具体地向梁惠王阐述他的仁政思想时说："鸡豚狗彘（zhì）之畜，无失其时，七十者可以食肉矣。"见《孟子·梁惠王上》。⑩〔"远水"二句〕桃叶渡，今江苏省南京市内秦淮河、青溪合流处。据说因东晋书法家王献之的爱妾桃叶渡秦淮河时，王献之作《桃叶歌》送她："桃叶复桃叶，渡江不用楫。但渡无所苦，我自迎接汝。"参见《乐府诗集》卷四五《清商曲辞二·吴声歌曲二·桃叶歌三首》题解。⑪〔"斜风"二句〕榼，古时盛酒或贮水的器皿。杏花村，泛指卖酒之处。此联化用杜牧诗句，见 64 页注⑬。

◎ 典故

骄横善妒的阿娇

据志怪小说《汉武故事》记载，汉景帝时，薄皇后无子，景帝便立栗姬生的长子刘荣为太子。长公主刘嫖想让女儿阿娇与太子结亲，以巩固权势并为未来"投资"，却因汉武帝生母王夫人暗中捣乱，遭到栗姬拒绝。长公主自然非常生栗姬的气，王夫人借机送厚礼给长公主，长公主于是决定把女儿嫁给王夫人之子胶东王刘彻，然而汉景帝却没有同意。

后来长公主来到宫中，把 5 岁的刘彻抱在膝上，问他："你想娶媳妇吗？"又指着 100 多个宫女挨个儿问，刘彻都看不上。后来长公主指着自己的女儿问："娶阿娇好不好？"刘彻笑着说："要是能娶阿娇做妻子，我就修建一座金屋让她住。"长公主大为欢喜，于是苦苦请求景帝，终于促成了这门亲事。联系之前刘彻母亲王夫人的一系列阴谋手段，让人很怀疑小刘彻是被提前"洗脑"了，因而眼里、心里只有一个"阿娇"。

汉武帝即位，立陈氏为皇后。当初，陈皇后的母亲参与策划废黜太子刘荣，改立刘彻为储君，故此骄横尊贵，渐渐引起武帝厌恶。陈皇后虽独享宠爱却一直无子，花了9 000万钱治疗不孕之症也没能治愈。武帝对陈皇后的宠爱也慢慢衰退，只是此时羽翼未丰，对陈皇后母女暂时忍让。

建元二年（前139年），汉武帝的姐姐平阳公主献歌女卫子夫，得到天子大幸。陈皇后气得发疯，数次寻死觅活。武帝对皇后愈加不满。

卫子夫前后为汉武帝生下3个公主，而陈皇后10余年里一直未能生育，其外祖母窦太皇太后在建元六年（前135年）去世后，陈皇后的势力更加衰弱。元光五年（前130年），陈皇后绝望之余，竟施以妇人媚道。此事被发觉后，为陈皇后施巫蛊之术的巫者楚服及与此案有牵连者300余人被杀。同年七月，汉武帝废黜陈皇后，命她退居长门宫，直到其去世。

◎ **释疑解惑**

"巫蛊之祸"是怎么回事？

巫蛊是古代一种巫术。古人极度迷信，认为使巫师祠祭或以桐木偶人埋于地下，诅咒所怨者，被诅咒者即有灾难。因此，历代统治者严厉禁止这种邪恶的巫术。汉武帝晚年多病，对这类邪术尤其忌惮。

汉武帝征和二年（前91年），有人告发丞相公孙贺之子公孙敬声用巫蛊诅咒皇帝，还与阳石公主通奸。武帝震怒，致使公孙贺父子下狱死去，诸邑公主与阳石公主、卫青之子长平侯卫伉皆坐诛。之后，武帝宠臣江充奉命彻查此案，用酷刑和栽赃逼供，大臣百姓惊恐之下胡乱指认他人，数万人受株连而死。江充从前与太子刘据有矛盾，于是趁机联合按道侯韩说（yuè）、宦官苏文等人诬陷太子宫中埋有木人。太子恐惧，被逼起兵诛杀江充，遭武帝镇压，皇后卫子夫和太子自杀。壶关三老和田千秋等人上书讼太子冤，武帝终于醒悟，尽诛江充三族，烧死苏文。此案前后牵连者达数十万人，史称"巫蛊之祸"。

此案一开始从意想不到的角度切入，利用皇帝的怒火、皇家的脸面尊严，迅速除去太子党的最大助力，之后一路势如破竹，把太子党内外势力铲除殆尽，最后成功逼反太子，可见政治阴谋家用心的险恶与手段的毒辣残忍。

jūn duì xiàng　　zǔ duì sūn
君 对 相 ， 祖 对 孙 。

xī zhào duì zhāo tūn
夕 照 对 朝 暾①。

lán tái　　duì guì diàn　　hǎi dǎo duì shān cūn
兰 台②对 桂 殿③，海 岛 对 山 村 。

bēi duò lèi　　fù zhāo hún
碑 堕 泪④，赋 招 魂⑤。

bào yuàn duì huái ēn
报 怨 对 怀 恩 。

líng mái jīn tǔ qì　　tián zhòng yù shēng gēn
陵 埋 金 吐 气⑥，田 种 玉 生 根⑦。

xiàng fǔ zhū lián chuí bái zhòu
相 府 珠 帘 垂 白 昼 ，

biān chéng huà jiǎo dòng huáng hūn
边 城 画 角 动 黄 昏⑧。

fēng yè bàn shān　　qiū qù yān xiá kān yǐ zhàng
枫 叶 半 山 ， 秋 去 烟 霞 堪 倚 杖 ；⑨

lí huā mǎn dì　　yè lái fēng yǔ bù kāi mén
梨 花 满 地 ， 夜 来 风 雨 不 开 门 。⑩

◎**注释**　①〔朝暾〕早晨初升的太阳。②〔兰台〕战国时楚国台名。唐代张九龄《登古阳云台》："楚国兹故都，兰台有余址。"又因汉代宫内收藏典籍之处由御史中丞主管，故御史台也称兰台。③〔桂殿〕对寺观（guàn）殿宇的美称，也泛指后妃所住的宫殿。唐代李白《长门怨二首》其二："桂殿长愁不记春，黄金四屋起秋尘。"因传说月亮里有桂树，故桂殿也指月宫。④〔碑堕泪〕西晋大臣羊祜镇守襄阳时，深得百姓拥戴。羊祜死后，葬在岘（xiàn）山上。每年祭祀时，看见碑的人，莫不流泪，后此碑名为"堕泪碑"。参见《晋书·羊祜传》。⑤〔赋招魂〕即《招魂》，《楚辞》中的一篇。一说是宋玉为招屈原之魂而作，另一说是屈原为楚怀王招魂而作。⑥〔陵埋金吐气〕南京旧称金陵。传说战国时期楚威王七年（前333年）灭掉越国后登临清凉山山头，见此处风景壮丽。有望气者说此地有王者都邑之气，楚威王便下令埋金于此以镇王气，并置金陵邑。⑦〔田种玉生根〕东晋干宝《搜神记》载，杨伯雍家住无终山，山上无水，伯雍从别处担水放到路旁，供来往行人取饮。一次，有一过路人饮水之后，送给他一斗石子，嘱咐他埋到平坦有石的高地上，几年后，田里就长出了玉石。⑧〔"边城"句〕边城，这里指边境。画角，古管乐器。形状像头细尾大的竹筒，多用竹木、皮革等制成，因表面有彩绘，故称。画角发声哀厉高亢，古时军中用来报昏晓，振士气。南宋陆游《闻角》诗中有"小阁柴门近，黄昏画角声"句。⑨〔"枫叶"二句〕深秋时，绚丽如霞的枫叶山景很值得拄杖前去观赏。此句借用了宋代姜特立《野步》诗意："倚杖立江干，丹枫叠嶂寒。何人三昧手，画我看秋山。"半，与下句的"满"相对，非实指。倚杖，拄杖，此指出行赏景。⑩〔"梨花"二句〕春雨过后，落花满地，让人感觉春将逝去，不忍开门观看。此联借用古人诗意，唐代刘方平《春怨》诗："寂寞空庭春欲晚，梨花满地不开门。"宋代李重元《忆王孙》词："雨打梨花深闭门。"

◎典故

"西北门户"范仲淹

范仲淹（989—1052），字希文，祖籍邠（bīn，同"豳"）州（今属陕西），移居吴县（今江苏苏州吴中区）。少孤贫，学习刻苦。宋真宗大中祥符八年（1015年）进士。宋仁宗康定元年（1040年），西北党项族元昊起兵造反。熟悉西北军事的范仲淹再次被召入朝，任天章阁待制兼知永州军，后来又改任陕西都转运使。

这时候，延州（今陕西延安）一带关防失守，朝野震动。宋仁宗就委任范仲淹为户部郎中兼知延州，前去"救火"。

宋朝士兵不能打仗，这个众所周知，但原因不是他们胆小怯战，而是宋代军事政策脱离实际情况。就拿西北军制来说，范仲淹到任前，此地按官阶高低决定带兵多少，如总管领兵1万，钤（qián）辖领兵5 000，都监领兵3 000。敌人来犯，则官小者先带兵迎敌，根本不考虑迎敌的将官是否胜任。

范仲淹到任后，把这套制度彻底废除，将州兵18 000人分为六部，每位将领带兵3 000，并严加训练。敌人来犯，则根据进犯之敌的多少派兵迎敌。新的军制施行后，一下子改变了军中陋习。

第二年正月，仁宗皇帝下诏，让范仲淹主动出击。范仲淹向仁宗皇帝报告说：正月间塞外苦寒，大雪茫茫，此时出兵，军队容易暴露；等到春暖之时，敌人马瘦人饥，我们再出兵才容易取胜。他进一步分析说，鄜（fū）州（今陕西富县）、延州靠近西夏，是羌（qiāng）人必由之路，我们此时应按兵不动，以恩信加以招抚；若贸然动兵，和羌人刚刚建立起来的友好关系就会断绝，这片地方会再次陷入战乱。他建议可先攻取绥、宥（yòu）等地，占据要害之处，屯兵营田，如此，茶山、横山等地的老百姓就会扶老携幼来归附。

宋仁宗采纳了这些建议。果然，当地羌、汉各族百姓都安定下来。范仲淹后来治理邠州、泾州、庆州，这些地方与西北少数民族比邻，因他治理有方，深受百姓的爱戴。特别是羌人，对他非常尊敬。由于范仲淹是龙图阁学士，羌人便尊称他为"龙图老子"。范仲淹以最小的代价，为大宋维持了西北门户的安定。

◎ 释疑解惑

"画角"是什么乐器？

按照现代乐器分类，画角属于管乐器。画角相传创自黄帝，也有人说是传自羌族。形如竹筒，本细末大，以竹木或皮革等制成，因表面有彩绘，故称"画角"。清代徐珂（kē）《清稗类钞·音乐类》："画角，木质，空心，腹广端锐，设木哨入角口吹之。"画角发声哀厉高亢，古时军中一般在黎明和黄昏之时吹奏，有提振士气、整肃军容的作用。另外，帝王出巡时，它也作为报警戒严的工具。

在莫高窟晚唐 156 窟南壁下层，绘有河西归义军节度使张议潮出行图，其中军乐队中有吹奏画角的形象。

明代的画角由三节构成，因为角身戗（qiàng）金绘龙纹，故称"金龙画角"。

十四 寒

jiā duì guó　　zhì duì ān
家 对 国 ， 治 对 安 。

dì zhǔ　　duì tiān guān
地 主① 对 天 官② 。

kǎn nán duì lí nǚ　　zhōu gào duì yīn pán
坎 男 对 离 女③ ， 周 诰 对 殷 盘④ 。

sān sān nuǎn　　jiǔ jiǔ hán
三 三 暖⑤ ， 九 九 寒⑥ 。

dù zhuàn　　duì bāo tán
杜 撰⑦ 对 包 弹⑧ 。

gǔ bì qióng shēng zā　　xián tíng hè yǐng dān
古 壁 蛩 声 匝⑨ ， 闲 亭 鹤 影 单 。

yàn chū lián biān chūn jì jì
燕 出 帘 边 春 寂 寂⑩ ，

yīng wén zhěn shang lòu shān shān
莺 闻 枕 上 漏 珊 珊⑪ 。

chí liǔ yān piāo　　rì xī láng guī qīng suǒ tà
池 柳 烟 飘 ， 日 夕 郎 归 青 琐 闼⑫ ；

qì huā yǔ guò　　yuè míng rén yǐ yù lán gān
砌 花 雨 过 ， 月 明 人 倚 玉 阑 干⑬ 。

◎**注释** ①〔地主〕神名。《史记·封禅书》："八神……二曰地主，祠泰山梁父（fǔ）。"《汉书·郊祀志上》："天子至梁父，礼祠地主。" ②〔天官〕道教所奉三官（天官、地官、水官）之一。也泛指天上众神。又为官名。《周礼》分设六官，以天官冢宰居首，总御百官。唐武后光宅元年（684年）曾改吏部为天官，不久恢复旧称，故后世亦称吏部为天官。③〔坎男、离女〕坎和离都是《周易》卦名，分别代表水、火。古人解释八卦与人事对应，乾、坤代表天地父母，其余六卦分别是震雷长男，巽（xùn）风长女，坎水中男（次子），离火中女（次女），艮（gèn）山少男，兑泽少女。④〔周诰、殷盘〕周诰，《尚书》中属于西周的《酒诰》《康诰》《大诰》等文献。殷盘，《尚书》中属于殷商的《盘庚》上、中、下 3 篇等文献。⑤〔三三暖〕三月初三，春暖花开。三三，农历三月初三，即上巳节，见 66 页注③。⑥〔九九寒〕冬季最后一个数九天里，天气还是很寒冷的。九九，指"冬九九"，冬至一到，便进入"数九寒天"。我国民间一般将冬至以后的 81 天叫作"数九"，即从冬至开始，每 9 天算成一段，共分成 9 个"九"，最后一个 9 天结束时，便"九尽桃花开"，天气开始转暖。一说"九九"指农历九月初九重阳节。⑦〔杜撰〕凭空捏造，没有根据地编造。宋代有个叫杜默的人喜欢作诗，但作的很不好，既没什么内容又不合韵律，且每次都在诗末署上"杜默撰"三个字，所以人们就把不真实地、没有根据地编造称为"杜撰"。参见南宋王楙（mào）《野客丛书·杜撰》："杜默为诗，多不合律，故言事不合格者为杜撰。"⑧〔包弹〕批评，指责。北宋名臣包拯为御史中丞时，弹劾不避权贵，人谓之"包弹"。南宋王楙《野客丛书·杜撰》："包拯为台官，严毅不恕，朝列有过，必须弹击，故言事无瑕疵者曰没包弹。"⑨〔古壁蛩声匝〕借用古人诗意。唐孟郊《西斋养病夜怀多感因呈上从叔子云》："一床空月色，四壁秋蛩声。"蛩，蟋蟀。匝，遍，环绕。⑩〔"燕出"句〕孤单寂寞的人在春天看着燕子成双成对地从帘边飞进飞出。此处化用南宋朱淑真《观燕》诗句："深闺寂寞带斜晖，又是黄昏半掩扉。燕子不知人意思，檐前故作一双飞。"寂寂，孤单、落寞的样子。⑪〔"莺闻"句〕躺在枕上听着夜莺婉转的叫声，只觉长夜漫漫。夜莺常在夜间啼叫。漏，滴漏，古代计时器。珊珊，移动缓慢的样子，这里形容夜长，时间过得慢。⑫〔青琐闼〕指宫门，刻画有青色连琐花纹的门。闼，小门。⑬〔"砌花"二句〕此句化用古人诗意："三十六峰秋色里，月明人倚玉阑干。"砌，台阶。玉阑干，即玉栏杆。

◎ **典故**

"不合格"的杜默

杜默（1021—约 1089），字师雄，和州历阳（今安徽和县）人。宋神宗熙宁九年（1076 年）以特奏名获进士出身，任新淦（gàn）县尉。这个"特奏名"又称恩科、恩榜，指那些以特奏名身份获得出身的人，是皇帝或朝廷赐予的特殊恩例。有进士特奏名和诸科特奏名之分。进士特奏名即指考进士多次不中者，另造册上奏，经许可参加附试，特赐进士出身。

杜默是石介的学生。石介是宋理学先驱，和孙复、胡瑗（yuàn）并称"宋初三先生"。石介作《三豪诗》："曼卿（石延年）豪于诗，社坛高数层。永叔（欧阳修）豪于辞，举世绝俦朋。师雄歌亦豪，三人宜同称。"然而，杜默实在当不起这个"豪"字，苏轼等人对他多有诋讽。

宋代胡仔《苕溪渔隐丛话》卷二五引《隐居诗话》记载：

李文定（迪），八月十五日生，杜默作《中秋月诗》以献，仅数百言，皆以月况文定。其中句有"蟾辉吐光育万种，我公蟠屈为心胸；老桂根株撼不折，我公得此为清节；孤轮辗空周复圆，我公得此为机权；余光烛物无洪细，我公得此为经济。"终篇大率如此，虽造语粗浅，然亦豪爽也。默少以歌行自负，石介谓之"豪于歌"者如此。晚节益纵酒落魄，文章尤狂鄙。熙宁末，以特奏名得同出身一命，为临江军新淦县尉，年近70岁卒。

东坡云："石介作《三豪诗》，略云：'曼卿豪于诗，永叔豪于文，杜默豪于歌也。'永叔亦赠默诗云：'赠之《三豪篇》，而我滥一名。'默之歌少见于世，初不知之，后闻其篇云：'学海波中老龙，圣人门前大虫，推倒杨朱墨翟（dí），扶起仲尼周公。'皆此等语，甚矣，介之无识也。永叔不欲嘲笑之者，此公恶争名，且为介讳也。吾观杜默豪气，正是京东学究，饮私酒，食瘴死牛肉，醉饱后发者也。作诗狂怪，至卢仝、马异极矣；若更求奇，便作杜默。"

宋代洪迈《夷坚志》卷十五记载，杜默屡屡科举不中，伤心失意，跑到乌江霸王庙里痛哭，竟然感动楚霸王神像为之流泪。原文十分生动：

和州士人杜默，累岁不成名，性英傥不羁。因过乌江，入谒项王庙。时正被酒沾醉，才炷香拜讫，径升偶坐，据神颈拊其首而恸，大声语曰："大王有相亏者！英雄如大王，而不能得天下；文章如杜默，而进取不得官。好亏我！"语毕又恸，泪如雨。庙祝畏其必获罪，强扶掖下。掖之出，犹回首长叹，不能自释。祝秉烛入，检视神像，亦垂泪向（尚）未已。

后世许多文人将这一故事编为戏曲，称"杜默戏"。明清就有3部杂剧，分别是沈自徵《杜秀才痛哭霸亭秋》、嵇永仁《杜秀才痛哭泥神庙》、张韬《杜秀才痛哭霸亭庙》。

◎释疑解惑

古代的诗词格律

古代诗词格律起源于音乐，是古代诗歌格式、音律等方面的准则。格，通俗来讲就是格式、格局，主形；律，即音律，主韵。古代的诗、赋、词、曲等在字数、句数、对偶、平仄、押韵等方面，都有固定的的格式和规则（外国诗歌也有）。

古代诗词格律一般包括4个方面：用韵、平仄、对仗、字数。其中律诗最为严格，必须满足全部要求。

格律诗，被称为近体诗或今体诗，包括律诗和绝句，肇始于南北朝的齐梁时期，到唐初发展成熟。唐以前的诗，除了所谓的"齐梁体"和楚辞，其他都称为古体。唐以后不合近体诗格律规范的诗，也称为古体。

近体诗中的绝句以及词、散曲一般不需要对仗。古体诗相对最为宽松，一般只有不严格用韵的概念。

这里面有很多专门的概念，如四声、平水韵等等，与现代相差较大。

féi duì shòu　　zhǎi duì kuān
肥 对 瘦 ， 窄 对 宽 。

huáng quǎn duì qīng luán
黄 犬 对 青 鸾 ①。

zhǐ huán duì yāo dài　　xǐ bō　　duì tóu gān
指 环 对 腰 带 ， 洗 钵 ② 对 投 竿 ③。

zhū nìng jiàn　　jìn xián guān
诛 佞 剑 ④， 进 贤 冠 ⑤。

huà dòng duì diāo lán
画 栋 对 雕 栏 。

shuāng chuí bái yù zhù　　jiǔ zhuǎn zǐ jīn dān
双 垂 白 玉 箸 ⑥， 九 转 紫 金 丹 ⑦。

shǎn yòu táng gāo huái shào bó
陕 右 棠 高 怀 召 伯 ⑧，

hé yáng huā mǎn yì pān ān
河 阳 花 满 忆 潘 安 ⑨。

mò shàng fāng chūn　　ruò liǔ dāng fēng pī lǜ xiàn
陌 上 芳 春 ， 弱 柳 当 风 披 绿 线 ；⑩

chí zhōng qīng xiǎo　　bì hé chéng lù pěng zhū pán
池 中 清 晓 ， 碧 荷 承 露 捧 珠 盘 。⑪

◎**注释** ①〔青鸾〕见67页注⑫。②〔洗钵〕钵，一种盛饭、菜、茶水等的器具。此指僧人的食器。洗钵，也可代指出家为僧。唐代高僧从谂（shěn）谈佛法时讲了一个故事，僧徒说："弟子不懂佛法，请师父指点。"师父问："吃过饭了吗？"僧说："吃过了。"师父说："洗钵去。"其僧忽然省悟。意思是要在喝茶吃饭等日常琐事中感悟佛法，不必死读佛经，穷究大义。参见《景德传灯录》卷十"赵州从谂"。③〔投竿〕放竿钓鱼，形容隐居的生活。④〔诛佞剑〕诛杀奸佞的宝剑。据《汉书·朱云传》记载，汉成帝时，槐里县令朱云看不惯皇帝的老师张禹，请求皇帝赐他尚方宝剑，杀掉占据高位、毫无作为的佞臣。⑤〔进贤冠〕古时儒者戴的帽子，后指臣子朝见皇帝时戴的一种礼帽。参见《后汉书·舆服志下》。进，推荐。⑥〔双垂白玉箸〕和尚坐化时垂下的鼻涕。明代陶宗仪《南村辍耕录·嗓》记载："王（王和卿）忽坐逝，而鼻垂双涕尺余，人皆叹骇。关（关汉卿）来吊唁，询其由，或对云：'此释家所谓坐化也。'复问鼻悬何物，又对云：'此玉箸也。'"⑦〔九转紫金丹〕道教丹药的炼制有一至九转之别，而以九转为贵。东晋·葛洪《抱朴子内篇·金丹》："一转之丹，服之三年得仙。……九转之丹，服之三日得仙。"九转，9次提炼。⑧〔"陕右"句〕召（shào）伯辅佐成王时外出巡视，在棠树下休息，有人向他讼诉，他就在甘棠树下处理政事。他走后，人们更加注意保护这棵树，并作了一首叫《甘棠》的诗歌来纪念他。见《诗经·召南·甘棠》。召伯，周武王的弟弟姬奭（shì），因世代食邑封于召，故称召伯。陕右，关中地区。⑨〔"河阳"句〕潘安做河阳县令时，根据当地的情况令全县栽种桃李，人称"河阳一县花"。潘安，即潘岳，字子安，西晋文学家。⑩〔"陌上"二句〕春天的田间小路上，柔弱的柳枝像绿色的丝线一样迎风披拂。化用唐代刘禹锡《题裴令公亭》诗句："樱桃带雨胭脂湿，杨柳当风绿线低。"陌上，指田间。陌，此处指田间小路。绿，一作"彩"。⑪〔"池中"二句〕清晨的池塘里，碧绿的荷叶上凝结了晶莹的露珠，荷叶就像托着珍珠的盘子。清晓，清晨天亮的时刻。承露盘，比喻荷叶的形状像玉盘。

◎**典故**

"当廷面折"的朱云

朱云，字游，原居鲁地，后移居平陵。他很像春秋时期的子路，身高8尺有余，仪容伟岸，以勇力闻名。他年轻时喜欢结交游侠，快意恩仇。到了40岁才开始跟从博士白子友学习《易经》，又师从前将军萧望之学习《论语》，像公孙弘一样，属于大器晚成。汉元帝时，有个叫五鹿充宗的学者很有名，受学于大儒弘成子，是《齐论语》和《梁丘易》的传人，为人锋芒毕露，汉元帝夸他"心辩善辞，可使四方"。元帝建昭元年（前38年），朱云与这位五鹿充宗辩论易学，获胜，被授为博士，迁任杜陵令，后为槐里令。

朱云为人狂狷耿直，多次上书抨击朝廷大臣。当时中书令石显专权，与五鹿充宗结党，朝中百官都害怕他们。但年轻的御史中丞陈咸气节高尚，不依附石显等人，而与朱云相交。二人多次上疏，弹劾丞相韦玄成。韦玄成也想方设法抓住了他们二人的把柄，把他们关进监狱，判了减死为城旦（服5年兵役，夜里筑长城，白天站岗防备敌寇）。陈咸、朱云之后被废黜禁锢，一直到汉元帝去世。

汉成帝即位，大赦天下，朱云回到朝堂。没多久就当廷弹劾成帝的老师张禹，气得皇帝差点儿杀了他，最终还是在辛庆忌的极力回护下才留得性命。朱云从此不再做官，居住在户县颖村，隐居教授为乐，深受世人敬重。

朱云70多岁时，在家中去世。病重时，他不请医、不喝药，临终嘱咐家人用他身上的便服入殓，棺木只须容身，墓穴只须容棺即可。家人遵守他的遗嘱，只造了个1丈5尺的小坟，把他埋葬在平陵东郭之外。

◎ 释疑解惑

中国古代的炼丹术

中国古代炼丹术源自古代长生不老的神话传说。如后羿从西王母处得到不死之药，嫦娥偷吃后便飞奔到月宫，成为月中仙子。

炼丹术有内丹术和外丹术之分。

内丹术也称炼气术，为道家气功的一种，以修炼成仙而达至长生不老为最终目的。因为这种修炼方法以人体为丹炉，故称"内丹"，以别于"外丹"的以药鼎为炉。

外丹术有多种说法：一是指通过各种秘法烧炼丹药，用来服食，或直接服食某些芝草，以改善体质；二是指"虚空中清灵之气"；三是指炼金术或道家法术，如符箓（lù）、雷法等。

古代炼丹文献记载的工具和设备有10多种，如丹炉、丹鼎、水海、石榴罐、甘埚子、抽汞器、华池、研磨器、绢筛、马尾罗等。炼丹过程极其神秘诡异，如认为炼丹处所的选择，应在人迹罕至、有神仙来往的名山胜地，否则"邪气得进，药不成也"（《抱朴子内篇·金丹》）；开鼎时，术士"须斋戒沐浴，各披道衣，顶星冠，面南，跪捧药炉"（南宋吴候《丹房须知》），祷请大道天尊等神仙；入山炼丹，须选"开山月（三月或九月）"的吉日良辰；筑坛要烧符箓，炉鼎插置宝剑、古镜。诸如此类，充满迷信色彩。但古代炼丹家在长期采集配制药的过程中，通过反反复复的实验，也促进了原始化学的发展，这是其贡献。

xíng duì wò　　tīng duì kān
行 对 卧， 听 对 看。

lù dòng duì yú tān
鹿 洞 对 鱼 滩①。

jiāo téng duì bào biàn　　　hǔ jù duì lóng pán
蛟 腾 对 豹 变②， 虎 踞 对 龙 蟠③。

fēng lǐn lǐn　　xuě mán mán
风 凛 凛， 雪 漫 漫④。

shǒu là duì xīn suān
手 辣 对 心 酸。

yīng yīng duì yàn yàn　　　xiǎo xiǎo duì duān duān
莺 莺 对 燕 燕⑤， 小 小 对 端 端⑥。

lán shuǐ yuǎn cóng qiān jiàn luò
蓝 水 远 从 千 涧 落，

yù shān gāo bìng liǎng fēng hán
玉 山 高 并 两 峰 寒⑦。

zhì shèng bù fán　　　xī xì liù líng chén zǔ dòu
至 圣 不 凡， 嬉 戏 六 龄 陈 俎 豆；⑧

lǎo lái dà xiào　　　chéng huān qī zhì wǔ bān lán
老 莱 大 孝， 承 欢 七 秩 舞 斑 斓。⑨

◎**注释**　①〔鹿洞、鱼滩〕鹿洞，指白鹿洞，在江西庐山五老峰下。唐贞元年间，李涉、李渤兄弟在此隐居读书，养了一头白鹿，故得名。鱼滩，即子陵滩，又名七里滩、严陵濑（lài，湍急的水），富春江的一段。相传是东汉严光隐居垂钓处。《后汉书·逸民列传·严光》："除为谏议大夫，不屈，乃耕于富春山，后人名其钓处为严陵濑焉。"②〔蛟腾、豹变〕蛟腾，蛟龙腾飞。喻施展才华。豹变，豹子幼年时的皮毛很差，成年后，毛皮就变得光洁美丽。因此常用"豹变"来形容人去恶向善或由贱至贵。《易·革》："君子豹变，其文蔚也。"③〔虎踞、龙蟠〕像老虎一样蹲坐着，像蛟龙一样盘绕着。通常形容帝都地势雄伟险要，古人多以此形容南京的地势。唐代李白《永王东巡歌十一首》其四："龙蟠虎踞帝王州，帝子金陵访古丘。春风试暖昭阳殿，明月还过鳷鹊楼。"踞，蹲，坐。蟠，屈曲，环绕。④〔漫漫（mán mán）〕指雪花纷纷扬扬的样子。漫，这里标旧读，属平声寒韵；读 màn 时，则属去声翰韵。今统读 màn。⑤〔莺莺、燕燕〕莺和燕，比喻春光物候。一说指《西厢记》里的崔莺莺。另一说是莺莺、燕燕为宋代钱塘（今浙江杭州）两姐妹，都是富翁陆氏的妾。莺莺早逝，燕燕在陆氏又病又贫以后不忍离去，陆氏死后，她卖身以葬之。⑥〔小小、端端〕小小，苏小小，相传为南朝齐钱塘名妓。端端，李端端，唐代名妓。⑦〔"蓝水"二句〕唐杜甫《九日蓝田崔氏庄》一诗的颈联，描写了深秋时蓝田山的景色。蓝水即蓝溪，在蓝田山下。玉山即蓝田山，在陕西省蓝田县。涧，山间流水的沟。⑧〔"至圣"二句〕至圣，至高无尚的圣人，专指孔子。《史记·孔子世家》正义曰："自天子王侯，中国言六艺者宗于夫子，可谓至圣！"陈俎豆，见 90 页注⑤。⑨〔"老莱"二句〕老莱，即老莱子，春秋末期楚国隐士，大孝子。传说他在年纪很大的时候，仍穿戴上花花绿绿的幼儿服饰，做着婴儿的动作，引逗父母开心。"二十四孝"里面的"戏彩娱亲"就是讲的这个故事。七秩，70 年，10 年为一秩。斑斓，指花花绿绿的衣服颜色。参见《艺文类聚》卷二十引《列女传》等。

◎典故

"青出于蓝"的张芝

张芝（？—约 192），字伯英。张奂长子。张奂（104—181），字然明，敦煌渊泉人（今甘肃安西县东）人。东汉时期名将、学者，"凉州三明"之一，另外两位是皇甫规字威明、段颎（jiǒng）字纪明，三人都是东汉末期古凉州的军事将领。

张芝虽出身官宦之家，但并无纨绔习气，自幼勤奋好学，潜心书法。当朝太尉认为他将来不是文宗就是将表，朝廷屡次征召他出来做官，都被他严辞拒绝。时称"张有道"，意思是他德行高尚。

他和弟弟自幼喜爱并潜心研究书法，尤好草书，师承崔（瑗）杜（操）之法。张奂为方便张芝兄弟习文练字，请人锻造石桌、石凳、墨池于河边。从此，张芝兄弟以帛为纸，临池学书，写满后漂洗再用，日复一日，年复一年，水池里的水都黑了，后称张芝墨池。

张芝善草书，尤长章草。他将当时字字区别、笔画分离的草法，改为上下牵连富于变化的新写法，富有独创性，古人谓之"一笔飞白"，在当时影响很大。唐代张怀瓘（guàn）《书断》卷中："尤善章草书，出诸杜度、崔瑗。云龙骧豹变，青出于蓝。"称他"学崔、杜之法，温故知新，因而变之，以成今草，转精其妙。字之体势，一笔而成，偶有不连，而血脉不断；及其连者，气候通其隔行"，列张芝章草、草书为神品。三国魏书法家韦诞称他为"草圣"。他与钟繇并称"钟张"，与钟繇、王羲之、王献之并称"书中四贤"。

张旭、韦诞、索靖、王羲之父子、怀素等人的草书技法，都源于张芝。张怀瓘《书断》记载南朝宋书法家羊欣的评价："张芝、皇象、钟繇、索靖，时号'书圣'，然张劲（jìng）骨丰肌，德冠诸贤之首。"王羲之的草书，深受其影响。王羲之对汉、魏的书家作品，只认可钟（繇）、张（芝）两家，其余都不放在眼里。他说："吾书比之钟、张，钟当抗行，或谓过之；张草犹当雁行。然张精熟，池水尽墨，假令寡人耽之若此，未必谢之。"（见唐代孙过庭《书谱》）

◎释疑解惑

什么是"八分"？

汉代书法繁盛，出现了很多有名的书家和字体。其中有一种字体形似隶书，但体势多波磔（zhé，左撇曰波，右捺曰磔）。相传为秦时上谷人王次仲所造。

王次仲，秦人。传说他从小就有见识，认为当时流行的小篆不易书写，很难在短时间内学成，所以成年后，他改变篆籀（zhòu）的繁复字体，创造了简便易学的隶书。秦始皇见而奇之，多次征召他，被拒。始皇一气之下，令人用槛车押送他至朝廷。他化为大鸟，振翼而飞，落下3片羽毛，使者得之，进献给秦始皇。

关于八分的命名，历来说法不一。唐代张怀瓘《书断》记载，或以为二分似隶，八分似篆，故称八分；或以为汉隶的波折，向左右分开，"渐若八字分散"，故名八分。

后世又有人以为，八分是指相似度而言，即汉隶为小篆的八分，小篆为大篆的八分，今隶为汉隶的八分。

十五 删

lín duì wù　　líng duì luán
林对坞①，岭对峦。

zhòu yǒng duì chūn xián
昼永对春闲。

móu shēn duì wàng zhòng　　rèn dà duì tóu jiān
谋深对望重②，任大对投艰③。

qún niǎo niǎo　　pèi shān shān
裙袅袅，佩珊珊。④

shǒu sài duì dāng guān
守塞对当关⑤。

mì yún qiān lǐ hé　　xīn yuè yì gōu wān
密云千里合，新月一钩弯。⑥

shū bǎo jūn chén jiē zòng yì
叔宝君臣皆纵逸⑦，

chóng huá fù mǔ shì yín wán
重华父母是嚚顽⑧。

míng dòng dì jī　　xī shǔ sān sū lái rì xià
名动帝畿，西蜀三苏来日下；⑨

zhuàng yóu jīng luò　　dōng wú èr lù qǐ yún jiān
壮游京洛，东吴二陆起云间。⑩

◎**注释** ①〔坞〕这里指四面高、中央低的山地。②〔谋深、望重〕谋深，筹划周密、谋虑深远。望重，声望很高。望，名望，声望。③〔任大、投艰〕任大，责任重大。投艰，交给重大艰巨的任务。④〔裙袅袅，佩珊珊〕袅袅，随风摆动的样子。佩珊珊，玉佩叮咚作响。佩，古代女子头上或身上的佩饰，多为玉制。珊珊，玉器碰撞的声音。⑤〔当关〕把守关隘。当，据守。⑥〔"密云"二句〕此二句借用古人诗意。唐代许浑《和（hè）友人送僧归桂州灵岩寺》："碧云千里暮愁合，白雪一声春思长。"宋代秦观《南歌子》："乱山何处觅行云，又是一钩新月照黄昏。"合，会集，汇聚。⑦〔"叔宝"句〕陈叔宝是南朝陈的最后一个皇帝。他在位时不思治国，整日与臣子及妃嫔们恣意玩乐，纵情声色。参见《南史·陈后主本纪》。纵逸，恣纵放荡。⑧〔"重华"句〕重华，帝舜的名字。传说他的父亲、继母和同父异母弟弟象曾多次谋害于他。嚚顽，愚蠢而顽固。参见《尚书·舜典》。⑨〔"名动"二句〕宋仁宗嘉祐元年（1056年），苏洵父子3人初到都城汴京，就以出众的才华受到欧阳修的赏识，名震京城。第二年苏轼、苏辙兄弟又同榜应试及第，更加轰动京师。帝畿，我国古代称国都及其附近的地方。北宋著名文学家苏洵和他的儿子苏轼、苏辙，是四川眉山人，故称西蜀三苏。日下，指京都。古时"日"代指皇帝，故以"日下"代指京城。⑩〔"壮游"二句〕陆机、陆云是云间人，他们在东吴灭亡10年后到洛阳从政。壮游，胸怀壮志远游。京洛，洛阳的别称。东吴，指三国时吴国。二陆，见70页注⑪。云间，今上海松江的古称。本联"云间"与上联"日下"巧妙地化用了一个典故：据南朝宋刘义庆《世说新语·排调（tiáo）》载，荀隐（字鸣鹤）、陆云二人互不相识，在初次见面自我介绍时，陆云举手说："云间陆士龙。"荀隐答道："日下荀鸣鹤。"荀是颍川人，靠近故都洛阳，所以称"日下"人。

◎典故

"太康之英"陆机

陆机（261—303），字士衡，吴郡吴县（今江苏苏州吴中区）人。"少有奇才，文章冠世"，与弟陆云并显于世，被誉为"太康之英"。又与潘岳同为西晋诗坛的代表，有"潘江陆海"之称。在他们的推动下，形成了一股"太康诗风"。

他出身吴郡陆氏，为孙吴丞相陆逊之孙，大司马陆抗第四子，与其弟陆云合称"二陆"，又与顾荣、陆云并称"洛阳三俊"。他在孙吴时曾任牙门将，吴亡后没有归隐，太康十年（289年）跟兄弟来到洛阳，谋求仕途出路。虽然清名受到一些影响，但因其文才倾动一时，很受太常张华（字茂先，大学问家，写过《博物志》）赏识，此后名气大振。时有"二陆入洛，三张减价"之说。

入仕晋朝后，他历任太傅祭酒、吴国郎中令、著作郎等职，与贾谧（mì）等人结为"金谷二十四友"。这是当时的一个文学政治团体，为首的是鲁国公贾谧，其中比较出名的成员有美男子潘安（即潘岳），"闻鸡起舞""枕戈待旦"的刘琨，"洛阳纸贵"的左思，"潘江陆海""东南之宝"的陆机、陆云兄弟，与皇帝的舅舅斗富获胜的石崇。这些人经常在石崇的金谷园聚集，史称"金谷宴集"，真是风雅绝伦的盛举。

赵王司马伦掌权时，引荐陆机为相国参军，封关中侯。因其在赵王篡位时接受伪职，到司马伦被诛后，陆机也险遭处死，幸亏得到成都王司马颖救护，于是便委身依附，为平原内史，世称"陆平原"。太安二年（303年），陆机任后将军、河北大都督，率军讨伐作乱的长沙王司马乂（yì），他却并没有先祖的军事才干，大败于七里涧，最终遭谗遇害，被夷三族。

◎ 释疑解惑

石崇是个什么样的人？

石崇（249—300），字季伦，小名齐奴。渤海南皮（今河北南皮东北）人。大司马石苞第六子。泰始九年（273年），石苞临终时将财物分给几个儿子，却不给石崇，还对石崇的母亲说："这孩子尽管年纪小，以后他能得到财富。"后世人一说起他，几乎全是跟奢侈有关，比如"击碎珊瑚""蜡薪锦帐""厕中香枣""杀人侑（yòu）酒"等等，似乎这个人除了炫耀富贵，一无是处。石崇与潘岳共同巴结奉承权臣贾谧，结成"金谷二十四友"。贾谧的外祖母广城君郭槐每次出行，石崇遇到时总先下车站在路左，望尘而拜。史书因此说他"卑佞"。

其实，石崇文采不错，也很重感情。

石崇的爱妾绿珠，相貌美艳，善吹笛。司马伦的党羽孙秀派人去索要绿珠。石崇这时候已经免官，不复从前富贵骄矜，但他仍然对使者说道："绿珠是我的爱妾，你们是得不到的。"使者说："君侯博古通今，明察远近，望您三思。"石崇说："不需要三思了。"

于是，孙秀对石崇恨之入骨，就假称惠帝诏命逮捕石崇与潘岳、欧阳建等人。当时石崇正在楼上宴饮，甲士到了门前。石崇对绿珠说："今天我为了你而惹祸。"绿珠哭着说："我应该在你面前死去来报答你。"说完便自投于楼下而死。

石崇写过不少好诗，如《王昭君辞》《思归引》《思归叹》等，都很有意境，值得玩味。

临对仿^①，吝对悭^②。
lín duì fǎng   lìn duì qiān

讨逆对平蛮^③。
tǎo nì duì píng mán

忠肝对义胆^④，雾鬓对云鬟^⑤。
zhōng gān duì yì dǎn   wù bìn duì yún huán

埋笔冢^⑥，烂柯山^⑦。
mái bǐ zhǒng   làn kē shān

月貌对天颜^⑧。
yuè mào duì tiān yán

龙潜终得跃^⑨，鸟倦亦知还^⑩。
lóng qián zhōng dé yuè   niǎo juàn yì zhī huán

陇树飞来鹦鹉绿^⑪，
lǒng shù fēi lái yīng wǔ lǜ

池筠密处鹧鸪斑^⑫。
chí yún mì chù zhè gū bān

秋露横江，苏子月明游赤壁^⑬；
qiū lù héng jiāng   sū zǐ yuè míng yóu chì bì

冻云迷岭，韩公雪拥过蓝关^⑭。
dòng yún mí lǐng   hán gōng xuě yōng guò lán guān

◎**注释** ①〔临、仿〕临，临摹。对照字画模仿学习。仿，仿效，模仿。此指仿写。②〔悭〕吝啬。③〔讨逆对平蛮〕讨伐叛逆，平定边远地区的叛乱。逆，叛逆者。蛮，古代中原一带对南方少数民族的泛称。④〔忠肝、义胆〕忠心赤胆。形容十分忠诚。⑤〔雾鬓、云鬟〕形容女子头发浓密秀丽。鬓，脸旁靠近耳朵的头发。鬟，古代妇女梳的环形发髻。⑥〔埋笔冢〕书法家埋藏废笔的处所。据唐代李肇《唐国史补》卷中载："长沙僧怀素好草书，自言得草书三昧，弃笔堆积，埋于山下，号曰'笔冢'。"⑦〔烂柯山〕又名石室山。在今浙江省衢县南。据南朝梁任昉（fǎng）《述异记》卷上载，晋代有个名叫王质的人进山砍柴，见到两个童子下棋，他就看了一会儿。一局棋还未下完，童子就催他回家。王质起身回家时，却发现斧子柄都已烂掉。回去后，家乡已经物是人非，过去几十年。柯，斧柄。⑧〔月貌、天颜〕月貌，形容女子姣美的面容。天颜，天姿，常指美艳的姿色。也指天子的容颜。⑨〔龙潜终得跃〕龙潜伏不出，等待时机，最终跃出深潭。比喻人或事物等待时机、发展壮大的过程。语出《易·乾》象辞："初九，潜龙勿用……九四，或跃在渊，无咎。"⑩〔鸟倦亦知还〕语出东晋陶潜《归去来兮辞》："云无心以出岫，鸟倦飞而知还。"比喻人厌倦了官场，有心隐退。⑪〔"陇树"句〕古时陇山（今甘肃东部）出产鹦鹉，故称鹦鹉为"陇客"。如唐代白居易《鹦鹉》："陇西鹦鹉到江东，养得经年觜渐红。"北宋梅尧臣《和刘原甫白鹦鹉》："雪衣应不忌，陇客幸相饶。"陇树，陇山一带的树木。⑫〔"池筠"句〕筠，竹子的青皮，此处指青竹。池筠密处，一作"湘筠啼处"（《李渔全集》十八卷《笠翁对韵》四七五页）。鹧鸪，鸟名。胸前有白圆点，如珍珠；背毛有紫赤浪纹；足黄褐色。因鹧鸪毛色复杂，故称鹧鸪斑。⑬〔"秋露"二句〕苏轼做黄州团练副使时，曾于月夜泛舟赤壁，并写了《赤壁赋》《后赤壁赋》两篇辞赋。《赤壁赋》中有"少焉，月出于东山之上，徘徊于斗牛之间。白露横江，水光接天"等语。苏子，苏轼。⑭〔"冻云"二句〕韩愈因谏阻皇帝迎佛骨，触怒唐宪宗，被贬到潮州（今属广东）做刺史，走到蓝田县（其东南有蓝田关，简称蓝关）时遇雪受阻，作《左迁至蓝关示侄孙湘》，诗中有"云横秦岭家何在，雪拥蓝关马不前"二句。传说韩愈之侄孙韩湘就是"八仙"之一的韩湘子，他曾几次点化韩愈。一次众人为韩愈祝寿时，韩湘忽至，在莲花瓣上写出"云横秦岭家何在，雪拥蓝关马不前"的谶（chèn）语。直到在蓝田关遇雪受阻，韩愈才明白了谶语的含义。冻云，寒冬的阴云。迷，指韩愈当时不明白韩湘谶语的意思。

◎典故

"半得右军肉"的智永

南朝僧人智永，本名王法极，字智永，会稽山阴（今浙江绍兴）人。"书圣"王羲之第五子王徽之后代，号"永禅师"。

传说智永居永欣寺 30 载，曾盖一座小楼专供练字，发誓"书不成，不下此楼"（《宣和书谱》），每日深居简出，专心习字。他准备了数个大瓮，笔头写秃了就换下来丢进里面，日积月累，竟积攒下 10 大瓮。他挖了一个深坑，将这些笔头掩埋其中，筑成坟冢，名曰"退笔冢"。

经过 20 多年的努力，智永书法大有进步，名气也越来越大。慕名前来求其真迹的人太多，智永忙于应付，以至于"缣（jiān）素笺纸，堆案盈几（jī），先后积压，尘为之生"（《宣和书谱》卷十五）。登门求教的也极多，把门槛（kǎn）都踩坏了，智永不得已把门槛包上铁皮。唐代李绰《尚书故实》记载："（智永禅师）积年学书，秃笔头十瓮。每瓮皆数石。人来觅书，并请题头者如市，所居户限为之穿穴，乃用铁叶裹之，人谓为'铁门限'。"

隋炀帝曾说："智永得右军（王羲之）肉，智果得右军骨。"唐代张怀瓘将古今善书法者分成 3 品：神品、妙品、能品。智永的隶书入能品，章草、草书皆入妙品。《书断》云：智永"师远祖逸少（王羲之字），历纪专精，摄齐（zī，衣服的下边）升堂，真、草唯命。夷途良辔（pèi），大海安波，微尚有道（张芝）之风，半得右军之肉。兼能诸体，于草最优。气调下于欧（欧阳询）、虞（虞世南），精熟过于羊（羊欣）、薄（薄绍之）。"

智永传"永字八法"，为后代楷书确立了典范。他曾临写《真草千字文》800 多份，广为分发，影响远及日本。《真草千字文》首创以楷书对释草书的体例，既便于学书者释读草字，又能让人同时欣赏他的两种书体，一举两得。即使现在，它依然是书法爱好者学习的经典教材。

◎释疑解惑

韩愈和韩湘子究竟是什么关系？

关于韩湘子的记载，现在见到的有《旧唐书·宰相世系表》《新唐书·宰相世系表》以及《酉阳杂俎（zǔ）》《太平广记》《仙传拾遗》等书。关于他的身份，有以下说法。

第一，韩愈侄孙。韩愈有《左迁至蓝关示侄孙湘》一诗，证明二人是叔祖和侄孙关系。韩愈有《祭十二郎文》《韩滂（pāng）墓志铭》。十二郎名老成，韩介之子，谨厚能文，颇为韩愈器重。老成有二子：韩湘、韩滂。韩滂卒于袁州，年仅 19 岁，韩愈哭而葬之。韩湘，字北渚，生于唐德宗贞元十年（794 年），比韩愈小 26 岁。唐穆宗长庆三年（823 年）中进士，官至大理寺丞。

第二，韩愈远房侄子。韩湘子成仙的传说，较早见于唐代段成式《酉阳杂俎》、唐韩若云《韩仙传》等书。书中称，韩愈有一远房侄子，年少轻狂，放荡不羁，不喜读书。韩愈曾责怪他不求上进，但他能在 7 日之内使牡丹花按韩愈的要求改变颜色，每朵花上有"云横秦岭家何在，雪拥蓝关马不前"的诗句。到了宋代刘斧的《青琐高议》前集，也把韩湘说成"韩文公之侄"，同时记载牡丹花一事。

第三，韩愈外甥。《太平广记》卷五四引前蜀·杜光庭《仙传拾遗》，又以韩湘子为韩愈外甥。至宋元戏文杂剧，便有《韩湘子三度韩文公》《韩湘子三赴牡丹亭》等剧目，《金瓶梅》第 58 回还载有《韩湘子度陈半街升仙会》杂剧。旧时丧家设筵奏乐，会演奏《蓝关曲》，祝祷亡人升登仙界。

下　卷

一　先

hán duì shǔ　　rì duì nián
寒对暑，日对年。

cù jū　　duì qiū qiān
蹴鞠①对秋千。

dān shān duì bì shuǐ　　dàn yǔ duì tán yān
丹山对碧水，淡雨对覃烟②。

gē wǎn zhuǎn　　mào chán juān
歌宛转，貌婵娟。③

xuě fù　　duì yún jiān
《雪赋》对云笺④。

huāng lú qī nán yàn　　shū liǔ zào qiū chán
荒芦栖南雁，疏柳噪秋蝉。⑤

xǐ ěr shàng féng gāo shì xiào
洗耳尚逢高士笑⑥，

zhé yāo kěn shòu xiǎo ér lián
折腰肯受小儿怜⑦？

guō tài fàn zhōu　　zhé jiǎo bàn chuí méi zǐ yǔ
郭泰泛舟，折角半垂梅子雨；⑧

shān tāo qí mǎ　　jiē lí dào zhuó xìng huā tiān
山涛骑马，接䍦倒着杏花天。⑨

◎**注释**　①〔蹴鞠〕古代一种球类游戏。蹴，踢。鞠，古代的一种球，"以革为圆囊，实以毛发"（《太平清话》）。②〔覃烟〕长烟。弥漫在空中的雾气。覃，绵长。一作"轻烟"（《李渔全集》卷十八《笠翁对韵》四七六页）。③〔歌宛转，貌婵娟〕歌声婉曲悠扬，容貌秀美动人。婵娟，美好的样子。④〔《雪赋》、云笺〕《雪赋》，南朝宋谢惠连所作，是描写雪景的名篇。云笺，有云状花纹的纸。笺是精美的纸张，供写信、题诗用。笺也是一种文体，指书札、奏记之类。⑤〔"荒芦"二句〕南飞的大雁在芦苇丛中栖息，秋蝉在叶子稀疏的柳枝上鸣叫。唐陆畅《别刘端公》："连骑（jì）出都门，秋蝉噪高柳。"南雁，一作"宿雁"（《李渔全集》卷十八《笠翁对韵》四七六页）。⑥〔"洗耳"句〕巢父（fǔ）、许由是两位隐士。传说尧想把天下让给许由，许由不接受，还认为这些话弄脏了他的耳朵，就跑到河边来洗耳朵。恰逢巢父过来饮（yìn，给牲畜喂水）牛，许由把事情的经过告诉了巢父。不料巢父听了却认为这是因许由故作清高、沽名钓誉而招致的，说怕许由洗过耳朵的水弄脏了牛嘴，就把牛牵到上游喝水去了。参见汉司马迁《史记·伯夷列传》和晋·皇甫谧《高士传·许由》。⑦〔"折腰"句〕见91页注⑫。⑧〔"郭泰"二句〕见111页注⑥。⑨〔"山涛"二句〕见117页注④。山涛，应为山简。山涛是山简的父亲，这里误用典故。

◎典故

"万里桥边女校书"薛涛

唐王建《寄蜀中薛涛校书》：

万里桥边女校书，枇杷花里闭门居。扫眉才子知多少，管领春风总不如。

这首诗夸的是唐代女诗人薛涛（约768—832），字洪度，长安（今陕西西安）人。她与刘采春、鱼玄机、李冶并称"唐朝四大女诗人"，与卓文君、花蕊夫人、黄娥并称"蜀中四大才女"。

她的父亲薛郧（yún）做京官时得罪了当朝权贵，被贬谪四川，后来在出使南诏时染病而亡。薛涛不得已，凭借"容姿既丽，才调尤佳，言谑（xuè）之间立有酬对"（后蜀·何光远《鉴戒录·蜀才妇》），在16岁时成了一名营妓。

贞元元年（785年），中书令韦皋出任剑南西川节度使，在一次宴会上召令薛涛侍酒赋诗。薛涛提笔而就《谒巫山庙》："朝朝夜夜阳台下，为雨为云楚国亡。惆怅庙前多少柳，春来空斗画眉长。"认识到薛涛的才能后，韦皋逐渐让她参与一些案牍工作。薛涛不负所望，写的公文不但文采斐然，而且很少出错儿。韦皋愈发欣赏她，竟要上书为薛涛申请"秘书省校书郎"的官职（也有的史料记载是武元衡为她上书奏请）。

"校书郎"这个职位是很清贵的。虽然官阶仅为从九品，但门槛很高，只有进士出身的人才有资格担当此职。有唐一代，大诗人白居易、王昌龄、李商隐、杜牧等都是从这个职位上做起的，但之前从来没有女子担任"校书郎"。

韦皋的奏请虽未获准，但时人仍称薛涛为校书。这也使她的名气越来越大，来访的人络绎不绝，很多人还托请她求见韦皋。薛涛渐渐轻狂起来，终于惹得韦皋不满，下令将她发配松州（今四川省松潘县），以示惩罚。

薛涛终于明白自己身份低微，不过是达官显贵的陪衬而已，于是写诗向韦皋求情诉苦，得以回到成都。这次磨难，让薛涛看清了自己，归来不久，她脱去乐籍，成为自由之身，此后一直寓居成都西郊浣花溪万里桥畔。

薛涛一生交游广泛，与元稹、白居易、刘禹锡、杜牧等人皆有唱和，书法也很好。她曾自制深红小彩笺，后人仿造，称"薛涛笺"。

◎ 释疑解惑

古代的书信

古代"书"和"信"不是一回事，"书"指信件，"信"指使者。汉乐府《古诗为焦仲卿妻作》："自可断来信，徐徐更谓之。"来信，就是来说媒的使者。书信合用的例子，最早见于《晋书·陆机传》："初，机有骏犬，名曰黄耳，甚爱之。既而羁寓京师，久无家问，笑语犬曰：'我家绝无书信，汝能赍（jī）书取消息不（fǒu）？'犬摇尾作声。"后来用的才多起来，如贾岛《寄韩潮州愈》"隔岭篇章来华（huà）岳，出关书信过泷（shuāng）流"，元稹《酬乐天叹穷愁见寄》"老去心情随日减，远来书信隔年闻"等等。

在《昭明文选》中，有"上书""书"两种文体："上书"是向帝王陈述意见的文字，一般以"臣闻"开头，算是奏议的一种；"书"则为私人往来的函札，即今天所说的"书信"。

与"书"相近的文体，还有"启""笺"，都是奏记一类，跟"上书"和"表"差不多，但不限于对君，也用于长官和亲友。"笺"在魏晋南北朝时期，主要用于臣下向后妃及太子诸王上书。如三国魏杨修《答临淄侯笺》、陈琳《答东阿王笺》。

因为书写工具的不同，又出现了"札""牍""简""帖（tiè）"之称。写在木片上的称"札""牍"，写在竹片上的称"简"，写在布帛上的称"帖"，所以书信又有"书札""手札""尺牍""简牍""手简"等名称。晋王羲之《快雪时晴帖》、陆机《平复帖》，都是书信。又因为书信要装入封套，故亦称"函"或"函札"；加缄封的，则称"缄札"。纸张出现后，因为信纸每页8行，自南北朝以来"八行书"即成为书信的通称。

qīng duì zhòng　　féi duì jiān
轻 对 重 ， 肥 对 坚①。

bì yù　　duì qīng qián
碧 玉② 对 青 钱③。

jiāo hán duì dǎo shòu　　　jiǔ shèng　　duì　　shī xiān
郊 寒 对 岛 瘦④，"酒 圣 " 对 "诗 仙"⑤。

yī yù shù　　　bù jīn lián
依 玉 树⑥， 步 金 莲⑦。

záo jǐng duì gēng tián
凿 井 对 耕 田⑧。

dù fǔ qīng xiāo lì　　biān sháo bái zhòu mián
杜 甫 清 宵 立⑨， 边 韶 白 昼 眠⑩。

háo yǐn kè tūn bō dǐ yuè
豪 饮 客 吞 波 底 月 ，

hān yóu rén zuì shuǐ zhōng tiān
酣 游 人 醉 水 中 天 。⑪

dòu cǎo qīng jiāo　　jǐ háng bǎo mǎ sī jīn lè
斗 草 青 郊 ， 几 行 宝 马 嘶 金 勒 ；⑫

kàn huā zǐ mò　　shí lǐ xiāng chē yōng cuì diàn
看 花 紫 陌 ， 十 里 香 车 拥 翠 钿 。⑬

◎**注释**　①〔肥、坚〕肥马、坚车。肥，一作"脆"（《李渔全集》卷十八《笠翁对韵》四七六页）。②〔碧玉〕碧绿的玉石。亦是西晋汝南王司马义的宠妾名。文人孙绰曾作有《碧玉歌》，后世以"小家碧玉"喻指小户人家年轻美丽的女子。③〔青钱〕古代以铜、铅、锡合金铸而成的钱币。比喻有才学的人。唐朝张鷟（zhuó）甚有才名，时人称为"青钱学士"。④〔郊寒、岛瘦〕郊、岛指唐代的孟郊、贾岛两位诗人。他们的诗歌风格清奇悲凄，幽峭枯寂，形式上讲究炼字炼句、苦吟推敲，往往给人以寒瘦窘迫之感，故称"郊寒岛瘦"。⑤〔"酒圣""诗仙"〕"酒圣"，指善饮酒的人。也指传说中发明粮食酿酒法的杜康。"诗仙"，一般指唐代诗人李白。贺知章曾称李白为"谪仙人"，故称李白为"诗仙"。⑥〔依玉树〕南朝宋刘义庆《世说新语·容止》记载，魏明帝让皇后的弟弟毛曾与一表人才的夏侯玄坐在一起，毛曾貌丑，与夏侯玄极不相称，被时人称为"蒹葭依玉树"。蒹葭，没有长穗的芦苇和初生的葫芦，指毛曾。玉树，传说中的仙树，形容潇洒俊美的男子，指夏侯玄。⑦〔步金莲〕南朝齐末帝东昏侯萧宝卷宠爱潘妃，令工匠把黄金打造成莲花的形状贴在地上，让潘妃走在金莲花上，叫作"步步生莲花"。后遂以金莲指女子纤足。参见《南史·齐本纪下·废帝东昏侯》。⑧〔凿井、耕田〕指无忧无虑、自给自足、闲适安康的生活。传说尧帝到民间视察时，有一位老人一边击壤，一边唱道："日出而作，日入而息，凿井而饮，耕田而食，帝力于我何有哉！"击壤，古代的一种投掷类游戏。参见东汉王充《论衡·艺增篇·感虚》。⑨〔杜甫清宵立〕语出杜甫《恨别》诗："思家步月清宵立，忆弟看云白日眠。"清宵，清静的夜晚。⑩〔边韶白昼眠〕边韶，字孝先，东汉著名学者，才思敏捷。他开帐授徒时，曾白天在课堂上打瞌睡。学生们私下嘲笑他："边孝先，腹便便（pián pián），懒读书，但欲眠。"边韶听到后立即作答："边为姓，孝为字。腹便便，五经笥（sì）。但欲眠，思经事。寐与周公通梦，静与孔子同意。师而可嘲，出何典记？"见《后汉书·文苑传·边韶》。⑪〔"豪饮"二句〕描写人们醉酒时的情态。酣，酒喝得畅快。吞波底月、醉水中天，指醉酒的人把喝酒当作喝水。此联化用杜甫《饮中八仙歌》中"饮如长鲸吸百川""眼花落井水底眠"等句。⑫〔"斗草"二句〕斗草，古代一种游戏。游戏者比赛谁采的草多或比赛谁采来的草韧性强。青郊，春天的郊野。金勒，金饰的带嚼口的马笼头，借指富贵人家豪华的车马。⑬〔"看花"二句〕紫陌，指京城郊外的道路。香车拥翠钿，指女子出游。香车，用香木做的车，泛指华美的车或轿。翠钿，用玉石制成的首饰。

◎ 典故

"晒书"的郝隆

我们常讲一个词"腹有诗书"，用来形容人学问大。除了前面提到的边韶，还有一位腆着肚子晒书的郝隆。南朝宋刘义庆《世说新语·排调（tiáo）》："郝隆七月七日出日中仰卧。人问其故，答曰：'我晒书。'"

郝隆，字佐治，东晋汲郡人（今山西原平市东社镇）人。生性诙谐，谈吐精警。年轻时无书不读，有博学之名。后投奔征西大将军桓温，官至南蛮府参军。

有一年三月三日上巳节，桓温举行宴会，召集部下饮酒赋诗。凡是不能作诗的，罚酒3杯。开始郝隆因不能作，被罚3杯酒。喝完酒，郝隆拿起笔来写了一句"娵隅（jū yú）濯清池"。桓温看了莫名其妙，就问："娵隅是什么东西？"郝隆说："蛮人把鱼叫娵隅。"桓温有点儿不理解："作诗这么高雅的事，为什么要用蛮语？"

郝隆说："我从几千里外跑来投奔你，才得了个南蛮参军，怎么能不说蛮语呢？"郝隆用这种方式表达了对桓温不重视自己的不满，很有幽默感。桓温一听就明白了，这是郝隆自比冯谖（xuān），把他比作孟尝君了，不由得开心大笑。

当时的大名士谢安对外宣称不愿做官，立志在东山隐居。后来朝廷几次下令要他出山为官，他最后迫不得已担任了桓温的司马。一次有人送给桓温一些草药，其中一味为远志，桓温就拿起远志问谢安："我听说这味药又叫小草。为什么一种东西有两个名称呢？"谢安没有想好怎么对答，沉吟不语。正好郝隆坐在旁边，张嘴就说："这很容易解释：在山里时就叫远志，出了山就是小草。"谢安听了，又羞又恼，脸色很难看。桓温看着谢安，笑着说："郝参军这话虽然有点儿过分，但只是开个玩笑，没有恶意，不过很有意味呀。"

◎释疑解惑

古人为什么晒书？

三国时期，司马懿（yì）位高权重，颇受曹操的猜忌，为求自保，他装病躲在家里。曹操仍然不放心，派亲信暗中探查。《太平御览》卷三一引晋·王隐《晋书》："时七月七日，高祖（司马懿）方曝书。"司马懿假装晒书，暗示曹操我没有夺权之心，只想静静地看书。

古代有七夕晒书的风俗。七夕前后，正是一年中天气最炎热的时候，也是各家各户忙晒伏的日子。古代晒伏时，寻常百姓晒衣服，读书人家则会晒书。据史料记载，这一习俗起源于东汉末年。东汉崔寔（shí）《四民月令》："七月七日……暴（曝）经书及衣裳"，目的是使其不蠹（dù）。蠹，被虫子蛀蚀。古代书纸是植物纤维制成，很容易遭虫蛀。防虫蛀的措施主要是药熏和日晒。

唐宋时期，七月七日晒书依然成风。唐代韩鄂《岁华纪丽》记载，当时民间七月七日有"暴书策，晒衣裳"的风俗。《宋会要》记载，宋朝仪制以七月七日为"晒书节"，当天三省六部以下，由皇帝赐钱开筵举宴，为晒书会。唐代李洞《寄南岳僧》："新秋日后晒书天，白日当松影却圆。"

到明清时期，晒衣物、晒书这一风俗从七月七日之前移到六月六日。

yín duì yǒng　　shòu duì chuán
吟 对 咏①，**授 对 传**。

lè yǐ duì qī rán
乐 矣 对 凄 然②。

fēng péng　duì xuě yàn　　dǒng xìng　duì zhōu lián
风 鹏③对雪 雁④， 董 杏⑤对周 莲⑥。

chūn jiǔ shí　　suì sān qiān
春九十⑦，岁三千⑧。

zhōng gǔ duì guǎn xián
钟 鼓对管 弦⑨。

rù shān féng zǎi xiàng　　wú shì jí shén xiān
入 山 逢宰 相⑩，无事即神 仙⑪。

xiá yìng wǔ líng táo dàn dàn
霞 映 武 陵桃淡淡，

yān huāng suí dī liǔ mián mián
烟 荒 隋堤柳绵 绵 。⑫

qī wǎn yuè tuán　　chuò bà qīng fēng shēng yè xià
七 碗 月团，啜罢清 风 生 腋下；⑬

sān bēi yún yè　　yǐn yú hóng yǔ yùn sāi biān
三 杯云 液，饮余红 雨晕腮边 。⑭

◎**注释**　①〔吟、咏〕有节奏地诵读。②〔乐矣、凄然〕快乐的样子、凄凉悲伤的样子。矣和然是语气助词。③〔风鹏〕乘风而飞的大鹏。鹏，传说中最大的鸟。《庄子·逍遥游》说，北海有一种大鱼，其名为鲲，变成大鸟，其名为鹏。④〔雪雁〕一种体形较大的雁，羽毛雪白。⑤〔董杏〕指三国时东吴董奉为人治病不取报酬，治愈病人以后，只要求他们为自己种几棵杏树，数年后就有 10 万多棵，蔚然成林。故此后称医家为杏林。⑥〔周莲〕宋代大儒周敦颐酷爱莲花，著有名篇《爱莲说》，称莲为"花之君子"，盛赞莲花"出淤泥而不染"的高洁品质。⑦〔春九十〕春季 3 个月共 90 天，很短暂。唐代杜荀鹤《出关投孙侍御》："每岁春光九十日，一生年少几多时。"⑧〔岁三千〕指时间很长。神话传说西王母娘娘园中的蟠桃 3 000 年一结果，人吃了可以得道成仙。⑨〔钟鼓、管弦〕四种古代乐器。钟鼓，古代礼乐器。管弦，管乐器和弦乐器。⑩〔入山逢宰相〕南朝梁陶弘景饱读诗书，在茅山隐居。梁武帝称帝后便请其出山辅政，陶弘景就画了幅画送给梁武帝，画上有两头牛，一个在悠闲地吃草，另一个则戴着金笼头，被人牵着鼻子驱使。梁武帝知道陶弘景无意出山，每逢大事，只好进山问询。时人称陶弘景为"山中宰相"。⑪〔无事即神仙〕过淡泊清静、无欲无求的日子就像神仙一样逍遥自在。南宋王炎《临江仙》其二："拂衣归去好，无事即神仙。"⑫〔"霞映"二句〕云霞映照溪水，两岸桃花淡淡。烟雾笼罩隋堤，柳枝随风飘舞。东晋陶渊明《桃花源记》："晋太元中，武陵人捕鱼为业。缘溪行，忘路之远近，忽逢桃花林。" "烟荒"句，见80页注⑮。⑬〔"七碗"二句〕语出唐卢仝《走笔谢孟谏议寄新茶》："开缄宛见谏议面，手阅月团三百片。……五碗肌骨清，六碗通仙灵。七碗吃不得也，唯觉两腋习习清风生。"月团，团茶的一种，把茶做成饼状。啜，小口喝。⑭〔"三杯"二句〕云液，此处泛指美酒。南宋陆游《庵中晨起书触目》："朱担长瓶列云液，绛囊细字坼龙团。"自注："云液，扬州酒名。"余，饱足。红雨，此处形容饮酒后脸红的样子。

◎典故

爱喝茶的卢仝

卢仝（约795—835），自号玉川子，祖籍范阳（今河北涿州），生于河南济源市武山镇（今思礼村），早年隐少室山。他是"初唐四杰"之一卢照邻的孙子。其诗自成一家，严羽称为"卢仝体"，谓"玉川之怪，长吉之瑰诡，天地间自欠此体不得"〔《沧浪（láng）诗话·诗评》〕，把他和李贺并举。韩愈则非常欣赏他的学问和操守，称赞他"《春秋三传》束高阁，独抱遗经究终始"（《寄卢仝》）。

卢仝好茶成癖，著有《茶谱》，被世人尊称为"茶仙"。

他的《走笔谢孟谏议寄新茶》诗，最为脍炙人口，其中讲到"七碗茶"的一段非常生动："一碗喉吻润，两碗破孤闷。三碗搜枯肠，唯有文字五千卷。四碗发轻汗，平生不平事，尽向毛孔散。五碗肌骨清，六碗通仙灵。七碗吃不得也，唯觉两腋习习清风生，蓬莱山，在何处？"喝完第七碗茶，简直要身轻羽化，登仙而去，寻找海外仙山了。这首诗一出来，七碗茶的说法迅速流传大江南北，后来人们干脆把这首诗称作《七碗茶歌》。在这首诗里，卢仝还将茶的来历、特征、饮用方式以及功效，介绍得面面俱到，充分表达了他对茶的见识和喜爱。

卢仝的《七碗茶歌》还走出国门，在日本广为传诵，并演变为"喉吻润、破孤闷、搜枯肠、发轻汗、肌骨清、通仙灵、清风生"的日本茶道。日本人对卢仝推崇备至，常常将之与"茶圣"陆羽相提并论。

◎释疑解惑

古代的茶

传说神农氏发现了茶叶，但这个难以考证。能够确定的是，直到春秋时期，茶叶还是一种蔬菜，食用方法是加水煮熟后配饭。现在一些少数民族的"凉拌茶菜""油茶"之类，大概是上古饮食风俗的遗留。值得一提的是，那时候茶还用作祭品，可见古人对茶的重视。

汉代，喝茶已经很普遍。当时人们将茶叶做成茶饼，喝茶的工序比较烦琐：先要把饼烤红，再在陶器里捣碎，最后冲入沸水，加上一些奇怪的调味品（如葱、姜等）。

三国时期，吴人韦曜（yào）酒量不好，吴主孙皓特许他"以茶代酒"。《三国志·吴书·韦曜传》："曜素饮酒不过二升，初见礼异时，常为裁减，或密赐茶荈（chuǎn）以当酒。"茶荈，茶名。荈指采摘较晚的茶。

唐代的茶具比之前精美很多，煮茶时也不再加葱姜之类调料，开始向清淡的方向靠拢。茶圣陆羽写了一部《茶经》，至今仍为经典。

对茶真正有讲究的是宋代。宋朝人不再煮茶，开始点茶，就是把研磨好的茶叶粉末摊在碗底，拿支笔在上面写写画画。因为比画完以后要比较味道、图案、色泽等等，所以这个环节也叫"斗茶"。点茶之后，才开始冲泡。

元代，蒙古贵族嫌点茶麻烦，直接冲泡（或许他们早就这么干了）。

明清两代，茶的烹饮方式更加多样化。同时，由于有了发酵工艺，绿茶之外，有了红茶、黑茶。另外，泡茶利器紫砂壶也在这时候出现了。

zhōng duì wài　　hòu duì xiān
中 对 外 ，后 对 先 。

shù xià duì huā qián
树 下 对 花 前 。

yù zhù duì jīn wū　　dié zhàng duì píng chuān
玉 柱 对 金 屋①，叠 嶂 对 平 川②。

sūn zǐ cè　　zǔ shēng biān
孙 子 策③，祖 生 鞭④。

shèng xí duì huá yán
盛 席 对 华 筵 。

jiě zuì zhī chá lì　　xiāo chóu shí jiǔ quán
解 醉 知 茶 力 ，消 愁 识 酒 权 。⑤

sī jiǎn jì hé kāi dòng zhǎo
丝 剪 芰 荷 开 冻 沼⑥，

jǐn zhuāng fú yàn fàn wēn quán
锦 妆 凫 雁 泛 温 泉⑦。

dì nǚ xián shí　　hǎi zhōng yí pò wéi jīng wèi
帝 女 衔 石 ， 海 中 遗 魄 为 精卫 ；⑧

shǔ wáng jiào yuè　　zhī shang yóu hún huà dù juān
蜀 王 叫 月 ， 枝 上 游 魂 化 杜 鹃 。⑨

◎ **注释** ①〔玉柱、金屋〕形容宫室华丽。玉柱，玉雕成的柱子。金屋，黄金建造的屋子，见 41 页注⑨。②〔叠嶂、平川〕重叠的山峰、广阔平坦之地。③〔孙子策〕春秋时期著名军事家孙武，著有《孙子兵法》13 篇传世。④〔祖生鞭〕东晋祖逖（tì）和刘琨是好朋友，他们立志收复中原，每天听到鸡鸣就起床练剑。刘琨曾说："吾枕戈待旦，志枭（xiāo，斩首悬以示众）逆虏，常恐祖生先吾著（zhuó）鞭耳。"意思是恐怕祖逖抢先一步。见《晋书·刘琨传》。著鞭，挥鞭催马。⑤〔"解醉"二句〕古人认为茶能解除酒力，酒能消除忧愁。曹操《短歌行》："何以解忧？唯有杜康。"杜康是酒的代称。⑥〔"丝剪"句〕《大业拾遗记》记载，隋炀帝建造的西苑非常奢华，为了享受四季常青的景色，让宫人用丝绸剪成叶子挂在树梢上，用锦缎制成荷花、荷叶形状，插满池塘供他观赏。芰荷，荷花。芰，4 角的菱角。⑦〔"锦妆"句〕《开元天宝遗事》记载，华清宫里有一处供杨贵妃沐浴的温泉池，装饰华丽，用锦缎绣制成凫雁，放在汤池中，供唐玄宗和贵妃在池中嬉戏。凫，野鸭。⑧〔"帝女"二句〕传说上古时期，炎帝的小女儿到东海游玩时被淹死。她的魂魄化为一只鸟，名叫精卫，常常飞到西山去叼来木石扔进东海，想要填平东海为自己报仇。⑨〔"蜀王"二句〕传说古蜀国国王杜宇在东周末期称帝，号望帝。他为蜀地治水有功，后让位给大臣，自己隐居山林。死后魂魄化为杜鹃鸟，夜夜悲啼，啼则吐血。参见《太平广记》卷四六三《禽鸟四·杜鹃》等。

◎ **典故**

"杜鹃的前世"杜宇

杜宇是传说中的古蜀国国王。据唐代卢求《成都记》记载，杜宇又称杜主，自天而降，号称望帝，国都设在郫（pí）城。死后，其魂化为鸟，名曰杜鹃。汉代扬雄《蜀都赋》："昔天地降生杜䳍（hǔ）密促之君，则荆上亡尸之相。"杜䳍就是杜宇，荆上亡尸之相说的是他的相（后来的继任者）荆人鳖灵。所谓"密促"，是指古蜀王朝的王多而在位时间短。《太平御览》卷八八八《妖异部四·变化下》引汉代扬雄《蜀王本纪》："后有一男子，名曰杜宇，从天堕，止朱提。有一女子，名利，从江源地井中出，为杜宇妻。"

关于杜宇的妻子，东晋常璩（qú）《华（huà）阳国志·蜀志》记载："时朱提有梁氏女利，游江源。宇悦之，纳以为妃。"她出自梁氏部族，地在朱提，大约是在今云南昭通境内，古属僰（bó）人居地。这样看来，梁氏可能是当时的僰人首领。

杜宇始称帝于蜀，号曰望帝。他治理的蜀国，不但包括"南中"故地，更延伸到嘉陵江流域、青衣江流域和岷江、沱江流域，疆域可谓广大。《太平御览》卷一六六引《蜀王本纪》记载，他晚年时，洪水为患，蜀民不得安处，乃使其相鳖灵治水。鳖灵察地形，测水势，疏导宣泄，水患遂平，蜀民安处。杜宇感其治水之功，让位给他，号曰开明。

之后，杜宇退而隐居西山，传说死后化作鹃鸟。每年春耕时节，鹃鸟悲鸣，蜀人闻之曰"我望帝魂也"，因呼鹃鸟为杜鹃。一说因通于其相之妻，惭而亡去，其魂化作鹃鸟，后因称杜鹃为"杜宇"。后世有无数诗篇提到这个故事，比如南朝宋鲍照《拟行路难》诗之六："中有一鸟名杜鹃，言是古时蜀帝魂。声音哀苦鸣不息，羽毛憔悴似人髡（kūn）。"唐代杜甫《杜鹃行》："君不见昔日蜀天子，化作杜鹃似老乌。寄巢生子不自啄，群鸟至今与哺雏。"

◎ 释疑解惑

神秘的古蜀国

"蜀"字最早发现于商代甲骨文中。据记载，武王伐纣时，蜀人曾经相助。但关于古蜀国的历史，先秦文献中没有详细记载。《华阳国志·蜀志》记载了古蜀国的历史和传说，这是迄今最早的文献资料。

古蜀人先祖为冄族和羌族合化的蜀族，冄族是岷江上游的土著民族，羌族是从古青藏高原迁徙过来的。蜀族人鱼凫氏后来建立了蜀地第一个奴隶制国家。此后，杜宇称帝，一直到蜀王杜芦（开明氏），共有13位君王在位，历时729年。这一时期被后人称作古蜀国。

蜀地的古文明历史，大致分为5个氏族时期：蜀山氏冄族、蚕丛氏羌族、柏灌氏羌族、鱼凫氏冄族、开明氏蜀族。

李白在《蜀道难》中感叹："蚕丛及鱼凫，开国何茫然！尔来四万八千岁，不与秦塞通人烟。"至今，披在古蜀国脸上的面纱仍未被完全揭开。

二 萧

qín duì guǎn　　fǔ　duì piáo
琴 对 管 ， 釜^① 对 瓢 。

shuǐ guài duì huā yāo
水 怪 对 花 妖 。

qiū shēng duì chūn sè　　bái jiān duì hóng xiāo
秋 声 对 春 色 ， 白 缣 对 红 绡^② 。

chén wǔ dài　　shì sān cháo
臣 五 代^③ ， 事 三 朝^④ 。

dǒu bǐng duì gōng yāo
斗 柄 对 弓 腰^⑤ 。

zuì kè gē　　jīn lǚ　　jiā rén pǐn yù xiāo
醉 客 歌 《金 缕》， 佳 人 品 玉 箫 。^⑥

fēng dìng luò huā xián bù sǎo
风 定 落 花 闲 不 扫 ，

shuāng yú cán yè shī nán shāo
霜 余 残 叶 湿 难 烧 。^⑦

qiān zǎi xīng zhōu　　shàng fù yì gān tóu wèi shuǐ
千 载 兴 周 ， 尚 父 一 竿 投 渭 水 ；^⑧

bǎi nián bà yuè　　qián wáng wàn nǔ shè jiāng cháo
百 年 霸 越 ， 钱 王 万 弩 射 江 潮 。^⑨

◎**注释**　①〔釜〕古代煮饭炊具。②〔白缣、红绡〕两种丝织品。缣，用双丝织的绢，非常细密，可以在上面写字。绡，用生丝织成的绸子，轻薄似纱。③〔臣五代〕在 5 个朝代做臣子。冯道，五代时人，曾历事后唐、后晋、契丹、后汉、后周 5 朝，拜相 20 余年。自号"长乐老"，人称官场"不倒翁"。见《新五代史·杂传十六·冯道》。④〔事三朝〕为官于 3 个朝代。如沈约事南朝宋、齐、梁 3 朝。也可指侍奉了

158

3 位国君。⑤〔斗柄、弓腰〕斗柄，北斗中排成柄状的 3 颗星。北斗七星第 1 至第 4 星排列如斗，第 5 至第 7 星排列如柄。弓腰，舞女反身将腰弯如弓形。⑥〔"醉客"二句〕喝醉酒的客人唱歌听曲。《金缕》，《金缕曲》的省称。品玉箫，此处指吹箫，一作"吹紫箫"（《李渔全集》卷十八《笠翁对韵》四七九页）。⑦〔"风定"二句〕均借用了古人诗意。宋代邵棠《怀隐居》中有"花落东风闲不扫，莺啼晓日醉犹眠"句。宋末元初方一夔《夜坐》中有"冷泉和月汲，残叶带霜烧"句。⑧〔"千载"二句〕姜太公吕望隐居在渭水垂钓时遇到周文王，周文王很赏识他，聘他做太师。后来，吕望辅佐武王建立了周朝。千载，非实指，周朝存在近 800 年。见 12 页注⑫。尚父，周文王称吕望为尚父，意谓可尊尚的父辈。⑨〔"百年"二句〕百年霸越，吴越国是五代十国时期的 10 国之一，自钱镠（liú）建国到归宋存在近 80 年。百年，非实指。万弩射江潮，传说吴越王钱镠为治理钱塘江水患而修筑堤坝，堤坝还没筑好，潮水就到了，于是吴越王召集了 1 万名弓弩手，射退了潮水。

◎ 典故

"长乐老"冯道

冯道（882—954），字可道，自号长乐老，五代时瀛州景城（今河北河间东）人。从他的名字可以看出，他喜欢道家思想。《道德经》："道可道，非恒〔汉代为避文帝（刘恒）名讳，改为"常"〕道；名可名，非恒名。"他的一生，也可算是这名字的最好注脚。

唐朝末年，冯道先是做燕王、卢龙节度使刘守光的幽州掾（yuàn，属员）。刘守光（？—914），深州乐寿（今属河北）人，卢龙节度使刘仁恭之子。后梁乾化元年（911 年）八月，刘守光称帝，国号"大燕"。过了两年，晋王李存勖把他赶跑，燕国灭亡。

同光元年（923 年）四月，李存勖在魏州称帝，定国号为唐，史称后唐，并于同年十二月灭亡后梁，定都于洛阳。冯道投奔李存勖，担任翰林学士，后迁中书舍人、户部侍郎。明宗时冯道拜端明殿学士，迁中书侍郎、刑部尚书平章事，改门下侍郎，户部、吏部尚书，集贤殿弘文馆大学士，加尚书左仆射（pú yè）。末帝立，冯道出为同州节度使，入为司空。官做到三公，位极人臣。

后汉天福元年（936 年），石敬瑭（táng）灭后唐建立后晋，冯道又投降后晋，不但接着做司空，还做同中书门下平章事。少帝时，进封燕国公。

天福十二年（947 年），契丹军攻入晋都汴梁，灭亡后晋。冯道率百官降契丹。同年二月，河东节度使刘知远在太原称帝，建立后汉。八月，后汉军收复镇州，驱逐契丹军。九月，冯道自镇州入朝，归附后汉。

广顺元年（951年），后汉监国郭威继位，建立后周，冯道被拜为太师、中书令。郭威对冯道非常敬重。显德元年（954年）四月，冯道病逝，终年73岁。周世宗听闻，废朝3日。

冯道前后做了20多年宰相，而且换了那么多朝代，可以说是名副其实的官场"不倒翁"。后世对他褒贬不一。欧阳修骂他"不知廉耻"，司马光斥其为"奸臣之尤"。但他讲孝道、善持家、能教子，居官时体恤下情、爱抚百姓、提携贤良，官声、民声都很好，"然当世之士无贤愚，皆仰道为元老，而喜为之称誉"。耶律德光（902—947，耶律阿保机次子，在位期间将国号契丹改为辽）曾经问他："天下百姓如何救得？"冯道回答："此时佛出救不得，惟皇帝救得。"（见《新五代史》本传）

◎释疑解惑

北斗七星

北斗，在古代是很重要的星辰。它代表着国家重臣、文化标杆，甚至是国家政权。《后汉书·李固传》："今陛下之有尚书，犹天之有北斗也。"《新唐书·狄仁杰传》："狄公之贤，北斗以南，一人而已。"《新唐书·韩愈传赞》："自愈没，其言大行，学者仰之如泰山、北斗云。"

北斗由天枢、天璇、天玑、天权、玉衡、开阳、瑶光（或摇光）7星组成。古人把这7星联系起来想象成为古代舀酒的斗形。《诗·小雅·大东》《楚辞·九歌·东君》里面都把北斗比喻成舀酒的勺子。天枢、天璇、天玑、天权组成为斗身，古称魁；玉衡、开阳、瑶光（或摇光）组成为斗柄，古称杓（biāo）。连接天璇和天枢并延长约5倍的距离，即可找到正北方的北极星。

佛教把北斗七星比为妙见菩萨的化身，号称具有守护国土、消灾却敌、增益福寿等功德。

róng duì cuì　　xī duì zhāo
荣 对 悴①，夕 对 朝 。

lù dì duì yún xiāo
露 地 对 云 霄 。

shāng yí duì zhōu dǐng   yīn hù duì yú sháo
商 彝 对 周 鼎②，殷 濩 对 虞 韶③。

fán sù kǒu   xiǎo mán yāo
樊 素 口 ，小 蛮 腰 。④

liù zhào duì sān miáo
六 诏 对 三 苗⑤。

cháo tiān chē yì yì   chū sài mǎ xiāo xiāo
朝 天 车 奕 奕⑥，出 塞 马 萧 萧⑦。

gōng zǐ yōu lán chóng fàn gě
公 子 幽 兰 重 泛 舸⑧，

wáng sūn fāng cǎo zhèng lián biāo
王 孙 芳 草 正 联 镳⑨。

pān yuè gāo huái   céng xiàng qiū tiān yín xī shuài
潘 岳 高 怀 ，曾 向 秋 天 吟 蟋 蟀；⑩

wáng wéi qīng xìng   cháng yú xuě yè huà bā jiāo
王 维 清 兴 ，尝 于 雪 夜 画 芭 蕉 。⑪

◎**注释** ①〔荣、悴〕荣，茂盛。悴，衰弱，枯萎。②〔商彝、周鼎〕指商周二代祭祀用的青铜礼器。彝，古代青铜器中礼器的通称。鼎，用来烹煮食物的青铜炊器，一般三足两耳；古代也视之为立国的重器，是政权的象征。③〔殷濩、虞韶〕殷濩，即大濩（hù），传说是商汤的舞乐名。濩，通"頀"，护也，歌颂成汤灭夏，天下安定。韶，传说是虞舜的舞乐名。韶，继也，歌颂虞舜能继承帝尧的德政。在商周时代，君主祭祀天地、祖先和举行重大朝贺仪式时，往往伴有舞乐。舞乐分文舞和武舞两大类，以文德得天下者作文舞，以武功得天下者作武舞。④〔樊素口，小蛮腰〕樊素、小蛮是白居易的两个歌姬，一个善歌，一个善舞。白居易作有"樱桃樊素口，杨柳小蛮腰"的诗句。⑤〔六诏、三苗〕六诏，唐代乌蛮六个部落的总称，即蒙嶲（xī）诏、越析诏、浪穹诏、邆（téng）睒（tàn）诏、施浪诏、蒙舍诏。乌蛮人称王或首领为"诏"。三苗，古族名，也称"有苗""苗民"。《史记·五帝本纪》载，三苗族居住在江、淮、荆州一带。⑥〔朝天车奕奕〕朝天车，指大臣们朝见皇帝所乘车马。奕奕，光彩闪动的样子。《诗·小雅·车攻》描述诸侯朝见天子的情景："驾彼四牡，四牡奕奕。"⑦〔出塞马萧萧〕借用古人诗意。唐代虞世南《出塞》："凛凛边风急，萧萧征马烦。"萧萧，马嘶叫声。⑧〔"公子"句〕化用屈原《九歌·湘夫人》"沅有芷兮澧有兰，思公子兮未敢言"的句意。泛舸，乘船游览。

舸，大船。⑨〔"王孙"句〕化用西汉淮南王刘安（一说为淮南小山）《招隐士》诗意："王孙游兮不归，春草生兮萋萋（看见萋萋芳草而思念行游未归的人）。"王孙，秦汉以前的隐士多为王侯之后，故用来代称隐士。联镳，并马而行。镳，马缰头。⑩〔"潘岳"二句〕晋代文学家潘岳在《秋兴赋》中有"熠耀粲于阶闼兮，蟋蟀鸣乎轩屏"的句子。潘岳，即潘安，见136页注⑨。高怀，高雅的情怀。⑪〔"王维"二句〕唐代诗人王维在诗、画、书方面都有很高的造诣。据说他画山水随意写来，不分节令，其《袁安卧雪图》中画有芭蕉。见宋代沈括《梦溪笔谈》卷十七。袁安事参见105页注⑦。清兴，清雅的兴致。

◎典故

"栽花县令"潘岳

前文多次提到潘岳。潘岳（247—300），字安仁，西晋荥阳中牟（今河南中牟县）人。

潘岳少年聪慧，号称"奇童"。历史上号称神童的人数不胜数，但号称奇童的正史记载不多，如东汉杜安、唐朝李百药、元朝孟攀鳞等。潘岳的这个称号，大概是公认的，因为那时人们把他比作董仲舒、贾谊之流，这是很高的期许。可惜，他命途多舛（chuǎn）。

大约20岁的时候，潘岳被举荐为秀才，开始官宦之旅。他一开始，因为貌美才高，很得皇帝赏识。但是他不太会交际，引起山涛、王济、裴楷等受宠官僚的忌妒，因而一直得不到升迁。气愤之余，他在阁道上写下歌谣："阁道东，有大牛。王济鞅，裴楷鞦（qiū，后鞧），和峤（jiào）刺促（忙碌不安的样子）不得休。"因为这件事，他得罪一大批官僚，被贬到离京都很远的河阳做县令。

本来以为仕途暗淡，此生无望了，谁知他在河阳搞了一项全民"绿化工程"——全县遍种桃李。一到春天，全县境内桃李芬芳，香飘百里。这下子想不出名都难。于是，他被太傅杨骏看重，引入门下做了太傅主簿。可惜，杨骏被害，被夷三族，潘安也受到牵连。幸而柳暗花明，他被公孙宏所救。原来，潘岳早年接济过穷困潦倒的公孙宏。

这之后，潘岳仕途顺利，一直做到京官，跟石崇成为好友，并附会贾充（曾参与弑杀魏帝曹髦）的外孙贾谧，成为"鲁公二十四友"（也称"金谷二十四友"）之一。贾谧人品不太好，潘母经常告诫潘岳，不要和贾氏走得太近。潘岳好不容易苦尽甘来，舍不得。

不久，赵王司马伦囚禁晋惠帝，自立为帝，任命亲信孙秀为宰相。孙秀原来是潘岳父亲的属下，为人奸滑，常被潘父鞭笞惩戒。此时公报私仇，抓了潘岳，并劝说司马伦将其杀害。

处决时，石崇先到，潘岳后到。石崇纳闷儿："孙秀害我是因为小妾绿珠，你又为什么来呢？"潘岳自嘲说："这叫'白首同所归'吧。"原来，潘岳跟石崇一起玩时，写过一首《金谷诗》，其中云："投分寄石友，白首同所归。"本来是说咱们两人关系好，到老还在一起玩，哪曾想一语成谶，却成为共死的预言。

◎释疑解惑

潘岳的歌谣骂的都是谁？

《晋书·潘岳传》记载，潘岳"负其才而郁郁不得志"，因不满山涛、王济、裴楷等"并为帝所亲遇"，"乃题阁道为谣"："阁道东，有大牛。王济鞅，裴楷鞧，和峤刺促不得休。""阁"指"台阁"，就是尚书省，也是潘岳的郎署所在。阁道是通向尚书省的道路，尚书省官吏出入必经之路。鞅，套在马颈或马腹上的皮带，泛指牲口拉车时的器具。鞧，套车时缠绕在牲口股后尾间的皮带、帆布带等。刺促，忙碌不休。潘岳是说，内阁用的两个"套牲口的器具"——王济、裴楷没有用，和峤怎么用力拉也拉不动。

gēng duì dú　　mù duì qiáo
耕对读，牧对樵。

hǔ pò duì qióng yáo
琥珀对琼瑶①。

tù háo duì hóng zhǎo　　guì jí duì lán ráo
兔毫对鸿爪②，桂楫对兰桡③。

yú qián zǎo　　lù cáng jiāo
鱼潜藻④，鹿藏蕉⑤。

shuǐ yuǎn duì shān yáo
水远对山遥。

xiāng líng néng gǔ sè　　yíng nǚ jiě chuī xiāo
湘灵能鼓瑟⑥，嬴女解吹箫⑦。

xuě diǎn hán méi héng xiǎo yuàn
雪点寒梅横小院，

fēng chuī ruò liǔ fù píng qiáo
风吹弱柳覆平桥⑧。

yuè yǒu tōng xiāo　　jiàng là bà shí guāng bù jiǎn
月牖通宵，绛蜡罢时光不减；⑨

fēng lián dāng zhòu　　diāo pán tíng hòu zhuàn nán xiāo
风帘当昼，雕盘停后篆难消。⑩

◎**注释**　①〔琼瑶〕泛指美玉。②〔兔毫、鸿爪〕兔毫，用兔毛制成的毛笔。鸿爪，鸿雁在泥土上留下的脚印，比喻往事遗留的痕迹。宋代苏轼《和（hè）子由渑（miǎn）池怀旧》：“人生到处知何似，应似飞鸿踏雪泥。泥上偶然留指爪，鸿飞那复计东西。”③〔桂楫、兰桡〕用桂树和木兰树制成的船桨，形容船只贵重华美。楫、桡，船桨。语出《楚辞·九歌·湘君》：“桂棹兮兰枻（yì，船舷），斫（zhuó，击冰）冰兮积雪。”楫，一作“棹”（《李渔全集》卷十八《笠翁对韵》四七九页）。④〔鱼潜藻〕鱼儿潜游在水藻下。唐代白居易《玩松竹二首》其一：“栖凤安于梧，潜鱼乐于藻。”⑤〔鹿藏蕉〕典出《列子·周穆王》。春秋时期，郑国有个樵夫打死一只鹿，把它藏在土沟里，并在上面盖上芭蕉叶。后来他去取鹿时，忘了藏鹿的地方，便以为自己做了一场梦。⑥〔湘灵能鼓瑟〕语出《楚辞·远游》：“使湘灵鼓瑟兮，令海若舞冯（píng）夷。”湘灵，舜的两位妃子娥皇、女英死后化为湘江之神。见27页注⑬。⑦〔嬴女解吹箫〕弄玉吹箫的故事。见12页注⑯。⑧〔“雪点”二句〕语本唐代温庭筠《和道溪君别业》：“凤飘弱柳平桥晚，雪点寒梅小苑春。”点，轻落。覆，遮盖。⑨〔“月牖”二句〕深夜月光透窗而入，即使熄灭红烛，房里也很明亮。宵，夜。绛蜡，红烛。⑩〔“风帘”二句〕白天帘子遮挡了门户，即使熄灭雕盘中的熏香，室内的香气也很难消散。风帘，指遮蔽门窗的帘子。雕盘，刻绘花纹的香盘。篆，盘香的烟缕。

◎**典故**

“湘水之神”湘妃

《尚书·尧典》记载，帝尧自觉年老体衰，想找个人替代他，于是征求下属的意见。大臣四岳（共工的后裔，曾辅佐大禹治水，后来主管四方诸侯）极力举荐“父母之所不爱，弟妹之所不亲”（《列子·杨朱篇》）的“鳏舜”。“鳏”就是无亲无故的意思。四岳说，舜的父亲、继母、同父异母弟弟都对他不好，多次想要害死他，但他却极孝顺父母，友善弟弟，从没有冒犯他们的言行。帝尧听了，就把两个女儿娥皇、女英嫁给他，一则为考察他，再则为帮助他。后来有史书记载，舜的父母和弟弟叫他挖井，然后把他埋在井里。但是舜得到妻子的帮助，挖地道钻了出来。

舜的品行终于感动家人，彼此和解，其乐融融。尧又把他扔到深山老林，结果舜"荒野求生"的本领高强，即使在"烈风大雨"中也不迷路，安全回到人间。这在上古部落里是很重要的技能，一般人是做不到的。于是，帝尧把首领之位传给他。

舜继位后，继续治水大业，任用一批能干的大臣，又亲力亲为，四处巡视。后来到了南方苍梧之野，染病而亡。

当初舜南行时，二妃并未同往，后来思念不已，便顺着路线南下追来。走到洞庭湖边上时，才惊闻舜死在了苍梧。于是二妃南望痛哭，眼泪飞洒到竹子上，竟使得竹子布满斑斑点点，后人称此竹为湘妃竹。唐代陈羽《湘妃怨》："舜欲省蛮陬（zōu，角落），南巡非逸游。九山沉白日，二女泣沧洲。目极楚云断，恨连湘水流。至今闻鼓瑟，咽绝不胜愁。"

二妃死后埋葬此地，于是成了湘水之神。《山海经·中次十二经》："洞庭之山……帝之二女居之，是常游于江渊。澧沅之风，交潇湘之渊，是在九江之间，出入必以飘风暴雨。是多怪神，状如人而载蛇。"这"状如人而载蛇"的"帝之二女"就是前面所说的湘妃，只是脾气变坏，经常扬风起浪。《史记·秦始皇本纪》："乃西南渡淮水，之衡山、南郡。浮江，至湘山祠。逢大风，几不得渡。上问博士曰：'湘君何神？'博士对曰：'闻之，尧女，舜之妻，而葬此。'"

◎ 释疑解惑

毛笔是谁发明的？

毛笔，是中国独具特色的书写、绘画工具，与古代西方民族的羽毛笔风采迥异。毛笔一般用禽兽的毛制成，分硬毫、兼毫、软毫，是古代文房四宝之一。

据传毛笔为蒙（méng）恬所创，所以至今被誉为"毛笔之乡"的河北衡水侯店和浙江湖州善琏（liǎn），每逢农历三月初三，如同过年，家家包饺子，饮酒庆贺，纪念蒙恬创制了毛笔。其实，1954年湖南长沙左家公山古墓曾发掘出整套书写工具，证明在蒙恬之前就有毛笔。殷墟研究进一步表明，商代的日常书写并非"刀笔文字"，而是与秦汉以后写在竹木简上的文字一样，是毛笔字。可能因为书写材料的限制，毛笔写下的文字不能长久保存，如今只有刻在坚硬卜骨上的甲骨文保存了下来。

春秋战国时期，列国对毛笔的称呼各不相同：吴国叫"不律"；楚国叫"插（竹）"；秦始皇统一中国后，一律称为"毛笔"。

三 肴

《诗》对《礼》①，卦对爻②。
shī duì lǐ　　guà duì yáo

燕引对莺调③。
yàn yǐn duì yīng tiáo

晨钟对暮鼓，野馔对山肴④。
chén zhōng duì mù gǔ　　yě zhuàn duì shān yáo

雉方乳⑤，鹊始巢⑥。
zhì fāng rǔ　　què shǐ cháo

猛虎对神獒⑦。
měng hǔ duì shén áo

疏星浮荇叶⑧，皓月上松梢。
shū xīng fú xìng yè　　hào yuè shàng sōng shāo

为邦自古推瑚琏⑨，
wéi bāng zì gǔ tuī hú liǎn

从政于今愧斗筲⑩。
cóng zhèng yú jīn kuì dǒu shāo

管鲍相知，能交忘形胶漆友；⑪
guǎn bào xiāng zhī　　néng jiāo wàng xíng jiāo qī yǒu

蔺廉有隙，终为刎颈死生交。⑫
lìn lián yǒu xì　　zhōng wéi wěn jǐng sǐ shēng jiāo

◎**注释** ①〔《诗》《礼》〕儒家经典中的《诗经》和《仪礼》。②〔卦、爻〕《周易》由八卦衍生出六十四卦，每卦由六爻组成。爻，组成八卦的长短横道，整画（一）为阳爻，断画（--）为阴爻。③〔燕引、莺调〕这里指乳燕引雏和流莺唤友发出动听的和鸣声。南宋辛弃疾《满江红》："乳燕引雏飞力弱，流莺唤友娇声怯。"调，本意为挑逗、戏弄，这里指黄莺戏闹之声。④〔野馔、山肴〕野馔，粗疏、淡

166

素的饭食。馔，一作"蔌（sù）"。山肴，用山中禽兽做成的菜肴。肴，鱼肉类熟食，荤菜(《李渔全集》卷十八《笠翁对韵》四八〇页)。⑤〔雉方乳〕野鸡正在孵卵。《后汉书·卓鲁魏刘列传》载，东汉鲁恭做中牟（mù）县令时，注重用道德风尚来感化人，政绩斐然，周边县的蝗虫过境，唯独不进中牟。郡守袁安听说以后，疑其不实，派人前往考察。来调查的人在路边休息时见野鸡伏在桑树下，旁边的儿童却不捉它，就问何故。儿童说："野鸡正在哺育幼雏，不能伤害它。"雉，野鸡。乳，鸟孵卵。⑥〔鹊始巢〕喜鹊开始筑巢。《礼记·月令》："雁北乡〔xiàng（繁体字为'鄉'），通'向'（繁体字为'嚮'）〕，鹊始巢，雉雊（gòu），鸡乳。"意即（冬末之月，各种禽鸟已经感受到阳气上升），大雁将要北徙，喜鹊开始筑巢，野鸡鸣叫，家鸡也开始孵卵。⑦〔獒〕大犬，猛犬。《尔雅·释畜》："狗四尺为獒。"⑧〔疏星浮荇叶〕稀稀落落的几点星光映照在浮着荇叶的水面上。此句化用南宋陆游《早秋南堂夜兴》诗句："水注横塘藻荇香，候虫唧唧满空廊。风前落叶纷可扫，天际疏星森有芒。"荇叶，荇菜，一种水生植物，根生水底，叶浮在水面上，嫩叶可食。⑨〔"为邦"句〕为邦，治理国家。瑚琏（liǎn），古代宗庙祭祀时盛黍稷的器皿，是很尊贵的礼器。夏朝称"瑚"，殷商称"琏"。《论语·公冶长》记载，孔子评价子贡是治国安邦的人才，堪比瑚琏。⑩〔"从政"句〕《论语·子路》记载，一次子贡问老师，当今做官的人怎么样。孔子说："噫！斗筲之人，何足算也？"斗筲之人，指见识短浅、气量狭小的人。斗，古代一种较小的量器，1斗容10升。筲，古时盛饭的竹器，1斗容2升。⑪〔"管鲍"二句〕管鲍，春秋时管仲和鲍叔牙。他们二人相知最深，管仲曾经感慨说："生我者父母，知我者鲍子也。"见《史记·管晏列传》。相知，即相友好。忘形，指朋友之间不拘身份、形迹。胶漆，如胶似漆，形容关系极为密切。⑫〔"蔺廉"二句〕蔺相如是赵国上卿，廉颇是赵国的大将军。蔺相如出身低微，因出使秦国维护了赵国尊严，回国后拜为上卿，位在廉颇之上。廉颇对此不服气，多次扬言要羞辱蔺相如，但蔺相如总是回避。蔺相如的属下心有不平，他对属下说："吾所以为此者，以先国家之急而后私仇也。"廉颇听说以后很受感动，便登门负荆请罪，二人结为刎颈之交。见《史记·廉颇蔺相如列传》。隙，嫌隙，因猜疑或不满而产生的仇怨。刎颈，割脖子。死生交，可以同生共死的朋友。

◎ 典故

"中国第一位儒商"——子贡

端木赐（前520—?），字子贡，或写作子赣，春秋时卫人。卫在今天河南东北部濮阳一带，离鲁不远。子贡是孔子的早期弟子，善辞令，列言语科。《论语·先进》篇记录孔子评价两位最得意的弟子颜回、子贡："回也其庶乎，屡空。赐不受命而货殖焉，亿（通'臆'）则屡中。"意思是说，颜回在道德修养上接近于完善了，但日子过得很贫穷，而子贡不经官府允许去经商，对市场行情每每预测得很准。

跟隐居陋巷、经常断炊而安贫乐道的颜回不同，子贡经商于曹、鲁之间，家累千金。《史记·货殖列传》说："子赣既学于仲尼，退而仕于卫，废著（谓贱买贵卖）鬻（yù）财于曹、鲁之间。七十子之徒，赐最为饶益。原宪不厌糟糠，匿于穷巷。子贡结驷连骑，束帛之币以聘享诸侯，所至，国君无不分庭与之抗礼。夫使孔子名布扬于天下者，子贡先后之也。"

子贡不仅善于经商，还擅长外交辞令，历仕鲁、卫，出使各诸侯国，与各国君臣分庭抗礼。他曾为鲁游说齐、吴、晋、越等国，促使吴伐齐救鲁。他一生创造了无数丰功伟绩，可以说是儒家经世致用的完美代表。

子贡的尊师很出名。鲁国大夫叔孙武叔曾经在别人面前贬低孔子，抬高子贡。子贡听说后，便以房子打比方，说老师的围墙高几丈，室内的富丽堂皇一般人看不到；自己的围墙只到肩膀，从外往里一眼就可以看尽。他还说老师就像日月，远非常人所能超越。孔子死后，弟子们按当时礼制守墓3年，而子贡则守了6年。

由于在商业上的特殊才能与非凡成就，后世都称他为"儒商始祖"。很多联语诸如"陶朱事业，端木生涯""经商不让陶朱富，货殖当推子贡贤""既在黎阳学子贡，何必南越法陶朱"，至今仍被商家推崇，也从侧面说明子贡对儒商文化的深远影响。

◎释疑解惑

子贡的生财之道

子贡是怎么发财的呢？《史记·仲尼弟子列传》记载得十分简洁："子贡好废举，与时转货资。""废"，就是高价出售。"举"，就是低价购进。"货"，货物。"资"，钱财。"转货资"，就是在货物与货币之间转换，在不同货物之间转换。商人的手段无非买进卖出，但买进卖出能否赚钱，取决于"时"。"时"，就是时机、机会。子贡之所以能发财，因为他能"与时"，就是在最合适的时间点买进卖出——"亿则屡中"。"亿"，通"臆"，臆测，预测。东汉王充《论衡·知实篇》解释这4个字说，子贡能预测到商品涨价或降价的时间点。圣人先知先觉，能够洞察世事，"顺乎天而应乎人"。子贡作为贤人，略差一等，但见多识广，能见微知著，察觉市场"先机"。

gē duì wǔ　　xiào duì cháo
歌 对 舞， 笑 对 嘲 。

ěr yǔ duì shén jiāo
耳 语 对 神 交①。

yān wū duì hài shǐ　　tǎ suǐ duì luán jiāo
焉 乌 对 亥 豕②， 獭 髓 对 鸾 胶③。

yí jiǔ jìng　　mò qīng pāo
宜 久 敬， 莫 轻 抛 。

yí qì　　duì tóng bāo
一 气④ 对 同 胞 。

zhài zūn gān bù bèi　　zhāng lù niàn tí páo
祭 遵 甘 布 被⑤， 张 禄 念 绨 袍⑥。

huā jìng fēng lái féng kè fǎng
花 径 风 来 逢 客 访⑦，

chái fēi yuè dào yǒu sēng qiāo
柴 扉 月 到 有 僧 敲⑧。

yè yǔ yuán zhōng　　yì kē bù diāo wáng zǐ nài
夜 雨 园 中 ， 一 颗 不 雕 王 子 柰；⑨

qiū fēng jiāng shang　　sān chóng céng juǎn dù gōng máo
秋 风 江 上 ， 三 重 曾 卷 杜 公 茅。⑩

◎ **注释** ①〔耳语、神交〕耳语，凑近别人耳朵小声说话。神交，彼此因慕名而心意投合却没有见过面的交谊。②〔焉乌、亥豕〕泛指古文中类似焉和乌（乌）、亥和豕这种因字形相近而写错或读错的字。焉乌，语出北宋宋祁《代人乞出表》："辨色立朝，足居多于跛（bì）倚；书思记命，目不辨于焉乌。"亥豕，《吕氏春秋·察传》记载，子夏去晋国，途经卫国，听到有人读史书时说"晋三豕（三头猪）涉河"。子夏说："你读的不对，应该是己亥吧。'己'与'三'字形相近，'豕'与'亥'字形相似。"到了晋国一打听，果然是晋国军队己亥年渡过黄河，前去讨伐秦国。③〔獭髓、鸾胶〕獭髓，水獭的骨髓。传说把水獭的骨髓与玉屑、琥珀屑相拌和，可以消除外伤疤痕。见晋·王嘉《拾遗记》卷八。鸾胶，传说海上凤麟洲的仙人用凤凰嘴和麒麟角熬制的一种胶，名叫"续弦胶"，能续接弓弩、琴瑟的断弦。见托名汉代东方朔著《海内十洲记·凤麟洲》。④〔一气〕声气相通。比喻情同兄弟。⑤〔祭（zhài）遵甘布被〕《后汉书·祭遵传》记载，祭遵把得到的赏赐都分给部下，自己则生活节俭，一直盖粗布被，其夫人生活也很简朴，因而受到皇帝的敬重。祭遵，东汉光武帝时的将军，"云台二十八将"之一。甘，甘愿。⑥〔张禄念绨（tí）袍〕战国时期范雎在魏国时被须贾（gǔ）诬陷，差点儿丢了性命。范雎逃生后改名张禄，并做了秦国丞相。几年后，魏国派须贾出使秦国请求罢兵，范雎穿了身破衣服私下去见须贾，须贾以为范雎贫寒，就送给他一件绨袍。不久，当须贾去相府拜见时才知秦相原来就是范雎，于是慌忙谢罪。张禄因为须贾有赠袍念旧之情，就饶恕了他。见《史记·范雎蔡泽列传》。绨，古代一种粗厚光滑的丝织品。⑦〔"花径"句〕化用杜甫《客至》诗句："花径不曾缘客扫，蓬门今始为君开。"⑧〔"柴扉"句〕化用贾岛《题李凝幽居》诗句："鸟宿池边树，僧敲月下门。"关于这两句诗还有一个"推敲"的故事。有一天贾岛骑着驴，吟得"鸟宿池边树，僧敲月下门"两句，但拿不准"推"和"敲"哪个好，结果无意中冲撞了京兆尹韩愈的仪仗队，被押到韩愈面前。韩愈问明缘由，斟酌良久后说："作敲字佳矣。"此后二人遂成诗友。柴扉，柴门，用柴木做的门。⑨〔"夜雨"二句〕有关孝子王祥的一个故事：晋人王祥非常孝顺，可继母总是刁难他，命他看护后园的柰树，如果柰子落地就要鞭打他。当时风雨欲来，王祥便抱树大哭，并哀求不要吹落柰子。上天被感动，风雨过后果真一颗柰子也没落下来。雕，萎谢，凋落。王子，指王祥，子是古时对男子的尊称。柰，俗称沙果。参见《晋书·王祥列传》。⑩〔"秋风"二句〕杜公，杜甫。杜甫住在成都时，一次狂风吹坏了他所住的草堂，为此他作了《茅屋为秋风所破歌》，其中有"八月秋高风怒号，卷我屋上三重茅"之句。

◎典故

"远交近攻"的范雎

范雎（？—前255），字叔，魏国芮城（今属山西）人。秦国宰相，因封地在应（yīng）城，所以又称为"应侯"。

范雎一开始是魏国中大夫须贾（gǔ）的门客，一直干得不错。有一次，范雎跟随须贾出使齐国。齐襄王得知范雎很有口才，就派人送去10斤黄金以及牛肉、美酒，但范雎一再推辞不敢接受。须贾则误以为范雎是把魏国的秘密出卖给了齐国，才得到齐王的赏赐。于是回到魏国后，须贾把这件事报告给宰相魏齐。魏齐听后，命令左右近臣用板子、荆条把范雎打得半死。范雎假装死去，魏齐就派人用席子把他卷了扔在厕所里，让宴饮的宾客喝醉了，轮番往范雎身上撒尿。范雎趁机向看守他的人求情，才得以逃走。后来魏齐派人搜索范雎，魏国人郑安平带着范雎隐藏起来。范雎更名张禄，跟随秦国使者王稽入秦，得王稽引荐，觐见秦昭王。

当时秦国太后党势大，穰（ráng）侯魏冉、华阳君是秦昭王母亲宣太后的弟弟，而泾阳君、高陵君都是秦昭王的同胞弟弟，他们都主张对远方的齐国动兵。范雎提出了"远交近攻"的高远策略，否定穰侯魏冉越过韩、魏而攻齐的疲兵之举。他主张首先要兼并身边的韩、魏，同时与遥远的齐国等大国保持良好关系。秦昭王大为赞同，拜范雎为客卿，委以重任。他一上任，便提醒秦昭王，秦国王权太弱，需要加强。秦昭王遂于公元前266年废太后，并将四大贵族赶出函谷关外，拜范雎为相。

范雎这个人能屈能伸、恩怨分明，掌权后，先是借机羞辱来访的魏使须贾，之后运用政治压力迫使魏齐自尽，又举荐郑安平出任秦国大将，王稽出任河东守。

公元前262年，范雎以反间计使赵国启用赵括代廉颇为将，之后秦将白起大破赵军。长平之战后，范雎妒忌白起的军功，借秦昭王之命迫使白起自杀。随后，秦军被诸侯援军击败，郑安平降赵。公元前255年，王稽也因通敌之罪被诛。范雎因此失去秦昭王的宠信，不得不推举蔡泽代替自己的位置，辞归封地，不久病死。

◎ **释疑解惑**

赵括真的无能吗？

长平之战前，秦军总数超过100万，长平一战，先后投入大约60万。赵国总兵力约60万，长平之战投入约50万。

上党为军事要地，易守难攻，赵军占据地利。开始的几次小规模作战，赵国都没有占到便宜，说明实力还是有差距。廉颇是百战名将，见势不好马上深沟高垒，避而不战。打了几个月后，秦军以惨重的代价渐渐挽回地利劣势，双方苦战之后，进入相持阶段。这时候，后勤补给成了战争胜负的关键。秦国当时国力如日中天，而赵国已经撑不了多久。即便不换将，时间一长赵国也守不住，廉颇对白起也没有胜算。

这时，赵国需要打一场硬仗，因为早死晚死都是死，不如搏一搏。

长平之战时，名将赵奢已死。赵胜长于后勤与外交，不善于指挥作战。李牧虽能征善战，但当时要戍守北方防备匈奴，分身乏术。燕国来的乐毅是一代名将，但已年老多病，不能出征。安平君田单自齐归赵不久，难以服众，在军中的威望还不如赵括。赵括多年随军，年少成名，在军中颇有威信。这一仗，也只能由他来指挥。

赵括到达前线，立即组织反击，收复失地。秦王知赵军换将，偷偷用白起换下王龁（hé），可见对赵括的重视。赵括不知对手变了，制定的战法都是针对王龁。在指挥大集团军作战方面，王龁远远不如白起。决战刚开始，赵军攻势很猛。秦军拼死拦截，通过围点打援、截断水流等手段，牵制、围困赵军主力。经过数日大战，赵军仍无法突围。此时赵军断粮 40 多天，战马已被杀光，甚至杀老弱病残为食。就算这样，赵军都没有大乱。

赵括曾派刺客行刺白起，可惜仅仅刺伤白起，未竟全功。他又选出一个人冒充自己，率一军向晋城方向突围，而自己则率主力向长平突围。秦军射死假赵括，以为赵括已死，便对真赵括进行招降。赵括将计就计，率军诈降，而秦军也未完全放弃戒备之心，于是假受降真会战，最后一场恶战，再次死伤无数。赵军终因多日无粮，力竭而败。赵括身先士卒，奋勇冲杀，最后力竭，死于乱军之中。

yá duì shè　　lǐn duì páo
衙 对 舍①，廪 对 庖②。

yù qìng duì jīn náo
玉 磬 对 金 铙③。

zhú lín duì méi lǐng　　qǐ fèng duì téng jiāo
竹 林 对 梅 岭④，起 凤 对 腾 蛟⑤。

jiāo xiāo zhàng　　shòu jǐn páo
鲛 绡 帐⑥，兽 锦 袍⑦。

lù guǒ duì fēng shāo
露 果 对 风 梢⑧。

yáng zhōu shū jú yòu　　jīng tǔ gòng jīng máo
扬 州 输 橘 柚，荆 土 贡 菁 茅⑨。

duàn shé mái dì chēng sūn shū
断 蛇 埋 地 称 孙 叔⑩，

dù yǐ zuò qiáo shí sòng jiāo
渡 蚁 作 桥 识 宋 郊⑪。

hǎo mèng nán chéng　　qióng xiǎng jiē qián piān jī jī

好 梦 难 成 ，　蛩 响 阶 前 偏 唧 唧；⑫

liáng péng yuǎn dào　　jī shēng chuāng wài zhèng jiāo jiāo

良 朋 远 到 ，　鸡 声 窗 外 正 嘐 嘐。⑬

◎**注释**　①〔衙、舍〕衙，古代的官署。舍，此处指客舍。②〔廪、庖〕廪，粮仓。庖，厨房。③〔玉磬、金铙〕玉磬，古代用玉或石制成的一种打击乐器。金铙，古代铜制的圆形打击乐器。④〔梅岭〕指开满梅花的山岭；也指五岭之一的大庾（yǔ）岭，古时岭上梅树很多。唐代李商隐《对雪二首》其一："梅花大庾岭头发，柳絮章台街里飞。"⑤〔起凤、腾蛟〕凤凰高飞，蛟龙腾跃，形容人很有文采。⑥〔鲛绡帐〕用细绢做的帐子。鲛绡，传说中鲛人所织的绡。泛指薄纱。古代传说南海里有鲛人，善纺织，曾到人间来卖绡（生丝）。后来鲛人要回去了，流下泪来，即刻变成了珍珠。见南朝梁任昉《述异记》卷上。⑦〔兽锦袍〕绣有麟、豹一类野兽花纹的锦袍。⑧〔露果、风梢〕露果，指露珠，一说指雨露中的果实。风梢，风的末端，一说指风中的树梢。⑨〔"扬州"二句〕《尚书·禹贡》记述九州的山川物产，规定扬州要向天子贡赋橘柚，荆州要进献菁茅。输，原意为送达，引申为献纳。菁茅，草名。一说古人用菁茅扎成神像，灌酒其上，表示神已饮用。一说古代祭祀时用菁茅来滤酒去滓。⑩〔"断蛇"句〕传说春秋时期楚国人孙叔敖年幼时，看见一条两头蛇，为了不让更多的人看见这条蛇（当地的人认为谁看见两头蛇谁就会死去），就杀死了它并且埋掉了。孙叔敖回家后告诉了母亲事情的原委，说自己怕是活不长了。母亲说："不会的，我儿做的是好事，一定会有好报。"后来孙叔敖果然做了楚国的令尹。参见西汉刘向《新序·杂事一》。⑪〔"渡蚁"句〕传说宋朝的宋郊〔后改名宋庠（xiáng）〕和宋祁兄弟二人读书时，有个僧人给他们看相说："弟弟会考取状元，哥哥也能考中。"几年后兄弟二人考完春试，那位僧人又见到宋郊说："你能考中状元，因为你积了很大的阴德，曾经救活几百万条性命。"宋郊经僧人提示才想起来，有一天大雨把蚂蚁的巢穴淹没了，自己用竹子编了座"小桥"让蚂蚁们爬了出来。后来放榜时，宋祁第一，宋郊第三，可是皇太后说："弟弟不应位在兄长的前面。"于是下令把宋郊改为第一名，而把宋祁调到第10名。见宋代曾慥《类说》卷四七引《遯（dùn，遁的异体字）斋闲览》。⑫〔"好梦"二句〕石阶前的蟋蟀不停地鸣叫，吵得人睡不着觉。古人常借蛩鸣抒发幽怀。如唐代李郢《宿杭州虚白堂》："秋月斜明虚白堂，寒蛩唧唧树苍苍。江风彻晓不得睡，二十五声秋点长。"蛩，蟋蟀。唧唧，虫鸣声。⑬〔"良朋"二句〕如有客人来了，窗外就会鸡声嘐嘐。

俗语说，"鸡叫客人到。"嘐嘐，也作"胶胶"，鸡叫声。明代何景明《西郊秋兴十首》其五："窥人一鸟下，见客众鸡鸣。"

◎ **典故**

嵇康的妻子

嵇康本姓奚，会稽人。自幼多才多艺，自学成才。魏明帝欣赏他，提拔他为浔阳长。嵇康后来迎娶曹操之孙曹纬的女儿长乐亭（公）主为妻，拜郎中，迁中散大夫。

汉献帝建安三年（198 年），43 岁的曹操率军东征徐州，攻吕布。吕布部将秦谊（又称秦宜禄，宜禄为官名）的妻子杜氏，有美色。关羽多次请求曹操胜利后把杜氏赏给他。曹操答应，可见到美若天仙的杜氏时，立刻纳为妾。

杜氏和曹操生有两儿（曹林、曹衮）一女（金乡公主，何晏之妻）。

曹林（即沛穆王）的封地在沛国谯〔现安徽亳（bó）州市〕，即曹操的家乡，也是嵇康的家乡。曹林死后，儿子曹纬继承爵位。曹纬的女儿即长乐亭（公）主，约公元 232 年生，比嵇康小 10 岁。但有一种说法认为长乐亭（公）主是曹林的女儿，跟嵇康年龄相仿。

史书并未交代长乐亭（公）主的下落。魏景元三年（262 年），嵇康临刑前，把一双儿女托付给了之前绝交的山涛照顾，并对儿子说："巨源（山涛的字）在，汝不孤矣。"嵇康死后，山涛一直把嵇康的儿子养大成才。18 年后，嵇康之子嵇绍在山涛的举荐下，被晋武帝"发诏征之"，成为晋朝的忠臣。

◎ **释疑解惑**

嵇康与何晏是什么关系？

与嵇康同时的风流名士很多，其中有一位既有学问，又是著名的美男子（三国两晋盛产美男子），皮肤白得像涂了粉。他就是何晏（？—249），字平叔，南阳宛（今河南南阳）人，何进（汉灵帝时任大将军）之孙。何进被杀后，晏母尹氏被曹操纳为夫人，并把何晏收养在宫中。《三国志·魏书·曹爽传》："（晏）母尹氏，为太祖夫人。晏长于宫省，又尚公主。"至于嵇康，《晋书·嵇康传》则称嵇康"与魏宗室婚"。由于都与曹魏有姻亲，所以他俩是亲戚关系。

何晏所娶金乡公主，是曹操夫人杜氏所生，沛王曹林之妹。嵇康娶的是长乐亭主，也是曹魏宗室女子。

不过，对于长乐亭主的身份，一直有曹林之女及曹林子之女两种不同的说法。《文选·恨赋》注引王隐《晋书》："嵇康妻，魏武帝孙，穆王林女也。"《三国志·魏书·沛穆王曹林传》注引《嵇氏谱》："嵇康妻，林子之女也。"据考证，王隐《晋书》之说较为可信，而《嵇氏谱》所言与事实不符。因此，何晏是曹林的妹夫，嵇康是曹林的女婿。

四 豪

茭对茨，荻对蒿。①

jiāo duì cí   dí duì hāo

山麓对江皋②。

shān lù duì jiāng gāo

莺簧③对蝶板④，麦浪对松涛。

yīng huáng   duì dié bǎn   mài làng duì sōng tāo

骐骥足，凤凰毛。⑤

qí jì zú   fèng huáng máo

美誉对嘉褒。

měi yù duì jiā bāo

文人窥蠹简⑥，学士书兔毫⑦。

wén rén kuī dù jiǎn   xué shì shū tù háo

马援南征载薏苡⑧，

mǎ yuán nán zhēng zài yì yǐ

张骞西使进葡萄⑨。

zhāng qiān xī shǐ jìn pú tao

辩口悬河，万语千言常亹亹；⑩

biàn kǒu xuán hé   wàn yǔ qiān yán cháng wěi wěi

词源倒峡，连篇累牍自滔滔。⑪

cí yuán dào xiá   lián piān lěi dú zì tāo tāo

◎**注释** ①〔茭、茨、荻、蒿〕均指杂草。茭，喂牲口的干草。茨，蒺藜。荻，荻草，一种生长于江河湖畔及低洼地带的像芦苇的植物。蒿，青蒿，白蒿。②〔江皋〕江岸。皋，水边的高地。③〔莺簧〕指黄莺啼鸣美妙如笙簧演奏的声音。簧，管乐器中用以振动发声的薄片。北宋赵士礽（réng，福）《游报恩寺》："庭前密菊花铺锦，竹外娇莺语转簧。"④〔蝶板〕蝴蝶的双翅忽开忽合好像打拍子的乐板。明·郭

棐（fěi）《游西樵山》其三：“红树枝头双蝶板，绿萝阴下一渔矶。”板，民族乐器中用来打节拍的乐板。⑤〔骐骥足，凤凰毛〕喻称优秀而不多得的人才。《三国志·蜀书·庞统传》：“庞士元非百里才也，使处治中、别驾之任，始当展其骥足耳。”骐骥，古称良马。⑥〔文人窥蠹简〕蠹简，被虫蛀坏的书，泛指破旧书籍。南宋陆游《道室述怀》：“二寸藤冠狂道士，一编蠹简老书生。”蠹，蛀蚀，损坏。简，竹简，指书籍。窥，观看。⑦〔学士书兔毫〕书，书写。兔毫，用兔毛制成的毛笔，此处指毛笔。⑧〔“马援”句〕东汉将军马援南征交阯时，曾带回数车薏苡，用来防治瘟疫。《后汉书·马援传》：“初，援在交阯，常饵薏苡实，用能轻身省欲，以胜瘴气。”薏苡，多年生草本植物。薏苡仁可供食用、入药。⑨〔“张骞”句〕汉武帝时，张骞曾两次出使西域，加强了中原与西域的联系，开辟了中国通往西方的丝绸之路。据说葡萄种子就是他从西域带回来的。《汉书·西域传上·大宛（yuān）国》：“汉使采蒲陶（葡萄）、目宿（苜蓿）种归。”⑩〔“辩口”二句〕辩口悬河，指说起话来滔滔不绝，论辞流畅奔放，谈吐动人，有吸引力。形容能言善辩。语出唐代韩愈《石鼓歌》：“安能以此上论列，愿借辨（同‘辩’）口如悬河。”悬河，原指瀑布，此处比喻论辩不绝或文辞流畅奔放。亹亹，诗文有吸引力，动听。⑪〔“词源”二句〕词源倒峡，指文辞多得就像倾峡而出的江水，气势磅礴。形容诗文雄健有力，气势豪迈。语出唐代杜甫《醉歌行》：“词源倒流三峡水，笔阵独扫千人军。”连篇累牍，形容篇幅长。累，重叠，堆积。牍，木简，书版。

◎ 典故

“口如悬河”的郭象

郭象（约252—312），字子玄。年少时喜欢《老》《庄》，能清言，平时闭门读书。后来朝廷征召他做司徒掾、黄门侍郎。东海王司马越引荐他做太傅主簿，很信任他。他借势而起，任职专权，引起时人不满。据说他还把老朋友向秀的《庄子注》（在向秀死后）窃为己注，并到处宣扬这部抄袭之作。不过，也有人说窃注之事不是真的。不管怎样，他算是当时的玄学大师。

郭象与王弼、何晏同为玄学的代表人物，都善清谈。王弼，字辅嗣，能言善辩，是魏晋玄学的主要开创者，著有《老子注》《周易注》《论语释疑》等书。何晏任吏部尚书时，很有地位声望，当时清谈的宾客常常满座。王弼当时不到20岁，去拜会他，何晏便当着宾客分条列出以前那些精妙的玄理，对王弼说：“这些道理我认为是谈得最透彻的了，还能再反驳吗？”王弼便提出反驳，在座的人听了，都觉得何晏理屈，不知怎么发言。于是王弼反复自问自答，所谈玄理，在座的人都赶不上。

而这位郭象，在清谈方面还要超过王弼。因为他出来做官以前，读了很多书，非常博学，引经据典信手拈来。他还有一个长处，就是把那些玄乎的义理用日常生活琐事来说明，因而提出来的见解往往形象生动，也比别人深刻，而且能够将个中道理说得很清楚。这种本事是那些"四体不勤，五谷不分"的贵族们难以企及的，因此，他受到很多人的推崇。

郭象的口才不是一般的好，每每讲起话来就滔滔不绝，有声有色，让大家听得很入神。其中有个太尉叫王衍，美男子，就是"挥麈（zhǔ）清谈"那一位，一次听完郭象的议论后感慨："听郭象说话，就好像看到瀑布流泻下来的水，滔滔不绝，好像永远不会停止。"

◎释疑解惑

"清言"说的是什么？

《晋书·郭象传》："（郭象）少有才理，好《老》《庄》，能清言。"清言，指魏晋时期何晏、王衍等崇尚《老》《庄》，摈弃世务、竞谈玄理的风气。

清谈，源起于东汉的清议风气，就是一些愤世嫉俗的人对时政的议论，我们今天叫社会舆论。清议之人在古代非常受人尊敬，他们廉洁自守，疾恶如仇，不畏权贵，持论公正，是社会道德的标准和化身。他们后来被称作"清流派"。如果清流派盛行，就说明政治清明，言论自由，进言纳言的渠道畅达；反之，则说明政治昏暗，道德沦丧。后来魏晋时期的清谈，就是变了味儿的清议。那时候政治昏暗、时局动荡，人们动辄获罪、朝不保夕，谁也不敢说真话、说狠话，干脆装糊涂明哲保身。《晋书·傅玄传》："其后纲维不摄，而虚无放诞之论盈于朝野，使天下无复清议。"

méi duì xìng　　lǐ duì táo
梅 对 杏 ， 李 对 桃 。

yù pò　　duì jīng máo
楛 朴① 对 旌 旄②。

jiǔ xiān　　duì　　shī shǐ　　dé zé duì ēn gāo
"酒 仙"③ 对 "诗 史"④ ， 德 泽 对 恩 膏⑤。

xuán yí tà　　mèng sān dāo
悬 一 榻⑥ ， 梦 三 刀⑦。

zhuō yì duì guì láo

拙 逸 对 贵 劳⑧ 。

yù táng huā zhú rào　　jīn diàn yuè lún gāo

玉 堂 花 烛 绕 ， 金 殿 月 轮 高 。

gū shān kàn hè pán yún xià

孤 山 看 鹤 盘 云 下⑨ ，

shǔ dào wén yuán xiàng yuè háo

蜀 道 闻 猿 向 月 号⑩ 。

wàn shì cóng rén　　yǒu huā yǒu jiǔ yīng zì lè

万 事 从 人 ， 有 花 有 酒 应 自 乐 ;⑪

bǎi nián jiē kè　　yì qiū yì hè jìn wú háo

百 年 皆 客 ， 一 丘 一 壑 尽 吾 豪 。⑫

◎ **注释** ①〔械朴（pò）〕两种丛生灌木。出自《诗·大雅·械朴》："芃（péng）芃（形容植物茂盛）械朴，薪之槱（yǒu，聚积木柴以备燃烧）之。"意思是械树和朴树枝叶繁茂，把它们砍伐下来，堆积起来，点火烧起，用来祭祀天神。此处用以称咏文王善于选拔和任用人才。故后世多用"械朴"比喻贤才众多。②〔旄旌〕古代竿头用旄牛尾装饰的一种旗，用以指挥或开道。③〔"酒仙"〕喜欢饮酒的仙人。此处当指唐代诗人李白。李白喜饮酒，自号"酒仙翁"，《金陵与诸贤送权十一序》文末自注"酒仙翁李白辞"。④〔诗史〕描写某个时期社会现实，具有历史意义的诗歌。此处当指唐代诗人杜甫。杜甫是伟大的现实主义诗人，他的诗较为真实地反映了当时的社会现实，被人誉为"诗史"。唐代孟棨（qǐ）《本事诗·高逸》："杜逢禄山之难，流离陇蜀，毕陈于诗，推见至隐，殆无遗事，故当时号为'诗史'。"⑤〔德泽、恩膏〕恩德。泽的原意指雨露，膏的原意指油脂，此处均指滋润万物的及时雨。⑥〔悬一榻〕东汉徐稚品德高尚，人称"南州高士""布衣学者"。当时豫章太守陈蕃不喜欢应酬，从来不接待宾客，但特意为徐稚准备一个坐榻，徐稚走后就悬挂起来。榻，狭长而较矮的坐卧用具。参见《后汉书·徐稚传》。⑦〔梦三刀〕相传西晋将领王濬（jùn）做广汉太守时，曾梦见梁上悬了3把刀，不一会儿又增加了1把。为他解梦的人说："三刀是州字（篆书），又加一把是'益'的意思（'益'有一个义项是'增加'），合起来就是益州。看来您将要做益州刺史了。"不久，王濬被任命为益州刺史。参见《晋书·王濬传》。⑧〔拙逸、贵劳〕拙，谦称自己；贵，敬称对方。逸，安闲，安乐；劳，辛勤，辛苦。⑨〔"孤山"句〕宋代林逋隐居西湖孤山，常养两鹤，纵之则飞入云霄，盘旋久之乃下。见55页注⑬。⑩〔"蜀道"

句〕蜀地的路上常听到猿啼高而凄厉、似哭似号的叫声。北魏郦道元《水经注》有
"巴东三峡巫峡长，猿鸣三声泪沾裳（cháng）"之句。⑪〔"万事"二句〕一切事
情都任由别人去做吧，我只管喝酒赏花，及时行乐。从，顺从。⑫〔"百年"二句〕
即使人生百年，也不过是过客，不如寄情于山水之间，尽放豪情。一丘一壑，指退
隐山野，纵情山水。丘，山陵。壑，溪谷。

◎ 典故

寄情山水的谢鲲

谢鲲（约281—324），字幼舆，晋陈郡阳夏（jiǎ）（今河南太康）人。他是
太常卿谢裒（póu）的哥哥，太保谢安的伯父，因为做过豫章太守，所以人称谢
豫章。他少年出名，喜欢《老子》《周易》，还能唱歌，善鼓琴，平时以琴书自
娱。东海王司马越眼光独到，发现他的才干后提拔为掾吏，转任参军。西晋末
年，他跟着一帮官员氏族避乱江东，王敦引荐他做了长史。后来他参与镇压杜弢
叛乱，因功封咸亭侯。等到王敦谋乱，他知道劝阻不了，干脆不理政事，整天与
毕卓、王尼等人酗酒装醉。所以，他没受到王敦作乱失败的影响，还在王敦死后
升了官，做到豫章太守，成为一方大员。

东晋明帝司马绍（299—325）曾经问谢鲲，你和庾（yǔ）亮相比怎么样？谢
鲲回答说，我在朝廷上处理政务比不上庾亮，但"一丘一壑，自谓过之"。就是
说他在深山幽谷中陶冶性情这点上超过庾亮。这实际是暗讽庾亮贪慕权势，不够
高雅淡泊。后来就有个词"幼舆高志"，专门比喻那种居于山野、远离世俗、修
身养性、自得其乐的情怀。谢鲲的侄子谢安早年"东山高卧"，也想学叔叔，可
惜"靡不有初，鲜克有终"，最终没能顶住诱惑，还是出去做了官。

◎ 释疑解惑

谢鲲的家世

谢鲲的家族属于历史上的大豪门陈郡谢氏，这个家族出过无数出色的学者、
政客、富豪、隐者。陈郡谢氏源自周宣王时的申伯，起家于三国曹魏时期，西晋
末年避乱南渡。东晋初年，在著名的"淝水之战"中，以谢安为首的谢氏家族
大败来犯之敌，为东晋政权稳固立下盖世之功，奠定了陈郡谢氏在士族中的地
位。从以下内容，可以直观地看出谢鲲家族之显赫：

祖父：谢缵（214—282），官至典农中郎将。

父亲：谢衡（240—300），字德平，号衡再。西晋大儒，官至国子祭酒。

二弟：谢裒（282—346），字幼儒，官至太常卿。生六子：谢奕、谢据、谢安、谢万、谢石、谢铁。

三弟：谢广，字幼临，晋武帝年间担任尚书。

妻子：刘氏，出身中山刘氏。

儿子：谢尚，官至镇西将军、都督豫冀幽并（bīng）4州诸军事、豫州刺史，袭爵咸亭侯。

女儿：谢真石，嫁阳翟（dí）褚氏的褚裒，后被封为寻阳乡君。

外孙女：褚蒜子（324—384，褚裒、谢真石之女），晋康帝司马岳的皇后。

谢鲲的侄子谢奕有个女儿叫谢道韫（yùn），字令姜，后来成为著名书法家王羲之的儿子王凝之的妻子。她能写诗，被称为"柳絮高才"。

谢氏是江南大族，唐代柳芳《姓系论》："过江则为侨姓，王、谢、袁、萧为大。"在南朝四大豪门"王谢袁萧"中排第二位。谢氏兴起于曹魏，至南朝陈还有人出任高位，只不过影响力已大不如前。南朝末年，谢家与很多士族一样走向没落，没能像兰陵萧氏那样善于经营，一直繁盛到唐朝。

tái duì shěng　　shǔ duì cáo
台 对 省 ， 署 对 曹①。

fēn mèi duì tóng páo
分 袂 对 同 袍②。

míng qín duì jī jiàn　　fǎn zhé duì huí cáo
鸣 琴 对 击 剑 ， 返 辙 对 回 艚③。

liáng jiè zhù　　cāo tí dāo
良 借 箸④， 操 提 刀⑤。

xiāng míng duì chún láo
香 茗 对 醇 醪⑥。

dī quán guī hǎi dà　　kuì tǔ jī shān gāo
滴 泉 归 海 大 ， 篑 土 积 山 高。⑦

shí shì kè lái jiān què shé
石 室 客 来 煎 雀 舌⑧，

huà táng bīn zhì yǐn yáng gāo
画 堂 宾 至 饮 羊 羔⑨。

bèi zhé jiǎ shēng　　xiāng shuǐ qī liáng yín　　fú niǎo
被 谪 贾 生 ， 湘 水 凄 凉 吟 《鹏 鸟》；⑩

zāo chán qū zǐ　jiāng xún qiáo cuì zhù　lí sāo

遭 谗 <u>屈 子</u>，<u>江 潭</u> 憔 悴 著 《离 骚》。⑪

◎**注释**　①〔台、省、署、曹〕古时官署的名称。台、省，指设在皇宫禁地的中枢机关。署、曹，分科办事的机构。②〔分袂、同袍〕分袂，离别。袂，衣袖。同袍，原是军队中人互称。后泛指极有交情或关系密切的人。语出《诗·秦风·无衣》："岂曰无衣，与子同袍。"③〔返辙、回艚〕返辙，回车返行。辙，车轮碾过的痕迹。回艚，掉转船头返行。艚，船。此处用王徽之"何必见戴"的典故。④〔良借箸〕张良一次为刘邦出谋划策，当时刘邦正在吃饭，张良就借用桌上的筷子逐条分析利弊，每讲一条就摆一根筷子，参见《史记·留侯世家》。箸，筷子。⑤〔操提刀〕曹操有一次要接见匈奴使者，他让相貌堂堂的崔琰（yǎn）装扮成魏王，自己扮成卫士，提刀站在一旁。匈奴使者朝见以后就对人说，魏王相貌也就算平常，但旁边的提刀人却是真英雄。见南朝宋刘义庆《世说新语·容止》。提，一作"捉"（《李渔全集》卷十八《笠翁对韵》四八三页）。⑥〔醇醪〕味道浓厚的美酒。⑦〔"滴泉"二句〕都是说积少成多的意思。篑土，一筐土。篑，古代盛土的筐子。滴，一作"涓"（《李渔全集》卷十八《笠翁对韵》四八三页）。⑧〔"石室"句〕石室，一说古代藏图书档案的处所，借指书房；一说是石洞或神仙洞府，借指清幽之地。雀舌，一种用嫩芽焙（bèi）制的上等茶。⑨〔"画堂"句〕画堂，泛指华丽的堂舍。羊羔，美酒名。⑩〔"被谪"二句〕汉朝贾谊被贬黜做了长沙王太傅以后，心情苦闷。一天，鵩鸟飞进他的宅院，长沙的风俗认为鵩鸟所停之家，预示主人不祥，贾谊为排遣忧伤写了《鵩鸟赋》。鵩鸟，一种猫头鹰类的鸟。贾生，贾谊，见37页注⑥和121页注⑪。湘水，此处借指长沙。⑪〔"遭谗"二句〕战国时楚国大夫屈原，因遭人谗毁而被楚怀王流放到汉北、沅湘一带。在这期间，他"被（pī）发行吟泽畔，颜色憔悴，形容枯槁"，写出了著名的《离骚》。参见《史记·屈原贾生列传》。遭谗，被诽谤、谗毁。屈子，屈原。江潭（xún），江边，此指屈原被流放之地。潭，通"浔"，水边。

◎**典故**

"何必见戴"的王徽之

王徽之（338—386），字子猷（yóu），东晋书法家王羲之第五子。生性高傲，放诞不羁，时常外出闲逛，后来索性辞官，住在山阴（今浙江绍兴）。善书法，后人评价"徽之得其（王羲之）势"。

王徽之住在山阴县时，有一天夜里下大雪，他一觉醒来，打开房门，叫家人拿酒来喝。眺望四方，一片皎洁，于是起身徘徊，吟诵左思的两首《招隐》诗。

他忽然想起当时住在剡（shàn）县的戴安道，便立即连夜坐小船到戴家去。船行了一夜才到，到了戴家门口，没有进去，就原路返回。别人问他什么原因，王徽之说："我本是趁着一时兴致去的，兴致没有了就回来，为什么一定要见到戴安道呢！"

当时有个和尚叫支道林，很不喜欢王徽之兄弟那种放诞不羁的做派，形容他们俩是"一群白颈鸟，但闻唤哑哑（è è）声"，但这并不影响徽之兄弟的美名。

王徽之给大司马桓温做参军，"蓬首散带，不综府事"；又给车骑桓冲做骑兵参军，连有多少匹马都不知道。上司让他干点儿正事，他就装傻充愣不知所云。那时候有个士大夫弄了个竹园，逗引他去游玩，好顺势结交一下。他去了不理人家，直接进园子喊叫一通，扭身就要离去。主人急了，关上大门不让他走。他也无所谓，坐下来跟人家饮酒，好不潇洒。

王徽之爱竹，但凡住的地方没有竹子，立刻让人种上。他的口头禅就是："何可一日无此君邪！"于是后人就把竹子叫"此君"。

◎ 释疑解惑

戴逵有什么本事？

戴逵（？—395），字安道，东晋谯郡铚（zhì）县〔今安徽濉（suī）溪〕人，晚年长期住在会稽一带。他跟顾恺之同时，终生不仕。初就学于名儒范宣，博学多才，能弹琴，善画人物、山水，还擅长雕刻及铸造佛像。他曾为了创造新的佛像样式，悄悄坐在帷帐中倾听别人议论，再参考大家的意见，积思 3 年才完成雕刻。他在南京瓦官寺造的 5 躯佛像，和顾恺之的《维摩诘像》及狮子国（锡兰岛）的玉像，共称"瓦官寺三绝"。

武陵王司马晞（xī），听说戴逵鼓瑟有清韵之声，就派人召他到太宰府去演奏。戴逵深以为耻，当着使者的面将瑟砸碎，说：戴安道不为王门伶人。可是，司马晞转而召请他哥哥戴述时，戴述很高兴地就去了。

王徽之也是博学多才的大名士，跟戴逵的行事风格很相近，二人惺惺相惜，于是成为好友，经常举办一些雅聚之类的艺术活动。

五　歌

wēi duì jù　　shǎo duì duō
微对巨，少对多。

zhí gàn duì píng kē
直干对平柯①。

fēng méi duì dié shǐ　　yǔ lì duì yān suō
蜂媒对蝶使②，雨笠对烟蓑③。

méi dàn sǎo　　miàn wēi tuó
眉淡扫④，面微酡⑤。

miào wǔ duì qīng gē
妙舞对清歌⑥。

qīng shān cái xià gé　　bó mèi jiǎn chūn luó
轻衫裁夏葛，薄袂剪春罗。⑦

jiàng xiàng jiān xíng táng lǐ jìng
将相兼行唐李靖⑧，

bà wáng zá yòng hàn xiāo hé
霸王杂用汉萧何⑨。

yuè běn yīn jīng　　qǐ yǒu yì qī céng qiè yào
月本阴精，岂有羿妻曾窃药；⑩

xīng wéi yè xiù　　làng chuán zhī nǚ màn tóu suō
星为夜宿，浪传织女漫投梭。⑪

◎**注释**　①〔直干、平柯〕干，树干。平柯，横伸的树枝。柯，草木的枝茎。②〔蜂媒、蝶使〕飞舞在花间的蜜蜂和蝴蝶通过采蜜给花朵授粉，像是传递信息的媒人和信使。比喻撮合男女双方情爱的媒人。③〔雨笠、烟蓑〕笠，用竹篾或棕皮编制的遮阳挡雨的帽子。蓑，蓑衣，用草或棕毛做成的防雨衣。④〔眉淡扫〕轻轻描眉，指女子化淡妆。扫，描画。⑤〔面微酡〕饮酒将醉时脸色微红。酡，因饮酒

184

而脸色发红。⑥〔妙舞、清歌〕优美的舞蹈、清亮的歌声。⑦〔"轻衫"二句〕用葛布裁制夏天穿的衣服，用丝罗裁剪春天穿的薄衫。轻衫，薄衫。夏葛，用葛的纤维制成的葛布。薄袂，薄袖，指轻薄的衣衫。罗，一种丝织物，外观似平纹绸，质地较薄，表面有孔眼，多用桑蚕丝织成。⑧〔"将相"句〕李靖是隋末唐初著名将领，文武双全，出将入相。他曾南平吴地，北破突厥，后官至尚书右仆射（pú yè），封卫国公。列凌烟阁二十四功臣第 8 位。见《旧唐书·李靖列传》。⑨〔"霸王"句〕萧何是汉高祖刘邦的丞相，"汉初三杰"之一，制定了《汉律九章》。萧何治国理政时，"霸道""王道"兼用。霸，霸道，以武力、刑罚进行统治，即"镇国家"。王，王道，以仁德来教化、统治百姓，即"抚百姓"。杂用，兼用。⑩〔"月本"二句〕月亮是阴气的精华，哪里有什么后羿的妻子偷吃仙药飞升到月宫的事情呢？我国古代神话传说中，月宫里住着嫦娥，她是后羿的妻子，偷吃了后羿从西王母那里得到的不死之药后飞升到月宫。⑪〔"星为"二句〕牛郎织女星本来就是天上的星宿，织女思凡嫁牛郎的故事都是人们编造出来的。夜宿，夜间天上的星宿。浪传，胡传，乱传。漫，不受拘束，随意。

◎ 典故

为汉朝"画—法"的萧何

萧何（前 257—前 193），沛丰（今江苏徐州西北）人。早年任秦沛县小吏，性情随和，好交朋友。当时交好的人有秦泗水亭长刘邦、屠夫樊哙、狱掾曹参（shēn）、车夫夏侯婴、吹鼓手周勃（名将周亚夫的父亲），由于他们年龄相近，性格相同，不久便成了莫逆之交。后来由于犯了事，索性借着陈胜、吴广的势头，他们也揭竿起义。

义军攻克咸阳后，众人忙着抢夺财货、女人。唯独萧何很冷静，立即接收了秦丞相、御史府所藏的律令、图书，掌握了全国的山川险要、郡县户口，为日后制定政策和赢得楚汉战争做了充分准备。

楚汉战争时，萧何留守关中，不断往前线输送士卒、粮饷支援作战，辅助刘邦最终战胜强大的项羽。虽然"兴汉三杰"——张良、韩信、萧何都受到刘邦的高度重视，但萧何被认为功劳第一。

刘邦入关灭秦，天下还没安定，人心浮动。非常时期，萧何采摭（zhí）秦六法，重新制定律令制度，作为《九章律》，比烦琐严苛的秦法宽松简便了很多。此举使民心短时间内归附汉王刘邦，为日后建立汉王朝打下基础。在法律思想上，萧何主张无为，喜好黄老之术，这对汉朝初年的国家政策产生了深刻影响。汉十一年（前196年），萧何协助刘邦消灭韩信、英布等异姓诸侯王。刘邦死后，萧何继续担任相国，辅佐汉惠帝。

由于萧何制定的法规很得民心，后来的继任者都很佩服，不再改动。《史记·曹相国世家》记载，曹参做了3年相国，没有改过萧何制定的法规。百姓受其恩惠，传唱歌谣道："萧何为法，顜（jiǎng，直）若画一；曹参代之，守而勿失。载其清净，民以宁一。"

◎ **释疑解惑**

《九章律》具体内容是什么？

《九章律》，又称《汉律九章》，是汉高祖建立汉朝后颁行的法典，由相国萧何依照秦法编纂出来。原文已经失传。

据资料记载，战国时期，魏人李悝（kuī）制定《法经》6篇（盗法、贼法、囚法、捕法、杂法、具法），后秦商鞅改法为律。刘邦初进咸阳，曾"约法三章"，但过于简略。萧何取秦法6律，补充户律（户口管理、婚姻制度和赋税征收）、兴律（主要规定征发徭役、城防守备）、厩律（主要规定牛马畜牧和驿传方面），合为9篇，成《九章律》，即盗律、贼律、囚律、捕律、杂律、具律、户律、兴律、厩律九章。这就是所谓的汉律。两汉以《九章律》为主要法律，此外还有一些辅助性法律，包括叔孙通《傍章》18篇、张汤《越宫律》27篇、赵禹《朝律》6篇。

cí duì shàn　　nüè duì kē
慈 对 善 ， 虐 对 苛 。

piāo miǎo duì pó suō
缥 缈 对 婆 娑 ① 。

cháng yáng duì xì liǔ　　　nèn ruǐ duì hán suō
长 杨 对 细 柳 ② ， 嫩 蕊 对 寒 莎 ③ 。

zhuī fēng mǎ　　wǎn rì gē
追 风 马 ④ ， 挽 日 戈 ⑤ 。

yù yè duì jīn bō
玉 液 对 金 波 ⑥ 。

zǐ zhào xián dān fèng　　　huáng tíng　huàn bái é
紫 诏 衔 丹 凤 ⑦ ，《 黄 庭 》 换 白 鹅 ⑧ 。

huà gé jiāng chéng méi zuò diào
画阁江城梅作调⑨，

lán zhōu yě dù zhú wéi gē
兰舟野渡竹为歌⑩。

mén wài xuě fēi　　cuò rèn kōng zhōng piāo liǔ xù
门外雪飞，错认空中飘柳絮；⑪

yán biān pù xiǎng　　wù yí tiān bàn luò yín hé
岩边瀑响，误疑天半落银河。⑫

◎**注释**　①〔缥缈、婆娑〕缥缈，隐隐约约、若有若无的样子。婆娑，人或树木摇曳多姿的样子。②〔长杨、细柳〕长杨宫，秦汉宫殿名，在上林苑内，宫中种植有数亩垂杨。细柳，细柳营，见83页注⑪。③〔嫩蕊、寒莎（suō）〕嫩蕊，含苞欲放的花。唐代杜甫《滕王亭子》："清江锦石伤心丽，嫩蕊浓花满目班。"寒莎，秋天的莎草。南宋孙应时《题黄岩溪》："山花依翠竹，滩石乱寒莎。"④〔追风马〕形容奔跑得很快的马，也是古代良马的名字。西晋崔豹《古今注·鸟兽》："秦始皇有七名马：追风，白兔，蹑景（同'影'），犇（bēn，'奔'的异体字）电，飞翮（hé），铜爵，最凫。"⑤〔挽日戈〕古代有个"挥戈返日"的神话传说。战国时期，楚国的鲁阳公与韩国人交战，到太阳西沉也未分胜负。于是，他举起戈来奋力一挥，太阳竟从西方退回到天空中，于是战斗继续下去。见《淮南子·览冥训》。⑥〔玉液、金波〕泛指美酒。⑦〔紫诏衔丹凤〕凤凰的口中衔着皇帝的诏书。紫诏，即紫泥诏，古人的书信用泥封口，泥上盖印，皇帝诏书则用紫泥封口，印章上常有龙凤图案。衔丹凤，五胡十六国时期，后赵皇帝石虎曾用五色纸写诏书，衔于木凤口中，宫人摇辘轳放绳使木凤从高处降落下来。参见《晋书·石季龙载记》。⑧〔《黄庭》换白鹅〕东晋书法家王羲之很喜欢山阴道士养的白鹅，道士就要求王羲之抄写《黄庭经》作为交换。王羲之很高兴，就抄写了一遍《黄庭经》，把鹅带回了家。后来，王羲之所抄写的《黄庭经》称作《换鹅帖》。参见《晋书·王羲之列传》。李白《送贺宾客归越》提到此事："山阴道士如相见，应写《黄庭》换白鹅。"《黄庭经》，道教上清派的主要经书之一。⑨〔"画阁"句〕化用李白《与史郎中钦听黄鹤楼上吹笛》诗句："黄鹤楼中吹玉笛，江城五月落梅花。"江城画阁，指武汉黄鹤楼。梅作调，指古代笛子曲《梅花落》。⑩〔"兰舟"句〕村野渡口的小舟上有人唱着"竹枝词"。野渡，村野的渡口。竹为歌，指唱"竹枝词"。竹枝词，一种咏唱民俗风土人情的民歌。⑪〔"门外"二句〕东晋·谢道韫很有才华。一次天降大雪，叔父谢安问子侄们："大雪纷纷何所似？"谢朗说："撒盐空中差可拟。"谢道韫答："未若柳絮因风起。"参见南朝宋刘义庆《世说新语·言语》。⑫〔"岩边"二句〕化用李白《望庐山瀑布》诗句："日照香炉生紫烟，遥看（kàn）瀑布挂前川。"

◎典故

忠君不二的鲁阳文子

鲁阳公，即鲁阳文子。他是楚平王（？—前516）的孙子。《国语·楚语下》记载，楚惠王（？—前432）把军事要地梁地赐给文子。文子辞谢说："梁地是边境要冲，易守难攻，又紧邻他国。我担忧子孙后代会有背叛之心，对国家不利。臣子事奉君王不能有怨恨之心，有了怨恨就会侵凌君上，甚至产生背叛之心。虽然我能对朝廷忠诚，却无法保证子孙后代也能够做到。一旦我的后人仗恃梁地险要而背叛，就会断绝对我的祭祀。"惠王说："您的仁爱既顾及子孙后代，又考虑到国家利益，我怎敢不听从您的意见！"于是改赐鲁阳之地给他，文子遂称鲁阳文子。

在这之前，晋昭侯封桓叔成师（前802—前731）于曲沃，结果他在那里逐渐坐大。他死后，儿子、孙子经过数十年努力，最终消灭晋国公室。楚庄王二十年（前594年），令尹子重请楚王赐予申、吕二县之田。大臣申公巫臣认为，楚国主要靠申、吕二地征发兵赋，抵御北方强敌，不能作为赏田赐给个人。这两件事惠王和文子都还记得，所以才有改封的结果。

不过，鲁阳也是军事要地。古代鲁阳关（在今河南鲁山县西南，又称三鸦路、古鸦路）建在鲁山上，是处在洛阳与南阳盆地之间的交通冲要，自古为军事上必争之地。春秋时期，为"控霸南土，争强中国"，楚文王在伐申灭邓之后，在20多年间修筑了鲁阳关至鲁山分水岭段的楚长城。这是中国最早的长城。到了战国晚期楚顷襄王时，为了防备强秦，又从鲁阳关西向修建了北段长城。因此，鲁阳的重要性不言而喻。

◎释疑解惑

谢道韫的丈夫是谁？

谢道韫是东晋安西将军谢奕的长女，宰相谢安的侄女。叔叔谢安给她挑的丈夫王凝之是王羲之的次子，善草书、隶书，先后出任江州刺史、左将军、会稽内史，笃信五斗米道，平时又好装神弄鬼。这让谢道韫很失望，回娘家还抱怨：咱家小辈个个有惊世之才，我怎么这么倒霉，碰见天底下最不靠谱儿的家伙？

谢道韫这么说是有底气的。她小叔子王献之学问最好，平时跟一班子学者玩清谈，可又说不过人家。有一回又让人噎得说不出话来，面红耳赤地在那儿挺着。谢道韫看小叔子难受，就挂起帘子，在帘子后面跟前面几位辩论，三言两语就把对方驳倒。

孙恩之乱时，王凝之为会稽内史，守备不力，逃出后被杀。谢道韫听闻敌至，从容拿刀出门，杀敌数人后被抓。孙恩被她的气度折服，也考虑到谢家的背景，于是赦免道韫及其族人。之后，谢道韫独居会稽，终生未改嫁。

松对竹，荇对荷。

薜荔对藤萝①。

梯云对步月②，樵唱对渔歌。

升鼎雉③，听经鹅④。

北海对东坡⑤。

吴郎哀废宅⑥，邵子乐行窝⑦。

丽水良金皆待冶，

昆山美玉总须磨⑧。

雨过皇州，琉璃色灿华清瓦；⑨

风来帝苑，荷芰香飘太液波⑩。

◎ **注释** ①〔薜荔、藤萝〕薜荔，也称木莲，一种蔓生植物。藤萝，即松萝，多附生在松树上，成丝状下垂。②〔梯云、步月〕梯云，把云当作梯子，踏云而上。步月，在月中漫步。③〔升鼎雉〕野鸡飞到鼎上鸣叫。传说殷王武丁在祭祀祖先时，野鸡飞登祭鼎而鸣。大臣认为这是异兆，由于天子失德而致，于是借机劝谏武丁。

参见《尚书·高宗肜（róng）日》。④〔听经鹅〕《太平广记》卷九一九"羽族部六·鹅"引《两京记》载，僧人惠远在乡下时养了一只鹅，每天听他念经。后来惠远进京在净影寺讲经，那只鹅也在一旁听讲，仿佛能听懂佛经。⑤〔北海、东坡〕北海，东汉名士孔融做过北海相，故称孔北海。东坡，北宋文学家苏轼，自号"东坡居士"。⑥〔吴郎哀废宅〕唐代文人吴融曾作《废宅》诗，感叹官员宅第的荒废："风飘碧瓦雨摧垣，却有邻人与锁门。几树好花闲白昼，满庭荒草易黄昏。放鱼池涸蛙争聚，栖燕梁空雀自喧。不独凄凉眼前事，咸阳一火便成原。"⑦〔邵子乐行窝〕宋代学者邵雍，在自己的园地上自耕自种，过着自给自足的隐居生活，自号"安乐先生"，称自己的居室为"安乐窝"。他的一些朋友特意仿照"安乐窝"建造类似的房屋，称为"行窝"，以待他到访。邵子，即邵雍。⑧〔"丽水"二句〕丽水出产的黄金，昆仑山出产的美玉，都须提炼和加工。丽水，古水名，即丽江，今金沙江流经云南丽江市的一段，以产沙金著称。一说指浙江省南部的丽（lí）水市。《韩非子·内储说上》："荆南之地，丽水之中生金，人多窃采金。"昆山，昆仑山，出产美玉。西汉桓宽《盐铁论·力耕》："美玉、珊瑚出于昆山，珠玑、犀象出于桂林。"⑨〔"雨过"二句〕风雨过后，华清宫的琉璃瓦光彩耀眼。皇州，京城。华清，华清宫，唐代帝王出巡时的行宫。⑩〔"风来"二句〕清风吹到皇家园林里，太液池上飘荡着淡淡荷香。帝苑，皇家园林。荷芰，荷花。芰，菱角，两角者为菱，四角者为芰。太液，即太液池。西汉、唐、元、明、清的皇家池苑均有名为太液池者，此处与华清宫相对，应指唐朝太液池。

◎典故

"安乐先生"邵雍

邵雍（1011—1077），字尧夫。祖籍范阳（今河北涿州），早年随父移居共（gōng）城（今河南辉县）苏门山下，在苏门山百源上筑室读书，人称"百源先生"。他的学问很大，与周敦颐、张载、程颐、程颢齐名，都喜欢探究学问，并称"北宋五子"。

邵雍年轻时也想着建功立业，因此立志苦学。为磨炼意志，他冬天不生炉子，夏天不扇扇子，夜以继日，坚持数年。后来，又觉得应该像古人那样"读万卷书，行万里路"，便出外游历天下。转了一圈回来，他觉得学成了，悟透了，便隐居不出，开始探索宇宙起源一类高深问题。这期间，他跟共城县令李之才（字挺之）深入学习"河图""洛书"和伏羲氏六十四卦图像。过了一段时间，他明白了天地变化、阴阳消长、世道变迁的规律，甚至对动植物的特性也了然于胸。他那高深的智慧，被世人认为已达到不惑境界。

皇祐元年（1049年），邵雍初到洛阳，住在棚草做门的房子里，以打柴为生，亲自烧火做饭侍奉父母。虽然日子穷苦，但他怡然自得。当时的前宰相富弼、司马光，著名文人吕公著等退居洛阳，他们敬重邵雍，常常一起游玩，并集资为邵雍置办了不错的住宅。从此，邵雍在宅子后面的园子里浇水种菜，自给自足，并为宅子起名"安乐窝"，自号"安乐先生"。因为他学问、道德一时无两，还有附庸风雅的人仿造邵雍"安乐窝"的样式建造别苑，等候邵雍的光临，名曰"行窝"。

◎**释疑解惑**

邵雍创立的什么学派？

邵雍是北宋道学的代表人物之一，其哲学思想主要吸收道教，兼采儒释。因邵雍居苏门山百源之上，学者称"百源先生"，故称他的学派为"百源学派"。这一派的学者都反对王安石变法，喜欢研讨神秘的"先天象数之学"。主要门人有邵睦、邵伯温、王豫、牛师德、牛思纯、张岷、吕希绩等，是宋明理学中的一个重要流派。后世研究太极、《易经》的人，很难绕过他这一派去。历经宋、元、明、清，这一派一直有很多追随者。

邵睦（1036—1068）是邵雍异母弟，一生未仕。邵伯温（1057—1134），字子文，邵雍子。他有一部很好的著作《邵氏闻见录》，记录了珍贵的史料。

lóng duì jiàn   cháo duì wō
笼 对 槛①，巢 对 窝②。

jí dì duì dēng kē
及 第 对 登 科③。

bīng qīng duì yù rùn   dì lì duì rén hé
冰 清 对 玉 润④，地 利 对 人 和。

hán qín hǔ   róng jià é
韩 擒 虎⑤，荣 驾 鹅⑥。

qīng nǚ duì sù é
青 女 对 素 娥⑦。

pò tóu zhū cǐ hù   zhé chǐ xiè kūn suō
破 头 朱 泚 笏⑧，折 齿 谢 鲲 梭⑨。

留客酒杯应恨少，
liú kè jiǔ bēi yīng hèn shǎo

动人诗句不须多。⑩
dòng rén shī jù bù xū duō

绿野凝烟，但听村前 双 牧笛；⑪
lǜ yě níng yān　dàn tīng cūn qián shuāng mù dí

沧江积雪，惟看滩上 一渔蓑。⑫
cāng jiāng jī xuě　wéi kàn tān shang yì yú suō

◎**注释**　①〔槛〕关住禽畜兽类的栅栏。②〔巢对窝〕一作"饵对囮（é）"，囮，被关在笼子里用来诱捕同类鸟的活鸟（《李渔全集》卷十八《笠翁对韵》四八六页）。③〔及第、登科〕均指古代科举考试中选。因录取榜上题名有甲乙次第，故名及第。科，古代分科考选文武官吏后备人员的制度。五代王仁裕《开元天宝遗事·泥金帖子》："新进士才及第，以泥金书帖子，附家书中，用报登科之喜。"④〔冰清、玉润〕西晋乐（yuè）广、卫玠（jiè）翁婿二人操行清白、品德高尚，当时人称乐广为冰清，其婿卫玠为玉润。后用来称赞人品行高洁。参见《晋书·卫玠传》。⑤〔韩擒虎〕隋朝大将，曾率兵平定南朝陈国，为隋朝的建立立下汗马功劳。⑥〔荣驾鹅〕人名，即春秋时期鲁国大夫荣成伯，又名荣栾。他曾辅佐鲁襄公、昭公两任国君。⑦〔青女、素娥〕青女，传说中掌管霜雪的女神。素娥，因月亮为白色，故称嫦娥为素娥。李商隐《霜月》诗："青女素娥俱耐冷，月中霜里斗婵娟。"⑧〔破头朱泚笏〕唐德宗时，京师发生兵变，德宗出逃。太尉朱泚欲自立为大秦皇帝，司农卿段秀实愤然而起，用笏板打破了朱泚的脑袋，而自己当场被杀。参见《旧唐书·段秀实传》。笏，古代大臣上朝拿的用来记事的手板。⑨〔折齿谢鲲梭〕晋代豫章太守谢鲲年轻时行为轻佻，调戏邻居的女子，结果被对方用梭子打掉了两颗牙。参见《晋书·谢鲲传》："邻家高氏女有美色，鲲尝挑之，女投梭，折其两齿。"⑩〔"留客"二句〕可以嫌挽留客人的酒少，而能打动人的诗句则不必奢求太多。语出宋代林逋《省心录》："责人之心堪责己，恕己之心好恕人。留客酒杯应恨少，动人诗句不须多。"⑪〔"绿野"二句〕描写了一幅碧野郊外宁静祥和、牧笛声声的画面。凝烟，无风的时候烟雾凝聚在天空，像静止的一样。⑫〔"沧江"二句〕化用唐代柳宗元《江雪》诗："孤舟蓑笠翁，独钓寒江雪。"沧江，指江水，因其水呈深青色，故称。

◎ 典故

"孝童"段秀实

唐德宗建中四年（783 年），泾原镇士卒发生兵变，攻陷长安，大肆掳掠京师府库财物。唐德宗仓皇出逃至奉天（今陕西乾县），被追过去的变军包围一个多月，史称"泾原兵变"。

当时，太尉朱泚罢官后闲居长安。当天夜晚，叛军商量说道："咱们的老上司朱太尉被罢免已经很久了，如果迎立他为主，则大事可成。"于是朱泚进入宣政殿自立为帝，国号大秦，年号"应天"。众大臣唯唯诺诺，不敢反抗，只有段秀实当庭勃然而起，以笏板击朱泚，旋即被杀。

段秀实（719—783），字成公，陇州汧（qiān）阳（今陕西千阳）人。中唐名将。"安史之乱"后，总揽西北军政，吐蕃不敢犯境，百姓安居乐业。

段秀实 6 岁时，母亲病重，他急得 7 天不吃不喝，等母亲病情好转才肯吃饭，当时人们称他为"孝童"。长大后，他变得深沉忠厚，遇事果断。面对藩镇割据、皇权积弱的昏暗现实，他慷慨激昂，有拯救天下的志向。后来他被推荐为明经，但他认为书本学问不能救国，毅然投笔从戎。后来在"泾原兵变"中被朱泚杀害。

◎ 释疑解惑

朱泚的"泚"怎么读？

朱泚（742—784），幽州昌平（今北京昌平南）人。中唐将领，后叛乱，短暂占据长安称帝。李晟（shèng）收复长安后，朱泚逃往泾州。泾原节度使田希鉴闭门不纳，他被迫西逃，途中被部下杀死。

泚有两个读音：（1）cǐ，有清澈、鲜明、出汗、用笔蘸墨等义；（2）zǐ，古水名，在长沙。只有先确定名字的含义，才能确定读音。

朱泚有个弟弟叫朱滔（746—785），唐德宗建中三年（782 年）自称冀王，与田悦、王武俊、李纳联合叛乱。后内讧，被王武俊击败，退回幽州，并遣使向朝廷请罪，抑郁得病而死。

根据古人的起名原则——名与字、号相关联，或者兄弟之名相关联——可以推知他们的名字跟水有关。滔是水势盛大的意思，那么跟它相对的泚则有水势清澈、平稳的意思，这也跟兄弟二人的性格描述相符：安静内向的想着阴谋夺权，好动外向的一心造反作乱。因此，朱泚的名字读音应该是 cǐ。

六 麻

qīng duì zhuó　　měi duì jiā
清 对 浊 ， 美 对 嘉 。

bǐ lìn duì jīn kuā
鄙 吝 对 矜 夸①。

huā xū duì liǔ yǎn　　　wū jiǎo duì yán yá
花 须 对 柳 眼②， 屋 角 对 檐 牙③。

zhì hé zhái　　　bó wàng chá
志 和 宅④， 博 望 槎⑤。

qiū shí duì chūn huā
秋 实 对 春 华⑥。

qián lú pēng bái xuě　　kūn dǐng liàn dān shā
乾 炉 烹 白 雪 ， 坤 鼎 炼 丹 砂 。⑦

shēn xiāo wàng lěng shā chǎng yuè
深 宵 望 冷 沙 场 月 ，

biān sài tīng cán yě shù jiā
边 塞 听 残 野 戍 笳⑧。

mǎn yuàn sōng fēng　　zhōng shēng yǐn yǐn wéi sēng shè
满 院 松 风 ， 钟 声 隐 隐 为 僧 舍 ；⑨

bàn chuāng huā yuè　　xī yǐng yī yī shì dào jiā
半 窗 花 月 ， 锡 影 依 依 是 道 家 。⑩

◎**注释**　①〔鄙吝、矜夸〕鄙吝，庸俗贪吝。矜夸，夸耀自己的才能。②〔花须、柳眼〕花须，花蕊伸展像胡须一样。柳眼，早春初生的柳叶如人睡眼初展。唐代李商隐《二月二日》："花须柳眼各无赖，紫蝶黄蜂俱有情。"③〔檐牙〕屋檐翘出的部分，形状如兽牙。④〔志和宅〕志和，唐代诗人张志和，善歌词，能书画，唐肃宗时待诏翰林。后因事被贬黜，遇赦后，隐居不仕，浪迹江湖，自号"烟波钓徒"。

194

张志和的兄长在会稽山阴县（今浙江绍兴）为他建造一所简易的房屋，劝张志和回家。此后张志和便在此地过上了隐居生活。见《新唐书·隐逸列传·张志和》。⑤〔博望槎〕相传张骞曾在出使大夏时，乘木筏探求黄河的源头。博望，西汉张骞因出使西域有功被封为博望侯，故称。槎，木筏。⑥〔秋实、春华〕春天开花，秋天结果，古人用来比喻事物的因果关系。春华秋实也可比喻人的文采与德行。典出《三国志·魏书·邢颙（yóng）传》。邢颙在东汉时被举为孝廉，后来做了曹植的家丞。他品行端庄．敬事主人而不超越礼法。曹植的侍从刘桢擅长作文，文辞优美，曹植一度亲近刘桢而疏远邢颙。刘桢上书劝谏曹植说："私惧观者将谓君侯习近不肖，礼贤不足，采庶子之春华，忘家丞之秋实。"（我担心旁观者会说君侯您亲近我，而对贤士礼遇不够，您看重一个侍从的文采，那都是表面的东西，却忽视家丞的德行，那才是本质的东西。）华，花。⑦〔"乾炉"二句〕都是道教修炼的方法。乾炉、坤鼎，炼制丹药的器具。白雪，道教指水银。丹砂，即朱砂，矿物名，道教徒用来化汞炼丹。⑧〔"深宵"二句〕深夜，戍边将士遥望一轮冷月光，凝听凄怆、哀怨的胡笳曲。此联描绘沙场、边塞的悲凉景象及戍边将士的思乡情怀。沙场，战场。野戍，指野外驻防之处。笳，胡笳，流行于塞北和西域的游牧民族中的一种乐器，类似笛子。⑨〔"满院"二句〕满院松风吹拂，钟声隐约传来，原来附近有一座寺庙。隐隐，隐隐约约，形容声音若隐若现。⑩〔"半窗"二句〕半窗花影月色，锡杖隐约映现，定是得道高僧修行之处。道家，古时称得道高僧，非如后人专指道教而言。依依，隐隐约约的样子。锡影，僧人所持锡杖的影子，一作"鹤影"（《李渔全集》卷十八《笠翁对韵》四八七页）。

◎ 典故

"全才神童"张志和

唐朝诗人张志和因为5首《渔歌子》（一称《渔父》）闻名千古，尤其是第二首："西塞山边（前）白鹭飞，桃花流水鳜（guì）鱼肥。青箬（ruò）笠，绿蓑衣，春江（斜风）细雨不须归。"很多人对它过目不忘，耳熟能详。

张志和（732—774）生在正月初一，据说，母亲怀他时梦到有神仙献灵龟，于是取名龟龄。不过《新唐书·隐逸列传》记载是"母梦枫生腹上而产志和"。大约都是传说。因为他哥哥名鹤龄，龟、鹤古代都是长寿的意思，父母起这样的名字，表达了对孩子们健康长寿的希望。

张志和3岁已开始读书，6岁就能作文章，16岁时以明经及第，可谓神童早慧，少年成才。他7岁那年，跟父亲到翰林院游玩，翰林学士有意测试他的本事，搬出大部头书让他看。结果小志和过目成诵，一时传为佳话。唐玄宗听了，亲自出题考他，志和对答如流。玄宗甚感奇异，特许他在翰林院学习。从那以后，他的学问一日千里，进步神速。后来，太子李亨为他赐名志和，字子同。

张志和后来做官，又因事贬官，于是灰心之余，辞职隐居，不问世事。他平时写字画画儿，吹笛击鼓，饮酒喝茶，好不潇洒自在。皇帝赐给他两名奴婢为妻，"茶圣"陆羽跟他时常往来，宰相李德裕把他比作汉代的隐士严光。

大历九年（774 年），张志和应湖州刺史颜真卿的邀请，前往拜会。可惜，这是一趟死亡之旅。就在这一年十二月，他和颜真卿等人东游平望驿时，不慎在莺脰（dòu）湖落水身亡。

◎ 释疑解惑

太子属官知多少

前面提到家丞、庶子这两种官职，在汉以前，它们都算太子的属官。封建社会，皇子一旦被立为太子，会配有大量东宫属官，辅佐他学习文化、处理政务，以便将来继承帝位，保证皇权长久承袭。

殷周时，太子属官有师、保、太傅、少傅。太傅、少傅教导君臣父子之道，师教导处事，保教导修身。

秦汉时，太子属官有门大夫、庶子、洗（xiǎn）马、舍人，有詹事掌管太子家，设丞（辖太子率更、家令丞、仆、中盾、卫率、厨、厩长丞）。此外，还有太子宾客（负责赞相礼仪，规诲过失），但不算官属。

晋朝太傅、少傅总管东宫事。愍怀太子时置六傅，后称三师三少，即太师、太傅、太保；少师、少傅、少保。以后历代相承，但人数多少不一。由晋至隋，詹事时废时置。

唐朝除沿袭隋制外，又设太子宾客、詹事府，还有东宫图书馆——崇文馆。

宋朝东宫官或以他官兼，或省或置，很不固定。

元朝六傅、詹事院时置时撤。

明朝六傅无定员、无专授，一般是兼官、加官及赠官的虚衔。

清朝詹事府有詹事、少詹事，废置无常，满汉并用。康熙时选翰林官分侍皇子讲读，称入直上书房。

léi duì diàn　　wù duì xiá
雷 对 电 ， 雾 对 霞 。

yǐ zhèn duì fēng yá
蚁 阵 对 蜂 衙①。

jì méi duì huái jú　　niàng jiǔ duì pēng chá
寄 梅② 对 怀 橘③， 酿 酒 对 烹 茶 。

yí nán cǎo　　yì mǔ huā
宜 男 草④， 益 母 花⑤。

yáng liǔ duì jiān jiā
杨 柳 对 蒹 葭⑥。

bān jī cí dì niǎn　　cài yǎn qì hú jiā
班 姬 辞 帝 辇⑦， 蔡 琰 泣 胡 笳⑧。

wǔ xiè gē lóu qiān wàn chǐ
舞 榭 歌 楼 千 万 尺 ，

zhú lí máo shè liǎng sān jiā
竹 篱 茅 舍 两 三 家 。⑨

shān zhěn bàn chuáng　　yuè míng shí mèng fēi sài wài
珊 枕 半 床 ， 月 明 时 梦 飞 塞 外 ；⑩

yín zhēng yí zòu　　huā luò chù rén zài tiān yá
银 筝 一 奏 ， 花 落 处 人 在 天 涯 。⑪

◎ **注释**　①〔蚁阵、蜂衙〕蚁阵，蚂蚁战斗时的队形。蜂衙，即蜂房。衙，指排列成行之物。南宋陆游《闲居七首》其七："蜜熟蜂衙放，膻残蚁阵收。"蚁阵，一作"蚁阙"（《李渔全集》十八卷《笠翁对韵》四八七页）。②〔寄梅〕赠送梅花，表达对亲友的思念和问候。南朝宋陆凯同范晔交好，当时范晔在长安，陆凯自江南寄一枝梅花，并赠诗云："折花逢驿使，寄与陇头人。江南无所有，聊赠一枝春。"见《太平御览》卷九七〇引南朝宋盛弘之《荆州记》。③〔怀橘〕"二十四孝"中"怀橘遗（wèi）亲"的故事。三国时期吴国的陆绩幼时随父亲到袁术处做客，袁术拿出橘子招待他们，陆绩藏了3个放到怀里，准备回家送给母亲。临行拜别时，藏起来的橘子滚落到地上。袁术先是戏谑他，后问明原委，大感惊奇。见《三国志·吴书·陆绩传》。④〔宜男草〕即谖（xuān）草、萱草。传说女子怀孕时佩戴萱草就会生男孩儿。⑤〔益母花〕即益母草，又名茺（chōng）蔚，一种中草药。对妇女有明目益精的功效，故有益母之称。⑥〔杨柳、蒹葭〕杨柳，泛指柳树。《诗·小雅·鹿鸣》："昔我往矣，杨柳依依。"此处是专指蒲柳，即水杨，一种入秋就凋零的树木。蒹葭，芦苇。蒹，没有长穗的芦苇，葭，初生的芦苇。《诗·秦风·蒹葭》："蒹葭苍苍，白露为霜。所谓伊人，在水一方。"蒹葭是没什么价值的水草，形容地位微贱。⑦〔班姬辞帝辇〕班姬指班婕妤，汉成帝的宠妃。一次，汉成帝让她一同乘坐龙辇去游玩，班婕妤说："古代圣贤之君，都有名臣在旁，只有末代的亡国皇帝才亲近女色。我若乘坐陛下的龙辇，那么您不就和昏君相似了吗？"成帝听后觉得很有道理，皇太后听闻，也大为欢喜。见《汉书·外戚列传下·孝成班婕妤》。⑧〔蔡琰泣胡笳〕蔡琰，即蔡文姬，东汉著名才女。汉末被匈奴人掳走，12年后被曹操赎回。传说她曾写了《胡笳十八拍》，讲述她在匈奴生活的不幸遭遇。胡笳，此指《胡笳十八拍》。见《后汉书·列女传·董祀妻》。⑨〔"舞榭"二句〕舞榭歌楼，指古代歌舞娱乐场所。竹篱茅舍，泛指乡村简陋的房舍。⑩〔"珊枕"二句〕写女子月夜中思念戍边的丈夫。珊枕，用珊瑚做装饰的枕头。一说因珊瑚多呈红色，故指代红色的枕头。⑪〔"银筝"二句〕此句也是描写离别情思。类似的诗句如唐代王涯《秋夜曲》："桂魄初生秋露微，轻罗已薄未更衣。银筝夜久殷勤弄，心怯空房不忍归。"银筝，见87页注⑪。

◎典故

"腹有千卷"的蔡文姬

"腹有诗书气自华"，形容一个人有学问，气质高雅。不过，这说的并不仅仅是男子，某些有才华的女子也可以用这句话来形容，蔡文姬就是其中一位。

蔡琰（yǎn），字文姬，又字昭姬。东汉陈留郡圉（yǔ）县（今河南杞县）人，大儒蔡邕（133—192，字伯喈）的女儿。她先是嫁给河东世家之后卫仲道，这是门当户对的一桩婚姻——双方都是没落贵族。可惜结婚不久，丈夫死去，她回家守寡。没几天，恰逢匈奴入侵，她被匈奴左贤王掳为夫人，生了两个儿子。12年后，曹操统一北方，得知蔡邕的女儿还在匈奴，便用重金将蔡琰赎回，并将其嫁给董祀。后来董祀犯罪当死，蔡琰很着急，于是在寒冬时节"蓬首徒行，叩头请罪，音辞清辩，旨甚酸哀，众皆为改容"。曹操也很感动，最后同意赦免董祀，还赐给蔡琰头巾鞋袜。

蔡琰是名副其实的才女，史书记载她"博学有才辩，又妙于音律"。有天晚上父亲弹琴，断了一弦，在内室的蔡琰仅凭声音就知道断的是哪一根。

曹操把她赎回来后，问她："听说你家原来藏书丰富，你还记得多少？"蔡文姬回答："原有4 000多卷，后来都流离散落了，现在我还记得400多篇。"随即将所记篇章默写出来，"文无遗误"。

◎ **释疑解惑**

胡笳是什么乐器？

　　胡笳又称潮尔、冒顿（mò dú）潮尔，吹奏乐器，流行于内蒙古、新疆地区。其实，早在秦汉时期，就出现了原始的胡笳。那时的古人将芦苇叶卷成双簧片形状或圆椎管形状，首端压扁为簧片，成为簧、管一体的吹奏乐器。《太平御览》卷五八一："笳者，胡人卷芦叶吹之以作乐也，故谓曰胡笳。"《艺文类聚》卷四十四引晋·孙楚《笳赋》："衔长葭以泛吹，噭（jiào，同'叫'，鸣叫）啾啾之哀声。"古代"笳""葭"是通假字，葭、芦、苇指的是同一种植物。

　　汉代有两种胡笳：（1）管身和簧片分开，芦苇制（也有木制），管上开有3孔，至今仍存；（2）张骞从西域传入的木制管身，3孔，以芦为簧片；南北朝以后，被7孔筚篥（bì lì）替代。

　　唐代盛行以羊骨或羊角为管的无孔哀笳，管身比胡笳短。这种哀笳一直流传到宋代。

　　清代胡笳为木管3孔，两端加羊角，形如细长的喇叭，后去掉羊角，成为今日的胡笳。

yuán duì quē　　zhèng duì xié
圆 对 缺 ， 正 对 斜 。

xiào yǔ duì zī jiē
笑 语 对 咨 嗟①。

shěn yāo　　duì pān bìn　　　mèng sǔn duì lú chá
沈 腰② 对 潘 鬓③， 孟 笋 对 卢 茶④。

bǎi shé niǎo　　　liǎng tóu shé
百 舌 鸟⑤， 两 头 蛇⑥。

dì lǐ duì xiān jiā
帝 里 对 仙 家⑦。

yáo rén fū shuài tǔ　　　shùn dé bèi liú shā
尧 仁 敷 率 土 ， 舜 德 被 流 沙 。⑧

qiáo shang shòu shū céng nà lǚ
桥 上 授 书 曾 纳 履⑨，

bì jiān tí jù yǐ lǒng shā
壁 间 题 句 已 笼 纱⑩。

yuǎn sài tiáo tiáo　　lù qì fēng shā hé kě jí
远 塞 迢 迢 ， 露 碛 风 沙 何 可 极 ；

cháng shā miǎo miǎo　　xuě tāo yān làng xìn wú yá
长 沙 渺 渺 ， 雪 涛 烟 浪 信 无 涯 。[11]

◎**注释** ①〔咨嗟〕叹息，赞叹。②〔沈腰〕男子身体瘦弱，腰围削减。南朝梁文学家沈约，晚年多病，腰肢纤弱。在写给朋友的信中，沈约曾称自己年老多病，腰围越来越小，每隔几十天腰带孔就要向里移动一个。参见《梁书·沈约传》。③〔潘鬓〕指身体早衰，早生华发。晋文学家潘岳在《秋兴赋》中自述32岁"始见二毛""班鬓承弁""素发垂领"。后以"潘鬓"谓中年鬓发初白。④〔孟笋、卢茶〕孟笋，即"二十四孝"中"哭竹生笋"的故事。孟宗，三国时江夏人。有一年他母亲病重，想喝鲜笋汤。当时正值严冬，无笋可挖，孟宗在竹林大哭。他的孝心感动了天地，不一会儿几棵嫩笋破土而出。卢茶，唐代诗人卢仝嗜茶成癖。见153页注⑬。⑤〔百舌鸟〕即反舌，叫声婉转多变，反复如百鸟之音，故称。⑥〔两头蛇〕蛇的一种，蛇尾圆钝，骤看像蛇头，故称。见173页注⑩。⑦〔帝里、仙家〕帝里，皇帝的住所，指帝都、京城。仙家，神仙的家。⑧〔"尧仁"二句〕称颂尧、舜的仁德遍及所有的地方，普天之下的百姓都能感受到。敷，广布。率土，率土之滨的省称，指境域之内。被，覆盖。流沙，指中国西部的沙漠地区。⑨〔"桥上"句〕《史记·留侯世家》记载，张良在下邳（pī）时，有一天在桥上遇到一位老人故意把鞋子踢到桥下去，又很傲慢地命张良给捡回来，然后又跷起脚让张良为他穿鞋。张良恭恭敬敬地按照老人的话去做。老人对他很满意，后来传给他三卷兵书，并说读了此书可为帝王师。老人临别时告诉张良："十三年孺子见我，济北谷城山下黄石即我矣。"后人因此称老人为"黄石公"。纳履，穿鞋。⑩〔"壁间"句〕唐代王播年少时无依无靠，客居在扬州惠昭寺木兰院。那时僧人们对他不太友好，故意把饭前敲钟改到饭后，结果王播赶过来时已无饭可吃。王播做官后重游旧地，看到自己在寺院墙壁上题写的诗句"上堂已了各西东，惭愧阇（shé）黎饭后钟"已被僧人用碧纱盖护起来，于是又续题了两句："二十年来尘扑面，如今始得碧纱笼。"参见五代王定保《唐摭言》卷七。⑪〔"远塞"四句〕远方的边塞路途艰辛遥远，不知何处是尽头。沙漠漫漫似乎无边无际。迢迢，路途遥远。碛，沙漠。极，尽头。渺渺，悠远。信，的确。雪涛，一作"云涛"（《李渔全集》卷十八《笠翁对韵》四八八页）。

◎ **典故**

"辟（bì）谷治病"的张良

张良（？—前186），字子房。出身战国末期韩国贵族，祖父与父亲相继为韩相。秦灭韩，他为报仇，寻力士刺杀秦始皇，失败后逃亡。后得黄石公传授《太公兵法》，有了驰骋天下的志向。秦末动荡，他也聚众起义，后归附刘邦，成为"兴汉三杰"之一，以善谋著称。刘邦曾说："夫运筹策帷帐之中，决胜于千里之外，吾不如子房。"

史书上说张良素来体弱多病。刘邦入都关中，天下初定，他便托辞多病，闭门不出，一半原因是养病，一半原因是为避祸。当初论功行封时，刘邦本来想让张良自择齐国3万户为食邑，这是效法周武王封姜尚的旧例，也说明刘邦对他的重视。张良坚决辞让，谦卑地请求改封他与刘邦当初相遇的留地（今江苏沛县）。他说，我以一介布衣被大王看中，封万户侯，已经很满足，现在国家初定，有那么多人辅佐大王，我可以退隐了；而且我身体实在是太差了，需要休养。刘邦同意，改封张良为留侯。后来很多功臣结局不好，张良却因及时隐退，没受到牵连和迫害。

张良隐居后，一心辟谷修道，不问世事。可能因为师傅的关系，他非常崇信黄老之学，长年静居行气，想着有朝一日也能轻身成仙。后来吕后感念张良帮她儿子确立太子地位，劝他"毋自苦"。张良听从吕后劝告，仍旧服食人间烟火。

◎ **释疑解惑**

《太公兵法》是什么书？

《太公兵法》，又称《太公六韬》《六韬》，是先秦道家典籍《太公》（这部书最早称《太公金匮》《太公阴谋》等）的兵法部分。《汉书·艺文志》道家类记载：《太公》237篇：《谋》81篇，《言》71篇，《兵》85篇。班固注解说："吕望为周师尚父，本有道者。"《隋书·经籍志》收录此书，并题"周文王师姜望撰"。姜望即姜太公吕望。不过宋代以来一直有人对此提出质疑，难以定论。

《太公兵法》分别以文、武、龙、虎、豹、犬为标题，共6卷61篇，近2万字。《文韬》论述作战前如何充实国力，做好战备。《武韬》论述取得政权及对敌斗争的策略，强调知己知彼，扬长避短。《龙韬》论述军事指挥和兵力部署的技巧策略。《虎韬》论述平地战术。《豹韬》论述特殊地形战术。《犬韬》论述编选士卒、各种兵种配合作战问题。

疏对密，朴对华。

义鹃①对慈鸦②。

鹤群对雁阵，白苎对黄麻③。

读"三到"④，吟"八叉"⑤。

肃静对喧哗。

围棋兼把钓⑥，沉李并浮瓜⑦。

羽客片时能煮石⑧，

狐禅千劫似蒸沙⑨。

党尉粗豪，金帐笼香斟美酒；

陶生清逸，银铛融雪啜团茶。⑩

◎**注释** ①〔义鹃〕鹃是鹰隼类的猛禽。杜甫有诗作《义鹃行》，讲述一只鹃帮助苍鹰杀死白蛇报杀子之仇的故事，故称"义鹃"。②〔慈鸦〕传说乌鸦年老体衰不能外出觅食时，它的子女就会寻觅食物喂食母鸦，因而古人认为乌鸦是孝鸟，称它为"慈鸦"。③〔白苎、黄麻〕白苎，苎（qián）麻科植物，白色。古人用白苎织夏布为衫。黄麻，又名络麻，椴树科，是制作麻袋、绳索、纸张的原料。④〔读"三到"〕读书要眼到、口到、心到。宋代朱熹《训学斋规·读书写文字》："余尝谓读书有'三到'，谓心到、眼到、口到……'三到'之中，心到最急。心既到矣，眼口岂不到乎?"⑤〔吟"八叉"〕唐朝人温庭筠诗词兼工，才思敏捷。晚唐规定考试律赋，八韵为一篇。传说他双手相叉一次就吟成一韵，八叉手就作成一篇，故人称"温八叉"。叉，双手手指相插。参见北宋孙光宪《北梦琐言》卷四。⑥〔围棋兼把钓〕一边下棋一边垂钓。围棋，此指下围棋。⑦〔沉李并浮瓜〕古人夏天消暑，常常把水果浸泡到冷水中，待其凉后食用，故称沉李浮瓜。⑧〔"羽客"句〕传说仙人能把白石煮成饭。典出葛洪《神仙传·白石先生》："（白石先生）常煮白石为粮，因就白石山居。"羽客，仙人。⑨〔"狐禅"句〕"狐禅"是毫无意义的，犹如用沙土作饭，即使蒸千万次，也不能成饭。据说从前有个讲佛法的法师，当云游僧问他："大修行人还落因果否？"他答："不落因果。"结果被罚 500 年投胎为野狐。他始终不能理解为什么被罚。后遇百丈禅师讲法，他把同样的问题问百丈禅师，百丈答道："不昧因果。"此人大悟，始得解脱。见《五灯会元·马祖一禅师法嗣·百丈怀海禅师》。狐禅，即野狐禅，指以自己的主观见解曲解佛法，却自以为切合佛法。劫，佛教名词，天地从形成到毁灭为一劫。⑩〔"党尉"四句〕传说北宋陶穀（gǔ）有一妾，原是党进家姬。一日陶穀命她取雪水煮茶，问道："从前党家也这样风雅吗？"妾答："党太尉是个粗人，哪里懂得如此雅趣，只知道在销金帐下，唱曲喝酒罢了。"党尉，党太尉，指北宋初期大将党进。陶生，陶穀（gǔ），宋初学士。银铛，银制茶铛。铛，一种温茶烫酒器皿，与锅类似。啜，饮，喝。参见南宋祝穆《事文类聚》。团茶，特制成团状的小茶饼。团茶工艺始于宋代，当时团茶多用以赏赐大臣。

◎ **典故**

"聪明反被聪明误"的温庭筠

温庭筠（？—866），本名岐，字飞卿，并（bīng）州祁县（今山西省晋中市祁县）人，晚唐文人。他也是贵族，唐初宰相温彦博是其先祖。到了他这一代，已经家道没落，没了从前的辉煌。他天才卓越，文思敏捷，写应试作文很快，还要押指定的韵，八叉手而成八韵，所以也有"温八叉"之称。但是多次考进士均落榜，一生恨不得志，后来干脆破罐破摔，混迹青楼，行为放浪。

那么，他这么大学问，为什么就考不中呢？

原来，温庭筠自恃出身贵族，却又受到当朝权贵的轻视排斥，于是羞愤之余，常常看着谁红骂谁，也不管犯不犯忌讳，言辞也很犀利。那时科考，权贵们操纵权力，自然不会录取他。不过，真正的原因，可能是他卷进了一场政治斗争中。他曾得到庄恪太子赏识，后因为杨贤妃的谗害，庄恪太子突然死去，左右数十人或被杀，或被逐，他也受到波及。

他还有个坏毛病，喜欢帮别人作弊。

唐文宗开成四年（839 年），温庭筠 39 岁应举不第，之后"二年抱疾，不赴乡荐试有司"。当时是真病还是避祸，不好说。唐懿宗大中九年（855 年），他又去应试。主考官沈询知道他爱捣乱，特召他于帘前专门考试，但温庭筠还是暗中帮了 8 个考生的忙。当然，这次考试他又没能中。

此外，唐宣宗在位时，喜欢曲词《菩萨蛮》，宰相令（líng）狐绹（táo）暗自请温庭筠代己新填《菩萨蛮》词以进，嘱咐温庭筠保密。谁知道温庭筠却将此事传开，还讥讽令狐绹不读书。又有传说，温庭筠在传舍遇到微行至此的唐宣宗，因不识其为皇帝，曾出言不逊加以讥笑。

温庭筠后来年老多病，落魄而死。他虽然一生坎坷，但仍然为后世留下了很多优美的作品。

◎ **释疑解惑**

"叉手"是什么意思？

叉手是古代日常寒暄招呼的礼仪，出现于唐末，流行于五代、辽、宋、金、元时期。这种礼男女老幼都可行使，一般为地位低者向地位高者行礼，或平辈互行，以示尊敬。记载比较详细的是宋代陈元靓《事林广记》："凡叉手之法，以左手紧把右手拇指，其左手小指则向右手腕，右手四指皆直，以左手大指向上。如以右手掩其胸，手不可太着胸，须令稍去（离开）胸二三寸，方为叉手法也。"即双手手指交叉，举在胸部表示礼敬之意。不过现代人理解的叉手礼，不同时代有很多细节差异，难以定论。

因为经常用到，所以古人启蒙教育一开始学的交际礼就是它。宋代王日休《训蒙法》："小儿六岁入学，先教叉手，以左手紧把右手，其左手小指指向右手腕，右手皆直，其四指以左手大指向上。如以右手掩其胸也。"很多古代雕像、绘画中都有叉手礼。

七 阳

tái duì gé　　zhǎo duì táng
台 对 阁 ， 沼 对 塘 。

zhāo yǔ duì xī yáng
朝 雨 对 夕 阳 。

yóu rén duì yǐn shì　　xiè nǚ duì qiū niáng
游 人 对 隐 士 ， 谢 女 对 秋 娘①。

sān cùn shé　　jiǔ huí cháng
三 寸 舌②， 九 回 肠③。

yù yè duì qióng jiāng
玉 液 对 琼 浆④。

qín huáng zhào dǎn jìng　　xú zhào fǎn hún xiāng
秦 皇 照 胆 镜⑤， 徐 肇 返 魂 香⑥。

qīng píng yè xiào fú róng xiá
青 萍 夜 啸 芙 蓉 匣⑦，

huáng juàn shí tān bì lì chuáng
黄 卷 时 摊 薜 荔 床⑧。

yuán hēng lì zhēn　　tiān dì yì jī chéng huà yù
元 亨 利 贞 ， 天 地 一 机 成 化 育⑨；

rén yì lǐ zhì　　shèng xián qiān gǔ lì gāng cháng
仁 义 礼 智 ， 圣 贤 千 古 立 纲 常⑩。

◎**注释**　①〔谢女、秋娘〕谢女，晋代才女谢道韫，见 187 页注⑪。秋娘，即杜秋娘，唐人李锜（qí）的侍妾，是个传奇女子。她写的诗《金缕衣》入选《唐诗三百首》，流传至今。②〔三寸舌〕指能说善辩的口才。典出"毛遂自荐"的故事。战国时期，当赵国被秦军围困时，毛遂自请陪同平原君求救于楚。毛遂在楚国力陈救赵击秦之利害，楚乃发兵救赵。事后平原君说："毛先生以三寸之舌，强于百万之师。"见《史记·平原君虞卿列传》。③〔九回肠〕形容人思虑盘旋，心情郁结，难以排解。《汉书·司马迁传》："是以肠一日而九回，居则忽忽若有所亡，出则不知所如往。"九回，小肠形状弯曲、回转。九，形容多，非实指。④〔玉液、琼浆〕玉液、琼浆，原指道教徒炼制的药饵。今比喻美酒或甘美的浆汁。唐代吕岩《五言》其二："蟾宫烹玉液，坎户炼琼浆。"⑤〔秦皇照胆镜〕传说秦朝咸阳宫里有一面镜子，能透视人的五脏。秦始皇专门借用它检查宫中女子，如果照镜子的人胆张心动，就说明对他有异心，便立即杀掉。见《西京杂记》卷三。⑥〔徐肇返魂香〕北宋陈敬《陈氏香谱》等书记载，汉代有异人苏德哥点燃返魂香，让司天主簿徐肇见到了已逝的父母、曾祖、高祖。书中所载源于传奇，自不足信，但寄托了主人公对已故亲人的思念。又据《海内十洲记》载，西海申未洲上有大树，叶香闻数百里，煎制成膏，名返生香，死尸在地，闻之可活。⑦〔"青萍"句〕宝剑在夜间遇到警情时会自动发出鸣啸声。青萍，古宝剑名。芙蓉匣是雕刻芙蓉图案的剑鞘。⑧〔"黄卷"句〕书籍时时摆放在薜荔藤编结的架子上。黄卷，书籍。古人写书的纸多用黄檗（bò）汁染之以防虫蠹，故称书为"黄卷"。薜荔，又称木莲，我国南方的一种常绿藤本蔓生植物。⑨〔"元亨"二句〕天地有元、亨、利、贞4德，于是化生了万物。元、亨、利、贞，《周易》乾卦的卦辞，宋代程颐《程氏易传》卷一解释为："元亨利贞，谓之四德。元者，万物之始；亨者，万物之长；利者，万物之遂；贞者，万物之成。"一机，原是佛教术语。此处指一个念头、一个机遇。机，即发起之处。化育，发育生长。⑩〔"仁义"二句〕仁义礼智，古代圣贤为后世立下的千古遵循的规范。纲常，三纲五常。三纲，君为臣纲，父为子纲，夫为妻纲；五常，仁、义、礼、智、信。

◎典故

"离群索居"的子夏

子夏（前507—?），姓卜，名商，字子夏，春秋末晋国温（今河南温县）人，孔子弟子。他在老师死后，讲学于河西，对《诗经》《易经》都有研究，相传《诗》《春秋》等儒家经典就是他传授下来的。他的学生也很有名，有李克、吴起、田子方、段干木、魏文侯等人。他的《子夏易传》一直有学者研究、引用，为后世留下了宝贵的文化遗产。

不过，子夏也有一些缺点，比如孤僻、骄傲，喜欢标新立异等等。《礼记·檀弓上》记载子夏说自己："吾离群而索居，亦已久矣。"原来，他性格有些孤僻，平时很少与人交际，能跟他说得来的只有曾参。子夏有个儿子，不幸早死。子夏伤心过度，差点儿把眼睛哭瞎。曾子看到他这个样子，就批评他太想不开。子夏一边哭泣一边对曾子说："天哪，我没有犯什么罪呀！（为什么会受到这么残忍的惩罚呢？）"

曾子想起老师生前曾教育子夏："汝为君子儒，无为小人儒。"于是他对子夏说："你到这会儿还不知道错在哪儿了吗？你想想，老师过世后，你退居西河，讲学授徒，只知道宣扬自己那一套学问，忘了老师的教义。如今，西河的老百姓就知道你学问大，却不知道你的老师是孔子。这是一个过错。还有，你老父亲死了却不跟大家说，别人都不知道，也就没办法尽朋友之义，你岂不是让大家都失礼了？这是第二个过错。现在，你的儿子又死了，你差点儿把眼睛哭瞎，这伤心的程度比你父亲去世的时候厉害多了，这是第三个过错。所以，在我看来，你既不尊师，也不孝顺父母，还过分疼爱儿子。你说说，这是不是你的三大罪过？"

所谓劝人不如激人。经曾参这么一刺激，子夏如梦初醒，忙向曾子行礼认错："我错了！我错了！我离开大家，独来独往太长时间了（连起码的人情大礼都忘了！你教训得好哇）！"

◎ 释疑解惑

《子夏易传》是一本什么书？

先要讲一下《易传》（《史记》称《易大传》）。它是《周易》这部书的组成部分（《周易》内容由经、传、系辞几部分构成），因为是相对《经》而言，故称《传》。传，就是解释经文大意的文字。《易传》一共有十篇，所以也称"十翼"，包括《彖（tuàn）传》上下篇、《象传》上下篇、《系辞》上下篇、《文言》、《序卦》、《说卦》、《杂卦》。

旧传《易传》是孔子所作，但没有确切的证据。也有人认为是子夏所作，故称《子夏易传》。但是学术界都认为此书是后人伪撰，而托名子夏，其实是战国末期或秦汉之间的作品。不过因为旧的说法年深日久，有些约定俗成，所以就常常说《子夏易传》。现在，又有新的说法认为，现存的《易传》保留了很多古老的经义，应该不是秦汉间的作品，有可能是子夏或其门人记述孔子的讲义而成。

hóng duì bái　　lǜ duì huáng
红 对 白 ， 绿 对 黄 。

zhòu yǒng duì gēng cháng
昼 永 对 更 长 ① 。

lóng fēi duì fèng wǔ　　　jǐn lǎn duì yá qiáng
龙 飞 对 凤 舞 ② ， 锦 缆 对 牙 樯 ③ 。

yún biàn shǐ　　　xuě yī niáng
云 弁 使 ④ ， 雪 衣 娘 ⑤ 。

gù guó duì tā xiāng
故 国 对 他 乡 。

xióng wén néng xǐ è　　　yàn qǔ wèi qiú huáng
雄 文 能 徙 鳄 ⑥ ， 艳 曲 为 求 凰 ⑦ 。

jiǔ rì gāo fēng jīng luò mào
九 日 高 峰 惊 落 帽 ⑧ ，

mù chūn qū shuǐ xǐ liú shāng
暮 春 曲 水 喜 流 觞 ⑨ 。

sēng zhàn míng shān　　　yún rào mào lín cáng gǔ diàn
僧 占 名 山 ， 云 绕 茂 林 藏 古 殿 ；⑩

kè qī shèng dì　　　fēng piāo luò yè xiǎng kōng láng
客 栖 胜 地 ， 风 飘 落 叶 响 空 廊 。⑪

◎**注释** ①〔昼永、更（gēng）长〕昼永，白昼漫长。更长，长夜漫漫。永、长，此处都是形容时间漫长。更，古代夜间的计时单位，从 19 点至凌晨 5 点，大约每两个小时为一更，共分为五更。②〔龙飞、凤舞〕原形容山峦气势奔放雄壮或姿态生动活泼。北宋苏轼《表忠观碑》："天目之山，苕水出焉，龙飞凤舞，萃于临安。"后来多形容书法雄健有力，灵活舒展。③〔锦缆、牙樯〕锦缆，锦缎制的缆绳。牙樯，象牙装饰的桅杆。是对缆绳、桅杆的美称。一说桅杆顶端尖锐如牙，故名。杜甫《城西陂（bēi）泛舟》诗："春风自信牙樯动，迟日徐看锦缆牵。"缆，系船用的绳索。樯，桅杆。④〔云弁使〕指蜻蜓。古人称蜻蜓为"赤卒""赤弁丈人""赤衣使者"。晋代崔豹《古今注·鱼虫》："（蜻蛉）小而赤者曰赤卒，一名绛驺，一名赤衣使者，好集水上，亦名赤弁丈人。"⑤〔雪衣娘〕一只白鹦鹉的美称。唐朝天宝年间，岭南进献一只白鹦鹉，非常聪慧，洞晓言词，玄宗和贵妃都称它"雪衣女"。参见《太平广记》卷四六〇引唐代胡璟《谭宾录·雪衣女》。⑥〔雄文能徙鳄〕唐元和十四年（819 年），韩愈因谏迎佛骨一事触怒了唐宪宗，被贬为潮州刺史。当时潮州境内的恶溪里有鳄鱼为害百姓，韩愈于是备了羊、猪各一头扔到恶溪里，并写了《祭鳄鱼文》，劝诫鳄鱼搬迁。不久，恶溪之水西迁60里，潮州境内永远消除了鳄鱼之患。参见《新唐书·韩愈传》。⑦〔艳曲为求凰〕西汉司马相如追求新寡的卓文君时，弹唱了一曲《凤求凰》表明心迹，卓文君于是同他私奔。参见《史记·司马相如列传》。⑧〔"九日"句〕东晋名士孟嘉是大将军桓温的幕僚。有一年九月初九重阳节，桓温带领幕僚在龙山登高宴饮，席间孟嘉的帽子被风吹落在地却并未察觉，谈笑自如。桓温想捉弄他一番，就悄悄吩咐参军孙盛写篇嘲笑孟嘉的短文压在帽子下面。过了一会儿，孟嘉发现了帽子和短文，于是从容地戴好帽子，又不假思索地写了一篇文辞优美的短文对答，为自己的落帽失礼辩护，桓温和宾客们无不叹服孟嘉才思敏捷。⑨〔"暮春"句〕曲水流觞是农历三月初三上巳节的一个习俗。人们在举行完祈福除灾的仪式后，围坐在回环弯曲的水渠旁，在上游放置底部有托的木制酒杯，或把陶制酒杯放在荷叶上任其顺流而下，酒杯停在谁的面前谁就取而饮之并赋诗一首。东晋永和九年（353 年）上巳日，王羲之、王献之、谢安、孙绰等人在山阴兰亭集会，大家在修禊（xì）祭祀之后，于水边曲水流觞，饮酒赋诗。王羲之的《兰亭集序》记载了此事，文中有"暮春之初""流觞曲水"等语。⑩〔"僧占"二句〕佛家寺庙大多建在风景优美的名山大川，所谓"天下名山僧占多"。南宋胡仲弓《和（hè）枯崖山行韵》："名山僧占尽，甘作老卢能。"⑪〔"客栖"二句〕修道的人在风景幽胜的地方修炼。客，指暂居之人，此处可理解为修道者。胜地，风景优美的地方。空廊，此处也指寺院。南宋王镃（zī）《宿香严院》："山近白云归古殿，风高黄叶响空廊。"

◎ 典故

婚姻不幸的王献之

王献之（344—386），字子敬，小名官奴。东晋书法家王羲之第七子、晋简文帝司马昱（yù）之婿。官至中书令，人称"大令"〔族弟王珉（mín）称"小令"〕；与其父并称"二王"，有"小圣"之称；还与张芝、锺繇（yáo）、王羲之并称"书中四贤"。他早年风流倜傥，为一时贵公子的魁首。

他曾与兄长王徽之、王操之一起拜访谢安，两位兄长多谈世俗事，王献之只随便问候了几句。三人离开谢家后，客人问谢安王氏兄弟的优劣，谢安说："小的优秀。"客人问原因，谢安回说："大凡杰出者少言寡语，他不多言，所以不凡。"

王献之成年后娶郗（xī）昙之女郗道茂为妻。郗道茂是东晋大臣郗鉴的孙女、王献之的表姐，后因新安公主执意嫁与王献之，被迫离婚，投奔伯父郗愔（yīn）篱下，再未他嫁，最后郁郁而终。

我们不能说王献之薄情，因皇帝下令他休掉郗道茂，再娶新安公主。王献之为拒婚，用艾草烧伤双脚，以致后半生常年患足疾，行动不便。即便如此，仍无济于事，王献之只能忍痛接受现实。当时郗家已经没落，也无力抗拒皇命。

◎ 释疑解惑

郗道茂的家世

郗姓出于己姓，是商代诸侯国苏国之后。夏代苏国灭亡，有后人苏忿生在周武王时，官至司寇，他有一支庶出的后代受封于郗邑（今河南省温县一带），其后人遂以封邑为姓，即郗姓。东晋初期，郗氏由于郗鉴的苦心经营，终于成为名门望族，王、谢、庚、桓等大族都不敢小觑。后来随着北府兵兵权逐渐落入桓温之手，郗家也渐趋没落。从郗道茂的家世，也可看出郗姓曾经的显赫。

先祖：郗虑，字鸿豫，早年曾向儒学泰斗郑玄求学。历仕东汉、曹魏，官至御史大夫。

祖父：郗鉴（269—339），字道徽，东晋名臣、书法家，东汉御史大夫郗虑的玄孙。

伯父：郗愔（313—384），字方回，郗鉴长子，王羲之妻弟。官至东晋平北将军，徐、兖二州刺史。至孝，在为父母守丧时差点儿悲伤致死。

父亲：郗昙（320—361），字重熙，郗鉴次子。官至东晋北中郎将，徐、兖二州刺史。善草书，与姐夫王羲之交厚。王羲之的《兰亭集序》真迹在郗昙墓中陪葬，后被军阀盗出。

哥哥：郗恢（？—398），字道胤，小名阿乞。东晋将领，官至征虏将军，秦、雍二州刺史。后被殷仲堪所杀。妻子是名士谢奕的第三女谢道粲。

公公：王羲之。

婆婆（姑姑）：郗璿（xuán），字子房。王羲之妻子。

丈夫：王献之，王羲之第7子。

女儿：玉润，早夭。

衰 对 壮 ， 弱 对 强 。
shuāi duì zhuàng ruò duì qiáng

艳 饰 对 新 妆 。
yàn shì duì xīn zhuāng

御 龙 对 司 马①， 破 竹② 对 穿 杨③。
yù lóng duì sī mǎ pò zhú duì chuān yáng

读 班 马④， 识 求 羊⑤。
dú bān mǎ shí qiú yáng

水 色 对 山 光 。
shuǐ sè duì shān guāng

仙 棋 藏 绿 橘⑥， 客 枕 梦 黄 粱⑦。
xiān qí cáng lǜ jú kè zhěn mèng huáng liáng

池 草 入 诗 因 有 梦⑧，
chí cǎo rù shī yīn yǒu mèng

海 棠 带 恨 为 无 香⑨。
hǎi táng dài hèn wèi wú xiāng

风 起 画 堂 ， 帘 箔 影 翻 青 荇 沼；⑩
fēng qǐ huà táng lián bó yǐng fān qīng xìng zhǎo

月 斜 金 井 ， 辘 轳 声 度 碧 梧 墙 。⑪
yuè xié jīn jǐng lù lu shēng dù bì wú qiáng

◎**注释** ①〔御龙、司马〕均是官名，又均是复姓。传说夏朝孔甲当政时，一个叫刘累的人曾为他养龙，被赐姓为御龙氏。《左传·昭公二十九年》记载："古者畜龙，故有豢龙氏，有御龙氏。……有陶唐氏既衰，其后有刘累，学扰龙于豢龙氏，以事孔甲，能饮食之。夏后嘉之，赐氏曰御龙。"司马，掌管军政、军赋、马政的大臣。②〔破竹〕劈竹子时，上面的几节竹子劈开以后，下面的竹节顺势就分开了。常比喻做事顺利。③〔穿杨〕即百步穿杨。能在百步以外射中选定的杨柳叶子，形容箭法或枪法十分高明。传说春秋时期楚将养由基箭法高超，在百步之外可以射穿杨叶。④〔班马〕汉代史学家班固与司马迁的并称。东汉班固作《汉书》，西汉司马迁作《史记》。⑤〔求羊〕汉代隐士求仲与羊仲的并称，见61页注⑬。⑥〔仙棋藏绿橘〕传说古时候巴邛（qióng）一户人家的橘树上结了两只斗大的橘子，剖开之后，每个橘子里都有两个老翁在下棋。棋局结束后，4个老翁就乘龙飞走了。因此，象棋也称为"橘中戏"。见《太平广记》卷四十"神仙四十·巴邛人"。⑦〔客枕梦黄粱〕有个卢姓青年进京赶考，在邯郸的旅店里遇到仙人吕翁。卢生感慨自己奔波劳苦，渴

211

望荣华富贵，吕翁就让他枕自己的枕头先睡一觉，这时店主人刚开始煮黄粱（小米）饭。卢生很快就睡着了并做了一个梦。在梦中，他享尽荣华富贵，但一觉醒来，浮华尽逝，店主人的黄粱饭还没有煮熟，于是卢生大彻大悟。参见唐代沈既济《枕中记》。⑧〔"池草"句〕传说南朝宋诗人谢灵运在梦中见到族弟谢惠连后，得"池塘生春草，园柳变鸣禽"之佳句。参见《南史·谢惠连传》。⑨〔"海棠"句〕海棠是名花，花色艳丽多姿，可惜没有香气。宋人彭渊材常说，自己平生有五恨：一恨鲥（shí）鱼多刺，二恨金橘太酸，三恨莼菜性冷，四恨海棠无香，五恨曾子固不能作诗。参见北宋僧惠洪《冷斋夜话》。子固，宋代文学家曾巩，字子固。⑩〔"风起"二句〕画堂，装饰华美的厅堂。帘箔，帘子，多以竹、苇编成。青荇，荇菜。⑪〔"月斜"二句〕金井，井栏上有雕饰的井。一般用以指宫廷园林里的井。辘轳，利用轮轴原理安在井上的汲水器。碧梧墙，整齐紧密的梧桐树就像绿色的墙一样。

◎典故

"中间清发"的谢惠连

唐代李白《宣城谢朓（tiǎo）楼饯别校书叔云》诗："蓬莱文章建安骨，中间小谢又清发。""小谢"就是南朝宋诗人谢惠连（407—433），陈郡阳夏（jiǎ）（今河南太康）人，出生于会稽（今浙江绍兴）。他是谢铁的曾孙〔谢衮—谢铁—谢翀（chōng）—谢方明—谢惠连、谢惠宣〕，谢灵运的族弟（灵运的曾祖谢奕是老大，下面是谢据、谢安、谢万、谢石、谢铁）、父谢方明历任竟陵太守、丹阳尹、会稽太守等职。他这一族大约都不长寿，祖父谢翀（351—399）活了49岁，父亲活了47岁，他只活了27岁。弟弟谢惠宣（412—462）稍好一些，活了50岁。

不过，他在短暂的生命旅途上，却为后人留下了《祭古冢文》《雪赋》等传世名篇。谢灵运极其赏识他，每次见到他的新作品都会感慨，即便是大文豪"张华重生，不能易也"。当时人们称他俩为"大谢小谢"，后人把他和谢灵运、谢朓合称"三谢"。

他的诗赋笔调轻灵明艳，有谢灵运的味道；一些乐府诗抒发牢骚不平之意，颇具古风。他的《雪赋》和谢庄的《月赋》可算是六朝新兴的抒情咏物小赋的代表作。李白说他的风格是"清发"，即"清明焕发"的意思。

◎释疑解惑

《祭古冢文》是什么样的文字？

顾名思义，谢惠连的《祭古冢文》是一篇古冢的祭文，前有序言、后有正文，具备祭文的基本要素。这篇文章的独特之处在于，给两具无名古尸托名"冥漠君"，开了祭悼失名古冢祭文的先河，对后世同类祭文、碑铭的写作影响很大。

最奇特的是这篇祭文的序言部分，记述的内容就像是一篇考古发掘报告。附录如下：

东府掘城北巉（chán），入丈余，得古冢。上无封域（指坟墓的范围或坟头），不用砖甓（pì，砖）。以木为椁（guǒ，套在棺材外面的大棺材），中有二棺，正方，两头无和（通"桓"，棺题，即棺材前端突出的部分）。多异形，不可尽识。刻木为人，长3尺，可有20余头。初开见，悉是人形；以物桃（chéng，触动）拨之，应手灰灭。棺上有五铢钱百余杖，水中有甘蔗节及梅李核、瓜瓣，皆浮出不甚烂坏。铭志不存，世代不可得而知也。公命城者改埋于东冈，祭之以豚酒，既不知其名字远近，故假为之号曰"冥漠君"云尔。

chén duì zǐ　　dì duì wáng
臣 对 子，帝 对 王 。

rì yuè duì fēng shuāng
日 月 对 风 霜 。

wū tái duì zǐ fǔ　　xuě yǒu duì yún fáng
乌 台 对 紫 府①，雪 牖 对 云 房②。

xiāng shān shè　　zhòu jǐn táng
香 山 社③，昼 锦 堂④。

bù wū duì yán láng
蔀 屋 对 岩 廊⑤。

fēn jiāo tú nèi bì　　wén xìng shì gāo liáng
芬 椒 涂 内 壁⑥，文 杏 饰 高 梁⑦。

pín nǚ xìng fēn dōng bì yǐng
贫 女 幸 分 东 壁 影⑧，

yōu rén gāo wò běi chuāng liáng
幽 人 高 卧 北 窗 凉⑨。

xiù gé tàn chūn　　lì rì bàn lǒng qīng jìng sè
绣 阁 探 春，丽 日 半 笼 青 镜 色；⑩

shuǐ tíng zuì xià　　xūn fēng cháng tòu bì tǒng xiāng
水 亭 醉 夏，熏 风 常 透 碧 筒 香。⑪

◎**注释**　①〔乌台、紫府〕宋朝因御史台官署内种植了许多柏树，又常有乌鸦在那里栖息筑巢，故称御史台为"乌台"或"柏台"。紫府，道教称仙人居所。②〔雪牖、云房〕雪牖，雪光映照的窗户。唐代李善注《昭明文选·为萧扬州荐士表》引《孙氏世录》曰："孙康家贫，常映雪读书，清介，交游不杂。"云房，云雾笼罩的房舍。指深山中僧道修炼或隐者所居之室。③〔香山社〕白居易退居洛阳时组织的香山集社。《旧唐书·白居易传》："会昌中，请罢太子少傅，以刑部尚书致仕。与香山僧如满结香火社，每肩舆往来，白衣鸠杖，自称香山居士。"④〔昼锦堂〕位于今河南安阳古城内，北宋宰相韩琦年老隐退回乡任相州知州时，在州署后院修建的一座堂舍。⑤〔蔀屋、岩廊〕蔀屋，草房，泛指简陋的房舍。蔀，又读 pǒu，覆盖于棚架上遮蔽阳光的草席。岩廊，高峻的走廊，指代高大壮丽的楼宇。⑥〔芬椒涂内壁〕汉代皇后所住的宫室用花椒和（huó）泥涂抹内壁，取其芳香多子之义。⑦〔文杏饰高梁〕用银杏木做房梁，形容建筑华美。文杏即银杏，是高等木材。司马相如《长门赋》："饰文杏以为梁。"⑧〔"贫女"句〕战国时期，齐国女子徐吾与邻妇共用一支蜡烛织布，邻妇要赶她走，徐吾说："夫一室之中，益一人，烛不为暗，损一人，烛不为明，何爱东壁之余光，不使贫妾得蒙见哀之？"邻妇觉得有理，就留下了她。参见西汉刘向《列女传》卷六《辨通传·齐女徐吾》。⑨〔"幽人"句〕夏日躺在北窗下，偶有凉风吹来，感觉很惬意。语出东晋·陶潜《与子俨等疏》："常言五、六月中，北窗下卧，遇凉风暂至，自谓是羲皇上人。"幽人，隐士。⑩〔"绣阁"二句〕春天的阳光透过半卷的珠帘映射到铜镜上，准备游春的闺阁女子正在梳妆。绣阁，指女子闺房。探春是早春郊游。青镜，青铜铸成的镜子。丽日半笼，由于珠帘半卷，只有部分阳光照进房内。⑪〔"水亭"二句〕碧筒，用荷径做的酒杯。三国时期，魏刺史郑悫（què）取带梗的荷叶，刺穿叶心，使之与空心的荷茎相通，向荷叶中注酒，再从荷茎一端慢慢饮吸，这种饮酒方式即为"碧筒饮"。参见唐代段成式《酉阳杂俎·酒食》。熏风，东南风，和风。

◎**典故**

"醉吟先生"白居易

　　唐朝诗人白居易（772—846），字乐天，祖籍太原（今属山西），徙居下邽（guī）（今陕西渭南），生于新郑（今属河南）。他的先祖一说是战国名将白起；一说是龟兹（qiū cí）人，汉时赐姓白氏。他早年生活困苦，"衣食不充，冻馁并至"，但勤学不辍，终于在29岁时中了进士，"十年之间，三登科第，名入众耳，迹升清贵"（《与元九书》）。

他历仕德宗、顺宗、宪宗、穆宗、敬宗、文宗、武宗7朝，多次任职中枢要职。只是因为耿直敢言，仕途起起伏伏，一直不顺利。宪宗元和十年（815年），因上书主张为被刺身死的宰相武元衡捕贼雪耻，得罪了当权的宦官及旧官僚集团，把他由太子左赞善大夫贬为江州司马。《琵琶行》就是这时候写的。敬宗宝历元年（825年），他出任苏州刺史，在当地兴修水利，恤贫安民，深受百姓爱戴。

会昌二年（842年），他从刑部尚书的职位上退隐。晚年闲居洛阳龙门山，皈依佛教，每日吟咏为乐，自号"醉吟先生""香山居士"。和李白、杜甫一样，他也嗜酒成性。

白居易的祖父白锽（huáng）、父亲白季庚都是诗人。他受家学影响，也喜欢作诗。白居易的诗以前有说好的，认为通俗易懂，切中时弊；也有说差的，认为夹杂着俗言俚语，格调不高，很容易让初学诗的人走上歪道。当然，今天看来，他的诗成就是极高的，也值得学习。他死后，很多人怀念他，下至普通百姓、外族胡儿，上至权贵王侯，甚至天子，都对他赞不绝口。唐宣宗《吊白居易》即写道："缀玉联珠六十年，谁教冥路作诗仙。浮云不系名居易，造化无为字乐天。童子解吟《长恨曲》，胡儿能唱《琵琶篇》。文章已满行人耳，一度思卿一怆然。"

◎ 释疑解惑

白居易的祖先是汉人还是胡人？

北宋孙光宪《北梦琐言》卷五："唐自大中至咸通，白中令入拜相，次毕相诚、曹相确、罗相邵，权使相也，继升岩廊。崔相慎猷曰：'可以归矣，近日中书尽是蕃人。'盖以毕、白、曹、罗为蕃姓也。"

白中令就是白敏中（792—861），字用晦，白居易从弟。他做宰相时，白居易是刑部尚书。在他之后的宰相毕诚、曹确、罗邵权都是胡人。白敏中自称为"十姓胡"，属于唐代西突厥10姓中的鼠尼施部。白敏中是白居易的从弟，那么白居易自然也是胡人。顾学颉根据《后汉书·班超传》《新唐书·西域列传》等史料记载，认为白居易的祖先是西域龟兹国的羊族，其姓氏源于龟兹国境内的白山。

八 庚

xíng duì mào　　sè duì shēng
形 对 貌 ，色 对 声 。

xià yì duì zhōu jīng
夏 邑 对 周 京①。

jiāng yún duì jiàn shù　　yù qìng　duì yín zhēng
江 云 对 涧 树 ，玉 磬②对 银 筝 。

rén lǎo lǎo　　wǒ qīng qīng
人 老 老③，我 卿 卿④。

xiǎo yàn duì chūn yīng
晓 燕 对 春 莺 。

xuán shuāng chōng yù chǔ　　bái lù zhù jīn jīng
玄 霜 春 玉 杵⑤，白 露 贮 金 茎⑥。

gǔ kè jūn shān qiū nòng dí
贾 客 君 山 秋 弄 笛⑦，

xiān rén gōu lǐng yè chuī shēng
仙 人 缑 岭 夜 吹 笙⑧。

dì yè dú xīng　　jìn dào hàn gāo néng yòng jiàng
帝 业 独 兴 ，尽 道 汉 高 能 用 将 ；⑨

fù shū kōng dú　　shuí yán zhào kuò shàn zhī bīng
父 书 空 读 ，谁 言 赵 括 善 知 兵 !⑩

◎**注释**　①〔夏邑、周京〕夏朝、周朝的都城。邑、京，此处均指都城。②〔玉磬〕磬是古代一种石制的打击乐器，也有玉质、铜质的。③〔人老老〕以敬老之道尊重老人。第一个"老"字作动词用，尊重的意思。语出《礼记·大学》："上老老而民兴孝，上长长而民兴弟（tì）。"④〔我卿卿〕用"卿"来称呼你。第一个"卿"字作动词用，即以卿称之；第二个"卿"字为代词，犹言你。魏晋时期，晚辈称长

216

辈、位卑者称位尊者为"公"，同辈或同等职位之间互称"君"，上级称呼下级或亲密的朋友之间则称"卿"。西晋名士王戎的妻子总用"卿"来称呼他，王戎认为妻子这样称呼自己属于不敬，就很不高兴地制止她说："以后不要再这样称呼了。"可妻子答道："亲卿爱卿，是以卿卿。我不卿卿，谁当卿卿？"见南朝宋刘义庆《世说新语·惑溺》。"卿"字连用有亲昵的意思，后来就用"卿卿我我"形容夫妻恩爱。⑤〔玄霜春玉杵〕据唐代裴铏（xíng）《传奇·裴航》记载，唐朝秀才裴航落第后到鄂州游玩，途中遇到仙人赠诗曰："一饮琼浆百感生，玄霜捣尽见云英。蓝桥便是神仙窟，何必崎岖上玉清。"当时裴航不解其意。后路过蓝桥驿，一老妇人告诉他，如果能寻来玉杵供她捣药，就可以迎娶她的孙女云英。裴航果真寻来玉杵为聘礼，迎娶云英，二人升仙而去。玄霜，传说中的仙药。春，把东西放在石臼或乳钵里春捣，去皮壳或捣碎。⑥〔白露贮金茎〕汉武帝为求仙露，曾作金铜仙人承露盘承接夜露，再以此露拌玉屑调和饮用，以求长生不老。贮，存储。⑦〔"贾（gǔ）客"句〕传说商人吕乡筠泊舟君山，在月下吹笛时，一位老翁荡舟而来，说自己有大、中、小3支笛子，大号的只能吹给天上的神仙听，中号的吹给各路仙山洞府的神仙听，小如笔管的一支是自己跟朋友吹着玩的。说完，老翁就举起笛子吹了起来。才吹了几声，只见湖上风波大作，鱼鳖跳喷，山上鸟兽叫噪，月色昏昧，老翁赶紧停了笛声。见《博异志·吕乡筠》。贾客，商人。君山，又名湘山、洞庭山，在今湖南省洞庭湖中。⑧〔"仙人"句〕仙人指周灵王太子姬晋，字乔，故又称王子乔。传说姬晋喜欢吹笙，能吹出凤凰的鸣叫声。后来遇到仙人浮邱公，便跟随他上嵩（sōng）山修道去了。30多年后，七月初七那天，姬晋乘白鹤到缑山顶，向众人拱手谢别而去。参见《太平广记》卷四"神仙四·王子乔"。缑岭，山名，在河南省偃师市。⑨〔"帝业"二句〕汉高祖刘邦常和大将韩信谈论诸位将领的优劣长短。刘邦问韩信："你看我能带多少兵？"韩信回答："陛下您不过能带10万兵。"刘邦问："你能带多少兵？"韩信回答："我带兵多多而益善（越多越好）。"刘邦笑了，说道："你带兵多多益善，比我强多了，怎么最后被我擒拿住了？"韩信说："陛下不能带兵，却能带将。"⑩〔"父书"二句〕在旷日持久的长平之战后期，赵王用赵括为将抵御秦军。而赵括没有实战经验，只会纸上谈兵，中了秦军埋伏，40多万名赵国将士被秦军"坑杀"，赵括也死在乱军之中。见《史记·廉颇蔺相如列传》。父，指赵括的父亲，战国时期赵国名将赵奢。

◎ **典故**

"不问家事"的赵奢

赵奢，本是赵国征收田租的官吏。早年曾经亡命入燕，得到燕王信任，被任命为上谷守。这件事背后的历史事实是，赵惠文王四年（前295年）"沙丘之乱"后，赵成、李兑（duì）专权，迫害赵武灵王近臣。当时燕阳王召贤，赵奢亡命入燕，得燕王信任，被任命为郡守。赵惠文王十二年（前287年），李兑失势，之前受其迫害者陆续回来，赵奢可能于此时回到赵国。

公元前269年，秦昭襄王派中更胡阳率军攻赵要地阏与（yǔ yǔ）（今山西和顺）。赵王召问廉颇："可以去援救吗？"廉颇认为道路险远，很难援救。又召问乐乘，回答和廉颇一样。又召问赵奢，赵奢说："道远地险路狭，就譬如两只老鼠在洞里争斗，哪个勇猛哪个能胜。"赵王便派赵奢领兵救援阏与。

当时秦军势盛，赵奢率部出邯郸30里，即坚壁不进。秦军一部进屯武安，耀武扬威，意图引诱赵军主力。赵奢不为所动，严厉制止驰援武安，并增设营垒，造成赵军怯弱的假象，麻痹秦军。28天后，赵军乘秦军不备，偃旗息鼓、衔枚疾进，两天一夜赶到阏与城外50里处筑垒列阵。秦军久攻阏与不下，又突闻赵援兵至，仓促之间出动全军迎击。赵军严阵以待，并派万人抢先占领北山高地，趁着秦军久攻力疲，向下猛冲反击，大败秦军，遂解阏与之围。

阏与之战后，田单曾与赵奢论兵，结果是田单感叹赵奢深谋远虑超过自己。

赵奢为官公正廉明，不循私情，"受命之日，不问家事"。这很像霍去病"匈奴未灭，何以家为"的做派。他跟手下关系很好，"身所食饮而进者十数，所友者百数，大王及宗室所赏赐者，尽与军吏士大夫。"因此，将士都愿为之效命。作战中，他执法如山，赏罚分明，用兵如神，所向披靡。

唐德宗建中三年（782年），礼仪使颜真卿建议唐德宗追封古代名将64人，设庙享奠，其中有"赵马服君赵奢"，同时代入选的有：孙膑、田单、廉颇、李牧、王翦。

◎ **释疑解惑**

赵括比赵奢差在哪里？

《列女传·仁智传·赵将括母》记载，赵括的母亲是赵奢的妾。"秦攻赵，孝成王使括代廉颇为将"。赵括的母亲上书赵王说："括不可使将。"理由是，他父亲不看好他。赵奢爱惜士卒，每次得到的赏赐都分文不留，分给部下；而赵括贪财好利，不能让士卒忠心效死，打起仗来比不上他父亲。赵王不听，赵括的母亲就说："既然您已决定，那万一赵括出了事，能不让我连坐吗？"赵王许诺。后来长平战败，括母没有受到株连。

gōng duì yè　　xìng duì qíng
功 对 业 ， 性 对 情 。

yuè shàng duì yún xíng
月 上 对 云 行 ①。

chéng lóng　duì fù jì　　　làng yuàn duì péng yíng
乘 龙 ② 对 附 骥 ③， 阆 苑 对 蓬 瀛 ④。

chūn qiū bǐ　　　yuè dàn píng
春 秋 笔 ⑤， 月 旦 评 ⑥。

dōng zuò duì xī chéng
东 作 对 西 成 ⑦。

suí zhū guāng zhào shèng　　　hé bì jià lián chéng
隋 珠 光 照 乘 ⑧， 和 璧 价 连 城 ⑨。

sān jiàn sān rén táng jiàng yǒng
三 箭 三 人 唐 将 勇 ⑩，

yì qín yí hè zhào gōng qīng
一 琴 一 鹤 赵 公 清 ⑪。

hàn dì qiú xián　　　zhào fǎng yán tān féng gù jiù
汉 帝 求 贤 ， 诏 访 严 滩 逢 故 旧 ⑫；

sòng tíng yōu lǎo　　　nián zūn luò shè zhòng qí yīng
宋 廷 优 老 ， 年 尊 洛 社 重 耆 英 ⑬。

◎**注释**　①〔月上、云行〕月亮升起、白云飘动。②〔乘龙〕"乘龙快婿"的省称。称赞别人的女婿才貌出众，女儿嫁人如同乘坐到龙身上得道成仙了。语见唐代杜甫《李监宅》诗："门阑多喜色，女婿近乘龙。"③〔附骥〕蚊蝇叮附在千里马的尾巴上可以远行，用来比喻依附前辈或名人而使自己有名气。多用作自谦的套语。语出《史记·伯夷列传》："颜渊虽笃学，附骥尾而行益显。"附骥，附骥尾。骥，良马。④〔阆苑、蓬瀛〕都是传说中的神仙居所。阆苑即阆风苑，在昆仑山之巅，传说是西王母居住的地方。蓬瀛指蓬莱和瀛洲，传说是东海中的仙山。⑤〔春秋笔〕孔子作《春秋》时，寓褒贬于曲折的文笔之中，委婉地表达作者的倾向，不直接表明态度。《史记·孔子世家》："至于为《春秋》，笔则笔，削则削，子夏之徒不能赞一辞。"东晋范甯（níng）《春秋穀梁传注疏序》称："一字之褒，宠逾华衮之赠；片言之贬，辱过市朝之挞。"⑥〔月旦评〕东汉末年，河南名士许劭与其兄许靖举办了一个评论当代人物、诗文、字画的活动，每月农历初一发布评论结果，人们称之为"月旦评"。旦，农历每月的初一。见《后汉书·许劭传》。⑦〔东作对西成〕春耕与秋收。作，耕种。东、西，非实指。⑧〔隋珠光照乘〕隋侯珠光芒四射，挂在车上可以照亮四周。隋珠，传说战国时期有一次隋侯出行，在路上遇到一条受了重伤的蛇，隋侯命人给蛇敷药包扎后放回山林。后来此蛇衔了一颗直径1寸多的大珠来报答隋侯，人称隋侯珠。见东晋干宝《搜神记》。乘，古时4马1车为1乘，这里指代车马。⑨〔和璧价连城〕《韩非子·和氏》记载，楚人卞和得了一块璞玉，献给楚厉王，玉工说是石头，厉王就下令砍去卞和的左脚。楚武王即位后，卞和再献，武王仍以为是石头，又命人砍去他的右脚。楚文王即位后，卞和抱璞玉哭了3天3夜，眼睛都哭出了血。文王知道后就让人剖开璞石，发现果然是块美玉，于是称此璧为"和氏璧"。后来秦王曾提出用15座城池与赵国交换这块璧。和璧，和氏璧。价连城，价值可与十几座城相比。⑩〔"三箭"句〕唐高宗时，北方的少数民族九姓突厥作乱，聚集了十几万兵马与唐军交战。大将薛仁贵单枪匹马出战，连发3箭射死3名敌将，叛军立时大乱。唐军趁势掩杀，很快平定了北方边境。当时有歌谣曰："将军三箭定天山，壮士长歌入汉关。"参见《新唐书·薛仁贵传》。⑪〔"一琴"句〕宋代赵抃（biàn）去成都上任时，匹马入蜀，只有一琴一鹤相随，为政十分清廉。参见《宋史·赵抃列传》。⑫〔"汉帝"二句〕刘秀称帝前与严子陵一同游学各地，非常交好。刘秀即位后派人寻访严子陵，请他出来辅佐自己，但严子陵不愿为官，就到富春山隐居，耕钓自乐。富春江上有子陵滩，相传为他的垂钓处。⑬〔"宋廷"二句〕北宋宰相文彦博退居洛阳后，与富弼、司马光等13名年高德硕的人，组织了一个以饮酒赋诗为乐的耆英会。见宋代司马光《洛阳耆英会序》。优老，优遇德行高尚的长者。耆英，德高望重的老年人。耆，年老。

◎典故

"三矢平虏"的薛仁贵

唐朝名将薛仁贵（614—683），名礼，河东道绛州龙门（今山西河津市修村人）人，属于河东薛氏家族。先祖是南北朝时期名将薛安都，高祖薛荣是北魏名将，祖父薛衍是北周御伯中大夫，父薛轨任隋朝襄城郡赞治，早丧，因此家道中落。他在贞观（guàn）末年投军，在数十年的征战生涯里，曾大败九姓铁勒、降服高句丽（gōu lí）、击破突厥，留下"三箭定天山""脱帽退万敌"等传奇故事。

贞观十九年（645年），唐太宗出征高句丽。在这次战争中，年轻的薛仁贵先是在辽东安地战场上单枪匹马冲入敌阵，救出唐朝将领刘君邛（qióng），擒杀敌将，随后单戟双弓，在安市战场上一往无前，唐军乘势掩杀，大败敌军。李世民感叹："我的那帮弟兄都老了，好在出了你这么个小将军，能代替他们为我大唐征战四方。"

唐代，回纥称"九姓回纥（hé）"或"九姓铁勒"。龙朔元年（661年），新继位的回纥首领比粟毒与唐为敌。唐高宗李治命郑仁泰为主将，薛仁贵为副将，领兵讨伐。临行，李治在宴席间对薛仁贵说："古代善射的人能穿透7层铠甲，你射5层看看。"薛仁贵应命，取弓箭射去，弓弦响过，箭已穿甲而过。唐军到达天山后，九姓铁勒拥众10余万相拒，并派骁勇骑士数十人前来挑战。薛仁贵连发3箭射死3人，其余骑士吓破了胆。薛仁贵乘势麾军掩杀，九姓铁勒大败，所降全部坑杀。接着，薛仁贵越过碛（qì）北追击败众，擒其首领兄弟3人。薛仁贵收兵后，军中传唱说："将军三箭定天山，壮士长歌入汉关。"

咸亨元年（670年），唐朝出动5万大军，以薛仁贵为逻娑道行军大总管，阿史那道真、郭待封为副总管，名义上是护送吐谷（tǔ yù）浑王还青海，实际要收复当时被吐蕃侵占的吐谷浑。但是郭待封自恃名将之后，看不起薛仁贵，不听调遣。吐蕃军趁机袭击郭待封部，取得粮草辎重无数，军威大振。薛仁贵无力再战，于是跟吐蕃军讲和，唐朝从此失去了对吐谷浑的统治权。仁贵因此一战，被贬为平民，郭待封被除名。

永淳元年（682年），突厥入侵云州，69岁的薛仁贵被起用，率军前往征讨。阵前突厥人问："唐朝的将领是谁？"唐军答："薛仁贵。"突厥人说："听说薛仁贵流放象州已死，怎会复生？"薛仁贵摘下头盔跃马而出，突厥人大惊失色，前面的下马拜揖，后面的开始逃跑。薛仁贵乘势追击，斩杀上万人，俘虏3万人，夺取牲畜3万余头，取得云州大捷。这是他一生中最后一战，算是为自己的军旅生涯画上了圆满的句号。

◎ 释疑解惑

河东薛氏的来历

从汉代开始形成的豪门大姓，到了唐代已经形成规模，盘根错节，尾大不掉，中央政府都受他们的左右节制。

汉代以来，河东辖区范围屡有变化，大致以今山西西部为中心，有时包括今河南北部、安徽北部。由于它介于长安、洛阳之间，自然成为当时中原的中心。这种特殊的地理位置，必然是历代政权的必争之地。当地的豪族势力要想生存发展，就要不断与各民族政权发生关系，因而往往形成复杂深广的家族势力网。

河东薛氏的先祖在东汉末年受曹操迫害，其后人跟随刘备入蜀。蜀汉灭亡后，河东薛氏从蜀地迁回河东。魏晋以前，河东地区并无薛氏一族，在重视门第的时代，外来的薛氏必然遭受到当地望族的歧视。因此，薛氏直至十六国时期才崛起，而且在此之后的很长一段时间内被中原人士视为"非我族类"，被蔑称为"河东蜀""蜀薛"。但经过十六国至北魏初年的发展，很快被列入郡姓，与汉晋以来的高门同列；到了隋唐时期，终于发展成河东的重要士族，成为关西六大姓（韦、裴、柳、薛、杨、杜）之一。

hūn duì dàn　　huì duì míng
昏对旦，晦对明①。

jiǔ yǔ duì xīn qíng
久雨对新晴。

liǎo wān　duì huā gǎng　　zhú yǒu duì méi xiōng
蓼湾②对花港，竹友对梅兄③。

huáng shí sǒu　　　dān qiū shēng
黄石叟④，丹丘生⑤。

quǎn fèi duì jī míng
犬吠对鸡鸣。

mù shān yún wài duàn　　xīn shuǐ yuè zhōng píng
暮山云外断，新水月中平⑥。

bàn tà qīng fēng yí wǔ mèng
半榻清风宜午梦，

yì lí hǎo yǔ chèn chūn gēng
一犁好雨趁春耕⑦。

wáng dàn dēng yōng　　wù wǒ shí nián chí zuò xiàng
王旦登庸，误我十年迟作相；⑧

liú fén bú dì　　kuì tā duō shì zǎo chéng míng
刘蕡不第，愧他多士早成名⑨。

◎**注释** ①〔昏、旦、晦〕昏，天色才黑的时候。旦，早晨，天亮。晦，昏暗不明。②〔蓼湾〕长满花草的水湾。蓼，一种生长在水边的植物。③〔竹友、梅兄〕对竹子、梅花的雅称。宋代黄庭坚《王充道送水仙花五十枝欣然会心为之作咏》："含香体素欲倾城，山矾是弟梅是兄。"④〔黄石叟〕即汉初张良所遇仙人黄石公，曾赠给张良兵书。见200页注⑨。⑤〔丹丘生〕唐代元丹丘，痴迷神仙道术，是李白的好朋友。李白《将（qiāng）进酒》中有"岑夫子，丹丘生，将进酒，杯莫停"句。⑥〔"暮山"二句〕薄暮时分，云雾遮断山峦，平静的水面上刚刚映出月影。类似的描写如：唐代许浑《送段觉之西蜀结婚》中"秋浪远侵黄鹤岭，暮云遥断碧鸡山"句，宋代马仲珍《游圆通寺》其五中"幽访未成返，水中新月生"句。⑦〔"一犁"句〕见31页注⑫。⑧〔"王旦"二句〕《宋史·王旦传》载，北宋王旦掌权18年，做了12年宰相。他的继任者王钦若对别人说："子明（王旦的字）耽误我晚了10年才做宰相。"登庸，做官。⑨〔"刘黄"二句〕见121页注⑫。不第，科举考试未考中。第，科第。

◎**典故**

"瘿（yǐng）相"王钦若

王钦若（962—1025），字定国，临江军新喻（今江西新余市）人。北宋真宗时期宰相。刚当上宰相，就抱怨王旦耽误他。澶（chán）渊之战时，他主张迁都金陵，与宰相寇準（zhǔn）的主张对立。他曾在真宗、仁宗朝两度为相，因状貌短小，脖子上有肉瘤，时称"瘿相"。为人奸邪险伪，善迎合帝意，与丁谓、林特、陈彭年、刘承珪结交，时人谓之"五鬼"。

他的学问不错，请求与杨亿等人编修大型类书《册府元龟》（与《太平广记》《太平御览》《文苑英华》合称"宋四大书"）。澶渊之盟后，他对真宗说："当时您身在前线，万分危险。寇準就是个疯子、赌徒，拿您当最后一注，孤注一掷！"真宗本来就后怕，于是罢免了寇準。

《册府元龟》共1 000卷31部1 116门，前后花了8年才编完。在编修过程中，每完成一部分都要向真宗汇报。如得到真宗的褒奖，王钦若则将自己的名字列在第一位以谢皇上；如果出了毛病，受到真宗的谴问，则叮嘱书吏说是杨亿等人干的。

除了对外软弱怯战、对内离间陷害，他还配合皇帝搞祥瑞迷信那一套。有一次，真宗梦见神人赐天书于泰山。真宗迷信道教，信以为真，又怕大臣们笑话，就暗中告诉了王钦若。王钦若一听，马上明白，立刻伪造《天书再降祥瑞图》，奉献真宗。真宗大为兴奋，到处宣扬，甚至给北方的辽国修书说明自己得到上天眷顾，告诫他们不要乱来。

仁宗继位后，一开始也被王钦若花言巧语蒙蔽，后来识破其人，对别的大臣说："钦若久在政府，观其所为，真奸邪也。"

◎ 释疑解惑

王旦为人如何？

王旦（957—1017），字子明，大名莘（shēn）县（今属山东）人。跟王钦若相反，他为相十几年，谨言慎行，知人善任，任人唯贤，朝中大部分官员都是他推荐提拔的，但他从未推荐自己的亲属做官。寇準曾多次说他的坏话，王却一直称赞寇準。皇帝私下对王旦说："卿虽称其美，彼专谈卿恶。"王旦回答："理固当然。臣在相位久，政事阙失必多。準对陛下无所隐，益见其忠直。此臣所以重準也。"当时，王旦负责中书省，有文件送到寇準所在的枢密院，因文件格式不对，寇準上奏皇帝，王旦受到斥责；不久，枢密院有文件送到中书省，格式也有错误，王旦就派人私下送还寇準修改。寇準大为羞惭。后来寇準罢官，私下托请王旦为他说点儿好话，但被王旦拒绝。后来寇準复官，感谢皇帝开恩，皇帝却告诉他，是王旦为他求情，他才得以复官。

王旦死后，欧阳修奉仁宗旨为其撰写碑文，苏轼为王氏宗祠撰写《三槐堂铭》。

九 青

gēng duì jiǎ　　jǐ duì dīng
庚 对 甲 ， 己 对 丁 ①。

wèi què　duì tóng tíng
魏 阙 ② 对 彤 庭 ③。

méi qī duì hè zǐ　　zhū bó duì yín píng
梅 妻 对 鹤 子 ④， 珠 箔 对 银 屏 ⑤。

yuān yù zhǎo　　lù fēi tīng
鸳 浴 沼 ， 鹭 飞 汀 ⑥。

hóng yàn duì jí líng
鸿 雁 对 鹡 鸰 ⑦。

rén jiān shòu zhě xiàng　　tiān shàng lǎo rén xīng
人 间 寿 者 相 ， 天 上 老 人 星 ⑧。

bā yuè hǎo xiū pān guì fǔ
八 月 好 修 攀 桂 斧 ⑨，

sān chūn xū jì hù huā líng
三 春 须 系 护 花 铃 ⑩。

jiāng gé píng lín　　yì shuǐ jìng lián tiān jì bì
江 阁 凭 临 ， 一 水 净 连 天 际 碧 ；⑪

shí lán xián yǐ　　qún shān xiù xiàng yǔ yú qīng
石 栏 闲 倚 ， 群 山 秀 向 雨 余 青 。⑫

◎**注释**　①〔庚、甲、己、丁〕即十天干中的四个。甲、乙、丙、丁、戊、己、庚、辛、壬、癸（guǐ）称为十天干。②〔魏阙〕古代宫门外两边巍然高出的楼观。楼观下常为悬布法令之所，所以用来借指朝廷。③〔彤庭〕因为皇宫的墙壁都漆成红色，故"彤庭"泛指皇宫。庭，同"廷"。唐代杜甫《自京赴奉先县咏怀五百字》："彤庭所分帛，本自寒女出。"④〔梅妻、鹤子〕见55页注⑬。⑤〔珠箔、银屏〕珠箔，用珠子串的帘子。箔，帘子。银屏，镶银的屏风。唐代白居易《长恨歌》："揽衣推枕起裴回（徘徊），珠箔银屏迤逦开。"⑥〔鸳浴沼，鹭飞汀〕描写鸳鸯、鹭鸟的生活习性。鸳鸯栖息在湖泊、溪流中，鹭鸟常活动在河湖岸边、水田、泽地。沼，天然水池。汀，水边平地。⑦〔鹡鸰〕鸟名，体形纤巧秀丽，常在水边觅食昆虫。鹡鸰遇到困难时会寻求同类的帮助，因此常用鹡鸰来比喻兄弟。《诗·小雅·常（táng）棣》有"脊令在原，兄弟急难"句。脊令，即鹡鸰。⑧〔"人间"二句〕人的面相里有长寿相，天上有主寿的南极星。《史记·天官书》记载，天上有南极老人星，主寿。这是封建时代的一种迷信说法。⑨〔"八月"句〕平时用心学习，好好准备，就如同修好砍桂树的斧子。旧时称科举考试得中为蟾宫折桂。秋闱一般定在农历八月，正是桂花盛开的时节。攀桂斧，神话传说吴刚因有过错而被罚在月宫中砍桂树。此处借这个典故指折取桂枝，红榜得中。⑩〔"三春"句〕在春天花开的时候，为保护花朵不受鸟雀的伤害，在花枝上系上小铃铛。五代·王仁裕《开元天宝遗事·花上金铃》记载，唐玄宗曾作护花铃，"至春时，于后园中纫红丝为绳，密缀金铃，系于花梢之上。每有鸟鹊翔集，则令园吏掣铃索以惊之，盖惜花之故也"。⑪〔"江阁"二句〕描写居高临下俯瞰水天一色的景象。凭临，据高俯瞰。⑫〔"石栏"二句〕描写雨后群山的秀丽景色。栏，一作"阑"。雨余，雨后。南宋陆游《感旧六首》其三："滩声秋后壮，山色雨余青。"

◎ **典故**

"尊师重孝"的东汉明帝

东汉明帝刘庄（28—75），初名刘阳，光武帝刘秀第四子，母后阴丽华。他聪明好学，10岁时就通晓《春秋》。当时的乐人为他创作赞歌4首，其一《日重光》，其二《月重轮》，其三《星重辉》，其四《海重润》。

他即位后，沿袭光武旧制，又大力提倡儒学，命令皇太子、诸侯王、大臣子弟、功臣子弟都要读经。他亲自与东平王刘苍讨论，制定了祭祀天地和祖先的仪式，按等级建立了一套天子王侯百官的车服制度。这明显是仿效孔子通过讲求礼法帮助鲁国君主树立权威的做法。

同时，他也注重刑名文法，因而为政苛察，大权总揽。他严令后妃的家人不得封侯参政，对贵戚功臣、豪门巨族也刻意防范。对外政策强硬主动，永平十六年（73年）命窦固征伐北匈奴，又命班超出使西域，迫使西域诸国遣国子入侍为质；次年，复置西域都护。此外，他还将佛教引进中国。

刘庄做太子时，博士桓荣是他的老师。他继位后，"犹尊桓荣以师礼"。他还将朝中百官和桓荣教过的学生数百人召到太常府，向桓荣行弟子礼。每次探望老师，刘庄都是一进街口便下车步行前往；进门后，往往拉着老师枯瘦的手，默默垂泪，良久乃去。

他倡导"以孝治天下"，甚至命令期门、羽林的守卫士兵都要背诵《孝经》。《汉书·礼仪志》记载，汉明帝主持过一次祭祀寿星仪式。他亲自奉献供品，宣读祭文。同时，他还别出心裁地安排了一次特殊的宴会，与会者无论贵族还是平民，只要年满70岁，即可成为汉明帝的座上客。盛宴之后，皇帝还向各位老人赠送酒肉、谷米和一柄做工精美的手杖。

他是个非常勤政的皇帝，每天"乙更尽乃寐，先五更起，率常如此"。总的来说，汉明帝在位期间，吏治清明，社会安定。

◎ 释疑解惑

举世瞩目的老人星

老人星（Canopus，意为"斯巴达国王梅纳雷阿斯的航船导航者"，得名自搭载希腊军队远征特洛伊城的船长）即船底座 α 哆距离太阳约 310 光年。亮度在恒星中仅次于天狼星，为全天第二亮恒星。青白色。在我国南方每年农历二月的晚上，找到位于正南方的天狼星之后，再向下近地平线处就可以找到它。唐代李白《与诸公送陈郎将归衡阳》："衡山苍苍入紫冥，下看南极老人星。"谓在南岳衡山上可以看见老人星。

它是西方圣诞老人的由来，在我国古代则有南极仙翁之称。也称寿星，但并非主人命寿数，而是主天下太平。

wēi duì luàn   tài duì níng
危 对 乱 ， 泰 对 宁 。

nà bì   duì qū tíng
纳 陛① 对 趋 庭② 。

jīn pán duì yù zhù   fàn gěng   duì fú píng
金 盘 对 玉 箸 ， 泛 梗③ 对 浮 萍④ 。

qún yù pǔ   zhòng fāng tíng
群 玉 圃⑤ ， 众 芳 亭⑥ 。

jiù diǎn duì xīn xíng
旧 典 对 新 刑⑦ 。

骑牛闲读史⑧，牧豕自横经⑨。

秋首田中禾颖重，

春余园内菜花馨。⑩

旅次凄凉，塞月江风皆惨淡；⑪

筵前欢笑，燕歌赵舞独娉婷。⑫

◎**注释** ①〔纳陛〕古代帝王赐给有殊勋的诸侯或大臣的"九锡"之一。凿殿基为台阶，便于享受纳陛待遇的大臣上殿。可以理解为进入大殿的特殊通道。陛，宫殿的台阶。②〔趋庭〕快步走过庭院。《论语·季氏》记载，孔子的儿子孔鲤快步走过庭院，被孔子叫住问他学《诗》（《诗经》，先秦称《诗》）学"礼"的情况。以后就称聆听父辈教诲为趋庭。趋，小步快走。③〔泛梗〕《战国策·齐策三》记载，孟尝君准备西入秦国，很多人都劝阻，但他听不进去。苏秦对他说："臣这次来齐国，路经淄水，听见一个土偶和桃木偶交谈。桃木偶对土偶说：'你原本是西岸上的土被捏制成人形，到八月天降大雨时，大水冲来，你就被淹化了。'土偶说：'你的话不对。我是土做的，即使被大水淹化，仍是西岸上的土。而你原本是用东方的桃木枝雕刻而成，天降大雨时河水横流，你随波而去，还不知要漂到哪里呢！'现在秦国关山四塞，状如虎口，殿下入秦，臣不知道您能否安然而出。"孟尝君听后醒悟，便取消了行程。梗，这里指桃木偶。④〔浮萍〕浮生在水面上的一种草本植物。常比喻人漂泊无定。⑤〔群玉圃〕传说西王母居住在群玉山，山里有产玉的园圃。⑥〔众芳亭〕亭名。众芳，百花。⑦〔典、刑〕均指法规、典范。刑，作"法规、典型"义时，后也写作"型"。⑧〔骑牛闲读史〕隋朝末年，李密非常好学，曾把《汉书》挂在牛角上，边骑牛边读书。见《新唐书·李密传》。⑨〔牧豕自横经〕汉朝丞相公孙弘的故事。见90页注⑧。⑩〔"秋首"二句〕初秋时节，饱满的谷穗垂下了头；春末夏初，油菜花开，满园飘香。秋首，初秋。禾颖重，谷穗饱满得垂下头。禾颖，穗尖。春余，春末。馨，散布很远的香气。⑪〔"旅次"二句〕旅途的生活艰辛、孤苦，仿佛边塞的月光和江上的清风都变得惨淡了。旅次，途中暂居的地方。⑫〔"筵前"二句〕宴饮时欣赏着雅乐欢歌、曼妙舞姿是很快乐的。燕歌赵舞，古代燕赵人善歌舞，后世便以"燕歌赵舞"指美妙的歌舞。娉婷，舞姿美妙的样子。

◎ 典故

"牛角书生"李密

宋代刘克庄《沁园春·答九华叶贤良》："牛角书生，虬髯豪客，谈笑皆堪折简招。""牛角书生"说的就是李密（582—618），字玄邃，一字法主。他的先祖是辽东襄平（今辽宁辽阳南）人，后迁居京兆长安（今陕西西安）。他的曾祖父李弼为西魏柱国、司徒，北周时赐姓徒何氏；祖父李曜，北周太保、魏国公；父亲李宽，隋上柱国，封蒲山郡公。

他成年后，继承父爵，散发家产，救济亲友，收养门客，礼遇贤才，喜好兵书，又师从国子助教包恺（kǎi）学习《史记》《汉书》，包恺的其他弟子都不如他。

大业初年，他担任隋炀帝的左亲侍。有一次出行，隋炀帝在仪卫中注意到他，回宫后问宇文述："刚才在左边卫队里的黑脸少年是谁？"宇文述说："是已故蒲山公李宽的儿子，叫李密。"隋炀帝说："这小子左顾右盼的神态很不老实，晚上别让他在宫里值班。"宇文述对李密说："贤弟条件这么好，应该到前朝任职，侍卫就是个跟班儿的，没什么前途。"李密于是借病辞职，专心读书，谢绝交游，以致人们在公共场所很少见到他。他曾经准备去拜访包恺，骑着一头黄牛，牛背上盖着一块蒲草坐垫，还把一套《汉书》挂在牛角上，一只手拽着缰绳，一只手翻书阅读。

隋末天下大乱时，李密成为瓦岗军首领，称魏公。曾经屡破隋军，盛威甚壮。后因骄矜贪暴引起内讧，兵败后被越王杨侗（dòng）招抚，不久又被王世充击败，无奈率残部投降李唐。李渊很重视他，拜为光禄卿，封邢国公，还将表妹独孤氏嫁给他。但李密不甘居于人下，又叛唐自立，被唐将盛彦师斩杀于熊耳山。他短暂而非同寻常的一生，让人感慨深思。

◎ 释疑解惑

隋末起义军有多少？

隋末农民起义从隋炀帝大业七年（611年）王薄长白山（今山东邹平南）首义开始，平原（今山东陵县）刘霸道、鄃（shū）县（今山东夏津）张金称、漳南（今河北故城东）孙安祖和窦建德、渤海（今山东滨州市阳信西南）高士达、韦城（今河南滑县东南）翟让、章丘（今山东章丘西北）杜伏威等相继起兵，一直到唐高祖武德七年（624年）辅公祏（shí）反唐失败，前后历时14年，全国各地兴起的起义军大小不下100支，参加的人数达数百万。后来，形成了几支势力较强的义军：河南瓦岗军、河北窦建德军以及江淮杜伏威、辅公祏军。此外，较大的地方割据势力还有河南的李密、陇右薛仁杲（gǎo）、幽州罗艺、洛阳王世充、陇右李轨、巴陵萧铣（xiǎn）、朔方梁师都等，他们各占一方，互相兼并，一时间战火连绵，生灵涂炭。

十 蒸

píng duì liǎo　qiàn duì líng
萍 对 蓼 ， 芡 对 菱①。

yàn yì duì yú zēng
雁 弋 对 鱼 罾②。

qí wán duì lǔ qǐ　shǔ jǐn duì wú líng
齐 纨 对 鲁 绮 ， 蜀 锦 对 吴 绫③。

xīng jiàn mò　rì chū shēng
星 渐 没 ， 日 初 升 。

jiǔ pìn duì sān zhēng
九 聘 对 三 征④。

xiāo hé céng zuò lì　jiǎ dǎo xī wéi sēng
萧 何 曾 作 吏⑤， 贾 岛 昔 为 僧⑥。

xián rén shì lǚ xún guī jǔ
贤 人 视 履 循 规 矩⑦，

dà jiàng huī jīn jiào zhǔn shéng
大 匠 挥 斤 校 准 绳⑧。

yě dù chūn fēng　rén xǐ chéng cháo yí jiǔ fǎng
野 渡 春 风 ， 人 喜 乘 潮 移 酒 舫⑨；

jiāng tiān mù yǔ　kè chóu gé àn duì yú dēng
江 天 暮 雨 ， 客 愁 隔 岸 对 渔 灯 。

◎**注释**　①〔芡、菱〕均为水生植物。芡，多年生草本，夏季开花，种子称"芡实"或"鸡头米"；菱，一年生草本，果壳有角，俗称"菱角"。均可食。②〔弋、罾〕弋，一种尾部系绳子的箭。罾，用竹竿或木棍做支架的方形渔网。③〔"齐纨"二句〕齐纨、鲁绮，指古代齐、鲁出产的名贵丝织品。蜀锦，古代蜀地生产的有彩色花纹的丝织品。吴绫，古代吴地所产的一种丝织品，以轻薄、柔软著称。绮，一

231

作"缟"(《李渔全集》卷十八《笠翁对韵》四九七页)。④〔九聘对三征〕聘、征，古代指朝廷聘请贤德之士来做官。"九"和"三"在此泛指多次。⑤〔萧何曾作吏〕汉初丞相萧何秦朝末年曾做沛郡管人事的小官。见《史记·萧相国世家》。⑥〔贾岛昔为僧〕唐诗人贾岛曾为僧人，取法名无本。后来韩愈发现了他的诗才，劝其还俗。⑦〔"贤人"句〕贤德的人检视自己的所作所为，用礼法和规范端正自己的行为。视履，观察其行为、经历。履，鞋子，此处引申为行为、经历。⑧〔"大匠"句〕大匠，技术高超的匠人。斤，斧子的一种。校，查对。准，古代测量水平的仪器。绳，墨绳，木工用来弹直线的的墨线。准、绳，都是用于测定物体平直的器具，此处引申为尺寸、标准。校，一作"按"(《李渔全集》卷十八《笠翁对韵》四九七页)。⑨〔酒舫〕载酒的船。

◎典故

"合纵之祖"惠施

庄子一生蔑视礼法，鄙弃王侯，避世隐居，因而也没什么朋友。不过，惠施算是一个。

惠施（约前370—约前310），战国中期宋国商丘（今河南商丘）人，名家代表人物（其他还有邓析、尹文子、公孙龙等），合纵抗秦的主要组织人和支持者（还有公孙衍、苏秦等人），政治生涯多在魏国。他主张魏、齐、楚联合抗秦，并建议齐、魏互尊为王。惠施深得魏王信任，常被派到其他国家搞外交，还为魏国制定过法律。

魏惠王在位时，惠施因为与张仪不和，被驱逐出魏国。他先到了南方的楚国，后来回到家乡宋国，并在商丘见到老乡庄子，二人多次论学，成为互相砥砺学行的朋友。不过，《庄子》里面的记载，二人互相辩论，每次都是庄子胜出。那时候诸子著作里都记录自己得意高明的地方，或是对手愚蠢可笑的言行，只有《老子》例外。

魏惠王死后，魏襄王（？—前296）继位。由于东方各国的支持，魏国改用公孙衍（战国时期纵横学派的代表人物之一，主张诸国合纵抗秦，历仕秦、魏、韩各国）为相国，张仪失宠离去，惠施重回魏国。

惠施死时，庄子去送葬，对随从说："郢都有个人用石灰涂在他的鼻尖上，像苍蝇翅膀一样薄，让一个叫石的工匠用斧头削掉它。石抡起斧子像一阵风似的砍过去，石灰都砍掉了而鼻子一点儿没受伤。那个郢都人站在那儿一动未动，面不改色。宋元君听说这件事，召来石说："你能给我砍一下鼻子上的石灰吗？"石说："我以前能砍，现在不行了，因为郢都人死很久了。"唉，惠子死后，我也没有用来磨砺学行的对象了，今后也没有人能跟我谈论天地万物的道理了！"

◎ **释疑解惑**

古代的斧子

汉代刘熙《释名·释用器》："斧，甫也；甫，始也。凡将制器，始用斧伐木，已乃制之也。"斧子在古代是通称，具体形制名称则有很多，举例如下：

斧（兵器类）：古代军中常规武器，分单刃、双刃。战国时齐国谋士孙膑手下有袁达善使斧，三国魏大将徐晃、唐初名将程知节（小名咬金）用长柄斧，北宋杨五郎出家前用车轮斧（短柄双刃），梁山李逵用短柄双斧。

戚：古兵器名，斧的一种。也用于舞蹈和仪仗。《诗·大雅·公刘》："干戈戚扬。"《韩非子·五蠹》："执干戚舞。"

戉：同"钺"。古代青铜兵器，像斧，比斧大，圆刃，商、西周时盛行。也有玉石制的，供礼仪、殡葬用。晋崔豹《古今注·舆服》："金斧，黄钺也；铁斧，玄钺也。三代通用之，以断斩。今以金斧黄钺为乘舆之饰。"

斤：甲骨文字形上为横刃，下为曲柄，象斧形。古代砍伐树木的工具，包括短柄斧、锛子（比斧小而刃横）。

tán duì tǔ　　wèi duì chēng
谈 对 吐 ， 谓 对 称 。

rǎn mǐn duì yán zēng
冉 闵 对 颜 曾①。

hóu yíng duì bó pǐ　　zǔ tì duì sūn dēng
侯 嬴② 对 伯 嚭③，祖 逖④ 对 孙 登⑤。

pāo bái zhù　　yàn hóng líng
抛 白 纻⑥，宴 红 绫⑦。

shèng yǒu duì liáng péng
胜 友⑧ 对 良 朋 。

zhēng míng rú zhú lù　　móu lì sì qū yíng
争 名 如 逐 鹿⑨，谋 利 似 趋 蝇⑩。

rén jié yí cán zhōu bú shì
仁 杰 姨 惭 周 不 仕⑪，

wáng líng mǔ shí hàn fāng xīng

王　陵　母　识　汉　方　兴⑫。

jù xiě qióng chóu　　huàn huā jì jì chuán gōng bù

句　写　穷　愁，　浣　花　寄　迹　传　工　部⑬；

shī yín biàn luàn　　níng bì shāng xīn tàn yòu chéng

诗　吟　变　乱，　凝　碧　伤　心　叹　右　丞⑭。

◎**注释**　①〔冉、闵、颜、曾〕指孔子的弟子冉求、闵损、颜回、曾参。②〔侯嬴〕战国时魏人，是都城东门的守门小吏，信陵君的知己。曾帮助信陵君窃符救赵，最后自感愧对魏王，自刎而死。参见《史记·魏公子列传》。③〔伯嚭〕吴王夫差在位时任吴国太宰，故又称"太宰嚭"。是吴国的奸臣。吴国攻打越国时，他收受越王贿赂，力劝夫差接受越王勾践的求和，使勾践免于一死。后勾践灭吴，伯嚭自以为对越王有恩，结果勾践认为他对自己的国家不忠，把他杀了。参见《史记·越王勾践世家》。④〔祖逖〕东晋时著名将领，反对东晋士族偏安江南的主张，力主北伐。祖逖的北伐军经过几年苦战，收复了黄河以南的大片土地。但后来晋元帝忌惮祖逖功劳太大，对他处处牵制，祖逖没能实现统一祖国的愿望。见156页注④。⑤〔孙登〕魏晋时期的著名隐士，隐于郡北山。嵇康跟他游学3年，他默然无语，在分别时告诫嵇康："才多识寡，难乎免于今之世。"后嵇康果然因得罪了权贵而死于非命。孙登后来被道教尊为孙真人。参见《三国志·魏书·王粲传附嵇康》。⑥〔抛白绖〕扔掉白绖衫，指考取功名。白绖襕（lán）衫是古代读书人未得功名时穿的衣服。白绖，用白绖麻布做的衣服。当时新考中的进士，往往把旧衣服当街扔掉，路人争抢以为吉利。宋代王禹偁（chēng）《寄砀（dàng）山主簿朱九龄》："利市襕衫抛白绖，风流名纸写红笺。"利市，吉利。襕衫，唐宋士人穿的衣服，于衫下加横襕为下衣，故称。⑦〔宴红绫〕指考中了进士。红绫饼是唐代御膳房制作的美食。唐昭宗光化三年（900年）放进士榜，录取了裴格等28人，会宴曲江，命御厨烧作红绫饼28枚赐之。参见宋代叶梦得《避暑录话》卷下。⑧〔胜友〕良友。⑨〔逐鹿〕原指群雄并起，争夺天下。这里指追逐名利。⑩〔趋蝇〕追逐蝇头小利。趋，追求，追逐。⑪〔"仁杰"句〕武周朝狄仁杰做宰相时，想让姨母的儿子出来做官。姨母说："我只有这一个儿子，不想让他去侍奉女皇。"狄仁杰听了非常惭愧。参见唐代李濬（jùn）《松窗杂录·狄仁杰》。周，武则天一朝的国号。⑫〔"王陵"句〕秦朝末年刘邦起兵时，王陵率兵跟随。后项羽抓了王陵的母亲，让陵母招降王陵。陵母认为刘邦能成大事，为了让儿子心无牵挂，好好儿辅佐汉王刘邦，就自杀了。参见

《汉书·王陵传》。⑬〔"句写"二句〕浣花，杜甫曾寓居成都西郊浣花溪草堂。工部，杜甫曾做检校工部员外郎，故后人称他"杜工部"。⑭〔"诗吟"二句〕"安史之乱"时，王维被叛军俘获，关在菩提寺中。安禄山在凝碧宫大摆筵席，令乐人作乐。王维听说此事后很伤感，作《菩提寺私成口号诵示裴迪》："万户伤心生野烟，百僚何日更朝天。秋槐叶落空宫里，凝碧池头奏管弦。"参见唐代郑处诲《明皇杂录》。右丞，王维做过尚书右丞，故后人称他王右丞。

◎ 典故

"任气直言"的王陵

王陵（？—前181），西汉泗水沛（今江苏沛县西）人。原为沛县豪强，刘邦没发迹时，便在其门下。秦末天下大乱，刘邦也跟着起义。后来刘邦强大了，占了咸阳，声震天下。王陵当时也聚集了数千人，占据南阳，为穰侯。他看不上刘邦，不愿依附。后来刘邦跟项羽死战，王陵决定帮助昔日的小弟，随即遭到项羽的算计。母亲死后，他依托刘邦，一心想杀死项羽。

可能昔日做惯了首领，他对刘邦始终放不下身段，还跟刘邦的仇人雍齿交好。刘邦击败项羽后，虽然为了安抚众将而"咬牙封雍齿"，但也没忘记王陵，"以故后封陵，为安国侯"。

王陵为人"少文任气，好直言"，就是没什么文化，有话就说，不管不顾。就这样，还是做到右丞相。究其原因，可能脾气跟刘邦相似，再就是他耿直中正，令人信服。刘邦临死时，吕后问曹参之后的相国人选，刘邦认为王陵可以接任，但认为他过于憨直而不能独任，又让陈平辅佐他。

汉惠帝六年（前189年），曹参去世，王陵为右丞相、陈平为左丞相。惠帝死后，吕后大权独揽，要封吕氏一族为王。结果朝议时，陈平、周勃一帮老臣不说话，只有王陵一点儿面子不给，直谏："高皇帝刑白马而盟曰：'非刘氏而王者，天下共击之。'今王（wàng，封王）吕氏，非约也。"吕氏想称王，王陵认为这违背了高祖皇帝当初的盟誓，明确表示反对，因此得罪了吕后。"于是吕太后欲废陵，乃阳迁陵为帝太傅，实夺之相权。陵怒，谢病免，杜门竟不朝请。"之后他又活了10年才去世。

◎ 释疑解惑

为什么古代结盟用白马？

《子夏易传》："乾为马，坤为牛，震为龙，巽（xùn）为鸡，坎为豕，离为雉，艮（gèn）为狗，兑为羊。"唐朝学者孔颖达解释说："乾象天，天行健，故为马。"古人畏天，凡有大事常祷告上天，甚至情绪激动时也会说："天哪！"在祭告上天时，白马就成为最合适的代表。汉代赵晔《吴越春秋·越王无余外传》："禹乃东巡，登衡岳，血白马以祭。"后来，隆重的盟誓也用白马祭告上天，《战国策·魏策一》："合从（通'纵'）者，一天下、约为兄弟，刑白马以盟于洹（huán）水之上，以相坚也。"《旧唐书·太宗本纪》："乙酉，又幸便桥，与颉利刑白马设盟，突厥引退。"

古代军旅之中也常用白马祭祷，而且祭祷的对象也扩大了。《隋书·陈棱传》："其日雾雨晦冥，将士皆惧，棱刑白马以祭海神。"《辽史·天祚皇帝本纪》："明年二月甲午，以青牛白马祭天地、祖宗，整旅而西。"

十一 尤

róng duì rǔ　　xǐ duì yōu
荣 对 辱 ， 喜 对 忧 。

qiǎn quǎn　　duì chóu móu
缱 绻① 对 绸 缪② 。

wú wá duì yuè nǚ　　yě mǎ duì shā ōu
吴 娃 对 越 女③ ， 野 马 对 沙 鸥④ 。

chá jiě kě　　jiǔ xiāo chóu
茶 解 渴 ， 酒 消 愁 。

bái yǎn duì cāng tóu
白 眼 对 苍 头⑤ 。

mǎ qiān xiū　　shǐ jì　　　　kǒng zǐ zuò　　chūn qiū
马 迁 修 《 史 记 》⑥ ， 孔 子 作 《 春 秋 》。

shēn yě gēng fū xián jǔ sì
莘 野 耕 夫 闲 举 耜⑦ ，

wèi bīn yú fǔ　　wǎn chuí gōu
渭 滨 渔 父⑧ 晚 垂 钩 。

lóng mǎ yóu hé　　xī dì yīn tú ér huà guà
龙 马 游 河 ， 羲 帝 因 图 而 画 卦 ；

shén guī chū luò　　yǔ wáng qǔ fǎ yǐ míng chóu
神 龟 出 洛 ， 禹 王 取 法 以 明 畴 ⑨ 。

◎**注释**　①〔缱绻〕缠绵。指情意深厚，难舍难分。②〔绸缪〕情意殷切。③〔吴娃、越女〕吴、越的美女。娃，古代吴楚一带称美女为娃。越女，越地的美女。④〔沙鸥〕栖息在沙洲上的鸥鸟。⑤〔白眼、苍头〕白眼，斜着眼睛露出眼白看人，表示鄙薄厌恶的态度。晋代名士阮籍能使青、白眼，对不同凡俗的人以青眼视之，对凡俗之人以白眼对之。参见《世说新语·简傲》"嵇康与吕安善"刘孝标注引

《晋百官名》。苍头，头发斑白，指年老的人。⑥〔马迁修《史记》〕马迁，此处指司马迁。修，编纂，撰写。⑦〔"莘野"句〕伊尹是商初重臣，伊为姓，尹为官名。起初，伊尹是个奴隶，他白天耕种，晚上思考国家大事。《孟子·万章上》："伊尹耕于有莘之野，而乐尧舜之道焉。"粗，见 57 页注④。⑧〔渭滨渔父（fǔ）〕指姜尚。见 158 页注⑧。⑨〔"龙马"四句〕见 58 页注⑭。

◎ **典故**

"佐时阿衡"伊尹

《千字文》中有一句"磻（pán）溪伊尹，佐时阿衡"，说的是商朝初年著名贤相伊尹（前 1649—前 1549），名挚，小名阿衡。"尹"不是名字，而是"右相"的意思。伊尹于夏朝末年生于空桑（具体在哪里不清楚，有河南、山东、陕西、山西四说），因其母居伊水之上，故以伊为氏。"佐时"就是"辅佐当世君王治理国家"。从商朝初建到逐渐强盛，伊尹历事商汤、外丙、中壬、太甲、沃丁五代君主，前后 50 多年，可谓劳苦功高。

《墨子·尚贤》："伊尹为有莘氏女师仆。"师仆就是当时贵族子弟的家庭教师。伊尹是我国历史上第一位有明确记载的教师。迄今发现的商代卜辞中，有不少致祭伊尹的记载〔甲骨文中"伊尹""伊""伊奭（shì）""黄尹"诸称皆指伊尹〕，甚至有大乙（成汤）、伊尹并祀的卜辞，因此，其地位应该介于殷先王与先公之间，非常尊贵。

传说伊尹的父亲善于烹饪，因此伊尹继承了家门手艺。同时，他努力学习各种知识，有经济天下的志向，只是身份卑微，没有机会展现才干。后来汤娶有莘氏之女为妻，伊尹作为陪嫁的奴仆来到汤身边，立刻被尊为老师。《孟子·万章上》："汤之于伊尹，学焉而后臣之，故不劳而王（wàng，成王业）。"这样说来，伊尹还是中国第一位帝王之师。晋代学者皇甫谧说："尹，正也，谓汤使之正天下。""正天下"就是做天下正确的示范、楷模。《尚书·君奭》引周公语说"伊尹格于皇天"，说他是代天言事的，他的话就是天意。

伊尹先是"以尧舜之道要（yāo，相约）汤"，随后"说（shuì）之以伐夏救民"。他劝说汤效法尧舜，以德治国，并提出伐夏的方略。在准备伐夏时，他先去找已经被夏桀遗弃的妃子妺（mò）喜（或作末喜、妺嬉，有施氏女），了解有关夏桀的情况。之后，他让汤停止进贡，以此试探夏桀。夏桀大怒，"起九夷之师"攻汤，汤立刻恢复进贡。几年后，又停止进贡。夏桀又怒，但"九夷之师不起"。汤和伊尹见时机成熟，决定伐夏，不久夏朝灭亡。

商汤死后，伊尹继续辅佐外丙、中壬，又做了汤长孙太甲的师保。太甲昏庸无道，伊尹把他幽禁于商汤的墓地桐宫，借着让他守坟的机会，逼迫他反省、自新，最终使太甲成为贤王。

◎**释疑解惑**

有莘氏是怎样的氏族？

有莘氏，上古氏族。"有"字是词头，就跟有虞、有唐意思一样。莘氏出于姒（sì）姓，是夏禹之后。从史料来看，这个氏族盛产贤人和美女。《史记·夏本纪》"禹之父曰鲧"司马贞索隐引《世本》："鲧取有莘氏女，谓之女志，是生高密。"鲧的妻子叫女喜（女嬉）。此后，商汤娶有莘氏之女，周文王的妃子太姒也是有莘之女。

有莘氏建立的国家称"有莘国"（夏启封支子于莘而建国），又名有侁（shēn）、姺（shēn）、莘、辛，夏、商时期属雍州。西周时，有莘国改属京畿内地。公元前770年，周平王迁都洛邑（今河南洛阳）后，废有莘国，将其并入晋国，称"莘地""梁"或"羁马"。

周室东迁的时候，原辛（莘）国国君辛有没跟过去，返回故乡伊川时，见很多人披头散发在野外祭祀，不禁感慨："不及百年，此其戎乎！其礼先亡矣。"百年之后，秦穆公和晋惠公把陆浑的戎人赶到了这一带。后来，辛有的两个儿子到晋国任太史。二儿子的后人中，有一位就是被孔子称为"古之良史"、直书"赵盾弑其君"的董狐。

guān duì lǚ　　xì duì qiú
冠 对 履，舄 对 裘①。

yuàn xiǎo duì tíng yōu
院 小 对 庭 幽。

miàn qiáng duì xī dì　　cuò zhì duì liáng chóu
面 墙② 对 膝 地③，错 智 对 良 筹④。

gū zhàng sǒng　　dà jiāng liú
孤 嶂⑤ 耸，大 江 流。

fāng zé duì yuán qiū
方 泽⑥ 对 圆 丘⑦。

huā tán lái yuè chàng　　liǔ yǔ qǐ wú ōu
花 潭 来 越 唱 ，柳 屿 起 吴 讴 。⑧

yīng lǎn yàn máng sān yuè yǔ
莺 懒 燕 忙 三 月 雨 ，

qióng cuī chán tuì yì tiān qiū
蛩 催 蝉 退 一 天 秋 。⑨

zhōng zǐ tīng qín　　huāng jìng rù lín shān jì jì
锺 子 听 琴 ， 荒 径 入 林 山 寂 寂 ；⑩

zhé xiān zhuō yuè　　hóng tāo jiē àn shuǐ yōu yōu
谪 仙 捉 月 ， 洪 涛 接 岸 水 悠 悠 。⑪

◎**注释** ①〔舄、裘〕舄，泛指鞋子。裘，皮衣。②〔面墙〕比喻不学习就如同面对着墙，一无所见。面，面向。《论语·阳货》："人而不为《周南》《召（shào）南》，其犹正墙面而立也与？"意思是，一个人如果不读《周南》《召南》，就好像面对着墙壁站立，一样东西也看不见，一步也走不通啊！③〔膝地〕两膝着地，多表示敬畏。④〔错智、良筹〕晁错有智慧、张良善于谋划。错，晁错。汉文帝时，晁错主管太子府内庶务，有谋略，被称为"智囊"。良，张良。筹，谋划。⑤〔孤嶂〕独立的高山。嶂，高而险的山，像屏障的山峰。⑥〔方泽〕古代夏至祭地之处。掘地贮水，水中设方形高坛，因为坛设于水中，故称"方泽"。如北京地坛又称"方泽坛"。《广雅·释天》："圆丘大坛，祭天也；方泽大折，祭地也。"泽，水汇聚处。⑦〔圆丘〕古代冬至祭天的圆形高坛。⑧〔"花潭"二句〕花木茂盛的水中、岛上，唱起阵阵吴、越两地的民风歌曲。借用了唐代王勃《采莲曲》诗意："叶屿花潭极望平，江讴越吹相思苦。"花潭，长满莲花的水潭。柳屿，指树木茂盛的小岛。屿，旧读 yù，小岛。越唱、吴讴，吴越一带的民歌。讴，歌曲。⑨〔"莺懒"二句〕此联借用两首宋诗诗意。南宋游九言《暮春》诗："已过清明谷雨天，燕忙莺懒蝶蜂翾（xuān）。风和日暖才三月，花落春归又一年。"南宋杨万里《秋虫》："蝉哀落日恰才收，蛩怨黄昏正未休。催得世人头总白，不知替得二虫愁。"蛩，蟋蟀。⑩〔"锺子"二句〕这是"高山流水遇知音"的故事。春秋时期俞伯牙善于弹琴，锺子期最懂他的琴声。当俞伯牙表现志在高山时，锺子期赞叹道："善哉，峨峨兮若泰山。"当俞伯牙的琴音表现流水时，锺子期又赞叹道："善哉，洋洋兮若江河。"后锺子期早逝，伯牙因为没有了知音，便摔琴断弦再不弹琴。参见《列子·汤问》。⑪〔"谪仙"二句〕传说李白在当涂县采石矶处，酒后泛舟江中，把江心倒映的月影当作落月，就俯身捕捉，结果溺水而死。参见南宋洪迈《容斋随笔》卷三。谪仙，指诗人李白。谪，贬官。

◎ **典故**

"太子智囊"晁错

晁错（前200—前154），西汉颍川（今河南禹县）人。早年学习申不害、商鞅的刑名之术，主张循名责实，慎赏明罚。文帝时，以文学为太常掌故。掌故是汉代掌管礼乐制度的官职，从这就能看出他学识渊博。后来，他又奉命向仅存的《尚书》学泰斗伏生学习今文《尚书》，学术地位得到巩固和提升。

学成回朝，晁错已经是学贯儒法的当世大家，不但受人尊敬，讲起话来也是引经据典，旁征博引，辩口无双。汉文帝很看重他的学问，让他去辅佐太子。他先做了太子舍人，后来是太子门大夫，最后做到太子家令，成了东宫总管。

太子整天跟他谈学论道，益发佩服他的博学多才；等即位后，就任命他为内史，后又升为御史大夫。他也不负所望，提出很多有见识的国策。比如发展了汉廷一贯的"重农抑商"政策，主张纳粟受爵，增加农业生产，振兴经济；在边防上，提出"移民实边"的战略思想，建议募民充实边塞，积极备御匈奴攻掠。这些政策都得到落实，发展、充实了国力。

后晁错提出削藩之策，彻底得罪了国内各大藩王。景帝迫于巨大的政治压力，最后向藩王妥协，杀了晁错。

晁错的政论文"疏直激切，尽所欲言"，鲁迅称为"西汉鸿文，沾溉后人，其泽甚远"（《汉文学史纲要》第七篇）。他的代表作《言兵事疏》《守边劝农疏》《论贵粟疏》《贤良对策》等，不但是后世臣子执政进言的范例，而且具有朴实厚重、逻辑清晰的文论价值。

◎ **释疑解惑**

历史上有多少"智囊"？

从史料记载看，有"智囊"称号的除了晁错，还有下面几位：

《史记·樗（chū）里子甘茂列传》："樗里子滑（gǔ）稽多智，秦人号曰'智囊'。"樗里子（？—前300），名疾，又称严君疾。战国中期秦国宗室、将领，秦孝公庶子，秦惠王异母弟。曾辅佐秦惠王、秦武王、秦昭王，擅长外交、军事。

《后汉书·鲁恭传》："祖父匡，王莽时，为羲和，有权数，号曰'智囊'。"

刘匡，汉宣帝五世孙，东平炀（yáng）王刘云的孙子，严乡侯刘信的儿子。

《三国志·魏书·桓范传》南朝宋裴松之注引晋·干宝《晋书》："桓范出赴爽，宣王谓蒋济曰：'智囊往矣。'"桓范（？—249），字元则，沛国（治今安徽濉溪）人。曹魏大臣，有文才，善丹青。

宋代释道诚《释氏要览·习学·智囊》："吴支谦，字恭明，号智囊。"支谦，又名支越，字恭明，三国时佛经翻译家。原为月氏（zhī）人，其祖父法度在汉灵帝时率国人数百移居中国。他受业于支谶（chèn）门人支亮，深通梵（fàn）典，有"天下博知，不出三支"之称。

yú duì niǎo　　jí duì jiū
鱼 对 鸟 ， 鹡 对 鸠①。

cuì guǎn duì hóng lóu
翠 馆 对 红 楼②。

qī xián　　duì　　sān yǒu　　　ài rì duì bēi qiū
"七 贤"③对 "三 友"④，爱 日 对 悲 秋⑤。

hǔ lèi gǒu　　　yǐ rú niú
虎 类 狗⑥，蚁 如 牛⑦。

liè bì duì zhū hóu
列 辟 对 诸 侯⑧。

chén chàng　　lín chūn lè　　　suí gē　　qīng yè yóu
陈 唱 《临 春 乐》⑨，隋 歌 《清 夜 游》⑩。

kōng zhōng shì yè qí lín gé
空 中 事 业 麒 麟 阁⑪，

dì xià wén zhāng yīng wǔ zhōu
地 下 文 章 鹦 鹉 洲⑫。

kuàng yě píng yuán　　liè shì mǎ tí qīng sì jiàn
旷 野 平 原 ， 猎 士 马 蹄 轻 似 箭；

xié fēng xì yǔ　　mù tóng niú bèi wěn rú zhōu
斜 风 细 雨 ， 牧 童 牛 背 稳 如 舟。⑬

◎**注释** ①〔鹡、鸠〕鹡，见226页注⑦。鸠，斑鸠。②〔翠馆、红楼〕华美的楼阁。旧时常指富贵人家女子居住的地方。③〔"七贤"〕"竹林七贤"。魏晋时期，嵇康、阮籍、山涛、向秀、阮咸、王戎、刘伶7人交好，常宴集于竹林之下，号为

"竹林七贤"。参见《世说新语·任诞》。④〔"三友"〕一是指3种交友之道，《论语·季氏》："益者三友，损者三友。友直，友谅，友多闻，益矣；友便辟（pián pì），友善柔，友便佞（pián nìng），损矣。"也指以三种事物为友，一般称梅、竹、松为"岁寒三友"；白居易《北窗三友》称琴、酒、诗为"三友"；宋代罗大经《鹤林玉露》甲编卷一："苏东坡赞文与可梅、竹、石云：'梅寒而秀，竹瘦而寿，石丑而文，是为三益之友。'"⑤〔爱日、悲秋〕爱日，珍惜时间。悲秋，因看到萧瑟的秋景而伤感。⑥〔虎类狗〕想画老虎却画得像狗。比喻模仿得不像，反而弄得不伦不类。语出东汉马援《戒兄子严敦书》。马援南征时，听说他的两个侄子在社会上结交广泛，就写信告诫他们说，要学敦厚老成的龙伯高，就算学不成也能成为谨慎之士，所谓"刻鹄（天鹅）不成尚类鹜（鸭子）者"；如果学习豪侠好义的杜季良，学不成就容易成为浪荡轻浮的人，所谓"画虎不成反类狗"。参见《后汉书·马援传》。⑦〔蚁如牛〕语出《世说新语·纰漏》，东晋人殷仲堪的父亲病中虚弱，心神不宁，视听恍惚，听见床下蚂蚁活动，以为是牛斗之声。⑧〔列辟、诸侯〕列辟，列国君主。辟，君主、王侯的通称。诸侯，各国王侯。列、诸，众多的意思。⑨〔陈唱《临春乐》〕南朝陈后主陈叔宝耽于享乐，修建结绮、临春、望仙等楼阁，与文臣、妃嫔们日夜嬉戏玩乐，赋诗唱和，《玉树后庭花》《临春乐》是他们最爱唱的曲子。见141页注⑦。⑩〔隋歌《清夜游》〕西苑建好后，隋炀帝喜欢月夜带领着近千宫女去游乐，他在马上弹奏《清夜游》曲。参见《资治通鉴·隋纪》。⑪〔"空中"句〕为了表彰、纪念功臣，汉宣帝命人将霍光、苏武等11人的画像绘在麒麟阁上。参见《汉书·苏武传》。⑫〔"地下"句〕汉末名士祢（mí）衡很有文才，但恃才傲物。后来得罪曹操，被刘表的部下黄祖杀害。因他写过文辞华美的《鹦鹉赋》，人们就称他被害之处为鹦鹉洲。见《后汉书·文苑列传·祢衡》。宋人作诗往往把麒麟阁、鹦鹉洲并提。北宋张方平《闻翰林承旨宋子京尚书捐馆》："功名不到麒麟阁，词赋空传鹦鹉洲。"北宋苏轼《次韵阳行先》："虽未麒麟阁，已逃鹦鹉洲。"⑬〔"旷野"四句〕描写了猎人出猎的壮观景象与牧童牧牛的悠闲心境。猎士，打猎的人。

◎ 典故

"咄咄怪事"说殷浩

殷浩（？—356），字渊源，唐人避高祖李渊讳，改为深源，陈郡长平（今河南西华）人。豫章太守、光禄勋殷羡之子。他早年就在贵族圈子里有些名声，与叔父殷融都精研《老子》《易经》。要比较起来，叔父辩论不如他，但著书立说则胜过他。当时，有一些风流辩士推崇他们叔侄二人。有人曾问殷浩："为什么将要做官会梦到棺材，将要发财会梦到大粪？"殷浩回答说："官本是臭腐之物，所以将要做官而梦到死尸；钱财如粪土，所以将要发财而梦到粪便。"当时的人都将他的话当作箴言。

后来官府多次征召他出来做事，都被他拒绝。世人都认为他是淡泊名利，超然物外，其实他名不副实，实际能力很差，到外面打仗，屡战屡败，部下屡次叛变，不堪收拾。桓温就趁机攻击他，要皇帝杀他以谢天下。朝廷无奈将他免官、流放。

殷浩年少时与桓温齐名，桓温曾经问："你我相比，如何？"殷浩回道："我与你交往非只一日，如果让我在你我之间选择的话，我宁愿做我自己。"桓温也看不上殷浩，对别人说："年幼时，我与殷浩共骑竹马，我抛弃离开，殷浩就上前拣取，因此，殷浩不及我。"

殷浩免官后神情坦然，依旧谈道咏诗，看不出被流放的悲伤，但整天用手在空中写"咄咄怪事"4个大字。殷浩的外甥韩伯随他到流放之地，一年后回京，殷浩送到水边，吟咏曹颜远的诗"富贵他人合，贫贱亲戚离"，竟致抽泣哽咽。后来桓温打算起用殷浩，殷浩欣然答应，给桓温写回信，但不知该怎么写，最终竟然寄出一封"空函"。桓温大失所望，从此两人绝交。

◎ **释疑解惑**

和殷浩有关的成语

咄咄怪事：形容令人惊讶的怪事。《世说新语·黜免》："殷中军（殷浩）被废在信安，终日恒书空作字，扬州吏民寻义逐之，窃视，唯作'咄咄怪事'四字而已。"

有意思的是，另一成语"咄咄逼人"也跟殷家有关。《世说新语·排调》："（桓玄与殷仲堪等）复作危语。桓曰：'矛头淅米剑头炊。'……殷有一参军在坐，云：'盲人骑瞎马，夜半临深池。'殷曰：'咄咄逼人。'仲堪眇（miǎo）目（瞎了一只眼）故也。"殷仲堪（？—399），东晋太常殷融之孙，殷浩族弟殷师之子。他一目已盲，这位参军下属还拿眼睛瞎说事儿，如果不是太笨的话，那自然是"咄咄逼人"了。

拾人牙慧：原指学到别人一言半语。比喻学得他人一星半点儿的本事以为夸耀之资。《世说新语·文学》："殷中军云：康伯（韩伯的字）未得我牙后慧。"

牙后慧，牙外面的智慧，即言外之意。

　　束之高阁：把某物捆起来放在高楼上弃置不用。《晋书·庾翼传》："京兆杜乂（yì）、陈郡殷浩，并才名冠世，而翼弗之重也，每语（yù）人曰：'此辈宜束之高阁，俟天下太平，然后议其任耳。'"庾翼的话可谓一针见血。

十二 侵

gē duì qǔ xiào duì yín
歌 对 曲 ， 啸① 对 吟 。

wǎng gǔ duì lái jīn
往 古 对 来 今 。

shān tóu duì shuǐ miàn yuǎn pǔ duì yáo cén
山 头 对 水 面 ， 远 浦 对 遥 岑② 。

qín sān shàng xī cùn yīn
勤 "三 上" ， 惜 寸 阴 。③

mào shù duì píng lín
茂 树 对 平 林 。

biàn hé sān xiàn yù yáng zhèn sì zhī jīn
卞 和 三 献 玉④ ， 杨 震 四 知 金⑤ 。

qīng huáng fēng nuǎn chuī fāng cǎo
青 皇⑥ 风 暖 吹 芳 草 ，

bái dì chéng gāo jí mù zhēn
白 帝 城 高 急 暮 砧⑦ 。

xiù hǔ diāo lóng cái zǐ chuāng qián huī cǎi bǐ
"绣 虎" "雕 龙"⑧ ， 才 子 窗 前 挥 彩 笔 ；

miáo luán cì fèng jiā rén lián xià dù jīn zhēn
描 鸾 刺 凤 ， 佳 人 帘 下 度 金 针 。⑨

◎**注释** ①〔啸〕撮口吹出声音，打口哨；也指发出长而清越的声音。②〔远浦、遥岑〕远浦，远处的水滨。浦，河边，或汇入海、大河的水流，也指可泊船的水湾。遥岑，远处陡峭的山峰。岑，山峰或崖岸。③〔勤"三上"，惜寸阴〕抓紧时间学习、写作，珍惜每一刻光阴。"三上"，语出北宋欧阳修《归田录》卷二："余平生所作文章多在'三上'，乃马上、枕上、厕上也。"寸阴，是日影移动一寸的时间，指极短的时间。④〔"卞和"句〕见220页注⑨。⑤〔"杨震"句〕东汉大儒杨震路过昌邑，住在馆驿。经杨震举荐的昌邑县令王密夜里悄悄来送钱，并说："暮夜无人知。"杨震当即拒绝说："天知，地知，子知，我知，何谓无知？"后人也因此称杨震为"四知先生"。参见《后汉书·杨震传》。⑥〔青皇〕即青帝，古代神话中的五天帝之一，位于东方，是司春之神。⑦〔"白帝"句〕语出杜甫《秋兴八首》其一："寒衣处处催刀尺，白帝城高急暮砧。"白帝城，在今重庆市奉节县。西汉末年，公孙述在四川自称白帝，同时将城池命名为白帝城。砧，捣衣石，这里指捣衣声。⑧〔"绣虎""雕龙"〕比喻文章辞藻华丽。"绣虎"，三国魏曹植文才极高，曾七步成诗，人称"绣虎"。"雕龙"，指战国时期齐国人邹奭（shì）。《史记·孟子荀卿列传》："故齐人颂曰：'谈天衍，雕龙奭，炙毂（gǔ）过髡（kūn）。'"意思是邹衍善谈天地自然之事，雄辩恢奇，而邹奭善于修饰文辞，在邹衍议论的基础上，写成文辞优美的文章。⑨〔"描鸾"二句〕描鸾刺凤，指刺绣。度金针，传授刺绣的技法。度，授予，给予。《五灯会元·护国元禅师》："鸳鸯绣出从君看，莫把金针度与人。"

◎典故

史学大师欧阳修

欧阳修（1007—1072），字永叔，号醉翁、六一居士，宋吉州吉水（今属江西）人。一说起他，人们都会想到文豪、诗人或者《醉翁亭记》等等。其实，文学于他而言，虽得了大名，却只是小道；他真正的才学，是在历史方面。他的史学著述很多，除为个人撰写的传、状、碑、志外，最能体现其水准的是《新唐书》纪、志、表20卷，《五代史记》75卷和《集古录跋尾》11卷。

众所周知，自汉代司马迁开始，每一朝都会给前朝修史，这些史书通称正史，历来有"二十一史""二十二史""二十四史""二十五史""二十六史"等说法。其中"二十六史"包括：《史记》《汉书》《后汉书》《三国志》《晋书》《宋书》《南齐书》《梁书》《陈书》《魏书》《北齐书》《周书》《隋书》《南史》《北史》《旧唐书》《新唐书》《旧五代史》《新五代史》《宋史》《辽史》《金史》《元史》《明史》《清史稿》《新元史》。因《新元史》较《元史》而言没有太多新意，一度不被列入正史，剩下"二十五史"；而《清史稿》是清朝遗老赵尔巽（xùn）组织编写，一些观点有失偏颇，加之成书仓促，多有纰漏，一度也不被列入正史，剩下"二十四史"。

另外,《旧唐书》《旧五代史》较《新唐书》《新五代史》显得繁复冗沓,也一度被剔出正史,这就剩下了"二十二史"。清代赵翼《廿二史劄(zhá)记》即基于此。由此可见,后出转精的《新唐书》《新五代史》水平更高,而这两部书的主编正是欧阳修。《新唐书》是欧阳修与宋祁合编,而《新五代史》是欧阳修独撰,足见他的大师级史学水准。

◎**释疑解惑**

中国古代四大贤母都是谁?

欧阳修早岁丧父,母亲郑氏重视对他的教育,督教甚严,因此,"慈母多败儿"的古谚没有应验在他身上。因家贫无纸笔,母亲就用芦管画地教他识字。欧母也因此入选古代"四大贤母"。另外的三位是:孟母、陶母、岳母。孟子的母亲仉(zhǎng)氏(?—前317),战国时邹国人,为了孩子的教育三迁住处,择邻而居;陶侃的母亲湛氏(243—318),封坛退鲊(zhǎ,腌制的鱼),剪发延宾,不仅让儿子结交高朋,更使其留下清廉美名;岳飞的母亲姚氏(?—1136),早年含辛茹苦养育儿子,岳飞将投军,她为儿子刺"尽忠报国",以励其志。

当然,历史上的贤母很多,远不止这四位,如战国齐田稷母、汉隽(juàn)不疑母、汉末陆绩母、唐崔玄晖母等等,都以贤明之德留于史册,光耀千秋。

dēng duì tiào　　shè duì lín
登对眺,涉对临①。

ruì xuě duì gān lín
瑞雪对甘霖②。

zhǔ huān duì mín lè　　jiāo qiǎn duì yán shēn
主欢对民乐,交浅对言深③。

chǐ sān zhàn　　lè qī qín
耻三战④,乐七擒⑤。

gù qǔ duì zhī yīn
顾曲对知音⑥。

dà chē xíng jiàn jiàn　　sì mǎ zhòu qīn qīn
大车行槛槛⑦,驷马骤骎骎⑧。

zǐ diàn qīng hóng téng jiàn qì
紫电青虹⑨腾剑气,

gāo shān liú shuǐ shí qín xīn
高山流水识琴心⑩。

qū zǐ huái jūn　　 jí pǔ yín fēng bēi zé pàn
屈子怀君，极浦吟风悲泽畔；⑪
wáng láng yì yǒu　　 piān zhōu wò xuě fǎng shān yīn
王郎忆友，扁舟卧雪访山阴。⑫

◎**注释** ①〔眺、涉、临〕眺，远望。涉，步行渡水。临，到达。②〔瑞雪、甘霖〕适时的雨雪。瑞雪，适时而又雪量适中的雪。瑞，吉祥。甘霖，久旱之后下的雨，及时雨。甘，甜。③〔交浅、言深〕交浅，关系很一般。言深，讲话过于深入，有失分寸。④〔三战〕指秦国3次攻打楚国。见《史记·平原君虞卿列传》："毛遂谓楚王曰：'白起，小竖子耳！一战而举鄢郢，再战而烧夷陵，三战而辱王之先人，而王不知耻焉！'"又，春秋时鲁国将军曹沫3次兵败于齐，丢失土地。后来齐桓公和鲁庄公会盟时，曹沫用匕首逼使齐桓公归还鲁国被侵占的国土。参见《史记·刺客列传》。⑤〔七擒〕三国时期，诸葛亮南征，对当地的首领孟获七擒七纵，使孟获受到感化，最后归顺蜀汉。参见《三国志·蜀书·诸葛亮传》。⑥〔顾曲、知音〕东汉末年，周瑜不仅军事才能卓越，而且精通音律，弹奏者如果弹错了曲子，周瑜听到总会回头看演奏者一眼，因此当时就有"曲有误，周郎顾"的说法，后来就用"周郎顾曲"形容精于音乐。知音，见240页注⑩。参见《三国志·吴书·周瑜传》。⑦〔大车行槛槛（jiàn jiàn）〕语出《诗·王风·大车》："大车槛槛。"大车，指载重的牛车。槛槛，车行的声音。⑧〔驷马骤骎骎〕语出《诗·小雅·四牡》："驾彼四骆，载骤骎骎。"驷马，拉1辆车的4匹马。骤，奔驰。骎骎，马跑得很快的样子。⑨〔紫电、青虹〕都是宝剑名。⑩〔"高山"句〕见240页注⑩。琴心，琴曲表达的内容、含义。⑪〔"屈子"二句〕见182页注⑪。极浦，很远的水滨。⑫〔"王郎"二句〕东晋王徽之生性豪放不拘。隐居山阴（今浙江绍兴）时，有一天晚上下起了大雪，他忽然想去看看百里之外的好友戴逵，于是连夜冒雪乘船而去。走了一夜，第二天到了戴逵家门口，王徽之却掉转船头回家了。有人问他为什么不进门，他说："我是乘兴而来的，现在没有了兴致，见戴逵又有什么意思呢？"王郎，王徽之。扁舟，小船。参见南朝宋刘义庆《世说新语·任诞》。

◎**典故**

顾曲周郎

　　周瑜（175—210），字公瑾，庐江舒（今安徽舒城）人。他的高祖周荣，字平孙，在东汉司徒袁安（参见上卷十灰"雪满山中高士卧"注释）手下做过官，后来官至尚书令，出为颍川太守、山阳太守。曾祖周兴，"少有名誉"，得到尚书陈忠（字伯始，陈宠子。明习法律，中宫外戚都惧怕他）的赏识，官至尚书郎。祖父兄弟3人，只有大祖父周景有记载，字仲飨，官至太尉，因为在梁冀手下做过官，仕途曾经受到一些影响；他的二祖父、祖父连名字也没留下。堂伯父周忠（周景次子），官至太尉。父亲周异，做到洛阳令。周瑜有个哥哥，也没留下名字。他的堂兄周晖（周忠子），也做过洛阳令。

周瑜原来跟从伯父周尚（周景二弟之子）做官，建安元年（196年）跟伯父返回寿春，次年袁术称帝。周尚不看好袁术，故请出任丹阳太守，周瑜为旗下巢县县令。孙策起兵时，周瑜携兵投靠孙策。他跟孙策交好，曾把自家道南大院子送给孙策，"升堂拜母，有无通共"。孙策死后，他力保策弟孙权，忠心不二。他曾经在赤壁之战后上书孙权，建议"取蜀，得蜀而并张鲁，因留奋威固守其地，好与马超结援。瑜还与将军据襄阳以蹙操，北方可图也"，足见其雄心壮志。

据《三国志》记载，周瑜年少时精通音律，即使在宴会上喝了三盅酒以后，下面的弹奏者哪怕只有细微的差错，他都能听出来，并立即扭头去看那个出错者。魏晋以后，"周郎顾曲"作为典故常出现在文学作品中。唐代李端《听筝》："鸣筝金粟柱，素手玉房前。欲得周郎顾，时时误拂弦。"诗中描绘周郎相貌英俊，酒酣后更是风姿英发。筵前弹奏的女子为了博得他多看一眼，就故意弹错。

◎释疑解惑

古代的乐谱：工尺谱

工尺（chě）谱是我国古代的记谱法之一。因用工、尺等字记写唱名而得名，曾在古代、近代的音乐领域被广泛应用。它由音高符号、调名符号、节奏符号和补充符号组成。晚唐时已出现〔如敦煌千佛洞发现的后唐明宗长兴四年（933年）写本《唐人大曲谱》〕，宋代称为"半字乐谱"，即俗字谱，并跟十二律相配。到清代乾嘉年间，出现一种用工尺谱记写的管弦乐合奏总谱——《弦索备考》，即《弦索十三套》。

这种记谱形式可能是由管乐器的指法符号演化而来，由于发展时期、地区、乐种等因素的不同，因而所用音字、字体、宫音位置、唱名法等各有差异。近代的工尺谱，一般用合、四、一、上、尺、工、凡、六、五、乙等字作为音高（同时也是唱名）符号，相当于 sol、la、si、do、re、mi、fa（或升 Fa）、sol、la、si。如果是同音名高8度，就将谱字末笔向上挑，或加偏旁亻；反之，同音名低8度，就将谱字的末笔向下撇；若高两个8度则末笔双挑或加偏旁彳；若低两个8度，则末笔双撇。

十三 覃

gōng duì què　　zuò duì kān
宫 对 阙 ， 座 对 龛①。

shuǐ běi duì tiān nán
水 北 对 天 南 。

shèn lóu duì yǐ jùn　　wěi lùn duì gāo tán
蜃 楼 对 蚁 郡②， 伟 论 对 高 谈③。

lín qǐ zǐ　　shù pián nán
遴 杞 梓 ， 树 楩 楠 。④

dé yī duì hán sān
得 一 对 函 三⑤。

bā bǎo shān hú zhěn　　shuāng zhū dài mào zān
八 宝 珊 瑚 枕⑥， 双 珠 玳 瑁 簪⑦。

xiāo wáng dài shì xīn wéi chì
萧 王 待 士 心 惟 赤⑧，

lú xiàng qī jūn miàn dú lán
卢 相 欺 君 面 独 蓝⑨。

jiǎ dǎo shī kuáng　　shǒu nǐ qiāo mén xíng chù xiǎng
贾 岛 诗 狂 ， 手 拟 敲 门 行 处 想 ；⑩

zhāng diān cǎo shèng　　tóu néng rú mò xiě shí hān
张 颠 草 圣 ， 头 能 濡 墨 写 时 酣 。⑪

◎**注释** ①〔座、龛〕座，底座。龛，供奉佛像或神像的石室或柜子。②〔蜃楼、蚁郡〕蜃楼，即海市蜃楼。海洋上或沙漠里由空气折射而成的虚幻影像。蚁郡，蚂蚁巢穴。唐传奇《南柯太守传》记述淳于棼（fén）梦游大槐安国，被招为驸马，做了南柯郡太守。醒后发现，自己原来在大槐树下的蚂蚁窝边做了个梦。③〔伟论、高谈〕高明的言论。④〔遴杞梓，树楩楠〕比喻选拔和培养优秀人才。遴，谨慎选择。树，种植，培养。杞、梓、楩、楠，材质优良的木材，古人用以比喻优秀人才。⑤〔得一、函三〕得一、函三都是古代哲学概念。得一，得道。"一"即是道。函三，包含天、地、人三气。《汉书·律历志上》："太极元气，函三为一。极，中也。元，始也。"⑥〔八宝珊瑚枕〕用珊瑚制作，又饰以八种祥瑞图案的枕头。极言其精美、名贵。八宝，佛教中八种表示吉庆祥瑞之物，为宝瓶、宝盖、双鱼、莲花、右旋螺、吉祥结、尊胜幢、法轮。⑦〔双珠玳瑁簪〕用玳瑁制作，又饰以双珠的发簪。玳瑁，爬行动物，形似龟。甲壳黄褐色，有黑斑和光泽，可做装饰品。⑧〔"萧王"句〕萧王待人宽厚，对前来投靠的人赤诚相待。有人说："萧王推赤心置人腹中，安得不投死乎！"参见《后汉书·光武帝纪》。萧王，即刘秀，起初更始帝刘玄封他为萧王。⑨〔"卢相"句〕唐代宗时宰相卢杞为人阴险狠毒，迫害忠良，盘剥百姓，且相貌特别丑陋，脸色发蓝。见《新唐书·奸臣传下·卢杞》。卢相，指卢杞。⑩〔"贾岛"二句〕见170页注⑧。⑪〔"张颠"二句〕唐代书法家张旭善草书，被世人称为"草圣"。张旭喜欢饮酒，常常大醉后奔走呼叫，甚至能用头发蘸墨来书写，落笔成书则变化无穷，因此得了"张颠"的绰号。张颠，指张旭。颠，发疯，发狂。濡，沾染。

◎典故

"月下敲门"的贾浪仙

贾岛（779—843），字阆仙，一作浪仙，自称碣石山人，范阳（今北京西南）人。能作诗，与孟郊齐名，人称"郊寒岛瘦"。他一生穷困，诗多写荒凉枯寂的情境，常见寒苦之辞。他为了"推、敲"二字，苦吟忘情，冲撞韩愈车驾的故事广为人知，是一段文坛佳话。后蜀何光远《鉴戒录》卷八"贾忤旨"一条详细生动地记载了这个故事，值得一读。

文中说，贾岛初次参加科举，目空一切，认为参加考试的"八百举子所业，悉不如己"。因此，"往往独语，傍（páng，同'旁'）若无人，或闹市高吟，或长衢（qú，大路）啸傲"，就是举世皆醉而我独醒的架势。

忽一日于驴上吟得"鸟宿池边树，僧敲月下门"。初欲作"推"字，或欲作"敲"字，炼之未定，遂于驴上作"推"字手势，又作"敲"字手势，不觉行半坊。观者讶之，岛似不见。时韩吏部权京尹（京兆尹，京都地区的行政长官），意气清严，威振紫陌，经第三对呵唱，岛但手势未已，俄为宦者推下驴，拥至尹前。岛方觉悟，顾问，欲责之。岛具对："偶得一联，吟安一字未定，神游诗府，致冲大官，非敢取尤，希垂至鉴。"韩立马良久思之，谓岛曰："作'敲'字佳矣。"遂与岛并辔（pèi，嚼子和缰绳）语笑，同入府署，共论诗道。

◎ 释疑解惑

诗人雅号知多少？

古代诗人的雅号极多，除了众所周知的诗圣杜甫、诗仙李白，还有诗豪刘禹锡、诗魔白居易、诗鬼李贺、诗佛王维、诗瓢唐球等等。

诗豪：白居易对刘禹锡的称呼。唐代白居易《刘白唱和集解》："彭城刘梦得，诗豪者也，其锋森然，少敢当者。"另外，北宋石延年（字曼卿，一字安仁）也称诗豪。见宋代王辟之《渑（shéng）水燕谈录·歌咏》。

诗魔：白居易自称。唐代白居易《醉吟》之二："酒狂又引诗魔发，日午悲吟到日西。"

诗鬼：杜牧称李贺诗多鬼怪。唐代杜牧《〈李贺集〉序》："鲸呿（qù，口张开的样子）鳌掷，牛鬼蛇神，不足为其虚荒诞幻也。"

诗佛：唐朝诗人王维诗歌中多佛教题材，号称诗佛。另外，清代诗人袁枚、吴嵩梁也号称诗佛。

诗瓢：唐末蜀人唐球作诗，常将诗稿搓成纸团投进大瓢中，故号诗瓢。见《唐诗纪事·唐球》。

wén duì jiàn　　jiě duì ān
闻 对 见 ， 解 对 谙①。

sān jú　　duì shuāng gān
三 橘② 对 双 柑③。

huáng tóng duì bái sǒu　　jìng nǚ　　duì qí nán
黄 童 对 白 叟 ， 静 女④ 对 奇 男⑤。

qiū qī qī　　jìng sān sān
秋 七 七⑥， 径 三 三⑦。

hǎi sè duì shān lán
海 色 对 山 岚⑧。

luán shēng hé huì huì　　hǔ shì zhèng dān dān
鸾 声 何 哕 哕⑨， 虎 视 正 眈 眈⑩。

yí fēng jiāng lì zhī ní fǔ
仪 封 疆 吏 知 尼 父⑪，

hán gǔ guān rén shí lǎo dān
函谷关人识老聃⑫。

jiāng xiàng guī chí　　zhǐ shuǐ zì méng zhēn shì zhǐ
江相归池，止水自盟真是止；⑬

wú gōng zuò zǎi　　tān quán suī yǐn yì hé tān
吴公作宰，贪泉虽饮亦何贪？⑭

◎**注释**　①〔解、谙〕解，理解，明白。谙，了解，熟悉。②〔三橘〕见197注③。③〔双柑〕双柑斗（dǒu）酒的故事。传说南朝宋隐士戴颙（yóng），春天携带双柑斗酒（两只柑橘一斗酒）出门，有人问他去哪里，戴颙曰："往听鹂声。此俗耳针砭，诗肠鼓吹，汝知之乎？"参见唐代冯贽《云仙杂记》卷二。后以"双柑斗酒"指春日雅游。明代刘泰《春日湖上》诗："明日重来应熳烂，双柑斗酒听黄鹂。"戴颙，南朝宋的隐士，擅长音乐。④〔静女〕仪态端方、娴静的女子。⑤〔奇男〕不平凡的男子。⑥〔秋七七〕此处指杜鹃花。唐代道士殷天祥自称"七七"，传说有一年秋季，他作幻术使杜鹃花开放。⑦〔径三三〕南宋诗人杨万里退隐后，在东园辟9径，分植不同的花木，名曰"三三径"。杨万里《三三径》诗序："东园新开九径，江梅、海棠、桃、李、橘、杏、红梅、碧桃、芙蓉九种花木各植一径，命曰'三三径'云。"南宋周必大《上巳访杨廷秀……》："回环自斸（zhú）三三径，顷刻常开七七花。"⑧〔山岚〕山中的雾气。⑨〔鸾声何哕哕〕鸾，车铃。哕哕，有节奏的铃声。语出《诗·鲁颂·泮（pàn）水》："其旂茷茷（fá fá，草盛），鸾声哕哕。"⑩〔虎视正眈眈〕虎视，如虎之雄视，伺机攫取。眈眈，注视的样子。语出《易·颐》卦："虎视眈眈，其欲逐逐，无咎。"⑪〔"仪封"句〕《论语·八佾（yì）》记载，孔子周游列国时，卫国仪邑主管边境的官员去拜见孔子。见过之后，那人对孔子的学生说："你们何必为你们的老师丧失官位而担忧呢？天下没有德政已经很久了，上天将让你们的老师来传播圣贤之道。"仪，春秋时卫国的地名。封疆吏，主管边境的官员。尼父（fǔ），对孔子的尊称。古代常在男子的字后加"父"以示尊敬。孔子字仲尼，故后世称其为"尼父"。⑫〔"函谷"句〕传说守卫函谷关的长官尹喜识天文。一次登楼四望，看见紫色云气自东方而来，断定一定有圣人经过此地。后来老子果然骑着青牛过关，留下《道德经》五千言。老聃，老子名李聃。⑬〔"江相"二句〕南宋末年，已经退隐回乡的宰相江万里，听说元军已经攻破襄樊，就在自家后园挖了个池塘，题名"止水"，并立誓要与国家共存亡。后元军打进饶州城，江万里果真投"止水"自杀。止，生命止于此之意。参见《宋史·江万里传》。江相，指江万里。⑭〔"吴公"二句〕东晋吴隐之到广州做刺史后，听说广州城附近有"贪泉"，谁喝了贪泉水就会起贪心，便故意饮了贪泉水表明心志："古人云此水，一歃（shà）怀千金，试使夷齐饮，终当不易心。"歃，用嘴吸取。亦何贪，（他在任上一直廉洁自律，）哪里受到喝贪泉水的影响啊？参见《晋书·吴隐之传》。吴公，指吴隐之。

◎典故

"一门忠烈"江万里

南宋末年，外敌入侵，国事渐坏，生灵涂炭。国破家亡之际，无数忠臣义士挺身而出，蹈死不顾，大义凛然，名垂千古。这其中，文天祥的恩师江万里便是突出的一位。

江万里（1198—1275），原名临，字子远，号古心，南康军（今江西省都昌县）人。南宋末年士林和文坛领袖，与弟江万载、江万顷被称为江氏"三古""三昆玉"。

嘉定十五年（1222年），江万里入太学，太子赵昀（yún）（即后来的宋理宗）极为赏识，曾书"江万里"三字于几（jī）砚之间。

宝庆二年（1226年）登进士第，所作策论《郭子仪单骑见虎》，主考官看了深受感动。

淳祐元年（1241年），在庐陵县城东赣江之心创建白鹭洲书院，奏闻朝廷，理宗御书赐匾额"白鹭洲书院"。第二年，在隆兴府建宗濂精舍，理宗又御书匾额。

淳祐六年（1246年），他升迁监察御史兼侍讲，又升殿中侍御史，一时"器望清峻，论议风采，倾动于时"。后谤言兴起，言其母病未能及时回家送终，免官，坐废12年。

开庆元年（1259年），无奈投入京湖宣抚大使贾似道幕下。因秉性耿直，经常触怒贾似道，不得重用。

咸淳元年（1265年）二月，任同知枢密院事兼参知政事，与贾似道同朝。贾似道极力推行卖国政策，江万里愤而奏请归田，未允。十二月，贾似道以辞职要挟度宗，度宗涕泣，欲拜留。江万里拉住皇帝说："自古无此君臣礼，陛下不可拜。"（《宋史》本传，《通鉴续编》卷二十四）平时帝在讲筵，每问经史及古人姓名，贾似道不能对，江万里常从旁代答，使贾似道更加嫉恨。

咸淳五年（1269 年），拜左丞相兼枢密使。六年，蒙古军围攻襄阳，江万里屡请派援军救护，贾似道怕他得胜有功，不许。

他三度为相，为官清廉，直言敢谏，忧国爱民，政绩斐然。在国破家亡之际，他与儿子江镐带着 180 多名家人投止水池殉国，希望以此举使"天下忠义节烈之士闻风而起，聚集万千众人之力，保江山社稷不移腥膻，道德文章不堕宇内"。一门忠烈，彪炳千古。

◎释疑解惑

文天祥与江万里的关系

1241 年，江万里创建白鹭洲书院，并自任山长，主持讲学。后来他聘请门人欧阳守道继任山长。文天祥进书院的时候，正值欧阳守道为山长。因此，文天祥是江万里的再传弟子，但他一直尊江万里为恩师。江万里为官刚正清廉，爱护百姓，蔑视权贵，"临事不能无言"，只分对错，不计得失。他的言传身教，深刻影响了文天祥等人。

咸淳五年（1269 年）四月，在江万里的举荐下，朝廷起用文天祥到宁国府上任。九年三月，江万里任湖南提刑，再次出山为国效力。文天祥来到湖南，拜会江万里。江万里对文天祥说："吾老矣，观天时人事，必当有变。吾阅人多矣，世道之责，其在君乎。君其勉之！"（载宋代文天祥《文山集》卷二十一《纪年录·癸酉咸淳九年》）文天祥在以后的抗元斗争中，始终牢记江万里的教诲与期望，以旷世大勇担起救国救民的重任，并为之奋斗至死。

十四　盐

宽 对 猛^①，冷 对 炎 。
kuān duì měng　　lěng duì yán

清 直^② 对 尊 严^③ 。
qīng zhí　duì zūn yán

云 头 对 雨 脚^④，鹤 发 对 龙 髯^⑤ 。
yún tóu duì yǔ jiǎo　　hè fà duì lóng rán

风 台 谏，肃 堂 廉 。^⑥
fěng tái jiàn　　sù táng lián

保 泰 对 鸣 谦^⑦ 。
bǎo tài duì míng qiān

五 湖 归 范 蠡，三 径 隐 陶 潜 。^⑧
wǔ hú guī fàn lǐ　　sān jìng yǐn táo qián

一 剑 成 功 堪 佩 印^⑨，
yí jiàn chéng gōng kān pèi yìn

百 钱 满 卦 便 垂 帘^⑩ 。
bǎi qián mǎn guà biàn chuí lián

浊 酒 停 杯，容 我 半 酣 愁 际 饮；^⑪
zhuó jiǔ tíng bēi　　róng wǒ bàn hān chóu jì yǐn

好 花 傍 座，看 他 微 笑 悟 时 拈 。^⑫
hǎo huā bàng zuò　　kàn tā wēi xiào wù shí niān

◎ **注释**　①〔宽、猛〕宽，仁厚。猛，严厉。《孔子家语·正论解》载："宽以济猛，猛以济宽，宽猛相济，政是以和。"②〔清直〕清廉正直。③〔尊严〕庄重肃穆，尊贵威严。《荀子·致士》载："尊严而惮，可以为师。"④〔云头、雨脚〕即指云和雨。头，取向上之意，指高空的云。脚，取向下之意，指密集落地的雨点。宋代陈三聘《南柯子·七夕》："月傍云头吐，风将雨脚吹。"⑤〔鹤发、龙髯〕鹤发，白发，可借指老人。龙髯，龙的胡须，可借指帝王。传说黄帝为了给百姓治病，采首山之铜，铸大鼎炼制丹药。大鼎铸成之后，有一条神龙从天而降来接黄帝升天，一些小臣也想攀龙髯而上，结果扯断了龙须。参见《史记·封禅书》。⑥〔风（fěng）台谏，肃堂廉〕台官、谏官的职责是讽谏君王，弹劾百官，使朝廷、官府肃穆清廉。风，通"讽"，讽谏。台谏，台官和谏官，此处泛指负责监察的官员。肃，肃穆，庄重。堂廉，泛指衙署、朝廷。堂，正房的厅堂。廉，厅堂的侧角。⑦〔保泰、鸣谦〕保泰，保持安宁的局面。泰，安宁。鸣谦，把谦恭克己的品德表现出来。谦，谦虚，谦让。⑧〔五湖、三径〕五湖，见64页注⑦。三径，见61页注⑬。⑨〔"一剑"句〕堪，能够。见121页注⑨。⑩〔"百钱"句〕西汉著名隐士严君平在街市卖卜，每天赚100钱够生活用了就收摊儿，然后去给学生讲授《老子》。见《汉书·王贡两龚鲍传序》。⑪〔"浊酒"二句〕浊酒，用糯米、黄米等酿制的酒，较混浊。半酣，半醉，还未尽兴的样子。化用唐代杜甫《登高》："艰难苦恨繁霜鬓，潦倒新停浊酒杯。"⑫〔"好花"二句〕此联出自佛教故事。相传在灵山会上，大梵（fàn）天王进献金婆罗花，佛祖从中拈起一朵给众弟子看却一言不发，众人都不解其意。唯有大弟子摩诃迦叶领会了其中奥妙，露出微笑，表示领悟了佛祖旨意。参见《五灯会元·七佛·释迦牟尼佛》。傍，临近。拈，用手指轻轻拿起。

◎ **典故**

"古之遗直"叔向

叔向辅佐过晋悼公、晋平公、晋昭公三代君主，与郑国的子产、齐国的晏婴齐名。

叔向从政期间，韩、赵、魏、智、中行（háng）、范氏六家新贵族不断扩充私家势力，形成"政在家门"的局面。晋平公十九年（前539年），齐景公派晏婴到晋国求婚，叔向与晏婴在宴会上谈到本国政治形势，他们两人都认为公室衰微，私家兴起，前途堪忧。这在当时很少人意识到。即便如此，叔向也没有依附新兴贵族，而选择与日渐衰微的公室同呼吸、共命运。

晋平公二十二年（前536年），郑国子产制定刑律，铸之于鼎，公布于众。叔向认为此事不合旧制，就给子产写信，极力反对。他说，铸刑书以后，大家都依法行事，不再听从长上意志，争端也会多起来，西周的礼制传统将会丧失。23年后，晋国铸刑鼎。巧的是，也有一个贤人——孔子——反对此事。孔子认为，铸鼎后"民在鼎矣，何以尊贵？贵何业之守？贵贱无序，何以为国？"并断定：

"晋其亡乎!"（《左传·昭公二十九年》）

晋平公十二年（前546年），诸侯在宋国举行弭（mǐ，平息）兵会盟，签订和平协议。晋、楚是大国，互不服气，都想争当盟主。晋国主宾是赵武，担心楚人闹事，晋国吃亏。他的副手叔向说："子务德，无争先。"让楚国人首先歃盟。后来孔子修《春秋》，记载这次会盟，列晋国于诸侯之首，就是因为晋国守信礼让，有大国风度。

叔向不光受到旧派贵族和传统士人的尊敬，还以耿直闻名。有一次晋平公射鸟不死，让仆从竖襄去捉，却没有捉住。晋平公大怒，要杀竖襄。叔向知道后，求见晋平公，说："您必须杀了这小子。昔日晋国始封君唐叔虞曾射死一头兕，用兕皮做了铠甲。当今的晋君没射死一只小鸟，还没捉住，这事不能外传，太丢人了。"一番话说得晋平公十分尴尬，赶忙下令放了竖襄。叔向这种率直的谈吐，很容易在政治斗争中招来杀身之祸，所以，当时吴国的贤公子季札游历到晋国，特别叮咛他："吾子勉之! 君侈而多良，大夫皆富，政将在家。吾子好直，必思自免于难。"（《左传·襄公二十九年》）

晋昭公四年（前528年），邢侯和雍子争夺一块土地，叔向的弟弟叔鱼（即羊舌鲋）处理这起纠纷。本来雍子理屈，但叔鱼接受了雍子的贿赂，反而断邢侯有罪。邢侯一怒之下，把叔鱼和雍子杀了。当时主持朝政的韩宣子问叔向该如何处理，叔向毫不偏袒，认为三人都有罪。他还特别指出弟弟叔鱼贪以败官，如果活着，应该处死刑。孔子赞叹说："叔向，古之遗直也。治国制刑，不隐于亲。三数叔鱼之恶，不为末减。曰义也夫，可谓直矣!"（《左传·昭公十四年》）

晋平公六年（前552年），范宣子屠杀政敌栾盈的党羽，叔向和弟弟羊舌虎也受到牵连，被囚禁起来。有人对他说："子离（罹）于罪，其为不知（智）乎?"叔向回答："与其死亡若何?《诗》曰：'优哉游哉，聊以卒岁。'知（智）也。"（《左传·襄公二十一年》）

◎ 释疑解惑

羊舌氏的由来

羊舌姓起源于春秋时代的晋国。晋靖侯（姬宜臼，晋厉侯之子）的儿子公子伯侨有孙子名突，晋献公（?—前651，名诡诸，晋武公之子）时被封在羊舌邑（今山西省洪洞、沁县），故以封邑名羊舌为姓，称羊舌突，为羊舌氏始祖。

羊舌肸（xī）的食邑在杨，所以也称杨肸。他是春秋时晋国大夫羊舌职（？—前570）的次子。学识渊博，善于辞令。羊舌职则是羊舌突之子，他有4个儿子：长子羊舌赤，字伯华，为铜鞮（dī）大夫；二子羊舌肸，字叔向；三子羊舌鲋（？—前528），字叔鱼，晋国大夫；四子羊舌虎（？—前552），晋国大夫。四人都身居要职，时称"羊舌四族"。

另外，羊舌氏与栾氏关系也很近。晋靖侯有个孙子宾，食邑于栾（《通志·氏族略·以邑为氏》记载，宾的食邑是赵州，即平棘西北16里古栾城），称栾宾。他的子孙以封邑为姓氏，尊栾宾为栾姓始祖。栾氏在晋国也是大族，栾枝曾任下军将，栾枝的孙子栾书曾任晋国正卿。传至栾盈时，栾氏遭范氏驱逐，除栾魴（fáng）逃奔宋国外，全族被杀，栾氏采邑（古代诸侯分封给卿大夫的封地。采，音 cài）没入公室。

lián duì duàn　　jiǎn duì tiān
连对断，减对添。

dàn bó duì ān tián
淡泊对安恬。

huí tóu duì jí mù　　shuǐ dǐ duì shān jiān
回头对极目①，水底对山尖。

yāo niǎo niǎo　　shǒu xiān xiān
腰袅袅，手纤纤。②

fèng bǔ duì luán zhān
凤卜对鸾占③。

kāi tián duō zhòng sù　　zhǔ hǎi jìn chéng yán
开田多种粟④，煮海尽成盐⑤。

jū tóng jiǔ shì zhāng gōng yì
居同九世张公艺⑥，

ēn jǐ qiān rén fàn zhòng yān
恩给千人范仲淹⑦。

xiāo nòng fèng lái　　qín nǚ yǒu yuán néng kuà yǔ
箫弄凤来，秦女有缘能跨羽；⑧

dǐng chéng lóng qù　　xuān chén wú jì dé pān rán
鼎成龙去，轩臣无计得攀髯。⑨

◎**注释**　①〔极目〕用尽目力远望。②〔腰袅袅，手纤纤〕形容女子腰身苗条，手指细而柔软。③〔凤卜、鸾占〕见48页注⑧。④〔开田多种粟〕开田，开垦荒地为田。粟，泛指谷物。⑤〔煮海尽成盐〕沿海地区晒海水为盐，俗称"煮海"。唐代贾岛《寄沧州李尚书》："水县卖纱市，盐田煮海村。"⑥〔"居同"句〕传说张公艺生于北齐，一生经历了北齐、北周、隋、唐4朝。他是长寿之人，以"忍、孝"治家，家族九代同居，和睦相处，是我国历史上著名的治家典范。参见《新唐书·孝友传序》。⑦〔"恩给"句〕范仲淹是北宋著名政治家、军事家和文学家，幼年丧父，生活非常艰辛，曾划粥断斋（jī）。范仲淹做官以后，生活节俭，在苏州城郊买良田千亩，建立"义庄"，以接济亲族中贫寒人家。参见《宋史·范仲淹传》。⑧〔"箫弄"二句〕见12页注⑯。⑨〔"鼎成"二句〕传说黄帝为了给百姓治病，采首山之铜，铸大鼎炼制丹药。大鼎铸成那天，有一条神龙从天而降来接黄帝升天。跟随黄帝的官员抓住龙须也想一同升天，结果把龙须都给拽断了。轩臣，轩辕黄帝的大臣。黄帝出生于轩辕之丘，故称轩辕黄帝。

◎典故

"安恬好让"的唐睿（ruì）宗

唐睿宗李旦（662—716），初名李旭轮、李轮，唐朝第5位皇帝，唐高宗第8子，唐中宗同母弟。李旦的皇帝经历比较传奇，前后两次登基，在位8年余，不过实际掌权时间只有2年。

李旦出生不久便被封为殷王，遥领冀州大都督、单于大都护、右金吾卫大将军。他在兄弟中排行最小，深受唐高宗喜爱。成年后，谦恭好学，精通书法，对文字训诂方面很有研究。如果不参与皇权斗争，他或许会成为学问大家、文坛领袖。

嗣圣元年（684年），武则天废李显为庐陵王，改立李旦为帝，并临朝称制。垂拱二年（686年）正月，武则天下诏，要还政皇帝。李旦吓得要死，数次上表，极力推辞，请求母后继续临朝。垂拱四年，武则天意图称帝，李旦表示支持。琅琊王李冲、越王李贞起兵讨伐武则天，结果兵败身死。韩王、鲁王、霍王、纪王、江都王、东莞（guǎn）郡公等，或被逼自杀，或被斩首市曹，或死于流放途中。李唐宗室几乎被斩尽杀绝。

天授元年（690年），百官、宗室、外戚、四夷酋长，乃至僧尼、道士，纷纷劝进武则天称帝。李旦上表请母后称帝，并请求赐武姓。天授二年九月，武则天正式称帝，李旦降为皇嗣，赐姓武氏，迁居东宫，原太子李成器成了皇孙。

此后李旦活得更加小心翼翼。武则天的婢女韦团儿引诱他，被他拒绝；两个妃子被害死，他也面色平静。再后来，有人告他谋反，幸亏他的乐工安金藏当众剖腹，表明皇嗣没有谋反，武则天才放过他。

后来经历李显、韦后、李隆基，他仍然是谦退忍让。这就是史书里说的李旦"宽厚谨恭，安恬好让"。

◎释疑解惑

安金藏是什么人？

安金藏原是中亚的安国胡人，其父安菩归附唐朝，他也成为太常寺乐工。太子李旦被诬反叛，武则天命酷吏来俊臣查处此事。太子身边的人害怕酷刑，欲承认罪名，只有安金藏毫不畏惧。他说："不相信我的话，我只有剖心证明太子没有谋反。"说完，拔出佩刀刺入腹中，以致肠子都流到地上。武则天听后大为吃惊，命人将安金藏抬到宫中医治。太医把肠子放回其腹中，以桑皮线缝合。过了一宿，他苏醒过来，被众人以为是忠诚感天，命不该绝。武后亲临探视，感叹道："太子有冤，自己却不能辩白，反而让你为他洗脱罪名，太子不如你忠诚啊！"随即下诏终止案件审理，李旦因而幸免于难。

安金藏不仅忠肝义胆，还非常孝顺。母亲去世后安葬在龙门东山，他在坟前守孝，并精心安排母亲后事。史书记载：因为他的孝行，东山上涌出了泉水，山上的李树在冬天开花。安金藏的孝行忠义也受到了朝廷的多次表彰，后来老病而卒，追赠兵部尚书。

rén duì jǐ　　ài duì xián
人 对 己，爱 对 嫌。

jǔ zhǐ duì guān zhān
举 止 对 观 瞻①。

sì zhī　　 duì　　sān yǔ　　　　yì zhèng duì cí yán
"四 知" 对 "三 语"②，义 正 对 辞 严③。

qín xuě àn　　　　kè fēng yán
勤 雪 案④，课 风 檐⑤。

lòu jiàn duì shū qiān
漏 箭 对 书 签⑥。

wén fán guī tǎ jì　　　　tǐ yàn bié xiāng lián
文 繁 归 獭 祭⑦，体 艳 别 香 奁⑧。

zuó yè tí méi gēng yí zì
昨 夜 题 梅 更 一 字⑨，

zǎo chūn lái yàn juǎn chóng lián
早 春 来 燕 卷 重 帘⑩。

shī yǐ shǐ míng　　chóu lǐ bēi gē huái dù fǔ
诗 以 史 名 ， 愁 里 悲 歌 怀 杜 甫；⑪

bǐ jīng rén suǒ　　mèng zhōng xiǎn huì lǎo jiāng yān
笔 经 人 索 ， 梦 中 显 晦 老 江 淹。⑫

◎**注释**　①〔举止、观瞻〕举止，行动，举动。观瞻，外观，显著于外的形象。②〔"四知""三语"〕"四知"，见247页注⑤。"三语"，《晋书·阮瞻传》载，一次王衍问阮瞻："老子之道与孔子之道有什么区别？"阮瞻答："将无同（恐怕没有什么两样吧）。"王衍听了很满意，就征召他做了掾（yuàn）吏。时人称阮瞻为"三语掾"。后世也常把"三语掾"作为幕府官员的美称。③〔义正、辞严〕道理正当，措词严肃。④〔雪案〕雪光映照的几（jī）案，泛指书桌。传说西晋孙康家贫无烛，曾映雪读书，故常用"雪案"比喻勤学。南宋刘克庄《赠陈起》诗："雨檐兀坐忘春去，雪案清谈至夜分。"⑤〔课风檐〕在试院的棚子里考试。风檐，指科举时代的考试场所。旧时应考，各居简陋小屋，故称风檐。课，考试。一说"课风檐"指在冷风吹拂的房檐下刻苦学习。⑥〔漏箭、书签〕漏箭，见93页注③。书签，古代指悬于卷轴一端，用竹、木等材质做的写有书名、卷次的小牌子，或贴在线装书书皮上，写着或印着书名的纸条或绢条。⑦〔文繁归獭祭〕诗文用典复杂，堆砌词藻，就像水獭把捕捉的鱼摆放在岸上，如同陈列祭品一般。獭祭，水獭喜欢吃鱼，它把捉到的鱼一条条排列在岸边，而水獭的动作又好似人磕头的样子，所以古人认为它在进食之前要"祭天"。见212页"释疑解惑"。李商隐作诗爱用典故，经常把翻阅的书排在一旁，时人称为"獭祭鱼"。⑧〔体艳别香奁〕诗歌内容用词香艳的属于香奁体一类。香奁，指香奁体，古代一种诗风，即用香艳的词语描写闺阁生活，又称艳体诗。奁，妇女放置梳妆用品的匣子。唐朝诗人韩偓（wò）是这类诗人的代表。他的诗集名《香奁集》，时人称为"香奁体"。参见南宋严羽《沧浪（láng）诗话·诗体》。⑨〔"昨夜"句〕唐代诗僧齐己写了一首《早梅》诗，有"前村深雪里，昨夜数枝开"二句。郑谷觉得如果已经"数枝开"，就不能说是"早梅"了，于是改"数"为"一"。参见宋代魏庆之《诗人玉屑·一字师》。一说郑谷为许郢。⑩〔"早春"句〕描写春来燕归、重帘乍卷的早春景象。古诗词中多用燕飞、卷帘形容春天的到来。如南宋史达祖的《东风第一枝·春雪》中"料故园、不卷重帘，误了乍来双燕"。重帘，一层层帘幕。⑪〔"诗以"二句〕见179页注④。⑫〔"笔经"二句〕见30页注③。

◎ **典故**

"香奁诗人" 韩偓（wò）

韩偓（842 或 844—923），字致尧（见《唐诗纪事》《唐才子传》），一作致光（见《新唐书·韩偓传》），小名冬郎，号玉山樵人，京兆万年（今陕西西安）人。他的父亲韩瞻与李商隐是连襟、同年进士。李商隐妻子是韩瞻妻子的妹妹，他的岳父王茂源为泾原节度使。

韩偓从小就会写诗。李商隐曾经写诗夸他，诗名很长——《韩冬郎即席为诗相送，一座尽惊。他日余方追吟"连宵侍坐裴回久"之句，有老成之风，因成二绝寄酬，兼呈畏之员外》，内有一句"雏凤清于老凤声"脍炙人口。

唐昭宗龙纪元年（889 年），韩偓中进士，初在河中镇节度使幕府任职，后入朝一直做到翰林学士。光化三年（900 年），宦官首领刘季述发动政变，废昭宗，立太子李裕为帝。韩偓协助宰相崔胤平定叛乱，迎昭宗复位。此后崔胤为对抗新宦官首领韩全诲，召凤翔节度使李茂贞入朝，不料李、韩沆瀣一气，将昭宗劫往凤翔。韩偓闻讯，星夜赶往凤翔见昭宗。随后宣武镇节度使朱全忠兵到，败李茂贞，杀韩全诲，韩偓随同昭宗回长安。

天祐元年（904 年），朱全忠弑昭宗，立李柷（zhù）为帝（即哀帝），矫诏召韩偓回京复职。韩偓携眷南逃，入威武军节度使王审知幕下。

天祐四年（907 年），朱全忠篡唐，改国号梁，王审知向朱全忠献表纳贡。韩偓心有抵触，离开王审知漫游南方，在南安葵山（又名黄旗山）山麓的报恩寺旁建房舍，时称"韩寓"，号"玉山樵人"。自称"已分病身抛印绶，不嫌门巷似渔樵"，一直到死去。

韩偓在晚唐名气很大，被尊为"一代诗宗"。初期仕途顺利，深得昭宗信任，生活优渥奢华，所作诗也多是艳词丽句。后来他在南安寓所整理《香奁集》，作序文称"柳巷青楼，未尝糠秕；金闺绣户，始预风流"，一派缠绵浪漫的调子。逃离长安后，颠沛流离，诗风也有很大转变，多叙写坎坷遭遇，倾吐悲愤之情，诅咒战乱，关心民瘼（mó）。

◎ **释疑解惑**

"獭祭鱼"是怎么回事?

古人说起"獭祭鱼",都是指獭捕鱼后陈列水边,如同陈列供品祭祀。比如《吕氏春秋·孟春》:"鱼上冰,獭祭鱼。"汉代高诱注解说:"獭獱(biān,同'猵',獭的一种),水禽也。取鲤鱼置水边,四面陈之,世谓之祭。"之后很多人因循而信,认为这种行为预示诚敬。如宋代叶绍翁《四朝闻见录·史越王青词》:"反本狐邱,寓诚獭祭。"清代孙枝蔚《老妻病愈设饼祭神》诗:"一点虔诚意,惟同獭祭鱼。"

这种说法流行1700多年后,终于通过甲骨文"祭"的解读被揭开面纱,显示真容。陆宗达、王宁《古汉语词义答问·说"祭"字》:"'祭'的本义应是'残杀',《大戴礼记·夏小正》《礼记·月令》皆曰'獭祭鱼'……獭性残,食鱼往往只吃一两口就抛掉,捕鱼能力又强,所以每食必抛掉许多吃剩的鱼。人们称堆积实为'獭祭',即取堆积残余之意。"

十五 咸

zāi duì zhí　　tì duì shān
栽对植，薙对芟^①。

èr bó　duì　　sān jiān
"二伯"^②对"三监"^③。

cháo chén duì guó lǎo　　zhí shì duì guān xián
朝臣对国老，职事对官衔。

lù yǔ yǔ　　　tù chán chán
鹿麌麌^④，兔毚毚^⑤。

qǐ dú duì kāi jiān
启牍对开缄^⑥。

lǜ yáng yīng xiàn huǎn　　hóng xìng yàn ní nán
绿杨莺睍睆，红杏燕呢喃。^⑦

bàn lí bái jiǔ yú táo lìng
半篱白酒娱陶令^⑧，

yì zhěn huáng liáng dù lǚ yán
一枕黄粱度吕岩^⑨。

jiǔ xià yán biāo　　cháng rì fēng tíng liú kè jì
九夏炎飙，长日风亭留客骑；^⑩

sān dōng hán liè　　màn tiān xuě làng zhù zhēng fān
三冬寒冽，漫天雪浪驻征帆。^⑪

◎**注释**　①〔薙、芟〕除草。②〔"二伯"〕指西周初期成王年幼时，掌管国事的两位大臣周公、召（shào）公。《礼记·王制》："八伯各以其属，属于天子之老二人，分天下以为左右，曰二伯。"郑玄注："自陕以东，周公主之；自陕以西，召公主之。"见136页注⑧。③〔"三监"〕武王灭商后，把纣王的儿子武庚封在商的旧都，又将商都周围地区划分成卫、鄘（yōng）、邶（bèi）3部分，派自己的3个弟弟管叔、蔡叔和霍叔驻扎在那里监视武庚，故称"三监"。见东汉郑玄《诗·邶鄘卫谱》。④〔麀麌麌〕鹿成群结队的样子。《诗·小雅·吉日》："兽之所同，麀（yōu）鹿麌麌。"麌麌，众多的样子。⑤〔兔毚毚〕兔子狡猾的样子。《诗·小雅·巧言》："跃跃毚兔，遇犬获之。"毚兔，狡兔。⑥〔启牍、开缄〕均指拆开信件。牍，原指写字用的木片。缄，原指给书函封口。二者均代指书信。⑦〔"绿杨"二句〕黄莺在新绿的杨树上婉转地啼叫，春燕在开满杏花的枝头低语呢喃。睍睆，形容莺啼的声音清和婉转。呢喃，燕子的叫声。⑧〔"半篱"句〕江州刺史王弘喜欢结交名士，经常给隐居的陶渊明送酒。有一年的九月初九，陶渊明赏菊却无酒，正在怅惘时，王弘派人来送酒，陶渊明当即开坛畅饮。酒后写下了名篇《九日闲居》。参见《宋书·隐逸列传·陶潜》。陶令，陶渊明曾为彭泽令，故称。⑨〔"一枕"句〕见211页注⑦。原故事中的吕翁点拨卢生，被附会成"八仙"中的锺离权度化吕岩。度，佛教语，使人出家离俗。吕岩，吕洞宾，传说中的"八仙"之一。⑩〔"九夏"二句〕炎炎夏日，外出的行人被酷暑赶进长亭里纳凉。九夏，夏天。炎飙，热风。飙，狂风。长日，夏天白天时间长，故称。客骑，行人所乘的马，此处代指旅客。骑，旧读jì，今读qí。⑪〔"三冬"二句〕三冬时节，寒风凛冽，漫天飞雪阻挡了船只前行的路程。三冬即冬季。寒冽，寒冷。征帆，远行的船。唐代元稹《遭风二十韵》："俄惊四面云屏合，坐见千峰雪浪堆。"

◎ 典故

"燕国始祖"召公奭

召（shào）公姬奭，也称邵公、召伯，西周初年大臣，也是召、邵、燕等姓的始祖。他在周灭商、周公平叛等重要事件中都立下大功，被封于燕（今河北北部），都城在蓟（今北京）。但天下初定，根基未稳，他需要留在王朝辅政，便派长子姬克管理封国，是为燕侯克，燕国第一任君主。但后来史家都把召公作为燕国始祖，即燕召公。

周武王死后，其子周成王（姬诵）继位，姬奭担任太保。当时周成王住在丰地，周公旦奉命建造洛邑，以完成周武王向东部发展的遗志。为了保证后方（西部）稳定、前方（东部）迅速发展，成王决定：陕地（今河南三门峡市陕州区）以西由姬奭主管，陕地以东由姬旦（即周公）主管。

成王即位时年幼，由周公旦摄政，姬奭怀疑周公篡权。周公旦对他讲："商汤之时有伊尹，得到上天的嘉许；在太戊之时，则有伊陟、臣扈，得到上帝的嘉许，并有巫咸治理王家；在祖乙之时，则有巫贤；在武丁之时，则有甘般。正是凭借这些有道贤臣，才安定治理商朝。"姬奭听后，这才放心。

姬奭执政宽和，又很勤勉，经常巡行乡里城邑，现场办公。当时他曾在一棵棠梨树下判断案件，处理政事，上至侯伯、下到百姓都得到妥善的安置，无人失职。后人为纪念他，舍不得砍伐此树，《诗·召南·甘棠》写的就是此事，这个典故称为"甘棠遗爱"。司马迁说："召公之治西方，甚得兆民和。"

他是个长寿的人，周公旦、周成王死后，继续辅佐周康王，使周王朝继续稳步发展，开创"四十年刑措不用"的"成康之治"，为此后800多年的国祚打下了坚实的基础。

◎释疑解惑

周公和召公是什么关系？

《史记·周本纪》："武王即位，太公望为师，周公旦为辅，召公、毕公之徒左右王，师修文王绪业。"这样说来，周公和召公同朝为官，职位比召公略高一些。当然，这是西周初年的事。后来周公和召公作为职位一代代传承下去，跟最初的情况有了很大不同。

而这位西周初年的周公是周武王的四弟，姓姬，名旦，也称姬叔旦。周武王是老二，大哥姬考（伯邑考）早卒，他就成了实际上的老大。下面的16个弟弟都叫"×叔×"，比如三弟管叔鲜（姬鲜）、五弟蔡叔度（姬度）、六弟曹叔振铎（姬振铎）、霍叔处（姬处）等等。姬叔旦助武王灭商后，被封于鲁，但他要辅佐朝政，就由他的长子伯禽去鲁国接受封地。因他在"周"（今陕西岐山北）也有封地，爵位是"公"，故称"周公旦"，简称"周公"。周公旦死后，爵位、封地"周"由次子继承，其子孙仍称"周公"。到了公元前841年，开始"周召共和"。这时的"周公"则称"周定公"。

召公姬奭也曾助武王灭商，被封于召（今陕西岐山西南），爵位为"公"，称"召公"。而"周召共和"时的"召公"则是他的后代姬虎，称"召公虎"，或"召伯虎""召穆公"。

wú duì qǐ　　bǎi duì shān
梧 对 杞 ， 柏 对 杉 。

xià hù duì sháo xián
夏 濩 对 韶 咸①。

jiàn chán duì zhēn wěi　　gǒng luò duì xiáo hán
涧 瀍 对 溱 洧②， 巩 洛 对 崤 函③。

cáng shū dòng　　bì zhào yán
藏 书 洞④， 避 诏 岩⑤。

tuō sú duì chāo fán
脱 俗 对 超 凡 。

xián rén xiū xiàn mèi　　zhèng shì jí gōng chán
贤 人 羞 献 媚 ， 正 士 嫉 工 谗 。⑥

bà yuè móu chén tuī shào bó
霸 越 谋 臣 推 少 伯⑦，

zuǒ táng fān jiàng zhòng hún jiān
佐 唐 藩 将 重 浑 瑊⑧。

yè xià kuáng shēng　　jié gǔ sān zhuā xiū jǐn ǎo
邺 下 狂 生 ， 羯 鼓 三 挝 羞 锦 袄 ；⑨

jiāng zhōu sī mǎ　　pí pa yì qǔ shī qīng shān
江 州 司 马 ， 琵 琶 一 曲 湿 青 衫 。⑩

◎**注释**　①〔夏、濩、韶、咸〕均是古舞乐名。《庄子·天下》："黄帝有《咸池》，尧有《大章》，舜有《大韶》，禹有《大夏》，汤有《大濩》。"见 161 页注③。②〔涧、瀍、溱、洧〕古代 4 条河流，都在河南境内。涧、瀍，洛河的支流。溱，与洧水会合后，向东流入贾鲁河。③〔巩、洛、崤、函〕古地名，均在今河南省。④〔藏书洞〕指二酉山上的藏书洞穴。见 69 页注⑩。⑤〔避诏岩〕在华（huà）山南峰天门西北。3 面悬空，只有一座独木桥通向洞内，面积约 3 平方米。相传是北宋著名隐士陈抟（tuán）为躲避宋太祖征召而隐居的地方。洞额镌刻"避诏岩"三字，相传为陈抟手书。⑥〔"贤人"二句〕贤德的人以阿谀逢迎为羞耻，正直的人憎恨那些毁谤、诬陷的行为。嫉，憎恨。工谗，擅长在别人背后说坏话。⑦〔"霸越"句〕少伯，春秋时期越国大夫范蠡的字。见 64 页注⑦。⑧〔"佐唐"句〕浑瑊，唐朝时少数民族的著名将领，曾跟随李光弼、郭子仪平定"安史之乱"。朱泚作乱时，唐德宗出逃到奉天（今陕西乾县），浑瑊率家人子弟抵抗叛军，终于平定了叛乱，使得唐朝再次获得安定局面。参见《旧唐书·浑瑊传》。⑨〔"邺下"二句〕祢衡恃才傲物，讥讽曹操。曹操想羞辱祢衡，就让他做了个鼓吏。一次曹操大宴群臣让祢衡击鼓助兴，于是祢衡赤裸上身，敲起《渔阳三挝》。见《后汉书·文苑列传下·祢衡》。邺下，三国魏都城。狂生，指祢衡。羯鼓，古代打击乐器的一种。三挝，即《渔阳三挝》，古代鼓曲名。挝，击鼓。锦袄，代指曹操。见243页注⑫。⑩〔"江州"二句〕江州司马指唐代诗人白居易。白居易在被贬为江州司马后，创作了名篇《琵琶行》，最后两句是："座中泣下谁最多，江州司马青衫湿。"

◎典故

平叛名将浑瑊

浑瑊（736—800），本名日进，铁勒族浑部皋兰州（今宁夏青铜峡南）人。他的高祖浑阿贪支是浑部的大俟利发，于唐太宗贞观（627—649）年间内附唐朝，从此以部名为姓氏。他的父亲是唐朝名将、朔方节度留后浑释之（是朔方节度使郭子仪的部将，广德年间抵御吐蕃入侵，阵亡于灵武）。秉承家族传统，浑瑊精通骑射，武功过人，忠贞不二。时人常将其与金日䃅（mì dī）相提并论。

浑瑊早年随父于朔方军征战。天宝五载（746年），11岁的浑瑊跟着父亲参加防秋（古代西北各游牧部落往往趁秋高马肥时南侵，边军也于此时特加警卫，调兵防守），朔方节度使张齐丘看他小，就逗他："娃子，带奶妈来了没有？"不成想第二年，浑瑊就立了"跳荡功"。这种军功专门奖励冲锋陷阵、打乱敌方阵脚的少年猛士，可见小浑瑊的厉害。两年后，浑瑊随军击破贺鲁部，参与石堡城之战，收复龙驹岛，14岁的他因"勇冠诸军"，升到折冲果毅，已经是统领府兵的将军。后受朔方节度使安思顺派遣，带领偏师深入葛逻禄部，经狐媚碛（qì），穿越特罗斯山，大破阿布思部。随后与众军修筑永清栅、天安军两座城堡。因功升任中郎将。此时他已身经百战，威名赫赫。

天宝十四载（755年）十一月，"安史之乱"爆发。他先后为名将李光弼、郭子仪、仆固怀恩的部将。在九门之战中，他一箭射死叛军骁将李立节（《旧唐书》作阵斩李立节）。之后，他跟随郭子仪收复两京，与安庆绪的叛军在新乡浴血奋战。改任检校太仆卿，被提拔为武锋军使。又跟随仆固怀恩平定史朝义，大小数十战，军功最盛，战后被授予开府仪同三司、太常卿，实封食邑200户。

后来仆固怀恩叛乱时，吐蕃军10万人入侵，浑瑊率200骑兵冲阵，神勇无敌，大破吐蕃。

虽然功勋卓著，位至将相，但他生性谦虚谨慎，从未有自矜之色，深受唐德宗信任，得以保持功名终生。

◎ 释疑解惑

金日磾何许人也？

金日磾（前134—前86），字翁叔，匈奴休屠王太子。元狩（shòu）二年（前121年），霍去病击破匈奴，执昆邪（yé）王子，得休屠王"祭天金人"。匈奴单（chán）于大怒，欲召诛二人。昆邪王便说服休屠王共同降汉。休屠王中途反悔，昆邪王便杀了他，率其众降汉。休屠王太子日磾（匈奴音译）无所依归，只好和母亲、弟弟随昆邪王降汉，被安置在黄门署养马，时年14岁。一次宴会上，汉武帝喝多了要阅马，发现了牵着骏马的魁梧青年，一打听是休屠王太子，立即封他做马监，并赐姓金。之后他一路升迁为侍中、驸马都尉、光禄大夫，一生没犯过错误，深得武帝宠信。他的儿子深受武帝喜爱，却因调戏宫女被他杀了，武帝知道了大为痛惜。他在武帝身边几十年，从不用目光直视汉武帝。汉武帝赏赐的宫女，他当成仙女供着。汉武帝要把他的女儿纳入后宫，他拒绝，原因是不肯做外戚多受皇家恩惠。他的笃厚谨慎，千古少见。后来他弟弟那一支金姓开枝散叶，出了很多达官显贵，发展成为大家族。

páo duì hù　　　lǚ duì shān
袍 对 笏 ， 履 对 衫 。

pǐ mǎ duì gū fān
匹 马 对 孤 帆 。

zhuó mó duì diāo lòu　　　kè huà duì juān chán
琢 磨 对 雕 镂 ， 刻 画 对 镌 镵 。①

xīng běi gǒng　　　rì xī xián
星 北 拱 ②， 日 西 衔 ③。

zhī lòu　　　duì dǐng chán
卮 漏 ④ 对 鼎 馋 ⑤。

jiāng biān shēng dù ruò　　　hǎi wài shù dū xián
江 边 生 杜 若 ， 海 外 树 都 咸 。⑥

dàn dé huī huī cún lì rèn
但 得 恢 恢 存 利 刃 ⑦，

hé xū duō duō dá kōng hán
何 须 咄 咄 达 空 函 ⑧。

căi fèng zhī yīn　　yuè diǎn hòu kuí xū jiǔ zòu

彩凤知音，乐典后夔须九奏；[9]

jīn rén shǒu kǒu　　shèng rú ní fǔ yì sān jiān

金人守口，圣如尼父亦三缄。[10]

◎**注释**　①〔"琢磨"二句〕都是雕琢加工的意思。琢磨，雕琢打磨玉石。雕镂，雕刻。刻画，雕刻绘画。镌镵，雕凿。②〔星北拱〕古人认为群星都围绕北极星而分布。《论语·为政》："为政以德，譬如北辰居其所而众星共（gǒng，通'拱'）之。"③〔日西衔〕太阳西落，半隐于山中的景象。④〔卮漏〕酒器有漏洞。比喻权益流失。卮，古时盛酒的器皿。漏，酒器底上有洞。⑤〔鼎谗〕谗鼎。春秋时期鲁国的鼎名。《韩非子·说林下》："齐伐鲁，索谗鼎，鲁以其雁（通'赝'，假的，伪造的）往。"后用以比喻疾恶谗言或弄虚作假。谗鼎，一说指地名。⑥〔杜若、都咸〕两种植物名。杜若，香草名。都咸，都咸子，果树名。⑦〔"但得"句〕《庄子·养生主》中讲道，宋国一个善于宰牛的庖丁，宰过数千头牛，他的刀用了19年还跟新磨的一样。他说，牛的关节之间是有缝隙的，而刀刃很薄，让薄薄的刀刃通过有缝隙的关节，自然"恢恢乎其于游刃必有馀地"。恢恢，宽绰的样子。⑧〔"何须"句〕东晋人殷浩带兵作战，屡战屡败，被桓温借军机弹劾而被免官。后来听说桓温将推荐他做尚书令，他非常高兴，便给桓温写了封回信，又怕言语不周，就把封好的信拆开来重新检查，看完后再封好。如此取出、放进几十次，最后竟然误寄了"空函"出去。桓温大怒，殷浩因此丢掉尚书令一职。事后，殷浩整天用手在空中乱划，写的都是"咄咄怪事"4个字。咄咄，表示惊讶的语气。达，送达。函，信件。参见《晋书·殷浩传》。⑨〔"彩凤"二句〕传说舜帝时，掌管音乐的后夔连续演奏《箫韶》九曲，百兽起舞，凤凰也飞来。《尚书·益稷》："《箫韶》九成，凤皇来仪。"乐典，舜乐《箫韶》。九奏，奏乐9曲。⑩〔"金人"二句〕相传孔子进到周朝先祖后稷的庙内，见有一个铜铸人，嘴上贴了3道封条，背后有铭文："古之慎言人也。"孔子看了觉得很有道理，后一直教育弟子们要"讷（nè）于言而敏于行"。参见《孔子家语·观周》。缄，原指给信件封口，此处指言语谨慎。

◎**典故**

"人何以堪"的桓温

南朝大诗人庾信有一首《枯树赋》："昔年种柳，依依汉南。今看摇落，凄怆江潭。树犹如此，人何以堪！"这话说的是东晋大将军桓温旧事，因其中饱含岁月匆匆、英雄迟暮之感，曾令无数豪杰英雄怆然泪下。

桓温（312—373），字元子（一作符子），谯国龙亢（今安徽怀远龙亢镇）人。他是东汉名儒桓荣之后，宣城内史桓彝长子，以灭成汉、蜀而名震天下。后3次出兵北伐（北伐前秦、羌族姚襄、前燕），战功累累。

东晋成帝咸和三年（328年），桓彝在苏峻之乱中被叛军将领韩晃杀害，泾县县令江播也参与谋杀。当时桓温年仅15岁，枕戈泣血，誓报父仇。咸和六年，江播去世，其子江彪等兄弟3人为父守丧。桓温假扮吊客，混入丧庐，手刃江彪，并追杀其二弟，终报父仇。

桓温第二次北伐时，途经金城（今江苏句容北），看见自己早年担任琅琊内史时栽种的柳树已经有10围那么粗，又想到王朝积弱，外敌强横，不禁抚着树感慨："木犹如此，人何以堪！"言罢泫然泪下。这是千古一叹。到了南宋，有志之士都不敢念诵这一段古书。

他早年有经营天下、匡时济世的远大志向，后来受到朝廷、时代的影响，有另起炉灶、篡位称帝的雄心，幸亏谢安等一帮能臣在，让他有所忌惮，没有走出最后一步。不过，其子桓玄建立桓楚后，还是追尊他为"宣武皇帝"。

◎ 释疑解惑

桓姓的缘起缘灭

据《姓氏考略》记载，远古黄帝时，有一位大臣名桓常，他的后人就以桓为姓氏。桓姓另有其他多种来历，但以这一支为正宗。到了东汉，出了一位经学大师桓荣，他和儿子桓郁、孙子桓焉教过5位帝王，被誉为"三代御先生，五位帝王师"。从此，桓氏家族成为龙亢的望族，历经东汉、三国、两晋360多年共11世，都有文官武将在朝任职。东晋时期，桓荣10世孙桓温为大将军、大司马，3次北伐，为东晋名将。其后更有17位将军握兵权、守重镇，声势显赫。可惜的是，桓荣的第11世孙桓玄，篡东晋自立为帝，建立桓楚政权。后于公元404年为刘裕所败，被斩于江陵。此后，桓姓多被抄斩，侥幸活命者，也都更名换姓，远逃他乡。

后　记

　　《笠翁对韵》是《声律启蒙》的姊妹篇。2015 年，我们编注了《声律启蒙》，2017 年，应济南出版社·汉唐书局之邀，我们又译注了"中华典藏"系列丛书中的《笠翁对韵》。

　　本书由副主编闫立君撰写初稿，李国靖加工整理形成二稿，副主编刘汛涛完成三稿。我在此基础上总成其书。

　　参与本书编注的还有张立群、崔颖昌、邢小柱。

　　汉唐书局特聘单承彬教授审读书稿，确保了本书的质量。汉唐书局董事长冀瑞雪和编辑冯文龙、孙育臣等同志尽职尽责、认真修改，使本书得以顺利出版。

　　今年年初，我对全书作了修订。此次汉唐书局将本书收入"中华典藏"丛书，我借机又修订了部分内容。在此，谨向汉唐书局董事长冀瑞雪同志和责编殷剑、张子涵同志致以诚挚的谢意！

张圣洁

2023 年 4 月 15 日